KB079187

고종석의문장

한국어
글쓰기
강 **2** 좌

고종석의문장

"
자유롭고 행복한 글쓰기란 무엇일까
"

고종석 지음

차례

6   글쓰기를 묻다

1

좋은 글이란
무엇인가
?

오늘은 '좋은 글이란 무엇인가'라는 주제로 이야기해보려 합니다. 그리고 제가 좋은 글이라고 판단한 글 하나를 여러분과 함께 읽어보겠습니다. 사실 이 '좋은 글'에 대해서는 스텝1(《고종석의 문장》 1권)에서도 여러 차례 얘기를 하긴 했습니다. 원칙적인 얘기들에 그치긴 했지만요. 스텝1에 참가하지 않으신 분들도 여기 계시고 하니, 다시 한 번 그 얘기를 꺼내보기로 하지요. 여러분, 좋은 글이란 어떤 글일까요?

수강생1   이해하기 쉬운 글이요.

그렇습니다. 좋은 글이라면 우선 독자들이 쉽게 이해할 수 있어야 합니다. 독자를 상정하지 않고 글을 쓰는 경우는 드물잖아요? 아니 그런 경우는 없다고 말해도 좋을 겁니다. 여기 일기를 쓰는 분도 계시겠지만, 일기도 엄밀히 말해 '자기'라는 독자를 지닌 셈입니다.

전 논리가 탄탄한 글이 좋더라고요.

아주 중요한 조건을 말씀해주셨습니다. 좋은 글은 논리가 있어야 하고, 덧붙여 문법적으로 단정해야 합니다. 말하자면 명료해야 합니다. 더 쉬운 말로 하면 조리가 있어야 합니다. 글의 앞부분에서 말한 것을 뒤에서 뒤집는다든가 하면 안 되겠죠. 논리를 차곡차곡 쌓아가는 글이 좋은 글입니다. 다른 의견 없으신가요?

수강생3   멋있는 글이요.

맞습니다. 좋은 글은 멋있고, 또 아름답죠. 이 멋있음, 아름다움을 낳는 것은 수사, 즉 레토릭 rhetoric 입니다. 그래서 문법, 논리 못지않게 좋은 글의 요건으로서 중요한 것이 수사입니다. 힘 있는 수사는 독자에게 깊은 인상을 남깁니다. 때로는 논리의 도움 없이도, 수사는 그 자체의 힘만으로도 글이 읽히도록 만듭니다.

수사를 사용해서 글을 쓰면, 흔히 '예쁜 글을 쓴다' '미문이다', 이런 말을 듣게 됩니다. 그런데 이 말에 다소 경멸의 뉘앙스를 담는 분들도 있습니다. 수사가 들어간 글은 화장한 글이고 올곧지 못한 글이다, 이런 뉘앙스죠. 그런데 저는 그렇게 생각하지 않습니다. 글이 아름다우면 아름다울수록 좋죠. 물론 저는 아름다움과 명료함 둘 가운데 딱 하나만 선택하라고 하면, 머뭇거릴 것도 없이 명료함을 선택할 겁니다. 그렇지만, 아름다움이 좋은 글의 요건이라는 사실 또한 엄연합니다. 여러 분들 계시는 데서 이런 말씀을 드리기 좀 겸연쩍기도 합니다만, 저는 아름다운 글을 읽을 때 섹스하는 느낌을 받습니다. 정말 그렇습니다. 그런 글을 만나면 독서 행위가 섹스처럼 느껴집니다. 아주 아름다운 글이라면 웬만한 섹스보다 더 큰 쾌감을 줍니다. 여러분은 그런 경험 없으신가요? 아직 그런 글을 못 만나서 그럴 수도 있을 겁니다. 근년의 예를 들면, 저는 파스칼 키냐르라는 프랑스 작가의 〈은밀한 생〉이라는 소설을 읽으며 섹스하는 느낌을 받았습니다. 매우 '핫한' 여성과 섹스하는 느낌이요.(웃음)

한 시대를 풍미한 비평가, 김현

좋은 글은 명료합니다. 그리고 아름답습니다. 명료하고 아름다운 글이 좋은 글입니다. 오늘은 그런 글을 하나 여러분과 함께 읽어보도록 하겠습니다. 이 강의를 준비하면서 그렇게 명료하고 아름다운 글의 예가 뭘까 하고 생각해봤는데, 퍼뜩 떠오르는 글이 하나 있었습니다. 김현 선생의 〈'말들의 풍경'을 시작하며〉라는 글입니다. 오늘은 이 글을 같이 읽어보려 합니다.

김현. 나이 드신 분들은 이분을 잘 알지도 모르겠네요. 여기서 잘 안다는 것은 사적 친분이 있다는 뜻이 아니라, 이분의 이름을 많이 들어봤다, 또는 이분의 글을 많이 접해봤다, 이런 뜻입니다. 아마 젊은 분들에게는 김현이 낯선 이름일 겁니다. 1942년에 태어나서 1990년에 돌아가셨으니까, 만 48세에 세상을 떠나셨습니다. 요즘 기준으로는 요절이었죠. 서울대 불문과에 재직하다가 간경화로 돌아가셨습니다. 그분의 이른 죽음을 생각하니 마음이 좋질 않네요.

이분은 불문학자로서 그리고 무엇보다도 한국문학 비평가로서 한 시대를 풍미했습니다. 대학 학부시절에 비평활동을 시작해서 이미 30대에 대가 대접을 받은 분입니다. 하긴 그분 세대나 그보다 좀 손윗세대에는 30대에 이미 대가 대접을 받은 글쟁이들이 더러 있었습니다. 비평가들로 제한하면 백낙청 선생이나 유종호 선생이나 김우창 선생 같은 분들이 그렇죠. 이분들 이름을 알아도 좋고 몰라도 좋습니다. 더 올라가 일제 때에는 20대의 대가들도 많았죠. 이광수나 최남선 같은 분들이요.

아무튼 김현 선생 얘기를 다시 하자면, 이제 돌아가신 지가 하도 오래돼서 이분 이름을 모르시는 분이 많겠지만, 살아 계실 때에는 적잖은 시인, 소설가들이 자기 책 뒤에 이분 해설 하나 받는 걸 영광으로 생각했습니다. 좋은 의미든 나쁜 의미든, 김현 선생은 1970년대, 1980년대 한국 문단을 '평정'했습니다.

살다보니 어느덧 돌아가실 때의 김현 선생보다 제가 나이가 훨씬 더 들어버렸습니다. 이 나이 돼서 돌이켜보니 그분의 명성에 거품이 있었다는 판단도 들긴 합니다. 하여튼 저는 이분 글의 영향을 많이 받았습니다. 지금 제 글에는 그분의 흔적이 거의 없지만, 스물 갓 넘어서 젊은 시절에는 이분 글을 흉내 내려고 많이 애쓰기도 했습니다.

지금은 없어졌지만 〈문학과 지성〉이라는 문학계간지가 있었습니다. 1970년에 창간해서 1980년에 폐간됐어요. 1980년에 전두환 군부정권이 들어서면서 아주 형편없는 출판물들만 남겨놓고 어지간한, 그러니까 멀쩡한 출판물들은 다 폐간을 시켰거든요. 여기서 멀쩡하다는 말은 읽을 만하다, 좋다는 뜻입니다. 사실 〈문학과 지성〉은, 예컨대 그 잡지의 라이벌이라 할 〈창작과 비평〉에 비하면 군부독재를 정면으로 비판하던 잡지가 아니었는데, 그러니까 정치적 색채가 짙은 잡지가 아니었는데 〈창작과 비평〉과 함께 폐간됐습니다. 그리고 1987년 6월항쟁으로 한국 민주주의가 오랜 잠에서 깨어난 이후 1988년 봄에 복간됐습니다. 복간이라는 말은 정확하지 않군요. 〈창작과 비평〉은 그 이름으로 다시 나오게 됐으니까 복간됐다고 할 수 있지만, 〈문학과 지성〉은 편집진이 제자 세대로 바뀌어서 〈문학과 사회〉라는 이름으로 첫선을 보였습니다. 그러니까 〈문학과 지성〉은 1980년에 폐간됐고, 〈문학과 사회〉가 1988년에 창간됐다고 말하는 것이 옳겠습니다. 그래도 〈문학과 지성〉과 〈문학과 사회〉 사이에는 인적 연속성만이 아니라 문화이념적 연속성이 있으니, 〈문학과 사회〉를 〈문학과 지성〉의 후신이라고 말할 수도 있겠습니다. 〈문학과 사회〉라는 계간지는 지금도 계속 나오고 있습니다.

당초 〈문학과 지성〉은 김현 선생이랑 그분의 친구 세 사람이 편집동인이 되어 만들었습니다. 정확히 말하자면 창간 당시엔 그렇지 않았는데, 그런 이야기까지 여기서 미주알고주알 할 여유는 없고요. 아무튼 김현 선생을 포함해서 〈문학과 지성〉의 편집동인 네 분이 우연히 다 김씨 성을 지닌 분이었습니다. 다른 세 분은 김병익, 김치수, 김주연 선생이십니다. 그래서 이분들을 흔히 '문지 4K'라고 부르기도 했습니다.

여담이지만 네 분 중에 김현 선생이 1942년생으로 제일 나이가 어린데, 이분이 '말 놓기 대장'이었습니다. 김병익 선생이 1938년생으로 김현 선생보다 네 살이 위이고 대학 입학도 세 해가 빠른데 친구로서 너나들이를 한 겁니다.(웃음) 물론 그 윗세대에선 그런 일이 드물지 않았습니다. 예컨대 1921년생인 김수영 시인과 1926년생인 박인환 시인이 서로 말을 놓는 친구였습니다. 그런데 김현 선생 세대, 흔히 4·19세대라고 합니다만, 김현 선생 세대만 해도 서너 살 차이가 나는 사람들이 친구가 돼 너나들이하는 일이 드물었던 모양입니다. 그런데도 김현 선생은 가까운 손위 친구들에게 말을 놔버린 거예요.

그런데 이게 한국사회에서는 김현 선생 세대나 그 이후 세대에는 골칫거리를 낳을 수 있습니다. 사실 대학 선후배끼리는 말을 놓기도 합니다. 입학을 같이 했는데 나이 차이가 나는 경우만이 아니라, 실제로 나이도 입학년도도 차이가 나는 사람들이 서로 말을 놓는 친구가 될 수도 있어요. 그렇지만 고등학교 선후배끼리는 그게 정말 어렵잖아요, 한국에서는. 한 해만 선배라도 완전히 어른 대접을 해주죠. 문제는 대학 선후배와 고등학교 선후배가 포개지는 경우에 생깁니다. 그때부터는 관계가 이상하게 꼬이고 되게 복잡해집니다.

황동규 시인, 잘 아시죠? 〈즐거운 편지〉라는 시로 거의 대중시인이 된 분이요. 이분이 1938년생인데 김병익 선생이랑 나이도 같고 대학 동기입니다. 그리고 문지 4K 중의 한 분인 김주연 선생의 서울고등학교 3년 선배이기도 합니다. 그런데 김주연 선생의 대학 동기인 김현 선생이 황동규 선생이나 김병익 선생과 너나들이를 하니까 일이 좀 이상하게 돼버린 거예요. 결국 김주연 선생이 고등학교 3년 선배인 황동규 선생과도 너나들이를 하는 친구가 돼버렸죠. 황동규 선생이 너그러웠다고 봐야겠죠. 그런데 김현 선생은 대학 선배하고만 말을 놓는 친구가 되려고 했던 게 아니라 고등학교 선배한테도 그렇게 대하려고 했던 모양입니다. 고등학교 5년인가 선배인 시인 김영태 선생한테까지 너나들이를 하려다 김영태 선생이 허락하지 않아 실패했다는 얘기를 제가 김주연 선생한테 전해 들었습니다. 아무튼 그래서 김현 선생한테 '말 놓기 대장'이라는 별명이 붙었다고 합니다. 그런데 가만히 보면 김현 선생은 자기보다 어린 사람이랑은 너나들이를 하지 않았던 것 같습니다. 동갑이거나 나이가 위인 사람들과만 너나들이 친구가 됐던 거 같아요. '이기적 말 놓기'라고나 할까요?(웃음)

서양문명의 두 기둥, 헬레니즘과 헤브라이즘

김현 선생은 살아 계실 때 개신교 신자였고, 개신교 신자로 세상을 떠났습니다. 그런데 사실 이분의 내면세계는 제가 보기에 개신교와는 거리가 아주 멀었습니다. 개신교는 모태신앙으로 태어나면서부터 주어졌던 거고, 오히려 사상적으로 헬레니즘 또는 일종의 불교철학 쪽에 가까웠던 것 같습니다.

흔히 헬레니즘과 헤브라이즘을 유럽문명의 두 뿌리라고 합니다. 우선 헬레니즘. 헬레니즘은 헬라스^{Hellas}라는 말에서 파생된 단어입니다.

헬라스가 뭐죠? 그리스입니다. 우리가 그리스라고 부르는 나라를 그리스 사람들 자신은 헬라스라고 부릅니다. 한국에서는 미국 사람들과 영국 사람들을 따라서 그 나라를 그리스라고 부르지만, 그 나라말, 즉 그리스어로 그리스는 헬라스입니다.

헬레니즘은 아주 좁게는 그리스신화의 세계를 뜻하고, 더 넓게는 그리스-로마신화의 세계 또는 그리스-로마의 문명이나 세계관을 뜻합니다. 그리고 유럽 르네상스 시대에 고대 그리스로 돌아가자는 움직임이 일어나죠? 헬레니즘은 그런 인문주의까지 포함하는 넓은 개념이기도 합니다. 사실 역사학자들은 헬레니즘을 알렉산드로스대왕의 아시아 원정 이후에 형성된, 지중해 연안에서 인더스강 유역에 이르는 넓은 지역의 문화를 가리키는 것으로 한정해 이해합니다. 이건 좁은 의미의 헬레니즘입니다. 그런데 제가 지금 말씀드리는 헬레니즘은 넓은 의미의 헬레니즘, 그러니까 헬라스 곧 그리스와 관련된 세계관이나 문화를 뜻합니다.

헤브라이즘은 헤브라이라는 말에서 나왔어요. 헤브라이는 이스라엘이죠? 고대 이스라엘 지역에서 형성돼 가지를 뻗어나간 종교적·사상적 흐름을 통칭하는 개념이 바로 헤브라이즘입니다. 고대 헤브라이 사람들이 믿던 종교가 유대교였고, 유대교에서 원시 기독교가 나왔습니다. 사실 초기 기독교라는 건 유대교의 한 종파에 불과했습니다. 그러니까 예수 그리스도 유대교 신자였죠. 이단적 유대교 신자였다고 할 수 있겠습니다.(웃음) 그즈음 유대교 신자들이 초기 기독교도들을 볼 때, 저 친구들은 하느님을 좀 이상하게 해석하는 이단이네, 정도였을 텐데, 지금은 완전히 다른 종교가 됐습니다. 그리고 이슬람교 역시 유대교와 뿌리를 같이합니다. 이슬람교 신자들도 모세를 인정하고 아브라함을 인정해요. 심지어 예수도 한 사람의 예언자로 인정합니다.

그런데 뿌리가 같은 이 세 일신교도들끼리 사이가 굉장히 안 좋습니다. 십자군전쟁은 차치하고라도, 기독교도들은 2차 세계대전 때 600만 명 정도의 유대교도들을 죽였습니다. 사실 히틀러가 기독교인이었는지는 의심스럽습니다. 아무튼 히틀러의 수족이 돼 유대인을 학살한 사람들은 기독교도들이었습니다. 그리고 지금은 유대교와 이슬람교, 기독교와 이슬람교가 서로 싸우고 있습니다. 어쩌면 서로 너무들 똑같아서 싸우는 것일지도 몰라요. 일종의 근친증오라고나 할까요? 사실 한 일신교가 다른 일신교를 용납할 수는 없겠죠. 모든 일신교의 신은 질투하는 신이니까요.

제우스와 여호와의 차이

그런데 헬레니즘과 헤브라이즘의 차이는 무엇일까요?

수강생4 　　　야훼는 유일신….
　　　유일신과 다신의 차이요.

그렇죠. 헤브라이즘에는 하나의 신밖에 없지만, 헬레니즘에는 수많

은 신이 있습니다. 유대교나 기독교의 야훼, 이슬람교의 알라는 유일
신입니다. 반면 그리스-로마신화에는 신이 여럿입니다. 제우스부터
시작해서, 그리스신화에선 제우스라 부르고 로마신화에서는 주피터라
그러죠, 하여간 제우스에서 시작해서 제우스의 아내 헤라, 로마신화에
서는 헤라를 주노라고 부릅니다만, 이 두 부부신의 부모, 자식, 친척,
친구, 적 등 많은 신이 있습니다. 이 신들의 계보를 따져보는 것만 해
도 사실 작은 일은 아니죠.

그런데 헤브라이즘과 헬레니즘의 차이는 단지 신들의 숫자 차이일
까요? 르네상스 시절에 인문주의라는 것이 일부 유럽 지식인들 사이
에 퍼지기 시작했는데, 그 인문주의자들은 왜 고대 그리스를 동경했고
그 시절의 정신으로 돌아가려 했을까요? 헬레니즘의 맨 꼭대기에 있
는 제우스신과 헤브라이즘의 맨 꼭대기에 있는 여호와 하느님의 차이
는 무엇일까요?

수강생5   제우스는 좀더 인간적인 것 같아요.

그거죠. 바로 그겁니다. 일신교의 신 야훼나 알라는 전지전능한 신
입니다. 또 지선至善의 신이에요. 가장 선하고, 모든 것을 잘 알고, 모든
능력을 지녔습니다.

물론 제우스를 포함해서 그리스신화의 많은 신 역시 인간에 견줘서
는 굉장히 뛰어난 능력이 있습니다. 그런데 그 신들이 하는 행태를 보
면 인간이랑 똑같아요. 인간처럼 누굴 미워하고 사랑하고 질투하고 괴

뽑히고 계략을 짜고. 그러니까 분명 사람보다 훨씬 뛰어난 능력이 있기는 한데, 하는 행태는 사람이랑 똑같습니다.

그리스신화에서 최고의 신은 제우스입니다. 그런데 제우스가 하는 짓을 보면 그게 도대체 어디 신 같던가요?(웃음) 자기 마누라 놔두고 만날 바람피우러 다닙니다. 또 잘 피우기나 하면 모르겠는데 그게 속속 들킵니다. 그러면 부인^{婦人} 헤라, '신'이니까 '인'이 아니죠, 부신^{婦神} 헤라는 또 가만히 있느냐? 절대 그렇지 않습니다. 반드시 복수를 합니다. 그것도 제우스는 자기보다 힘이 세니까 제우스한테는 직접 복수를 못합니다. 제우스가 연애를 걸었던 여신이나 반신^{半神}이나 사람들을 쫓아가서는 독하게 괴롭힙니다. 그들의 운명도 제멋대로 바꿔놓고.

그리스신화의 신들은 말만 신일 뿐이지, 다만 인간보다 훨씬 큰 능력이 있을 뿐이지, 그 격^格은 신격보다 인격에 가깝습니다. 사람처럼 행동하고 사람처럼 생각하는 그런 신들입니다. 정신적으로는 호모사피엔스와 똑같아요.

전지전능하고 지극히 선한
신의 치명적 모순

이따금 유대교나 기독교나 이슬람교의 신 역시 '인간적' 특성을 보이긴 합니다. 질투를 무지무지하게 하죠. 유일신은 원래 질투를 할 수밖에 없으니까요.

그럼에도 유일신은 그리스-로마의 신들과 같을 수가 없습니다. 유일신은 선을 독점하기 때문입니다. 이 부분이 가장 결정적이에요. 그리스-로마신화의 신들에 대해서는 '어떤 신이 선하다' '어떤 신이 악하다' 이렇게 말할 수 없습니다. 그 신들은 사람들처럼 어떨 때는 선한 행위를 하고 어떨 때는 악한 행위를 합니다. 그렇지만 여호와라 부르든 알라라 부르든 하느님이라 부르든, 유일신은 지극히 선한 존재여야만 합니다. 그런 존재로 여겨집니다.

일신교의 신은 일단 전지전능합니다. 그러니까 모든 걸 알고 모든 걸 할 수 있습니다. 그리고 거기에다 지선이라는 특징까지 갖고 있습니다. 그런데 이게 교리로서는 치명적이죠. 지선과 전지전능, 둘 모두를 지니고 있다고 간주되기 때문에 유대교나 기독교나 이슬람교의 신학이 취약해질 수밖에 없는 것입니다. 왜 그럴까요?

신이 전지전능하기만 하다거나 지선하기만 하다면 오히려 이해하기 쉽습니다. '아, 신이 뭐든지 할 수 있긴 한데 성격이 나빠서 사람들을 해코지하나보다', 아니면 '아, 신이 착하긴 한데 힘이 없어서 그냥 보고만 있나보다'라고요.

그런데 만약 신이 전지전능하고 지선하다면, 이 세상에서 지금까지 일어난 비극을, 지금 눈앞에서 벌어지고 있고 앞으로도 벌어질 비참을 도대체 설명할 수가 없습니다. 해마다 전쟁이 터지고 자연재해가 일어나 사람들이 죽어나가는데, 전지전능하고 지선한 신이라면 세상을 이렇게 놔두지는 않겠지요. 2차 세계대전 때 유대인이 600만 명 학살되고, 크메르 루주 치하에서 200만 명 정도 학살되고, 6·25전쟁 때도 250만 명 정도가 죽고, 거창에서 광주에서 제주도에서 양민학살이 자행되고…. 이런 끔찍한 세계의 비참함을 설명할 수가 없습니다. 신이 전능하다면 그리고 지선하다면 그런 일이 안 일어날 테니까요. 그러니까 만약 우리가 신이라는 걸 인정한다면, 신의 속성 가운데 전지전능을 포기하거나 지선을 포기할 수밖에 없습니다.

물론 신학자들은 이런저런 반론을 발명해냅니다. 신이 인간에게 자유의지를 주셨다는 둥, 섭리에 따라 시련을 주셨다는 둥 제 나름대로 얘기를 합니다. 신이 인간에게 자유의지를 줬으니까, 그 사람은 뭐든지 할 수 있으니까, 이제 공이 인간에게 넘어간 거라는 식이죠. 그래서 죄를 지은 사람은 나중에 지옥에 가고 착한 일을 하면 천당에 간다는 거죠. 또 예컨대 크메르에서 학살이 일어났다 그러면 "아, 그건 하느님이 좋은 뜻으로 주시는 수난이다" "하느님의 힘과 뜻을 다른 민족에게 보여주기 위한 것이다" 하는 식으로 자꾸 변명을 합니다. "하느님의 뜻이다. 이게 다 하느님의 뜻이다…."

뭐, 이 자리에 개신교 신자도 계실 거고 가톨릭 신자도 계실 거고, 아마 유대교나 이슬람 신자는 안 계실 것 같은데,(웃음) 어쨌든 가만히 생각해보면 그런 호교론護敎論이 그렇게 튼튼하진 않습니다. 논리적이지 않아요. 리처드 도킨스의 《만들어진 신》이라는 책을 혹시 읽어보셨는지 모르겠습니다. 원제는 'The God Delusion', 다시 말해 '신이라는 환상'인데, 이 책을 읽고 나면 아마 어떤 종류의 호교론도 믿을 수 없게 될 것입니다. 사실 저는 신이 없다고 생각하고, 앞으로도 그렇게 살다가 죽을 겁니다. 그렇다고 혹시 제 말 듣고 나서 다니시던 교회를 그만 다니거나 하는 일은 없기 바랍니다.

'말들의 풍경'을 시작하며

김현

말들은 저마다 자기의 풍경을 갖고 있다. 그 풍경들은 비슷해 보이지만 자세히 들여다보면 다 다르다. 그 다름은 이중적이다. 하나의 풍경도 보는 사람에 따라 다르고, 풍경들의 모음도 그러하다. 볼 때마다 다른 풍경들은 그것들이 움직이지 않고 붙박이로 있기를 바라는 사람들에게는 견딜 수 없는 변화로 보인다. 그러나 변화를 좋아하는 사람들에게는 그것이야말로 말들이 갖고 있는 은총이다. 말들의 풍경이 자주 변하는 것은 그 풍경 자체에 사람들이 부여한 의미가 중첩되어 있기 때문이며, 동시에 풍경을 보는 사람의 마음이 자꾸 변화하기 때문이다. 풍경은 그것 자체가 마치 기름물감의 계속적인 덧칠처럼 사람들이 부여하는 의미로 덧칠되며, 그 풍경을 바라다보는 사람의 마음의 움직임에 따라 마치 빛의 움직임에 따라 물의 색깔이 변하듯 변한다. 풍경은 수직적인 의미의 중첩이며, 수평적인 의미의 이동이다. 그 중첩과 이동을 낳는 것은 사람의 욕망이다. 욕망은 언제나 왜곡되게 자신을 표현하며, 그 왜곡을 낳는 것은 억압된 충동이다. 사람의 마음속에 있는 본능적인 충동이 모든 변화를 낳는다. 본질은 없고, 있는 것은 변화하는 본질이다. 아니 변화가 본질이다. 팽창하고 수축하는 우주가 바로 우주의 본질이듯이. 내 밖의 풍경은 내 충동의 굴절된 모습이며, 그런 의미에서 내 안의 풍경이다. 밖의 풍경은 안의 풍경 없이는 있을 수 없다. 안과 밖은 하나이다. 하나는 둘을 낳고 둘은 만물을 낳는다는 말의 참뜻은 바로 그것이다. 그 하나는 어디에 있는가? 그 하나는 어디에 있는 것이 아니라, 그 질문을 낳는 자리에 있다. 그 자리는 어디에 있는가? 그 자리는 아무 곳에도 없다. 있는 것은 없음뿐이다. 그 없음은 있는 없음이다. 그 있는 없음 속에서 움직이고 있는 것은 욕망, 아니 충동뿐이다. 욕망은 교활하게 자신을 숨긴다. 욕망은 개인의 탈을 쓰고 나타나, 자기의 흉포성을 개인적 외상으로 바꿔치기한다. 말들의 풍경은 그런 욕망의 노회한 전략의 소산이다. 그것을 제대로 읽으려면, 우리는 거꾸로 들어가야 한다. 개인적 외상을 따지고, 거기에서 개인성의 특징을 찾아, 그 개인성을 만든 노회한 욕망을 밝혀내야 한다. 그 욕망은 물론 말들의 풍경 밖에 있는 것이 아니라, 말들의 물질성 안에 있다. 아니 말들의 물질성 자체가 바로 욕망이다. 그 물질성을 갈갈이 찢어 없앤다 하더라도, 말들의 물질성의 흔적은 남아 있을 것이다. 그 흔적마저 없앤다는 것은 거의 불가능하다. 말들의 검은 구멍은 없다. 아니 있을지도 모른다. 그러나 아직은 없다. 있는 것은 흔적들이다. 그 흔적들이 욕망이며, 충동이다. 그 흔적들 때문에 나는 있으며, 나는 없다. 나는 없는 있음이며, 있는 없음이다. 김지하의 움직이는 무야말로 바로 그것의 다른 말이다. 나는 나이기 때문에 너와 달라야 하고, 나는 내가 아니기 때문에 너와 같아야 한다. 나는 너와 같이 싸우고 사랑하지만 네가 아니고, 너는 나와 같이 싸우고 사랑하지만 내가 아니다. 너와 나는, 무서운 일이지만, 흔적들이다. 욕망만이 웃는다. 불쌍한 개인성이여, 너는 네가 너를 강력하게 주장할 때, 네가 아니다.

《말들의 풍경》, 문학과지성사, 1990에서 인용

<　'말들의 풍경'을 시작하며〉
함께 읽기

　　　　　　　　　　김현 선생은 개신교 신자로 사셨으
면서도, 글을 보면 헤브라이즘보다는 헬레니즘이나 불교철학 쪽에 가
까웠던 것 같습니다.

　사실 불교는 좁은 의미의 종교라기보다는 일종의 철학체계에 가깝
습니다. 누구나 다 부처가 될 수 있다고 하고, 무엇보다도 기독교와 달
리 세계를 변화의 관점에서 보죠. 사람들이 흔히 〈반야심경〉에 나오는
"색즉시공 공즉시색色卽是空 空卽是色"이라는 말을 하는데, 저는 불교 공부를
하지 않아서 그 깊은 뜻은 모르겠습니다만, 하여간 존재가 딱 고정돼
있는 게 아니라 변화한다는 것이죠. 형상은 일시적 모습일 뿐, 실체는
없다는 겁니다. 색이 공이고 공이 색이다, 다시 말해 있는 것이 없는
것이고 없는 것이 있는 것이다. 만물은 변화한다는 사상입니다. 헤라
클레이토스라는 고대 그리스의 철학자도 비슷한 생각을 기록으로 남
겼습니다. 만물은 흐른다. 멈춰 있는 것은 없다.

　이런 사실을 염두에 두고 김현 선생의 〈'말들의 풍경'을 시작하며〉를
같이 한번 읽어봅시다. 이 글은 이분의 말기末期 글이라고 할 수 있습니
다. 《말들의 풍경》이라는 책 제일 앞에 실려 있죠. 《말들의 풍경》은 김
현 선생의 평론집이자 유저遺著인데, 제 기억에 《문예중앙》이라는 잡지
에 같은 제목으로 연재했던 글 같아요. 벌써 20여 년 전 일이라서 기억
이 또렷하지는 않습니다만.

이분이 살아 계셨을 때 책이 나왔다면 물론 당신이 서문을 따로 쓰셨을 겁니다. 그런데 연재하다가 돌아가셨거든요. 그러니 이 글〈'말들의 풍경'을 시작하며〉는 김현 선생이 서문으로 쓴 것이 아니라, 편집자가 서문으로 적당하다고 판단해 실은 것입니다.

'말들의 풍경' 할 때 '말'이라는 건, 좁게 보면 그냥 문학언어일 것입니다. 이분이 평생 읽은 것이 대개 문학 책이니까요. 하지만 좀 넓혀서 생각하면 '말 일반'이라고도 볼 수 있습니다. 이분은 말에 대해 무슨 말을 했을까요? 또 이 글은 왜, 어떤 점에서 명료하고 아름다울까요? 그 점에 주목하면서 강독해보겠습니다.

말들은 저마다 자기의 풍경을 갖고 있다.

스텝1 강의를 들으신 분들은 이 문장이 그리 한국어답지 않다고 느낄 겁니다. 저 같으면 '말들은 저마다 제 풍경을 지녔다' 이렇게 바꾸고 싶어요. 또 '말들은 제가끔 고유한 풍경이 있다' 이렇게 바꿀 수도 있겠죠. 그렇지만 따지고 보면 이건 스타일의 문제니까 딴죽 걸 필요는 없을 것 같습니다. 말이 나온 김에, 제가 필요 없는 접미사 '-적'이나 관형격 조사 '의'를 빼라고 되풀이해서 말씀드렸는데, 그것 역시 철칙은 아닙니다. 일종의 문체 문제라는 것을 말씀드리고 싶습니다. 빼는 것이 좀더 한국어답고 표준적 문체에 가깝긴 하지만, 반드시 빼야 하는 건 아닙니다.

> 그 풍경들은 비슷해 보이지만 자세히 들여다보면 다 다르다. 그 다름은 이중적이다. 하나의 풍경도 보는 사람에 따라 다르고, 풍경들의 모음도 그러하다.

지금 필자는 어떤 풍경에 대해 이야기하고 있는데, 그것은 다름 아닌 '말'들의 풍경입니다. 그러니까 필자는 말에 대해서 얘기하고 있습니다. 똑같은 말이라도 받아들이는 사람에 따라 느낌이 서로 다를 수 있습니다. 예컨대 똑같은 시나 소설을 봐도 어떤 사람에겐 이렇게 보이고, 어떤 사람에겐 저렇게 보이고 그렇습니다. 여기서 필자는 한 문학 텍스트나 텍스트의 모음이 고정된 의미를 갖지 않고 있다는 걸 강조하고 있는 것입니다. 여기서 텍스트는 문장이라고 해도 좋겠죠. 만약에 말들의 풍경이, 다시 말해 말들의 의미가 똑같다면, 누구에게나 어떤 책의 독후감은 똑같을 수밖에 없습니다. 똑같은 텍스트에 대해 사람마다 다른 독후감을 지니게 된다는 건, 텍스트가 하나의 뜻만을 지니고 있지는 않다는 증거일 겁니다.

> 볼 때마다 다른 풍경들은 그것들이 움직이지 않고 붙박이로 있기를 바라는 사람들에게는 견딜 수 없는 변화로 보인다.

모든 사물이 고정돼 있기를 바라는 사람이 있죠? 변화를 싫어하는 사람들, 이를테면 책상이 여기 있었으면 계속 여기 두어야지 갑자기 저쪽으로 옮긴다거나 하는 걸 싫어하는 사람이 있어요. 마찬가지로 어떤 제도도 그냥 그대로 두는 것을 좋아하는 사람들이 있습니다. 그런 사람들을 뭉뚱그려서 흔히 보수주의자라고 부릅니다. '볼 때마다 다른 풍경들은' 다음에 쉼표가 하나 있었으면 좀더 좋았을 거 같군요. '풍경들'이라는 주어와 그 서술어인 '보인다'가 너무 멀리 떨어져 있으니까요.

그러나 변화를 좋아하는 사람들에게는 그것이야말로 말들이 갖고 있는 은총이다.

변화를 좋아하는 사람들이라는 건 꼭 진보주의자라기보다는 어떤 고정된 것을 싫어하는 사람을 뜻한다고 봐야겠죠. 변화가 꼭 진보를 뜻하는 건 아니니까요. 그전 문장에서 '붙박이'라는 표현이 나왔는데, 거기 대응하는 말을 써서 변화를 좋아하는 이들을 '떠돌이'라고 할 수도 있겠네요.

여기서 '은총'이라는 단어가 나오는데, 이 글 전체에서 김현 선생이 개신교 신자였다는 걸 드러내는 유일한 표현입니다. 사실 개신교 신자만이 아니라 기독교 신자라면, 가톨릭이든 정교회 신자든 성공회 신자든 다 쓸 수 있는 말입니다.

그런데 왜 말들의 풍경은 고정돼 있지 않고 변할까요? 필자는 그 이유를 이제 설명합니다.

말들의 풍경이 자주 변하는 것은 그 풍경 자체에 사람들이 부여한 의미가 중첩되어 있기 때문이며,

아주 쉬운 예로 "나는 너를 사랑해"라는 말을 들어봅시다. 아, 아닙니다. 이건 한국어다운 표현이 아니죠. 이렇게 말하는 한국 사람은 없습니다. "너를 사랑해"라고 말하죠. 아니면 그냥 "사랑해"라고 하든지요. 사실 "사랑해"가 한국어로는 제일 자연스럽습니다. 누가 "사랑해!"라고 했을 때, 모든 사람이 다 똑같이 이 말을 받아들이진 않을 거예요. 저마다 떠올리는 풍경이 다릅니다. 제가끔 경험이 다르고 타고난 성격이 다르니까요. 어떤 사람은 이 문장에서 엄마나 연인의 사랑을 떠올리겠지만, 또 어떤 사람은 이 문장에서 자신을 스토킹했던 사람의 끈적끈적한 집착을 떠올릴지 모릅니다. 그러니까 "사랑해!"라는 말의 풍경은 사람에 따라 다 다른 것입니다.

동시에 풍경을 보는 사람의 마음이 자꾸 변화하기 때문이다.

"사랑해!"라는 말을 제가 한 30년 전에 처음 들었다고 합시다. 그때 제가 떠올린 어떤 풍경과 지금 50대 중반에 그 말에서 떠올리는 풍경은 분명 다를 것입니다. 30년의 세월 때문이죠. 물론 그때의 나와 지금의 나는 정체성에서 차이가 없긴 하지만, 뇌세포도 많이 죽었을 거고 몸의 세포는 거의 다 바뀌었겠죠. 또 나이가 들면서 미적 감수성도 달라졌을 테고요. 하여간 그때의 나와 지금의 나는 다릅니다. 20대 땐 그 "사랑해!"라는 말에서 달콤함을 느꼈다면 50대엔 그 말에서 징그러움을 느낄 수도 있겠죠. '풍경을 보는 사람의 마음이 자꾸 변화한다'는 건 그런 뜻입니다.

조지 오웰의 〈1984〉라는 소설이 있습니다. 작가가 1940년대 말에 1984년의 세계를 상상하며 집필한 작품입니다. 소설에서 세계는 오세아니아, 유라시아, 이스트아시아 이렇게 세 나라로 나뉘어 있습니다. 소설 배경이 오세아니아인데, 이 나라는 미국이 영국을 합병해서 만든 커다란 나라라고 오웰은 설정합니다.

그런데 이 나라는 감시체계가 굉장히 발달해 있습니다. 모든 게 다 감시의 대상입니다. 그래서 프라이버시라는 게 거의 없습니다. 그 감시하는 주체를 빅 브라더라고 하는데, 곳곳에 설치된 텔레스크린에서 계속 빅 브라더의 말이 흘러나옵니다. 이걸 볼륨을 줄이거나 키우거나 할 수는 있어도 끌 수는 없어요. 심지어 잠잘 때도요.

제가 〈1984〉를 중학생 때 처음 읽었습니다. 그때 느낌은, 그때는 아직 1984년이 되기 한참 전이었는데, '아, 정말 무시무시한 감시체계의 세상이 올 수도 있겠구나. 정말 무섭다' 그런 생각을 했어요. 사실 그런 설명이 〈1984〉에 대한 일반적 평이지요. 전체주의 체제의 감시사회에 대한 경고 말입니다.

그런데 제가 한 10년 전에 무슨 변덕이 나서인지 이 소설을 다시 한 번 읽어봤어요. 그런데 다시 읽으면서 든 느낌이 중학교 때랑 매우 달랐습니다. '꼼꼼한 감시체계가 과연 이 소설의 주제인가' 하는 생각이 들었습니다. 우리가 이미 벌써 그런 시대에 살고 있었기 때문인지도 모르겠습니다. 그 뒤의 일이긴 하지만, 사실 미국 국가안보국^{NSA} 같은 기관에선 세계 곳곳을 다 감시하고 도청하고 있잖아요. 에드워드 스노든이라는 사람이 폭로했듯이 말입니다. 사실 미국 정보기관에 도청을 안

당하면 좀 창피한 거예요. 미국 정부가 보기에 별로 중요하지 않은 나라이거나 중요하지 않은 사람이라는 뜻이거든요.(웃음)

〈1984〉를 재독할 때는 다른 부분에 눈길이 갔습니다. 주인공이 윈스턴 스미스라는 사람인데, 이 사람이 혹독한 고문을 못 이겨 결국 애인 줄리아를 팔아넘깁니다. 사실 새로 읽으면서 '이 소설에 이런 대목이 있었네!' 하는 생각을 했어요. 이 에피소드를 이전에 읽은 기억이 없었던 겁니다. 중학생 시절 이 소설을 처음 읽을 때도 분명 이 에피소드를 접했을 텐데 처음 대하는 것 같았습니다. 그러니까 제가 중학생 때 〈1984〉를 읽었을 때는 그 에피소드가 그리 인상 깊지 않았을지도 모릅니다. 하여튼 정말 가슴 아픈 대목입니다. '아무리 올곧고 강인한 사람도 끔찍한 고문 앞에서는 자신이 가장 사랑하는 것을 배신할 수 있구나' 하는 처연한 생각이 들었습니다. 인간의 나약함, 어쩔 수 없는 나약함, 아무리 강해지려고 노력해도 안 되는 그 나약함 때문에 가슴이 굉장히 아렸습니다.

〈1984〉는 똑같은 〈1984〉인데, 중학생 때랑 40대 중반 때랑 제 독후감은 완전히 달랐습니다. 말하자면 〈1984〉의 풍경이 저한텐 완전히 달라진 것입니다.

말들의 풍경을 보는 사람의 마음은 자꾸 변화합니다. 그래서 어떤 책이라도 시간이 흘러 다시 읽으면 느낌이 다릅니다. '그때는 이 책의 진가를 몰라봤구나' 할 수도 있고, '그때 너무 어렸던 탓에 괜히 감동하고 그랬구나' 할 수도 있습니다. 여러분은 그런 기억 없으신가요?

풍경은 그것 자체가 마치 기름물감의 계속적인 덧칠처럼 사람들이 부여하는 의미로 덧칠되며,

필자가 앞의 문장과 똑같은 의미의 말을 매우 아름다운 비유를 써서 다시 유려하게 반복합니다. 예컨대 〈1984〉라는 작품을 이 사람이 읽을 때는 이런 풍경, 저 사람이 읽을 때는 저런 풍경, 이러면서 작품에 계속 새로운 의미가 부여되잖아요. 그걸 직유법으로 '기름물감의 계속적인 덧칠처럼'이라고 아주 적절하게 표현했습니다.

그 풍경을 바라다보는 사람의 마음의 움직임에 따라 마치 빛의 움직임에 따라 물의 색깔이 변하듯 변한다.

여기서도 절묘한 비유를 했습니다. '빛의 움직임에 따라 물의 색깔이 변하듯!' 이런 비유를 생각해내기 참 어렵습니다. 내용적으로는 앞문장의 뒷부분에 상응합니다. 한 사람의 마음이라도, 1년 전의 마음, 2년 전의 마음, 3년 전의 마음, 다 다르니까 미적 감수성 역시 달라질 수 있다는 얘기입니다.

풍경은 수직적인 의미의 중첩이며, 수평적인 의미의 이동이다.

지금 똑같은 말을 필자가 세 번째 반복하고 있는 거예요, 표현을 변주해가면서. 여러 사람이 저마다 의미를 부여하다보면 그것들이 서로 겹

치며 쌓이겠죠? 그걸 '중첩'이라고 한 것입니다. 또 예컨대 저의 〈1984〉 독서 경험처럼 시간이 흘러 나이가 들면, 그 대상의 의미가 변해버릴 수 있습니다. 그걸 '이동'이라고 한 겁니다.

그 중첩과 이동을 낳는 것은 사람의 욕망이다.

김현 선생은 중년 이후 프로이트에, 그러니까 정신분석학 쪽에 경도 됐습니다. 이분의 시 비평이나 소설 비평을 보면 작가의 '욕망'을 찾아 내려 애쓰는 모습이 안타까울 만큼 자주 확인됩니다. 그분이 개신교 신자였지만 헬레니즘에 더 친화적인 인물이었다고 제가 말하는 이유 가 바로 여기에 있습니다. 욕망이란 건 유일신의 몫이 아닙니다. 고대 그리스의 신들, 사람과 똑같은 욕망을 가진 그런 신들의 몫입니다.

욕망은 언제나 왜곡되게 자신을 표현하며, 그 왜곡을 낳는 것은 억압된 충 동이다.

이 부분은 프로이트 정신분석학의 가장 기초적인 가설을 고스란히 옮겨놓은 거예요. 프로이트는 쾌락원칙과 현실원칙을 인간 심리활동 의 두 원칙이라고 말합니다. 어려서는 쾌락원칙에 따라 행동하는 일이 많지만 자라서는 현실원칙에 따라서 행동하게 됩니다. 대표적 쾌락원 칙은 성 충동이고, 대표적 현실원칙은 자기보존 충동입니다. 사람은, 사람의 욕망은 늘 쾌락을 추구하지만, 그것만을 일삼다보면 삶이 불가능합니다. 사회에는 법을 비롯해서 윤리나 양식 같은 규범이 있거든요. 그래서 사람은 제 삶의 지속을 위해서, 자기보존을 위해서 현실원칙을 수용합니다. 쾌락원칙이 현실원칙에 굴복하게 되는 거지요.

그 굴복의 형태가 바로 왜곡입니다. 프로이트는 쾌락원칙으로 성 충동을 들었지만, 예컨대 제가 너무 싫어하는 사람이 있어서 그 사람을 죽이고 싶은 생각이 들었다고 합시다. 아니 꼭 사적인 이유가 아니더라도, 제가 전두환 씨를 죽이고 싶은데, 어느 날 그 기회가 왔다고 칩시다. 만약에 제가 이 인간 도살자를 죽인다면 분명히 만족을, 쾌락을 느낄 거예요. 이 말은 거리낌 없이 할 수 있습니다. 전두환 씨가 잠자리에서 편안하게 죽는다는 건 세상에 정의라는 게 존재하지 않는다는 뜻입니다. 그런데 제 살인행위에 대한 역사적 판단은 차치하고, 제가 전두환 씨를 죽이면 긴 옥살이를 하게 되겠죠. 아주 잔혹하고 주도면밀한 방법으로 그 사람을 죽이면 사형선고를 받을 수도 있습니다. 그것은 저의 자기보존을 위협합니다. 즉 현실원칙에 위배됩니다. 그래서 저는 아마 전두환 씨를 죽일 기회가 오더라도, 죽이지 못할 겁니다. 저는 현실원칙에 따라 제 욕망을, 제 충동을 왜곡하고 억압할 겁니다.

본능적 욕망이나 충동을 왜곡하고 억압한 결과는 이를테면 창작열로 승화할 수도 있습니다. 저는 방금 살인 충동의 예를 들었지만, 프로이트는 위대한 예술작품 대부분을 성 충동이 승화한 결과라고 보았습니다. 아무튼 필자는 여기서 프로이트의 견해를 수용했습니다.

사람의 마음속에 있는 본능적인 충동이 모든 변화를 낳는다. 본질은 없고,

있는 것은 변화하는 본질이다. 아니 변화가 본질이다.

이게 이분이 갖고 있는 일종의 불교적 세계관이랄까, 아니면 고대 그리스인의 '만물은 변화한다. 고정된 것은 없다'는 세계관, 이런 것을 드러내는 대목이라고 할 수 있습니다. 사람의 마음속에 있는 본능적 충동이 변화를 낳는 건 당연한 거죠. 그다음의 '본질은 없고, 있는 것은 변화하는 본질이다. 아니 변화가 본질이다'라는 건 바로 불교식의 '색즉시공 공즉시색' 또는 고대 그리스식의 '만물은 흐른다'를 패러프레이즈한 겁니다.

팽창하고 수축하는 우주가 바로 우주의 본질이듯이.

인류가 오늘날 지닌 물리학 지식에 따르면, 지금 우주는 계속 팽창하고 있습니다, 한없이. 그리고 아마 어느 순간에 수축을 시작할 거예요. 그 수축이 끝나면 공간과 시간이 없어질 겁니다. 하여간 지금은 계속 팽창하고 있어요. 별들이 점점 멀어지고 있습니다. 필자는 사물의 변화를 강조하기 위해 우주를 끌어들였습니다.

내 밖의 풍경은 내 충동의 굴절된 모습이며, 그런 의미에서 내 안의 풍경이다.

여기서 필자는 말들의 풍경을 얘기하고 있지만 나무의 풍경이나 숲의 풍경이라고 해도 마찬가지일 것입니다. 나무의 풍경, 숲의 풍경 역시 그걸 보는 사람의 충동이 굴절된 모습입니다. 그 풍경을 바라보는 건 결국 '나'이니까요.

내 바깥의 풍경이 곧 내 안의 풍경이라는 건, 바깥의 풍경이 주체의 시각이나 미적 감수성에 따라 달라진다는 뜻입니다. 그러니까 객관적 풍경이란 없다, 라는 말을 필자는 하고 있는 것입니다.

밖의 풍경은 안의 풍경 없이는 있을 수 없다.

이 문장도 마찬가지입니다. '어떤 소설 작품이 어떻다'라고 말할 때, 그건 그 작품이 가지고 있는 객관적 또는 내재적 풍경이라기보다 그 작품을 읽는 내 마음의 풍경입니다. 여기 이 칠판이라는 풍경도 마찬가지예요. 이게 객관적 풍경일까요? 사실 내 마음에 있는 풍경입니다. 내 안의 풍경 없이는 밖의 풍경이 존재할 수 없습니다. 이런 관점을 극단적으로 밀고 나가면 근대 경험주의 철학이나 현대 물리학에서 말하듯 '관찰자가 없으면 대상도 없다'라고 말할 수도 있겠지만, 필자가 거기까지 나아가지는 않은 것 같습니다. 필자는 여기서 '외부세계는 관찰자의 처지에 따라 달리 보인다' 정도의 말을 하고 있는 듯합니다.

안과 밖은 하나이다. 하나는 둘을 낳고 둘은 만물을 낳는다는 말의 참뜻은 바로 그것이다. 그 하나는 어디에 있는가? 그 하나는 어디에 있는 것이 아니라, 그 질문을 낳는 자리에 있다. 그 자리는 어디에 있는가? 그 자리는 아무 곳에도 없다. 있는 것은 없음뿐이다. 그 없음은 있는 없음이다.

불교적 세계관에 도교적 세계관의 허무까지 버무려진 것 같습니다.(웃음) '있는 것은 없음뿐이다. 그 없음은 있는 없음이다.' 색즉시공이 변주되고 있습니다. 그런데 사실 이런 말은 성철 스님 정도 되는 분이 하셔야 딱 분위기가 사는데 김현 선생 같은 속세인이 하니까, 좀 후덜덜하긴 합니다.

'하나는 둘을 낳고 둘은 만물을 낳는다'라는 문장에 대해 잠깐 얘기해봅시다. '하나'라는 건 완성이나 보편이나 총체를 상징하는 숫자죠. 그리고 '둘'은 그 '하나'의 단일성에 흠집을 내는 숫자입니다. 그것은 분열을 허락하는 숫자죠. '하나'가 '둘'을 낳는다는 것은 '하나'가 분열된다는 뜻입니다. 사실 이 둘이라는 숫자는 동양에서든 서양에서든 모든 분열과 대립을 구현하고 있습니다. 양과 음, 이와 기, 극락과 지옥, 성과 속, 남과 여, 낮과 밤, 삶과 죽음, 해와 달, 영혼과 육체, 관념과 물질, 좌와 우, 자유민과 노예, 부르주아와 프롤레타리아, 다 그렇죠? '둘'을 통해서 '하나'는 자기동일성을 확보하게 됩니다. 대립물이 없으면 자기동일성도 없지요.

'둘은 만물을 낳는다'라는 문장에 대해선 할 말이 많지만, 그냥 한마디만 간단히 하겠습니다. 셋을 뜻하는 영어 three나 프랑스어 trois는 어원적으로 많다는 뜻과 관련돼 있습니다. 영어 throng(다수)이나 불어 très(매우) 같은 말들과 한 가족입니다. 아득한 옛날, 사람이 처음 수를 세었을 때는 하나, 둘, 셋, 넷, 다섯이 아니라, 하나, 둘, 만물이었던 겁니다.

그 있는 없음 속에서 움직이고 있는 것은 욕망, 아니 충동뿐이다.

홍미로운 건 이분의 정신세계에서 불교사상이 프로이트주의나 헬레니즘과 마구 뒤엉켜 있다는 점입니다. 그래서 이제, 있는 것은 욕망뿐이라고까지 밀고 나갑니다. 이건 전형적 프로이트주의자의 생각입니다.

욕망은 교활하게 자신을 숨긴다. 욕망은 개인의 탈을 쓰고 나타나, 자기의 흉포성을 개인적 외상으로 바꿔치기한다.

이건 무슨 뜻일까요? 우리가 갖고 있는 날것의 욕망은 너무 보기 흉할 거예요. 어떤 사람을 죽이고 싶기도 하고, 어떤 사람을 심지어, 죄송합니다, 어떤 사람을 강간하고 싶기도 하고, 또다른 방식으로 해코지하고 싶기도 하고. 그렇지만 사람들은 보통 그것을 실천에 옮기지는 않습니다. 그 욕망을 담아 글을 쓸 수는 있겠죠. 그런데 사람들은 글에서도 노골적으로 자신의 욕망을 드러내지는 않습니다. 글에 '내가 누굴 죽이고 싶다, 누굴 강간하고 싶다' 이렇게 쓰진 않는다는 것입니다. 물론 허구의 인물을 만들어서 그 인물로 하여금 말하게는 하지요. 보통은 그 욕망을 개인적 외상으로 바꿔치기합니다. 싹. 그럴듯해 보이는 심리적 상처로 살짝 바꿔버리는 거예요.

수강생6   '개인적 외상外傷'이라는 게 뭔가요?
                        개인적 바깥의 상처? 잘 모르겠네요.

외상을 한자 그대로 해석하면 그런데, 여기서 외상이라는 건 트라우마^{trauma}의 번역어입니다. 원래 트라우마 곧 외상은 말뜻 그대로 바깥의 상처를 뜻하는 말이었는데, 요즘에는 그 앞에 '심리적^{psychological}'이라는 말이 없어도 심리적 외상을 주로 뜻합니다. 예컨대 전장^{戰場}에서 끔찍한 살인 장면을 봤다고 하면, 이후 공황장애라든가 아무튼 어떤 종류의 두려움 같은 것에 시달릴 수 있습니다. 이런 걸 흔히 외상이라고 하는데, 살에 난 상처가 아니라 정신에 난 상처를 가리키죠.

말들의 풍경은 그런 욕망의 노회한 전략의 소산이다.

돌아가신 소설가 이청준 선생이 이런 말씀을 한 적이 있어요. 자기가 소설을 쓰는 이유는 복수를 하기 위해서라고. 그런데 그분 소설에서 흉포한 복수의 풍경 같은 건 노골적으로 나타나지 않거든요. 아마 복수의 욕망이 굴절되어 다른 방식으로 나타나는 것일 테죠. 여기서 김현 선생이 말하는 것, 즉 '욕망의 노회한 전략'이라는 것도 그런 의미입니다. 사람들은 흉포한 욕망을 표현하되, 직접적으로 표현하지는 않는다는 것입니다.

그것을 제대로 읽으려면, 우리는 거꾸로 들어가야 한다.

김현 선생의 비평 전략이 드러나는 대목입니다. 심리비평이죠. 이분은 특히 시 비평을 할 때 그 시인의 마음을 읽으려고 많은 노력을 했는데, 그렇게 하려면 '거꾸로 들어가야 한다'는 것입니다. 마음도 그냥 마음이 아니라 가장 깊은 속에 있는 마음을 읽어내려고 김현 선생은 애썼죠. 그것이 늘 성공적이었는지는 모르겠습니다만.(웃음)

개인적 외상을 따지고, 거기에서 개인성의 특징을 찾아, 그 개인성을 만든 노회한 욕망을 밝혀내야 한다.

앞문장의 부연이라고 할 수 있습니다. 굴절돼 외상으로 드러난 욕망을 찾아내는 것이 비평의 한 역할이다, 라는 게 김현 선생의 생각이었습니다.

그 욕망은 물론 말들의 풍경 밖에 있는 것이 아니라, 말들의 물질성 안에 있다.

물론입니다. 여기서 욕망은 어떤 말을 한 사람의 욕망이니까 그 사람 안에, 그 사람이 발설한 말 안에 있을 수밖에 없죠. 말의 물질성이란 예컨대 "아, 아파"라고 했을 때 그냥 그 소리 자체나 소리이미지 자체를 뜻합니다. 그 소리이미지들은, 앞 강의(1권 2강)에서도 얘기했듯 소쉬르에 따르면, 당연히 개념들과 결합해 언어기호를 만들죠.

아니 말들의 물질성 자체가 바로 욕망이다. 그 물질성을 갈갈이 찢어 없앤다 하더라도, 말들의 물질성의 흔적은 남아 있을 것이다.

예컨대 "너를 사랑해"란 말은 말하는 바로 그 순간 사라져버릴 거예요. 그렇지만 "너를 사랑해"라고 누가 말했다는 사실 자체는 사라지지 않을 것입니다. 그 흔적은 남습니다.

달리 예를 들어볼까요? 아프가니스탄에 파견됐다가 자국으로 돌아온 한 미국 제대군인이 "칸다하르에 가고 싶어"라고 말했다고 해봅시다. 그 말은 물론 맥락에 따라서 여러 가지 의미를 지닐 수 있겠죠. 이 미국인이 칸다하르에서 전투 중에 중상을 입어 병원에 입원했는데 간호사와 사랑에 빠졌지만 혼자 귀국했다는 상황을 설정해봅시다.

제대군인이 자기 집에서든 길거리에서든 병원에서든 "칸다하르에 가고 싶어"라고 말할 수 있겠죠. 그런데 그 말을 아무도 못 들었을 수도 있고, 누군가가 들었는데 '저 사람이 지금 한 말은 아무것도 아냐. 뭐, 비행기표를 사서 그냥 칸다하르에 가고 싶다는 뜻이겠지'라고 뭉갤 수도 있겠죠. 그게 이 제대군인이 내뱉은 말의 물질성이 갈가리 찢기는 상황이죠. 그렇다고 하더라도 이 사람이 지닌 욕망의 흔적, 그 말들의 흔적을 지울 수는 없다는 뜻입니다. 제 말이 어렵다고 느끼시는 분은 나비효과를 생각해보십시오.

그 흔적마저 없앤다는 것은 거의 불가능하다.

앞문장의 부연입니다. 예컨대 "너를 하늘만큼 땅만큼 사랑해", 아주 구태의연한 말이죠. 이 말을 어떤 사람이 진지하게 했는데 상대방이 "아우, 웃기는 소리 하지 마" 하고는 곧 잊어버렸다고 합시다. 상대방이 그렇게 무시했다고 해도 그 사람이 한 말의 흔적, 그런 말을 했다는 사실 자체는 남습니다. 말은 허공으로 사라져버릴지라도 그 흔적은 남는다는 뜻입니다. 그것이 공기의 움직임이든, 독자의 반응이든, 재가 돼버린 종이든 말입니다.

> 말들의 검은 구멍은 없다.

이건 그리 좋은 표현은 아닌 것 같습니다. 여기서 '검은 구멍'은 물리학자들이 말하는 블랙홀이죠? 블랙홀이라고 썼으면 차라리 이해가 더 쉬웠을 거예요. 블랙홀을 검은 구멍이라고 말하는 한국인 물리학자가 있는지 모르겠네요. 저는 못 본 거 같은데.

말들의 블랙홀은 없다, 그러니까 만약 블랙홀이 있다면 말을 그 흔적까지 완전히 빨아들이겠지만 그런 블랙홀은 없다는 얘기입니다. 그 앞 문장의, 흔적마저 없앤다는 것은 불가능하다는 걸 다시 설명한 겁니다.

> 아니 있을지도 모른다. 그러나 아직은 없다.

김현 선생이 이 글을 쓸 때가 47세였을 겁니다. 많은 나이라고는 할 수 없지요. 그러니까 의도적으로 한발 물러섭니다. 자기 경험으로 봐서는 없다, 있을지도 모르지만 하여간 자기가 경험한 바에 따르면 없다. 이러면 주장의 강도가 조금 약화될지는 몰라도, 외려 신뢰성은 높아지는 효과가 있습니다.

있는 것은 흔적들이다. 그 흔적들이 욕망이며, 충동이다.

필자는 계속 말의 흔적에 대해 얘기합니다. 그것은 필자가 말들을, 특히 문학언어를 분석하고 해석하는 비평가이기 때문에 그렇습니다. 현실원칙 때문에 쾌락원칙이 억압 받아 에둘러서 욕망이 표현될 때, 겉으로 드러나는 것이 흔적입니다.

그 흔적들 때문에 나는 있으며, 나는 없다. 나는 없는 있음이며, 있는 없음이다.

이것도 매우 불교적인 표현입니다. 앞서 봤던 '있는 것은 없음뿐이다'와 같은 맥락의 문장이기도 하고요. 색즉시공 공즉시색! 이런 예를 들어보죠. 링컨은 민주주의가 인민의, 인민에 의한, 인민을 위한 정치라고 말한 바 있습니다. 링컨이 처음 한 말은 아니지만 하여간 게티즈버그 연설에서 그런 말을 했어요. 물론 그 말 자체는 19세기 어느 날 게티즈버그 허공에 사라져버렸습니다. 그리고 링컨 또한 이미 죽었습니다. 현존하지 않죠. 그렇지만 그 흔적은 계속 남아서 오늘날 민주주의를 얘기할 때 흔히 거론되곤 합니다. 바로 그 흔적들 때문에 링컨이라는 사람이 있는 것입니다. '나는 있으며, 나는 없다'는 대목을 저는 그렇게 이해했습니다.

김지하의 움직이는 무아말로 바로 그것의 다른 말이다. 나는 나이기 때문에 너와 달라야 하고, 나는 내가 아니기 때문에 너와 같아야 한다.

'움직이는 무無'는 시인 김지하 선생이 《탈춤의 민족미학》이라는 책에서 선보인 개념인데, 김현 선생은 그것을 있음과 없음의 등치, 곧 색즉시공 공즉시색으로 해석한 것 같습니다. 다름과 같음의 구별도 무의미하다고 필자는 얘기하고 있는 겁니다.

나는 너와 같이 싸우고 사랑하지만 네가 아니고, 너는 나와 같이 싸우고 사랑하지만 내가 아니다.

조금 풀어서 고쳐 읽어보면 이렇습니다. 나는 너와 지금 한편이 되어 싸우고 사랑하지만 너랑 동일자가 될 수는 없고, 너 역시 나와 힘을 합쳐 싸우고 사랑하지만 나랑 동일자가 될 수는 없다. 개인성이 강조되죠? 이것은 언뜻 있음과 없음을 등치시킨 지금까지의 주장과 다른 것 같습니다. 그렇지만 필자는 그 개인성조차 흔적에 불과하다며 이 글을 다음과 같이 마무리합니다.

너와 나는, 무서운 일이지만, 흔적들이다. 욕망만이 웃는다. 불쌍한 개인성이여, 너는 네가 너를 강력하게 주장할 때, 네가 아니다.

여기서 필자는 거의 도인의 경지에 이르러요.(웃음) 실체라는 것을 부정하고 세상은 그냥 흔적일 뿐이라고 말합니다. '네가 아무리 너를 강력하게 주장해도 그건 너가 아니야, 너는 흔적일 뿐이야'라고요.

이렇게 〈'말들의 풍경'을 시작하며〉란 글을 한번 읽어봤습니다. 이 짧은 글에서 필자가 주장하는 건 '말들의 풍경은 보는 사람에 따라 다르고 한 사람이 보기에도 또 다르다, 왜냐하면 모든 것이 다 변화하기 때문이다, 실체라는 건 없다, 있는 건 다 흔적이다'라는 것입니다. 그런 생각은 불교에서 익숙하죠. 세상에 완전히 분별되는 것은 없다, 고정돼 있는 것은 아무것도 없다. 김현 선생 자신이 평생 교적을 두었던 기독교의 세계관과는 커다란 차이가 있습니다.

김현 선생은 이 글에서 자신의 논리를 찬찬히 차곡차곡 쌓아 올립니다. '말들은 저마다 자기의 풍경을 갖고 있다'라는 말부터 시작해서, 그 풍경이 다른데 왜 다른지 설명하고, 그러면서 말들의 흔적까지 빨아들일 수 있는 블랙홀은 없다고 주장한 다음, 결국 맨 끝에서 너와 나는 구별지을 수 없다는 말을 던집니다. 조금씩 조금씩 논리를 쌓아나가고 있어요.

그리고 예컨대 '기름물감의 계속되는 덧칠처럼'이라든가 '빛의 움직임에 따라 물의 색깔이 변하듯'과 같은 비유는 정말 탁월하죠. 눈이 시릴 정도로 아름답습니다.

제 생각에 아름답고 명료한 글의 한 예가 이 글이 아닌가 싶어 여러분과 함께 읽어봤습니다.

글쓰기 이론

부사격 조사 와/과

대칭성 동사는 반드시

와/과와 함께 쓰인다 조사 '와'와 '과'는 한 형태소의 변이형태들입니다. 모음으로 끝난 말 다음에 '와'가 오고, 자음으로 끝난 말 다음에는 '과'가 옵니다. 흔히 접속조사로 많이 쓰이죠. 너와 나, 사람과 사랑, 하늘과 바람과 별과 시, 이런 식으로 말입니다.

그런데 와/과는 접속조사만이 아니라 부사격 조사로도 쓰입니다. 예컨대 '시민이 경찰과 싸운다'에서 '과'는 부사격 조사입니다. 동사 '싸우다'가 부사격 조사를 포함한 부사어 '경찰과'와 호응하고 있는데, 이런 종류의 동사를 대칭성 동사라고 합니다. 대칭성 동사의 주어에는 반드시 짝이 필요합니다. 상대도 없이 그냥 싸울 수는 없죠. 반드시 누구랑 같이, 다시 말해 누구에게 맞서 싸워야 합니다. 동사 '마주치다'도 마찬가지입니다. 누구와 마주쳐야 하죠. 또 ~와 경쟁하다, ~와 섹스하다, ~와 연애하다, ~와 혼인하다, ~와 상담하다, ~와 어울리다,

1—좋은 글이란 무엇인가?

~와 합치다… 이 같은 동사들도 대칭성 동사입니다.

대칭성 동사의 와/과는

위치를 자유롭게 바꿀 수 있다 대칭성 동사를 수식하는 부사어의 '와'나 '과'는 두 주어를 이어주는 역할을 할 수 있습니다. 자리를 옮길 수 있다는 뜻입니다. 이때는 부사격 조사가 아니라 접속조사가 됩니다. 예컨대 이런 문장을 봅시다.

> 나는 너와 연애한다.
>
> 나와 너는 연애한다.

이 두 문장은 같은 뜻입니다. 물론 뉘앙스는 좀 다를지 모르겠습니다. 는/은은 흔히 토픽, 화제를 나타내는 보조사입니다. 그래서 '나는 너와 연애한다'는 '내 얘기를 해보자면, 너와 연애해' 그런 뜻입니다. '나와 너는 연애한다'는 '나와 너에 대해서 얘기하자면, 우리는 서로 연애해' 이런 뜻이죠. 그렇지만 뉘앙스는 문법 수준에서는 분석이 안 됩니다. 그러니까 대칭성 동사가 쓰일 때 그 와/과는 자유롭게 자리를 옮길 수 있다는 겁니다.

대칭성 동사와 유사한

특징을 보이는 비교형용사 부사격 조사 와/과와 같이 쓰이는 것으로 대칭성 동사 말고 비교형용사가 있습니다. 비슷하다, 다르다,

동일하다, 똑같다, 상이하다, 유사하다, 이런 말들 역시 반드시 주어의 짝이 필요합니다. '나는 ~와 비슷하다' 그래야지, '나는 비슷하다' 이건 말이 안 되죠? '나는 달라'라는 말이 흔히 쓰이긴 하지만, 그건 '달라' 앞에 뭔가가 생략된 겁니다. 가령 '나는 여느 세상 사람들과 달라'라는 의미겠지요.

비교형용사와 쓰이는 와/과도 대칭성 동사와 함께 쓰이는 와/과처럼 자리를 마음대로 바꿀 수 있습니다. '나는 너와 유사하다'와 '나와 너는 유사하다', 이 둘은 문법적으로 뜻이 같습니다.

비교형용사의 특징 하나는 이른바 비교구문에는 사용되지 않는다는 것입니다. 비교구문이란 '~처럼' '~같이' '~보다' 같은 말을 포함하는 구문입니다. '나는 너처럼 비슷하다' '나는 너보다 동등하다' '나는 너처럼 같다' 이건 말이 안 되는 문장입니다.

글쓰기와 시 읽기

산문을 섬세하게 쓰려면

시를 읽어라　　　　　　　　글쓰기 비결 하나를 말씀드리자면,
시를 읽으라는 것입니다. 시를 읽는 것은 산문을 섬세하게 쓰는 데에
도움이 됩니다. 저는 소설 읽어본 지는 꽤 오래됐는데, 시는 요즘도 일
상적으로 읽습니다. 시인들은 소설가나 에세이스트 같은 산문가들보
다 말을 고르는 데 굉장히 신중하거든요. 물론 어떤 시인은 어떤 산문
가보다 언어감각이 더 못할 수도 있겠지만, 일반적으로는 시인이 산문
가보다 언어감각이 한결 예민하고 섬세합니다. 그러니까 시를 자주 읽
다보면 산문을 더 섬세하게 쓸 수 있습니다.

자기가 쓴 글을

소리 내서 읽어보기　　　　　　시를 읽다보면 말의 리듬감이 몸에
배게 됩니다. 시는 일차적으로 리듬의 예술이니까요. 그래서 산문을

쓸 때도 리듬감 있는 글을 쓸 수 있습니다. 산문이라고 해서 리듬이 없는 게 아닙니다. 미학자 진중권 씨나 영화평론가 허지웅 씨 같은 이들 얘기를 들어보니까, 자기들은 글을 쓴 다음에 한번 소리 내어 읽어본대요. 원고를 언론사나 출판사로 보내기 전에 말이에요. 그래서 제가 "그럴 시간 있으면 술이나 마시든지 잠이나 자라" 그랬습니다.(웃음) 그런데 그분들 말을 듣고 보니, 아닌 게 아니라 자기 글을 소리 내어 읽어보는 게 글을 낫게 고치는 데 도움이 될 것 같기는 합니다. 저는 그런 적이 없긴 하지만요. 자기가 쓴 글을 소리 내어 한번 죽 읽다보면 뭔가 걸리는 데가 나올 수도 있고, '아, 이건 모가 좀 나 있는데' 하면서 말의 리듬이 체크될 것 같습니다. 여러분도 글을 쓴 뒤에 소리 내어 읽어보십시오.

글쓰기와 사전

틀린 말을 쓰느니

아예 안 쓰는 게 좋다　　　　　　　　제가 여러 번 강조했지만, 글 쓸 때
는 항상 사전을 옆에 비치하세요. 조금이라도 불확실한 것은 반드시
확인한다, 확인이 되지 않으면 쓰지 않는다, 이런 원칙을 세우고 지키
십시오. 틀린 말을 쓰느니 아예 안 쓰는 게 좋아요. 컴퓨터 안의 사전
이든 바깥의 종이사전이든, 사전 없이는 글을 못 쓴다, 이렇게 생각하
시기 바랍니다.

글을 쓸 때는

연관어사전이 유용하다　　　　　　　일반 국어사전도 유용하지만 유의
어사전, 반의어사전까지 있으면 더 좋습니다. 컴퓨터에 그런 사전까지
내장돼 있는지는 모르겠네요. '내가 잘 아는 모어^{母語}인데 굳이 그렇게
까지 필요할까' 생각할 수도 있겠지만 매우 잘못된 생각입니다. 뜻밖

에도 우리들 대부분은 우리말에 대해 충분한 지식이 없습니다. 어휘 분야에서 특히 그렇습니다. 어떤 말의 반의어가 생각나지 않을 수도 있고, 또 같은 말을 반복하기가 싫어서 유의어를 쓰고 싶은데 그 유의어가 생각나지 않을 수도 있거든요. 유의어라 해도 다 그 뉘앙스가 조금씩 다르기도 하고요.

전문적 글쟁이가 되려면 연관어사전도 필요합니다. '깍쟁이'라는 말을 예로 들어봅시다. 글을 읽을 때는 이 단어를 몰라도 문제가 안 됩니다. 일반 국어사전에서 그 뜻을 찾아보면 되니까요. 그런데 글을 쓸 때 이 단어를 모르거나, 이 말이 얼른 떠오르지 않는다고 생각해봅시다. 깍쟁이라는 단어가 분명히 자기 머릿속에는 있는데 너무 깊이 있어서 끄집어내기 어려운 상황 말이에요. 혀끝에서는 뱅뱅 도는데 그 말이 튀어나오지 않는 경우 말입니다. 그럴 때는 일반 국어사전이 도움을 줄 수가 없습니다. 유의어사전, 반의어사전도 도움을 줄 수 없습니다. 그런데 연관어사전을 보면, 어떤 표제어 아래 그 말과 연관된 말들이 쭉 나열되어 있습니다. 이를테면 '인색하다'나 '구두쇠' 같은 단어를 찾으면 '깍쟁이'라는 말을 발견할 수 있습니다. 그래서 여러분께 연관어사전을 구비해놓으라고 권하고 싶습니다.

그런데 남한에서 자체로 편찬한 건 제가 못 봤고, 북한에서 편찬한 것을 남한의 출판사가 낸 것은 시중에 있습니다(《우리말글쓰기 연관어대사전》, 황토출판사). 두 권짜리인데 값은 좀 비싸지만 한 질 비치해두면 글쓰기에 큰 도움이 될 겁니다.

글쓰기 실전

"전대미문의 규모로 흡수되고 배출되는 열정의 역학 속에서 붉은색은
대한민국을 뒤덮고 있고, 사람들은 그것을 당연하게 받아들이고 있다."

《자유의 무늬》, 15쪽

제가 한자어에 별 거부감이 없어서 그런지 모르겠지만, '전대미문前代未聞'
정도의 사자성어는 일부러 피할 필요 없을 것 같습니다. 굳이 고치겠
다면 '전에 없던'이라고 해도 괜찮겠네요.

　그리고 지금 문장이 길게 연결되어 있는데 적절히 끊어보면 어떨까
요? '…대한민국을 뒤덮고 있다. 그리고 사람들은 그것을…' 이렇게요.
'그리고'를 빼도 좋지요. 아니, 빼는 게 더 좋습니다. 두 문장 사이에
긴장감이 생기거든요. 특히 신문이나 방송의 기사 문장은 짧고 간결한
문장을 나열하는 것이 좋습니다.

"···중국 문화혁명 시기의 홍전^{紅專}논쟁, 1970년대에 악명을 떨치던 이
탈리아 테러리스트 조직 '붉은 여단'···"

《자유의 무늬》, 15~16쪽

1966년부터 10년간 중국을 뒤집어놓은 문화대혁명은 사실 마오쩌둥
이 벌인 권력투쟁의 일환이었습니다. 이름만 그럴듯하게 문화혁명이라
고 붙인 것이죠. '홍전논쟁'에서 '홍'은 이념을 뜻하고 '전'은 전문지식
이나 기술을 뜻하는데, 당시의 험악한 대치 정국을 압축적으로 나타내
는 말입니다. 마오쩌둥이 류사오치나 덩샤오핑 같은 사람을 '이념은 제
쳐놓고 부르주아 사상에 물들어서 기술과 지식만을 중시한다'고 몰아
붙이면서 사상 공세를 펼쳤거든요. 그러고는 다 숙청해버렸습니다. 류
사오치나 덩샤오핑 같은 사람들을 주자파^{走資派}, 즉 자본주의 이익에 붙
어먹는 세력이라고 규정하고 10대 꼬마들을 동원해서, 이 꼬마들을 홍

위병이라고 하죠, 원로들을 모욕했습니다. 중국 현대사의 끔찍하고 야만적인 장면이었죠.

수강생

'홍전논쟁'이 무엇인지
이미 알고 있는 일반 독자는
드물 것 같아요.

이 글이 쓰인 시기가 2002년이니까 11년 전입니다. 그때 30, 40대 분들이나 그 손윗사람들은 아무 배경 설명 없이 그냥 홍전논쟁이라고 해도 알아들었을 거예요. 그런데 이제 시간이 지나서 새 세대들은 홍전논쟁은 물론이고 문화혁명이라는 말도 생소할지 모릅니다. 글의 수명, 특히 어떤 정보와 관련된 글의 수명은 시간이 갈수록 점점 다해가기 마련입니다. 제 생각에 이 글이 쓰였을 때 정도면 별다른 설명이 없어도 괜찮았을 것 같아요. 하지만 만약 지금 다시 쓴다면 더 충분히 설명했을 것 같습니다.

그 뒤의 '붉은 여단'이라는 건 아주 과격한 좌파운동단체였습니다. 이탈리아 총리를 지냈던 알도 모로를, 이탈리아는 내각책임제니까 총리가 제일 권력이 셉니다, 그 알도 모로가 총리 직에서 물러난 다음에 그 사람을 납치해서 결국 살해했습니다. 그 정도로 과격한 단체였는데 지금은 사라졌습니다.

외국을 보면 좌파든 우파든 테러가 간단치가 않아요. 한국 좌파가 과격하다고들 하는데, 제가 보기에 세계에서 제일 온순한 좌파가 한국

1—좋은 글이란 무엇인가?

좌파입니다.(웃음) 일본만 해도 적군파를 보세요. 텔아비브공항에서 여객기를 폭파시키고, 사람들을 무차별로 죽이고, '요도호'라는 비행기를 납치해서 평양으로 가고, 그러고는 야마다 산장이란 데서 자기들끼리 서로 숙청해서 죽이고 난리도 아니었습니다. 거의 제정신이 아닌 사람들이었죠. 그에 비해 한국 좌파운동가들은 굉장히 착해요. 어쩌다 화재 같은 걸 내서 실수로 사람이 죽는 경우는 있어도 서유럽이나 일본 좌파들처럼 그렇게 막 나가지는 않죠. 한국에는 극좌파가 없는 거예요. 적어도 '행동하는 극좌파'는 없지요.

"…북한 중등학생들의 예비군 조직이라는 '붉은 청년 근위대'가 그 예다."

《자유의 무늬》, 16쪽

여기서 '이라는'을 빼면 문장이 더 간명해질 거예요. 그런데도 왜 굳이 넣었을까요? 그것은 필자가 한발 물러서려는 의도를 드러낸 것입니다. 사실 저는 북한에 가보지도 않았고, 북한에 정말 붉은 청년 근위대라는 게 있는지 없는지도 확신하지 못합니다. 그저 초중등학교 때 읽은 반공 교과서에서 간접적으로 그런 사실을 접했을 뿐이죠. 그러니까 단언하지 않고 '그런가보다' 정도로 한발 좀 물러선 거예요. 확실히 안다면 '이라는'이 필요 없겠죠? 저는 이 '이라는'에 배어 있는 거리 유지의 태도가 어떨 때는 글 쓰는 사람에게 꼭 필요하다고 생각합니다.

"초등학교 운동회에서 청군의 맞상대는 색상표의 배치로 보아 자연스러운 홍군이 아니라 백군이었다."

《자유의 무늬》, 16쪽

'색상표의'에서 '의'는 필요 없습니다. '색상표 배치로'라고만 하는 게 간결하고 자연스러워요. 다시 말하지만, 이건 철칙은 아닙니다. 좀더 한국어답다는 거죠. 자기 스타일을 유지하고 싶으면 '의'를 넣어도 좋습니다.

　빨간색이 공산주의 또는 사회주의를 의미한다면 하얀색은 그 반대편에 있는 정치적 입장을 상징합니다. 그러니까 아주 반동적이고 반혁명적이고 극우적인.

　1917년 11월에 레닌이 혁명을 일으켜서 러시아가 공산화됩니다. 이 사건을 10월혁명이라고 하는데, 그건 러시아 달력으로 10월이어서 이름이 그렇게 붙은 거고 사실 혁명이 일어난 건 11월이었습니다. 아무튼 그렇게 혁명을 이뤘다고 해서 그날로 러시아 전체가 공산화한 건 아니었습니다. 당연히 내전이 일어났습니다. 혁명파와 반혁명파가 대립을 했죠. 그때 혁명파에 속한 군대를 적군이라 불렀고, 반혁명파에 속한 군대를 백군이라고 불렀습니다. 혁명체제를 무너뜨리려고 미국이나 영국, 일본 같은 열강들이 백군을 지원했습니다. 결국 혁명세력이 백군과 외세를 다 분쇄하고 소련이 성립된 거예요.

혹시 '백색테러'라는 말 들어보셨나요? 극우주의자가 자유주의자나 좌파에게 하는 테러를 백색테러라고 합니다. 또 일제 때는 '백계 러시아인'이란 말도 있었어요. 일제 때 한국에 러시아인들이 꽤 들어왔는데, 대개 러시아혁명에 반대해서 러시아를 떠난 사람들이었습니다. 이들을 백계 러시아인이라고 불렀는데, 이건 이 사람들 얼굴이 하얗다는 뜻이 아닙니다.(웃음) 이 사람들이 이념적으로 '반혁명적이다, 우익이다'라는 뜻입니다.

"이런 레드 콤플렉스가 적어도 외양으로는 일거에 사라지고 있다. 그리고 그 금기해제 작업의 중심에 붉은 악마가 있다."

《자유의 무늬》, 16쪽

접속부사 '그리고'를 빼도 좋을 거 같습니다. 접속부사라는 건 '그리고/그러나/그런데'처럼 문장을 잇는 조사를 가리키는 용어예요. 영어에서는 여기에 해당하는 말을 접속사라고 하는데, 한국어 학교문법에서는 접속부사라고 부릅니다. 아까 말씀드렸듯, 이 접속부사를 빼도 말이 된다 싶으면 빼세요. 글에 긴장감을 줄 수 있습니다. 접속부사를 문장 앞에 자꾸 붙이면 글이 늘어져 보여요. 이를테면 앞문장과 반대되는 내용을 말해야 하니까 '그러나'를 꼭 넣어야지, 또는 앞문장 내용에 덧붙인다는 걸 나타내기 위해서 꼭 '그리고'를 써야지, 이런 생각을 할 수 있는데, 다 일종의 쓸데없는 강박입니다.

실전 06

"이들이 만들어낸 붉은 물결 덕분에 이제 이 정열의 빛깔은 대한민국을 상징하는 빛깔이 되었다."

《자유의 무늬》, 16쪽

'빛깔'이라는 단어가 반복됩니다. 이런 게 사실 김현 선생의 말투예요. 똑같은 명사를 반복하면서 하나의 스타일을 형성해나가죠. 제가 그분의 글을 열심히 읽은 탓에 그분의 영향이 이런 데서 드러납니다.

지금의 저라면 '이 정열의 빛깔은 대한민국을 상징하게 되었다'라고 쓸 것 같아요. 이게 더 깔끔하다고 생각합니다. 김현 선생식으로 말하자면, 제 마음의 풍경이 달라진 것 같아요.(웃음) 같은 단어가 같은 문장에서 반복되는 것은 깔끔해 보이지 않습니다.

"한국은 '적화' 되었다."

《자유의 무늬》, 16쪽

'적화'에 따옴표를 쳐서 글자 그대로의 뜻으로 의미를 한정했습니다. 말하자면 여기서 적화는 공산화라는 뜻이 아니죠. 따옴표를 써서 이것은 일반적 의미가 아니다, 라는 해석을 유도하는 동시에, 금기어의 미묘한 뉘앙스로 일종의 수사적 효과를 만들어내고 있습니다.

"…이 붉은 물결에 마음이 편치 않다. 이 붉은 물결이 실질적으로는
레드 콤플렉스의 해체와 무관하다는 판단 때문만은 아니다."

《자유의 무늬》, 16쪽

'이 붉은 물결'이 반복됐습니다. 굳이 그럴 필요 없을 거 같아요. '그것'
같은 대명사를 쓰면 좋을 것 같습니다. 물론 이 문장이 문법적으로 틀
린 것은 아닙니다. 명사구를 반복하느냐, 아니면 그것을 대명사로 받
느냐 하는 것은 스타일의 문제일 뿐이기는 합니다. 같은 명사구를 반
복하는 사람도 있고, 대명사로 대치하는 사람도 있습니다. 하지만 스
타일도 정도의 문제입니다. 지나치면 안 돼요. 원칙적으로, 일단 한 번
쓴 명사구는 대명사로 받는 것이 자연스러울 때가 많다는 점을 늘 염
두에 두시기 바랍니다.

"…수백만의 인파는 유사 이래 한반도에서 터져 나온 최대의 열정을 증명하지만, 이 파천황의 열정은 과연 제대로 소비되고 있는 것일까? 열정이라는 것도 무한한 재화는 아닐 것이다."

《자유의 무늬》, 16~17쪽

'수백만의'에서 '의'는 불필요합니다. 물론 꼭 놔둬야 직성이 풀릴 것 같으면 놔둬도 됩니다. 아까 말씀드렸듯 '의'나 '-적'의 사용 여부는 결국 스타일의 문제니까요. 그렇지만 빼는 게 한국어로서 좀더 자연스럽게 보이긴 합니다. '열정이라는 것도'에서 '이라는 것'도 빼는 게 좋겠습니다. 그냥 '열정도' 하면 충분합니다.

수강생   파천황이 뭔가요?

여태껏 없었던 일을 처음으로 해냈다는 뜻입니다. 글을 쓰려면 이런 정도의 표현은 알아두셔야 합니다. 물론 글을 쓸 땐 되도록 쉬운 말을 쓰려고 애써야 하지만, 늘 쉬운 말만 쓰다보면 어휘는 영원히 늘지 않을 거예요. 글을 잘 쓰려면 어휘를 늘려야 합니다. 제가 여러 차례 강조했듯, 어휘 학습은 글쓰기에 매우 중요합니다.

그렇다고 사전 구석 어디에서 다른 사람들이 아무도 모르는 말을 막 가져다 쓰라는 말은 아닙니다. 적어도 그 사회에서 통용되고 있는 말이라야 하죠. 그래도 최소한 한국어로 쓰인 가장 골치 아픈 글에 사용된 단어들은, 자기가 그 말을 쓰지는 않을지라도 이해는 할 수 있어야 합니다. 아마 어휘 학습을 돕는 책이 많이 나와 있을 거예요. 고등학생용도 좋고 일반인용도 좋고, 하여간 지금부터라도 어휘를 늘리려고 애쓰십시오.

"지난 3월 말 국제작가회의는 팔레스타인 사람들에게 연대를 표하기 위해 월레 소잉카를 비롯한 대표단을 라말라에 보냈다."

《자유의 무늬》, 17쪽

월레 소잉카라는 사람은 제 세대에겐 아주 익숙한 인물입니다. 노벨상까지 받은 분이라 잘 알려져 있죠. 그렇지만 이분의 이름을 처음 들어보는 사람이 있을 수도 있습니다, 특히 젊은 세대에는. 그러니까 이건 좀 불친절한 문장입니다. 제가 만약 이 문장을 다시 쓴다면 '월레 소잉카' 앞에 '나이지리아 소설가'라는 말을 붙이겠습니다.

　그리고 여기에서는 크게 문제될 건 없는데, '비롯한'이라는 말을 쓸 때 항상 조심해야 합니다. 그 주체로부터 무언가가 정말 비롯되었다는 확신이 없으면 '비롯한' 대신에 '포함한' 정도의 표현을 쓰시기 바랍니다. '비롯한'이라는 말은 되도록 쓰지 않는 게 좋아요.

몇 년 전 어느 신문사 논설위원의 칼럼에서 이런 문장을 봤습니다. "나를 비롯한 진보적 지식인들은…." 이러면 읽는 사람들이 황당해지지요. 긍정적 뉘앙스를 담아 자기를 '진보적'이라고 한 데다, 스스로 '지식인'이라고 규정했습니다. 뭐, 필자가 '진보적'이고 '지식인'일 수도 있겠지요. 그런데 거기서 더 나아가 '나를 비롯한'이라고 했단 말이에요. 수많은 진보적 지식인이 있는데 '다 나한테서 비롯된 거야' 하고 말한 겁니다. '그 진보적 지식인들 중에 내가 1등이야'라고 한 겁니다. '진보적'이라는 말을 부정적 의미로 썼다면 좀 다를 수 있지만, 이 논설위원은 '진보적'이라는 말에 긍정적 뉘앙스를 담아 썼거든요. 사실 이런 식의 표현은 "나는 바보입니다"라는 말이랑 똑같습니다.(웃음)

'나를 비롯한 혁명투사들' '나를 비롯한 민주주의자들'도 다 마찬가지입니다. 명심하세요. 긍정적 맥락에서 '나를 비롯한'이라고 하면 굉장히 우스워집니다. 그런 말을 쓰면서 스스로 낯간지러움을 느끼지 않는다면 그 말을 쓰는 사람이 자만심에 차 있거나 우둔한 거지요. 아마 둘 다일 겁니다.(웃음) 별로 큰 의미를 담지 않고 그냥 말버릇으로 이 표현을 쓰는 분도 있긴 합니다. 하지만 자기를 굉장히 앞세우는 표현이라는 걸 알고 쓰시기 바랍니다. 제왕이라면 그렇게 말할 수 있겠지만, 우리들 대부분은 제왕이 아니잖아요? 글 쓰는 사람이 독자에게 지켜야 할 최소한의 예의입니다.

"요르단강 서안 팔레스타인 자치지역 가운데 하나인 라말라는…"

《자유의 무늬》, 17쪽

라말라는 팔레스타인 임시정부의 행정수도입니다. 지금은 사실상 임시정부도 아니고 정식정부라고 해야겠죠. 아무튼 라말라는 팔레스타인 정부의 행정수도예요. 제가 이 글을 쓸 때 게을렀습니다. 책임감이 부족했어요. 라말라가 팔레스타인 자치지역인 것은 알았지만 행정수도인지 아닌지 긴가민가했어요. 잠깐만 시간 내서 확인했으면 됐을 텐데 그게 귀찮았던 겁니다. 독자들에게 구체적 정보를 줄 수 있는데도 이렇게 얼버무리는 건 글 쓰는 사람의 올바른 태도가 아니죠. '팔레스타인 임시정부의 행정수도 라말라는', 이렇게 분명하고 구체적으로 썼어야 했습니다. 물론 틀리게 쓰는 것보다는 차라리 두루뭉술하게 쓰는 편이 낫지만, 확인해서 정보를 더 제공하는 것만 못합니다.

실전 12

"…팔레스타인 땅이 사랑과 평화의 땅이라는 원래의 이름을 되찾는 것에 대한 희망이었다."

《자유의 무늬》, 17쪽

이건 굉장히 무책임한 말이에요. 독자들이 읽으며 '아, 팔레스타인이라는 고유명사의 어원이 사랑과 평화의 땅이란 뜻인가보다'라고 오해할 수 있습니다. 사실 팔레스타인이라는 지명의 어원은 잘 밝혀져 있지 않고, 사랑과 평화와는 아무 상관도 없습니다. 다만 유대인들이 팔레스타인을 점령하고 1948년 이스라엘이라는 국가를 건설한 뒤에, 팔레스타인 사람들이 자신의 고향을 사랑과 평화의 땅이라고 불렀던 겁니다. 이런 맥락을 설명하지도 않고 그냥 '사랑과 평화의 땅이라는 원래의 이름'이라고 쓴 건 굉장히 무책임합니다. 오해를 줄 수 있는 표현에 민감해야 합니다.

《자유의 무늬》15~18쪽에 나오는 〈빨강〉이라는 글을 총평해봅시다. 이 글에는 다소 어색한 문장도 있고 군더더기도 여럿 있습니다. 그럼에도 그럭저럭 괜찮게 쓰인 글이라고 생각합니다. 빨강이라는 말을 중심에 두고 글을 쭉 이어나갔기 때문입니다. 중간에 다른 데로 튀지 않고 일관된 주제 아래 메시지를 전달했죠. 처음에 '붉은 악마'를 소재로 삼아 대한민국에서 빨간색이 역사적으로 지녔던 반공의 의미를 살펴보고, 붉은 악마가 가져온 금기 해방의 의미와 한계를 간략하게 지적합니다. 그다음에 다르위시의 연설문을 통해 빨강의 또다른 의미를 탐색합니다. 다르위시는 팔레스타인의 비극적 상황을 호소하면서, 피가 아니라 장미에서 빨간색의 아름다움을 느끼는 날이 왔으면 한다고 말합니다. 이 글 〈빨강〉은 결론 부분에서 앞선 두 빨강의 의미를 연결시키며 마무리됩니다. 즉 붉은 악마가 보인 빨강의 탈정치적 한계를, 팔레스타인 사람들의 존엄을 상징하는 장미의 빨강으로 승화하자고 말입니다.

"베르나르 프랑크라는 프랑스 문학평론가가 있다."

《자유의 무늬》, 39쪽

'프랑스 문학평론가'는 뜻이 두 겹입니다. 프랑스 국적의 문학평론가인지, 아니면 불문학을 평론하는 사람인지 불분명합니다. 물론 베르나르 프랑크라는 이름에서 프랑스인이라는 게 어느 정도 드러나긴 합니다. 그렇지만 프랑스어나 프랑스식 성과 이름을 프랑스에서만 쓰는 건 아니지요. 그래서 아리송함은 여전히 남습니다. '프랑스인 문학평론가가 있다'라고 쓰는 것이 좋겠습니다.

실전 15

"갈리그라쇠유는 프랑스 출판 시장을 손아귀에 넣고 문학상을 쥐락펴락하는 갈리마르, 그라세, 쇠유 세 출판사 이름의 앞부분을 따 만든 말이다."

《자유의 무늬》, 39쪽

문학상은 뛰어난 문학작품을 쓴 이에게 주는 것이 마땅하겠죠. 그런데 뛰어남이라는 것 자체가 사실 꽤 주관적입니다. 모든 상이 그렇듯 문학상도 이런 조건에서 자유롭지 못합니다. 김현 선생의 〈'말들의 풍경'을 시작하며〉에서도 봤듯이, 똑같은 작품이라도 보는 사람의 마음의 풍경에 따라 달리 보이고, 또 같은 사람이 본다 하더라도 어제와 오늘의 마음 풍경이 다르잖아요. 문학상을 받았다고 해서 최고의 작품이라고 단언할 수 없는 것입니다.

　한국 못지않게 프랑스에서도 문학상의 담합이 심해요. 이 세 출판사에서 책을 내면 상을 받을 확률이 매우 높아집니다. 속된 말로 상을 나눠먹는 거죠. 갈리그라쇠유는 이런 현상을 살짝 경멸하고 조롱하기 위해 베르나르 프랑크가 만든 말입니다.

"프랑크는 시사주간지 〈르 누벨 옵세르바퇴르〉의 고정 칼럼니스트인
데…"

《자유의 무늬》, 39쪽

신문이나 잡지 이름을 쓸 때 보통 유럽이나 미국에서는 정관사를 붙입
니다. 영어 같으면 the, 불어 같으면 le나 la 그렇게요. 한국어 문장에
서 이런 유럽어 매체 이름을 쓸 때, 일반적 관행은 해당 국가 언어로 한
음절일 경우엔 관사를 붙입니다. 예컨대 더타임스 The Times, 르몽드 Le Monde
이렇게요. 타임스와 몽드가 한국어로는 세 음절과 두 음절이지만 영어
와 불어에서는 한 음절입니다.

  두 음절 이상이 되면 관사를 안 붙이는 게 일반적입니다. 〈뉴욕타임
스〉의 원어 제호는 The New York Times지만, 한국어 문장에서 이
신문을 거론할 때는 그냥 '뉴욕타임스'라고 하지 '더뉴욕타임스'라고

하지는 않습니다. 원어 제호가 The Los Angeles Times인 신문도 한국어 문장에서는 관사를 빼고 그냥 '로스앤젤레스타임스'라고 합니다.

이 문장에서 언급된 〈르 누벨 옵세르바퇴르 Le Nouvel Observateur〉는 영어로 The New Observer, 다시 말해 새로운 관측자라는 뜻입니다. '누벨 옵세르바퇴르'가 두 음절이 훨씬 넘으니 여기서도 '르'가 없는 게 좋을 것 같습니다. 굳이 넣으면 "이게 원래 '르'가 붙는 거야" 하고 글 쓴 사람이 잘난 체하는 거라고 오해 받을 수도 있습니다. 티를 내고 있다는 오해 말입니다.(웃음)

여담이지만 프랑스 신문 중에 정관사가 없는 신문도 있어요. 예컨대 〈리베라시옹〉이라는 좌파신문이 있는데 사르트르가 창간인 중 한 사람이었죠. '해방'이라는 뜻입니다. 여기에 관사가 붙는다면 여성관사 '라 la'가 붙어야 하는데 실제 제호는 관사 없이 그냥 '리베라시옹 Liberation'입니다. 아무튼 정관사가 붙은 유럽 매체 이름을 한국어 문장에서 언급할 때 일반적 원칙은, 원어에서 한 음절일 경우에는 정관사를 그대로 붙여주고 두 음절 이상일 경우에는 정관사를 떼버린다는 겁니다. 아시겠죠?

"현직 우파 대통령 자크 시라크와 좌파 총리 리오넬 조스팽이 결선 투표에서 맞붙을 가능성이 거의 100퍼센트다."

《자유의 무늬》, 40쪽

대통령이 우파이고 총리는 좌파라는 게 이상하지 않나요? 한국은 대통령중심제 국가입니다. 그런데 총리가 있고 국회의원이 장관이 될 수 있기 때문에 완전한 미국식 대통령중심제는 아니고, 의원내각제가 약간 가미된 대통령중심제입니다.

　프랑스 정부 형태는 이원집정부제예요. 이원집정부제는 뭐냐 하면, 일단 대통령은 직선으로 뽑습니다. 그리고 총선을 해서 대통령이 속한 당, 즉 여당이 다수당이 되면 대통령이 전권을 지니고 총리와 장관을 임명합니다. 이 경우에는 이원집정부제의 대통령이 대통령중심제의 대통령보다 더 큰 힘을 지닐 수도 있습니다. 권한은 자기가 갖고 책임은 총리에게 미룰 수 있으니까요. 그런데 총선에서 야당이 다수당이 되면 대통령한테 별 힘이 없습니다. 대통령은 외교나 국방 말고는 다른 일을 거의 못합니다. 실질적으로는 다수파 야당 의원들 중에서 대통령이 지명한 총리가 힘을 지니게 됩니다. 그리고 다수당을 이끄는 총리가 장관들을 다 임명하죠. 그 나라를 누가 대표하느냐 가지고 총리랑 대통령이랑 싸우기도 합니다.

그런 상태를 동거정부라고 합니다. 좌우 동거, 불어로는 코아비타시옹cohabitation입니다. 다른 나라에서는 보기 힘든 정부 형태인데, 지금까지 프랑스 제5공화국에선 세 차례의 좌우 동거정부가 있었습니다.

1981년에 미테랑 대통령이 집권하면서 처음으로 사회당에서 대통령이 나왔습니다. 그런데 1983년 총선에서 사회당이 패배해서 우파인 자크 시라크가 총리가 됩니다. 1993년 총선에서도 마찬가지 상황이 벌어졌습니다. 그때 대통령도 역시 미테랑이었습니다. 1988년 대선에서 승리해서 연임을 했거든요. 미테랑은 무려 14년 동안 프랑스 대통령 자리에 있었습니다. 지금은 프랑스 대통령 임기가 5년이지만, 그 시절엔 7년이었습니다. 그런데 1993년 총선에서 사회당이 져서 우파 지도자 에두아르 발라뒤르가 총리가 됩니다.

이 글은 세 번째이자 가장 최근의 동거정부 시절을 배경으로 합니다. 대통령은 우파인 자크 시라크였는데, 1997년 총선에서 사회당이 다수당이 되어서 그 당 출신 총리인 리오넬 조스팽이 실권을 지니고 있었죠. 그래서 새 대통령 선거를 앞두고 리오넬 조스팽 총리와 자크 시라크 대통령의 결선 투표를 거의 확신했던 겁니다.

1—좋은 글이란 무엇인가?

아! 프랑스의 대통령 선거에는 결선 투표라는 게 있어요. 첫 번째 투표에서 과반수 표를 얻은 후보가 있으면 그걸로 끝이지만, 어느 누구도 과반수를 얻지 못했을 경우 2주 뒤에 1위 후보와 2위 후보를 놓고 다시 투표를 합니다. 덧붙이자면 국회의원 선거나 지방선거도 마찬가지입니다.

그런데 당시 예측이 완전히 빗나갔습니다. 극우파 '국민전선' 후보인 장마리 르펜이 선전하는 바람에 사회당의 조스팽이 탈락하고 결선 투표 구도가 '시라크 대 르펜'이 되어버린 거예요. 대소동이 일어났지요. 사회당 지지자들은 울며 겨자 먹기로 다들 시라크를 찍었습니다. 극우파 후보를 지지할 수는 없었으니까요.

"그때 드골은 사르트르를 반란죄로 잡아들이자는 측근의 제의를 거절하며 볼테르 운운했다고 한다."

《자유의 무늬》, 40쪽

사르트르라는 철학자는 그 이념적 자리가 프랑스 공산당보다도 더 왼쪽이었고, 굉장히 과격했습니다. 그냥 한국의 좌파를 생각하면 안 돼요. 유럽 좌파들은 실제 사람을 죽입니다. 주로 극좌파들이 그러지만요. 물론 극우파도 마찬가지입니다. 한국에서 친노, 종북이라고 불리는 사람들은 거기에 대면 다 순둥이들이죠.(웃음)

그 당시 프랑스 형법상으로 사르트르를 반란죄로 잡아들일 수 있었나봅니다. 프랑스 식민지였던 알제리의 독립운동을 돕고 있었으니까요. 심지어 폭력적 독립운동을 옹호하기도 했습니다. 공산당 일각의 폭력운동도 지지했고요. 프랑스의 식민통치는 아주 가혹했습니다. 특히 알제리에서 그랬습니다. 독립운동가들에 대한 프랑스 군대와 경찰의 고문이 일상적이었습니다. 이런 상황에서 사르트르는 격렬하게 드골을 욕하고, 프랑스 실정법을 어겨가면서 알제리인들을 돕고 그랬습니다. 법을 어겼으니 반란죄로 잡아들여야 마땅한데, 사르트르가 프랑스를 대표하는 지식인이고 전 세계에 너무 알려진 사람이기도 해서 드골은 고민이 좀 됐을 겁니다. 그래서 측근에게 "그를 내버려두지. 볼테르를 잡아들일 수는 없잖아"라고 말했다고 합니다. 이따가 다시 말씀드리겠지만, 이건 공정한 일이 아니죠. 대통령이 법을 어겨서 법치주의를 위태롭게 한 겁니다. 설령 그게 악법이라고 할지라도요.

"···쥘리앵 그라크는 다소 비대중적인 소설을 쓴 20세기 작가다."

〈자유의 무늬〉, 40쪽

서술격 조사 '이다/다'에서 어느 것을 써야 할까요? 앞의 단어가 자음으로 끝났을 때는 당연히 '이다'를 써야 합니다. '나는 사람이다'라고 해야지 '나는 사람다'라고 할 수는 없습니다. 문제는 모음으로 끝났을 때예요. 사실 문제랄 것도 없죠. 자기 취향대로 쓰면 됩니다. '나는 작가다'라고 해도 좋고 '나는 작가이다'라고 해도 좋습니다. 저는 30대 초까지는 '이다'를 선호했던 것 같아요. 그런데 지금은 예외 없이 '다'를 씁니다. 심지어 그 앞의 명사가 '∼이'로 끝나서, 명사와 조사의 경계가 혼란스러워 보일 수 있을 때도 그래요. '살림살이이다'라고 하기보다 '살림살이다'라고 합니다. 그게 지금의 저에겐 더 깔끔해 보이는 군요.

"즉《태백산맥》의 '좌경성',《내게 거짓말을 해봐》의 '음란성', 마약 복용의 '반사회성'은 관련된 예술의 가치를 통해 상쇄될 수 있다는 생각이 부지불식간에 깔려 있었다."

《자유의 무늬》, 41쪽

'반사회성은' 다음에 쉼표가 있는 게 좋을 거 같습니다. 주어 앞에 쉼표가 붙는 건 사실 예외적입니다. 하지만 주어 바로 다음에 오는 '관련된'이라는 동사가 주어에 걸리는 게 아니죠? 이 점을 명확히 표시하기 위해 쉼표를 넣는 것이 좋겠습니다.

실전 21

"이것은 사르트르가 비록 국사범이지만 볼테르만큼이나 위대한 지식인이니 그대로 놓아두자는 생각과 구조적으로 비슷하다."

〈자유의 무늬〉, 41쪽

물론 '구조적으로' 비슷합니다. 부정확한 사실을 애기한 게 아니죠. 하지만 여기서 '구조적으로'라는 말을 굳이 쓸 필요가 있을까요? 이 글이 학술논문도 아닌데 말입니다. 없어도 될 것 같습니다. 딱딱한 글이 아니라 비교적 말랑말랑한 글인데, 거기 끼어들어간 '구조적'이라는 말은 좀 무겁지 않나 하는 생각이 듭니다.

"마찬가지로 전인권에 대한 유죄판결에 논란이 있을 수 있는 것은 그가 빼어난 뮤지션인 것과는 상관없이 그 판결이 자유의 한계에 대한 논의와 깊은 관련이 있었기 때문이다."

《자유의 무늬》, 41~42쪽

'것과는'에서 '는'은 필요 없는 것 같습니다. 쓸데없는 보조사는 빼자, 여러 차례 제가 말씀드렸습니다. 더구나 그 앞에 '유죄판결에 논란이 있을 수 있는 것은', 하고 '은'이 나왔는데 '것과는', 하면 똑같은 보조사가 반복되잖아요. '은'과 '는'은 '과'와 '와'처럼 동일한 형태소의 변이형태들이죠? 그리고 '있었기 때문이다'를 현재형으로 '있기 때문이다'로 고치는 것도 괜찮을 것 같습니다. 그 당시 상황만으로 한정해서 과거형으로 썼지만, 사실 이건 시대불문하고 적용되는 어떤 보편적 원칙이니까 현재형을 써도 문제될 게 없습니다.

실전 23

"기실, 사강은 지난 1995년 코카인 복용 혐의로 유죄판결을 받은 뒤 '남에게 해를 끼치지 않는 한, 나는 나를 파괴할 권리가 있다'고 말한 바 있다."

《자유의 무늬》, 42쪽

'말한 바 있다'라고 명확하게 썼습니다. 제게 확신이 없었으면 이렇게 안 썼을 겁니다. 예컨대 '말한 바 있다고 한다'라는 식으로 한발짝 물러섰을 테죠. 제가 당시 프랑스에 살고 있었고 해당 기사를 분명히 봤기 때문에, 그 기사에서 사강이 한 말을 읽었기 때문에, '말한 바 있다'라고 자신 있게 쓴 것입니다. 하지만 '누가 했다더라'식의 정보, 일반적으론 그렇게 알려져 있긴 하지만 확신할 수 없는 정보는 한발짝 물러서서 서술하는 것도 좋습니다. 정보나 지식이 확실할 때만 단언의 형식으로 글을 쓴다, 이것도 기억해둬야 할 원칙입니다.

지난 대선 직전에 젊은 작가들 137명이 신문에 광고를 냈어요. "우리는 정권교체를 원합니다." 그리고 대선이 끝난 다음에 선관위에서 그작가들을 선거법 위반으로 고발했습니다. 그러자 한국작가회의라는 문인단체에서 비판 성명을 내기 시작했고, 이런저런 신문들에 선관위의 고발행위를 비판하는 칼럼들이 많이 쓰였어요. 그런데 저는 이런상황이 찜찜합니다. 법치주의를 위협하는 상황이기 때문입니다.

저 역시 정권교체를 바랐습니다. 그래서 문재인 후보에게 투표했습니다. 그런데 이 글 〈특권〉(《자유의 무늬》, 39~42쪽)에서 필자가, 그러니까 제가, 주장하는 건 요컨대 이런 겁니다. 그들이 설령 '작가'라고 할지라도 법 적용의 예외가 될 수 없다는 것. 선거법을 어긴 게 확실할진대, '이들은 글 쓰는 사람이고, 문인은 시대의 징후를 읽어내는 잠수함 속의 토끼다' 이런 식의 논리로 법 바깥에 거처를 자꾸 마련해주어선안 됩니다. 똑같은 법이 편파적으로 집행될 때 법치주의는 완전히 무너지기 때문입니다.

다른 각도에서 보면, 이런 편파적 법집행은 왜 삼성 이건희 씨는 그렇게 많은 돈을 해먹고도 구속 한 번 되지 않느냐, 라고 주장할 근거를 없애는 짓입니다. 사법부나 검찰이 이건희 씨에게 예외적으로 너그러운 걸 비판하자면, 우린 마땅히 선거법을 위반하며 광고를 낸 문인 137명 역시 법에 따라 적절한 처벌을 받아야 한다고 주장해야 합니다.

저 또한 현행 선거법이 악법이라고 생각합니다. 그리고 그 젊은 작가들의 행동에 도덕적 잘못은 없다고 생각합니다. 그렇지만 실정법은 그것이 불법이라고 규정하고 있어요. 선거법에 문제가 있다면 선거법 개정운동을 벌여야 옳습니다. 이미 있는 선거법을 위반한 그 젊은 작가들을 옹호해서는 안 된다고 생각해요. 법이 잘못되었으면 법을 고칠 생각을 해야 합니다. 법은 그대로 놔둔 채 어떤 '특별한' 사람들에겐 그 법을 적용하지 않고 다른 '일반' 사람들에겐 법을 적용하고, 이건 대단히 위험한 생각입니다.

수강생   법치주의만큼이나 표현의 자유도
중요하지 않나요?

표현의 자유는 매우 중요한 권리입니다. 저도 그걸 부정할 생각은 추호도 없어요. 하지만 그것의 추구는 법의 테두리 안에서 이뤄져야 합니다. 예컨대 한국사회에서 표현의 자유를 가로막고 있는 치명적 법률이 뭡니까? 국가보안법이죠. 만약 표현의 자유가 중요하다고 생각

한다면 우선 국가보안법을 고치거나 없애려는 노력을 해야 한다는 말입니다.

예전에 노무현 대통령이 집권하고 있을 때, 여당인 열린우리당이 국회 과반인 제1당이었습니다. 국가보안법을 없앨 수도 있었고 고칠 수도 있었어요. 그런데 안 고쳤어요. 그 당시 여당 내에서 뭐라고 그랬냐면 "국가보안법은 거의 사문화된 법이야. 이제 이 법조항으로 처벌도 안 하잖아" 이런 식이었습니다. 웬걸, 그때나 그랬지, 정권 바뀌니까 얄짤없어요.

그 시절 동국대 사회학과에 계신 강정구 선생이라는 분이 평양에 가서 "만경대 정신" 운운해서 논란이 된 적이 있습니다. 국가보안법의 찬양고무죄에 충분히 걸릴 법한 발언이었고 그 정도 범죄면 당연히 구속수사를 했어야 했습니다. 제가 구속에 찬성한다는 뜻이 아니라, 그 당시의 관례가 그랬다는 뜻입니다. 사실 지금도 그 정도 사안이면 구속수사가 관례입니다. 그런데 당시 천정배 법무부장관이 김정빈 검찰총장에게 불구속수사를 하라고 수사 지휘를 했습니다. 그래서 검찰이 불구속수사를 하게 되고, 검찰총장은 관례에 따라서 사표를 내고 나왔습니다. 사실 검찰총장은 법무부장관 아래에 있긴 하지만 직위만 놓고 보면 장관급이에요. 그런데 법무부장관한테 속된 말로 '쪽팔리고' 나면 그다음부터는 밑의 검사들을 못 다룹니다. 그래서 사표를 내고 나간 겁니다.

아무튼 강정구 교수가 한 행동이 과연 구속할 만한 사안이냐 아니냐를 떠나서, 사실 현행범이거나 도피의 우려가 없다면 모든 수사와 재판은 불구속 상태에서 하는 게 원칙이 돼야 하겠죠. 강정구 교수가 그때 불구속 상태로 수사를 받게 된 건 분명히 대한민국에서 그분이 갖고 있는 어떤 사회적 힘 때문이었습니다. 상징권력도 권력이거든요. 강정구 선생은 대학교수인 데다 잘 알려진 학자였고, 소위 진보세력 쪽에서 지지를 받는 사람이었습니다. 이런 것들 덕분에 불구속수사를 받은 거예요.

어떤 사람은 대학교수니까 만경대에서 무슨 말을 했든 방명록에 뭐라고 썼든 불구속으로 기소하고, 보통 사람이 똑같은 행동을 하면 구속 기소하고, 이래선 안 됩니다. 관례든 법이든 모든 사람에게 똑같이 적용돼야 합니다. 만약 어떤 법이 표현의 자유를 제약하고 있다면 법 자체를 고치려고 노력해야 합니다.

악법을 폐지하기 위해서는 그 악법을 계속 어겨야 한다, 이런 의견도 있는데 저는 생각이 다릅니다. 그 악법은 우리가 사르트르나 강정구 교수의 예에서 봤듯 선별적으로 적용될 수 있고, 그런 선별적 적용이 법치주의에 끼치는 악영향이 만만치 않기 때문입니다. 당연히 표현의 자유를 넓혀야죠. 거의 무한대로 넓혀야 합니다. 그러나 '모든 사람의' 표현의 자유를 넓혀야 합니다. 자유가 특권이 되어서는 안 됩니다. 사르트르나 강정구 교수 같은 셀렙, 그러니까 유명인들만 표현의 자유를 누리고 장삼이사는 그런 자유를 못 누린다, 이건 공정성을 떠나서 법치주의를 근본적으로 위협합니다. 모든 사람에게 평등한 자유! 아시겠죠?(웃음)

2

구별짓기와
차이 지우기

오늘 강의의 주제는 글쓰기에서, 더 넓게는 말하기에서라고 해도 좋습니다만, 구별짓기와 차이 지우기입니다. 제임스 듀젠베리^{James S. Duesenberry, 1918~}라는 미국 경제학자가 있어요. 그런데 이 사람이 개인들의 장기적 소비함수를 관찰하면서 흥미로운 현상을 발견했습니다. Demonstration effect, 우리말로 하면 전시효과 또는 과시효과라고 부를 수 있겠네요. 듀젠베리가 관찰을 해보니, 한 사람의 소비지출 크기가 그 개인의 절대소득에 의해 결정된다기보다, 자기 주변 사람들의 소비, 또는 예전에 자기가 잘살았던 때의 소득에 더 의존하는 경우가 많은 거예요. 그러니까 개인의 소비지출이 같은 동네 사람들이나 자주 만나는 사람들의 소비행태, 또는 자기의 과거 최고 소득에 더 많이 의존하는 경향을 보였던 겁니다.

전시효과,

혹은 '잘난 체하기' 효과

        듀젠베리의 관찰에 따르면 어떤 사람이 아주 부유했다가 가난해진다고 하더라도, 그래서 소득이 확 준다고 하더라도, 그 소득이 준 만큼 소비가 줄지는 않습니다. 예컨대 서울 강남에서 부자로 살던 사람이 사업에 실패해 폭삭 망했다고 해서 소비가 갑자기 현재의 소득에 맞춰 낮아지지는 않습니다. '압구정동 저 아줌마가 쓰는 만큼 나도 써야 되겠네' '내가 벤츠 타고 다녔던 사람인데 어떻게 국산을 타?', 이런 심리인 거죠.

   전시효과, 과시효과는 쉽게 말하면 '잘난 체하기' 효과라고 할 수 있습니다. 다른 사람들한테 없어 보이기 싫어하는 겁니다. 그래서 다른 사람이 작은 승용차를 갖고 있으면 자기는 좀더 큰 승용차를 사려고 애씁니다. 그런데 그런 노력은 시간이 지나면서 효과가 줄어들거나 없어집니다. 이를테면 다른 사람의 큰 외국산 승용차를 본 어떤 사람이 '어, 이거 봐라, 안 되겠네? 저쪽이 나보다 더 잘사는 것처럼 보이면 곤란하잖아' 하면서 억지로, 다시 말해 무리해서라도 큰 외국산 차를 삽니다. 차이를 지우려고 노력하는 거죠. 그렇게 해서 차이가 지워지면, 원래 큰 외국산 승용차를 지닌 사람은 또 '어, 저쪽에서 기어오르네? 그러면 난 더 비싼 차를 사야지' 하고 정말로 더 비싼 차를 삽니다. 그러니까 구별짓기는 차이 지우기를 낳고, 차이 지우기는 다시 구별짓기를 낳습니다. 과소비가 나선형을 타고 강화되는 겁니다.

이건 높은 생활수준이 자기 몸에 배어서 습관적으로 과소비하는 것하고는 조금 다릅니다. 전시효과는 심리적인 거죠. 남들에게 뒤지거나 남들과 비슷해 보이기 싫다는 겁니다. 단지 생활수준이 높아서 습관적으로 삼다수를 마실 수도 있겠지만, 삼다수는 국산 생수 중에선 아마 가장 비싸죠? 전시효과는 이를테면 어떤 사람이 삼다수를 마시다가 그것이 대중화하면 에비앙이나 볼빅을 마신다는 겁니다. 다른 사람들과 달라지기 위해서요. 물론 우월적으로 달라지기 위해서입니다. 일종의 잘난 체하기죠. 티내기라고도 할 수 있고요.

부르디외의 구별짓기 개념

이런 현상은 경제생활에서만 일어나는 게 아니라 문화현상에서도 일어납니다. 피에르 부르디외 Pierre Bourdieu, 1930~2002, 아시나요? 프랑스 사회학자인데 이분은 문화현상에서 그것을 규명하려고 했습니다. 《Distinction》이라는 책을 썼는데, 우리말로 '구별'이라고 해도 좋고 '구별짓기'라고 해도 좋겠네요.

이 책은 한 사람의 취향이 그의 소질이나 내적 충동보다는 경제적 계급과 밀접한 관련이 있다는 점을 설득력 있게 보여줍니다. 경제적 여유가 있는 사람들은 자기들보다 낮은 계급의 사람들과 취향을 구별지으려고 애씁니다. 그리고 반대로, 낮은 계급의 사람들은 그 차이를 지우기 위해 무리를 해서라도 상류층의 취향을 따라 하려고 합니다. 자기보다 경제적으로 나은 사람의 취향을 닮아간다는 거죠.

예컨대 축구는 매우 대중적인, 노동자들의 스포츠로 보통 인식됩니다. 실제로 축구를 하는 사람들은 노동자 계급에서 많이 배출되죠. 축구보다 좀더 고급스러워 보이는 운동이 뭐가 있을까요? 뭐 골프를 예로 들어봅시다. 그러면 상류층 사람들은 축구를 잘 하지도 않고, 잘 보지도 않고, 이제 골프만 치는 거예요. 텔레비전에서도 골프 중계하는 것만 보고요. 자기 취향의 세련됨을 드러내기 위해서요. 그러면 이제 가난한 사람들이 '이거 안 되겠네? 차이를 지워야지' 하면서 억지로, 무리를 해서라도 골프를 치게 됩니다. 실제로 골프장에는 못 가더라도 골프연습장엘 가거나 텔레비전에서 골프 채널이라도 봅니다. 이렇게 골프를 직접 치거나 골프에 관심을 지닌 사람들이 점점 많아지면, 원래 골프 치던 사람들은 어느 날 갑자기 골프를 안 치고 이제 승마를 합니다.(웃음) 승마는 골프보다 더 상류층의 취향으로, 세련된 취향으로 간주되니까요. 남들과 똑같은 취급을 받는 게 싫은 거예요. 이렇게 다른 사람들과 구별을 짓는 겁니다. 그런 식으로 꼭 경제생활만이 아니라 문화생활에서도 구별짓기와 차이 지우기 현상이 일어납니다.

　유럽에서 맥주는 보통 노동자의 술로 여겨집니다. 중산층 이상 사람들은 맥주를 잘 안 마시고 와인을 마십니다. 맥주와 와인이 그 사람의 경제적·문화적 정체성을 드러내는 겁니다. 어떤 사람이 마시는 술을 보고 '아, 저 사람은 하층계급이구나' '아, 저 사람은 중산층 이상에 속해 있는 사람이구나' 하고 짐작하게 된다는 거죠. 맥주만 마신다거나, 한국으로 치면 소주나 소맥을 주로 마시는 사람들은 경제적으로 좀 없어 보일 뿐 아니라 문화적 취향이 덜 세련돼 보입니다.

그런데 이 사람들이 그런 평가를 의식하고 '소주, 맥주만 마시니까 이것들이 날 우습게 아나?' 하면서 와인을 마시기 시작했다고 합시다. 꼭 와인이 소주나 맥주, 소맥보다 맛있어서가 아닙니다. 실제로 어떤 사람들은 사회계급과 상관없이 소주나 맥주를 와인보다 더 좋아하죠. 그건 체질 문제니까요. 그러니까 이 경우에 하층계급 사람들이 소주나 맥주에서 와인으로 전향하는 건 순전히 중산층 이상의 사람들과 구별을 지우기 위해서입니다. 제 기억에 지난 세기 말부터 갑자기 한국에 와인이 들어와서 요즘에는 와인 마시는 사람들이 매우 많아졌습니다. 사실 그전에는 와인 마시는 사람이 거의 없었습니다. 와인을 구하기도 어려웠고요. 그런데 이렇게 와인이 대중화하면, 남들이 소주나 맥주만 마시고 있을 때 와인을 마셨던 소수의 사람들은 왠지 기분 나빠집니다. 자기가 다른 사람들이랑 똑같이 돼버린 것 때문에 기분이 나빠지는 거죠.(웃음) 그러면 이 사람들은 다른 술을 마시기 시작합니다. 아주 고가高價의 코냑이나 아르마냑 같은 브랜디를 마신다거나, 싱글몰트 위스키를 찾는다거나 하는 식으로 자꾸 구별을 짓습니다. '난 좀 다르거든!' 하는 거죠.

표준어보다 센 서울방언

언어에서도 구별짓기와 차이 지우기 현상이 있습니다. 한 자연언어에서 가장 위세가 센 말은 표준어입니다. 어느 나라에서든 각 지방의 방언보다는 표준어가 더 위세가 있는 언어죠.

한국에서는 표준어가 서울·경기 지방 언어와 대략 일치합니다. 이 표준어를 쓰는 사람은 뭔가 세련돼 보이고, 돈도 있어 보이고, 심지어 많이 배운 것 같아 보이고 그래요. 그러면 지방에 사는 사람들은 날 때부터 표준어를 쓰진 않았겠지만, 이제 표준어를 배우려고 노력합니다. 표준어를 쓰지 않으면 불이익을 당하는 것 같고, 괜히 무시당하는 것 같아 보이고 그러니까 차이를 지우려고 하는 거죠.

더구나 예전과 달리 지금은 오디오비주얼 매체가 워낙 발달해서 표준어를 배우기가 훨씬 쉬워졌습니다. 예컨대 텔레비전에서 아나운서들은 표준어를 씁니다. 드라마에서도 특별히 지방색 있는 말을 써야 할 상황이 아니면 대체로 표준어를 쓰죠. 그래서 실제로 지방에 가보면 서울이나 경기 지역에서 산 경험이 없는 사람도 표준어를 쓰는 경우를 많이 발견할 수 있습니다.

그러면 원래 표준어를 사용하던 사람들은 어떻게 할까요? 우선 약간 위기감을 느낄 거예요. 표준어라는 게 자기의 큰 자산인데 점점 표준어를 쓰는 사람들이 많아지면 구별이 안 되잖아요? 자기가 표준어를 쓴다는 것만으로 뭔가 좀 있어 보였는데, 이젠 그 표준어를 거의 모든 사람이 쓰니까요. 그러면 이 표준어 사용자는 어떻게 하느냐? 도망갈 길이 있습니다. 서울방언으로 도망을 가는 거예요. 예컨대 이런 문장을 봅시다. "나도 너하고 술 마시고 싶어." 완벽한 표준어예요. 전라도나 경상도 사람이 이걸 텔레비전에서 배워서, 억양도 서울말투를 흉내 내서 "나도 너하고 술 마시고 싶어" 이렇게 또박또박 말하면 원래의 표준어 사용자는 위기를 느낍니다. '어? 이 사람들도 표준어를 쓰네. 그럼 내가 잘난 걸 드러낼 수가 없잖아.' 그래서 이 사람들이 이젠 "나두 너하구 술 마시구 싶어" 이렇게 얘기합니다.(웃음)

"나두 너하구 술 마시구 싶어"는 분명히 표준어가 아니고 서울방언입니다. 그런데 실제 위세는 서울방언이 표준어보다 더 크죠. 왜냐하면 서울방언을 쓴다는 건 그 사람이 서울토박이라는 걸 드러내니까요. 말하자면 의식적으로 배운 표준어와는 좀 다른 겁니다. 또다른 예를 들어봅시다. 어떤 사람이 무릎이 아프다고 합시다. 이 사람이 [무르피 아파]라고 말하면 표준어를 사용한 겁니다. 그렇지만 서울방언으론 [무르비 아퍼]입니다. 이처럼 표준어가 대중화하면 서울 사람들은 일부러 표준어를 피하고 서울방언을 사용합니다. 이것이 구별짓기입니다.

또 지금은 거의 구별하지 않지만, 장모음과 단모음 'ㅓ'의 발음도 차이가 있었습니다. 본디 장모음 '어'는 [어:]처럼 발음되는 게 아니라 외려 [으:]처럼 발음됐습니다. 정확히 말하면 [어:]와 [으:]의 중간쯤 되는 발음이었습니다. 한때는 그게 표준 발음이었어요. 그러니까 '거위'의 '거'와 '거지'의 '거'는 발음이 달랐습니다. 그런데 한국어에서 장모음과 단모음의 구별이 거의 없어지면서, 이젠 라디오나 텔레비전 아나운서조차도 거지를 [거지]로 발음합니다. [거:지]로 발음하는 것도 아니고, 그냥 [거지]라고 발음해요. 그게 사실상 표준 발음이 된 겁니다. 그런데 일부 서울토박이들에게는 이 구별이 아직도 남아 있습니다. 그래서 "부엌에 거지들이 많아"라는 문장을 지방 사람들이 표준어로 [부어케 거지드리 마나]라고 말하면, 서울토박이들은 부러 [부어게

그:지드리 마너]라고 말합니다.

어떤 나라의 수도에서 사용하는 말이 표준어보다 위세가 더 센 현상은 드물지 않습니다. 예컨대 파리방언에서는 〔k〕소리 다음에 〔a〕소리가 이어지면 그 사이에 반모음 〔j〕를 넣습니다. 그래서 오두막집을 뜻하는 cabane이 표준 프랑스어로는 '까반' 비슷하게 발음되지만, 파리방언으로는 '꺄반' 비슷하게 발음됩니다. 그래서 파리 출신이 아닌 프랑스어 사용자들도 표준 프랑스어 '까반'보다는 파리방언 '꺄반'을 선호하는 경우가 있습니다. 일본어에서도 모음 사이에 낀 〔g〕소리가 도쿄방언에서는 〔ŋ〕으로 변합니다. 그래서 '길다'는 뜻의 표준 일본어 '나가이'를 도쿄 사람들은 '낭아이'라고 발음합니다. 그러다보니 도쿄 출신이 아닌 일본어 사용자들도 표준 일본어 '나가이' 대신에 도쿄방언 '낭아이'를 쓰기도 합니다. 물론 반대의 경우도 있습니다. 일본에선 도쿄를 중심으로 한 간토 지방과 오사카나 교토를 중심으로 한 간사이 지방의 라이벌 의식이 강해서 간사이 사람들이 도쿄 사람들 흉내를 내 '나가이'를 '낭아이'라고 하는 경우는 좀처럼 없습니다. 사실, 표준어와 사투리의 세력관계, 수도언어와 지방언어의 세력관계는 상당히 복잡합니다. 한국에서는 물론 서울·경기방언이 표준어와 거의 겹치니까 세력이 가장 크지만, 영남방언의 세력도 거기 버금갑니다. 그것은 영남 출신 사람들이 한국에서 지닌 정치적·경제적 힘 때문입니다. 거기에 대해선 조금 이따가 말씀드리겠습니다.

고난도의 서울방언 '-니'

서울토박이들만 쓰는 말 중에 의문형 종결어미 '-니'가 있어요. "너 뭐하니?" 할 때의 '-니' 말입니다. 서울 말고는 어떤 지방에서도 저 어미를 쓰지 않아요. '-냐'도 서울에서 쓰이긴 하지만 '-냐'는 지방에서도 쓰입니다. '-니'는 오직 서울에서만 쓰입니다.

'-니'에 해당하는 경상도방언은 '-노'랑 '-나'입니다. 그런데 '-노'와 '-나'는 용법이 명확히 구별됩니다. 맘대로 바꿔 쓸 수 있는 게 아니죠. 가끔 텔레비전에서 영남 출신이 아닌 분들이 영남방언을 하면서 '-노'와 '-나'를 막 뒤바꿔 쓰는데, 영남 사람들이 들으면 귀에 많이 거슬릴 거예요.

영남방언에선 앞에 의문사가 있는 의문문에는 반드시 '-노'를 쓰고, 의문사가 없는 의문문에는 '-나'를 씁니다. 그래서 "어디 가노?" "어디 가나?"는 뜻이 전혀 다릅니다. "어디 가노"의 '어디'는 의문부사이고 "어디 가나"의 '어디'는 그냥 부정(不定), 정해지지 않았다는 의미의 부정을 나타내는 부사입니다. "어디 가노?", 이건 '어디에' 가는지가 궁금해서 물어보는 겁니다. "어디 가나?" 할 땐 그게 어디가 됐든지 간에 어디 가느냐는 뜻입니다.

"니 사랑에 빠졌노?" 이러면 영남방언을 모르는 사람입니다. 의문사가 없는 의문문이므로 '-노'가 아닌 '-나'를 써야 합니다. 모르는 사람들은 '-노'나 '-나'나 그게 그거지 생각할 수 있지만, 영남 사람들에게는 굉장히 이상하게 들릴 거예요. 영남 사람들은 자기들 방언의 문법 지식을 글로 배운 게 아니라 그게 이미 머릿속에 내재돼 있기 때문에 "니 사랑에 빠졌노?" 하면 '이건 좀 이상한데' 하는 생각이 바로 들죠. "니 사랑에 빠졌나?"가 바른 영남방언입니다.

앞서 말했듯 '-니'는 전형적 서울말입니다. 그래서 지방 사람들이 자기 방언을 감추고 싶을 때 흔히 '-니'를 쓰는데, 잘못하면 꼴이 굉장히 우스워져요. 예컨대 영남 사람이 영남방언 억양은 그대로 놔둔 채 "너 나 사랑하니?" 하면 완전히 웃음거리가 됩니다.

사실 엄격히 말하면 이 '-니'는 서울말에서도 모든 사람이 쓰는 건 아니고 주로 여성이 씁니다. 물론 남성이 안 쓰는 건 아니지만, 주로 여자와 어린이들이 '-니'를 많이 쓰죠. 남자도 어려서는 '-니'를 많이 쓰다가 자라서는 대개 '-냐'로 바꿉니다. 물론 어른이 돼서도 남자가 '-니'를 쓰는 경우가 있습니다. 그렇지만 그건 대개 상대방이 여자거나 어린아이일 경우 그 사람들 말투에 맞춰주는 경우입니다. 자기 누이동생한테 "너 지금 어디 아프니?" 하는 식으로요. 성인 남자들끼리 '-니'라고 말하는 경우도 있긴 하겠지만 정말 드물죠.

지방 사람들이 이 '-니'의 쓰임을 잘 모르는 상태에서, 그것도 자기 억양을 그대로 살려 쓰다가 끝에 가서 '-니'를 딱 붙이는 경우를 많이 봤습니다. 정말 이상하게 들리더군요. 서울말을 쓰려고 노력하는 건 좋습니다. 하지만 웬만하면 '-니'는 쓰지 마세요. 억양을 서울말처럼 '지루하게' '밋밋하게' 할 자신이 있다면 써볼 수도 있겠죠.(웃음) 서울말에는 억양이 거의 없습니다. 있다고 하더라도 아주 밋밋한 억양이죠. 그래서 아주 지루해요. 이런 서울말투에 '-니'가 들어가면 괜찮은데 음악적 말투, 특히 영남방언은 굉장히 음악적입니다. 억양이 롤러코스터죠, 여기에 '-니'가 들어가면 오히려 역효과가 납니다. 조롱거리가 된다는 뜻입니다.

영남방언은 주류의 언어다

방언 문제에서 부르디외가 발견한 중요한 사실이 하나 있어요. 바로 한 사회의 최상류층과 최하류층은 자기가 태어나서 배운 언어를 어지간해서는 바꾸려고 하지 않는다는 것입니다. 그 이유는 무엇일까요? 간단히 말하면 두 계층 모두 그렇게 하는 게 편하기 때문이죠. 심지어 자랑스럽기 때문이죠.

최상류층의 경우는 워낙 돈도 많고 잘 누리고 사니까 아쉬울 게 없습니다. 말투가 표준어가 아니라고 해서 남들한테 업신여김을 당할 일이 거의 없는 거죠. 그래서 설령 지방에서 태어나 사투리가 심하게 있다고 하더라도 자기 말투를 고치려고 하지 않습니다. 또 최하류층 역시 자기 말투를 고수하려 합니다. 이 사람들의 경우 부자들 흉내 내는 걸 속된 말로 '쪽팔린다'고 여기는 겁니다. 자존심이랄까 자기 정체성이랄까 그런 것을 말투에 이입합니다. "난 늬들 말 흉내 안 내. 나는 내 말 그냥 쓸 거야" 그런 거죠. 부르디외는 표준어에 집착하는 건 주로 중간계급이라고 말했습니다. 이것은 언어만이 아니라 아까 말씀드린 취향에도 해당합니다. 하류층 사람들은 일부러 소주만 마신다거나 축구에 열광한다거나 하는 경우가 있죠. 와인이나 브랜디나 골프나 승마를 경멸하면서요. 자신의 노동자 정체성을 자랑스럽게 드러내기 위해서 말입니다. 세련됐다고 여겨지는 취향에 집착하는 것은 중간계급입니다.

한국에서 지방 출신 사람들은 지방에 그대로 살든 서울에 와서 살든 흔히 표준어를 쓰려고 노력합니다. 그래야 '교양 있어' 보이니까요. 그렇게 바꾸는 게 사실 아주 어렵지도 않습니다. 어느 정도 쓰다보면 자기가 어려서 배운 방언의 티가 거의 안 나는 게 보통입니다. 하지만 영남 사람들은 자기 방언을 그대로 유지하는 경우가 많아요.

물론 아직까지 한국에서 가장 강력한, 그리고 앞으로도 가장 강력할 방언은 서울방언일 것이 확실합니다. 그런데 거기에 가장 완강히 저항하고 도전하는 방언이 영남방언이에요. 왜 그럴까요? 영남방언의 억양이 워낙 독특해서일까요? 실제로 그런 언어 내재적 이유를 대는 사람도 있습니다. 영남방언은 다른 방언과 달리 성조가 있어서 이걸 억양이 밋밋한 서울말로 고치기가 굉장히 어렵다, 이거죠.

그런데 억양을 없애기가 그렇게 어려운 것 같지는 않습니다. 제 처가 부산토박인데 표준어도 아니고 완전히 서울말을 쓰거든요. 자기 친정 사람들하고 얘기할 때만 부산방언을 씁니다. 제 처는 완벽한 두 방언 구사자인 셈이죠.(웃음) 영남 사람들도 노력하면 실제로 서울말을 배울 수 있어요. 뭐, 안 되는 사람들도 있을 수 있겠지만 대부분은 배울 수 있습니다. 그렇지만 영남 사람들 다수는 서울방언을 배우기 위해 애쓰지 않아요. 그러니까 못 익히는 게 아니라 안 익히는 거죠.

왜 그럴까요? 제 생각에 거기엔 정치·경제적 이유가 큽니다. 영남 사람들은 다른 지방 사람들에 견주어 표준어를 써야 한다는 압박감을 덜 받습니다. 대한민국에서 그 사람들이 힘을 지니고 있기 때문입니다. 잘 아시겠지만, 대통령에서부터 총리, 주요 장관, 국정원장, 군 장성들처럼 정치적으로 힘 있는 사람들은 거의가 다 영남 출신이죠? 또 삼성재벌을 비롯해서 한국 경제를 쥐락펴락하는 부자들은 대개 영남 출신이죠? 이들 제1계급이 거의 다 영남방언을 쓰기 때문에 평범한 영남 사람들이 영남방언을 쓴다고 해서 정치·경제적으로 손해 보는 일은 전혀 없습니다. 전혀라고까지는 할 수 없을지 모르겠지만 거의 없습니다. 외려 "나, 대한민국 주류야" 이런 것까지 은근히 내비칠 수 있어요. 그래서 영남 사람들은 여간해서는 방언을 고치지 않습니다. 서울말과 차이를 지우려는 노력을 별로 하지 않아요.

물론 영남 사람들도 자신들이 문화적으로는 조금 뒤처졌다는 생각을 할 수는 있겠죠. 아무리 영남 사람들이 정치와 경제를 다 휘어잡고 있어도, 서울 사람들이 영남방언을 들으면 "어휴, 촌스러워" 하고 문화적으로 부정적 판단을 할 수 있으니까요. 그런 문화적 평가에 예민한 영남 사람이라면 자기 말을 버릴 겁니다. 자기가 어려서 배운 말을 버리고 서울말로 투항할 가능성이 높습니다. 영남 출신이라고 해도 '문화적 허영심'이 큰 사람은 서울말을 배우려고 노력하게 되는 거죠.

그렇지만 그런 문화적 허영심이 있는 영남 사람일지라도 동향 사람들, 특히 자기 동료나 친구들끼리 얘기할 때는 방언을 결코 고치지 않습니다. 표준어의 정의가 "교양 있는 사람들이 두루 쓰는 현대 서울말"

이지만, 영남 사람들은 교양이 있든 없든 서울말에 여간해서는 투항을 안 하는 겁니다. 한국사회에서 그만큼 영남의 힘이 강합니다. 여러분들 주위에 보면 영남방언, 자주 들리지 않나요?

소통보다 앞서는
구별짓기의 욕망

소수파는 다수파를 따르려 하고 다수파는 소수파랑 자꾸 거리를 두려고 합니다. 이때 다수파라는 건 꼭 수가 많은 걸 가리키지 않죠. 그 사회의 주류, 힘을 가진 세력을 말합니다. 이를테면 여성과 남성은 수가 비슷하지만 여성이 소수파고 남성이 다수파입니다. 또 노동자가 자본가보다 수가 훨씬 더 많지만 노동자가 소수파고 자본가가 다수파입니다.

여러분, 혹시 '마와리 돈다'라는 말 들어보셨나요? 신문기자들이 쓰는 말입니다. 일본어로 '마와리'라는 건 회(回), 돌아다닌다는 뜻이에요. 그러니까 자기 담당 구역을 취재하러 다닌다는 말입니다. 지금 젊은 기자들도 쓰는지는 모르겠는데 제가 신문기자 할 때는 흔히 썼어요. 이것도 사실 일종의 구별짓기입니다. 말하자면 기자라는 직업에 대한 자부심이 이런 말에 드러나 있는 겁니다. "우리는 너희들이 쓰는 그런 평범한 말 안 써", 그런 거죠. 사실은 일본말 쓴다는 게 자랑스러울 것도 없는데, 일제의 잔재니 어쩌니 하면서도 그런 말을 자연스럽게 씁니다. 그만큼 사람들은 구별짓기의 욕망이 강하다고 할 수 있을지 모르겠네요. 모든 사람이 그렇다는 게 아니라 많은 사람들이 그렇다는 겁니다.

의사들도 자기들끼리 쓰는 말이 있습니다. 의학 전문용어죠. 그런데 그걸 꼭 같은 의사들끼리만 쓰는 게 아니라 외부인 앞에서도 슬쩍 써요. 변호사들도 마찬가지입니다. 전문용어를 자기들끼리만 쓰는 게 아니라 외부인이 있는 자리에서도 슬쩍슬쩍 끼워넣죠. 과학자, 그리고 요새는 IT업계 종사자들도 이와 비슷하게 전문용어들을 일반인들 앞에서 천연덕스럽게 사용합니다. 말이든 글이든 그 큰 목적의 하나가 '소통'인데 이 욕망보다도 구별짓기의 욕망이 더 커질 때 이런 현상이 나타납니다. "알아들을 사람만 알아들어라. 우리는 아는 사람들이거든!", 이런 거죠.(웃음)

전혜린: 구별짓기의 나쁜 예

지금까지 '말'에서의 구별짓기와 차이 지우기를 살펴봤습니다. 이제 '글'에서 그것과 관련된 예시 몇 가지를 함께 검토해보려 합니다.

전혜린이라는 이름을 들어보셨는지 모르겠네요. 1934년생인데 1965년, 만 31세에 돌아가셨습니다. 이른 나이에 작고했는데 자살이었어요. 지금 젊은 세대에게도 그런지는 잘 모르겠지만, 제 세대 사람들에게는 신비감을 지닌 인물이었습니다. 엘리트 코스라는 경기여고와 서울대 법대엘 다녔고, 남편 되시는 분이 헌법학자 김철수 선생입니다.

결혼해서 딸 하나를 낳았는데 아마 그 따님은 저와 동갑일 겁니다.

전혜린은 법대엘 다니다가 독일에 가서 독문학을 공부했습니다. 그러고는 귀국해서 번역을 주로 했습니다. 그분에게 제일 익숙한 외국어가 독일어였기 때문에 주로 독일어권 작품들을 한국어로 옮겼죠. 꼭 독일 작가가 아니더라도 독일어로 번역된 러시아 작가라든지, 독일어로 번역된 프랑스 작가라든지 다양한 국적의 작가들 작품을 우리말로 옮겼습니다.

그렇게 번역서를 주로 냈지만, 생전에 저서는 내지 못했습니다. 그분이 작고한 뒤에야 수필집이 두 권 나왔어요. 《그리고 아무 말도 하지 않았다》, 그리고 《이 모든 괴로움을 또 다시》. 하나는 일기이고 하나는 이런저런 신문이나 잡지에 남겼던 수필들입니다.

전혜린은 제 어머니뻘인데 저 때만 하더라도 뭐랄까, '전혜린 신화'가 있었어요. "아, 그 천재 여자!" 하는 식이었죠. 전혜린이라는 이름이 지녔던 아우라가 굉장했습니다. 전기도 몇 권 나왔는데 아주 신화적인 전기도 있었습니다. '이런 천재가 살기에는 세상이 너무 엉망이어서 자살에 이르렀다', 이런 식이었죠.

그런데 전혜린의 글을 보면 구별짓기의 욕망이 굉장히 강합니다. 유럽문명, 특히 뮌헨이 이 작가에게 구별짓기의 중요한 수단이었습니다. 독일 뮌헨대학에서 공부를 했거든요. 그 경험 때문에, 어쩌면 그 이전 어렸을 때부터였는지도 모르겠지만, 유럽문화에 대한 허영심이 이분에게 매우 강하게 형성됐습니다. 물론 당시 상황에서 이해할 수 없는 건 아닙니다. 한국전쟁이 1953년에 끝나고, 그분이 1950년대 후반에 독일에 갔을 거예요. 폐허가 된 조국에 있다가 유럽에 가보니 별천지였을 겁니다. 그러다가 다시 한국으로 돌아오니 독일은 완전히 꿈같고, 한국 상황은 말할 수 없이 절망스러웠을 테죠.

이 저자의 글 한 대목을 읽어보겠습니다. 제목이 〈뮌헨의 몽마르트르〉예요. 제목부터 몽마르트르, 벌써 뭔가 있어 보입니다.(웃음)

> 감수성 있는 사람들이 젊었을 때 누구나 가진 청춘과 보헴과 천재에의 꿈을 일상사로서 생활하고 있는 곳, 위*보다는 두뇌가, 환상이 우선하는 곳, 이런 곳이 슈바빙인 것 같다.

뮌헨에 슈바빙이라는 구역이 있는데, 이곳을 전혜린은 마음의 고향으로 느꼈던 듯합니다. 이 글은 슈바빙을 파리의 한 지역인 몽마르트르에 비교하고 있죠. 제가 파리에서 한 5년 살았는데, 사실 몽마르트르는 가난한 동네입니다. 바로 옆의 피갈이라는 구역에 유명한 홍등가도 있고요. 전혜린이 몽마르트르에 가본 다음 이 글을 썼는지는 모르겠는데, 아무튼 독일의 몽마르트르라는 슈바빙을 다음과 같이 묘사했습니다.

> 이곳에서는 아직도 가난이 수치 대신에 어떤 로맨틱을 품고 있고, 흩어진 머리는 정신적 변태가 아니라 자유를 표시하는 것으로 간주되며, 면밀한 계산과 부지런한 노력 대신에 무료로 인류를 구제할 계획이 심각히 토론된다.

2—구별짓기와 차이 지우기

지금 이 글의 필자가 생각하는 뮌헨이라는 건, 말하자면 이 세상에 없는 곳이에요. 저는 이제까지 "무료로 인류를 구제할 계획이 심각히 토론되는" 곳은 가보지 못했을 뿐만 아니라 지금도 상상조차 할 수 없습니다. 여러분은 어떠세요? 이 행성에 그런 곳이 과연 있을까요? 인류 역사상 그런 곳이 과연 있었을까요? 제게는 이 대목이 호모사피엔스가 사는 어떤 공간을 얘기하는 게 아니라 극도로 이타적인 외계지성체가 사는 상상 속 공간을 얘기하는 것처럼 읽힙니다. 더 읽어봅시다.

> 나는 편견 없이 산다는 것이 무엇인가를 〔슈바빙 구역에서〕 본 것 같다. 정신만이 결국 문제되는 유일의 것이라는 것도. 국적도 피부색도 거기서는 문제가 되고 있지 않았다. 영혼의 교통이 가능하여 정신이 일치될 수 있으면 그만이었다. 벗이냐 그렇지 않느냐만이 문제였지 어느 나라 사람이냐는 문제가 되지 않았다.

제가 1950년대 뮌헨에서 살아보지 않아서 단언할 수는 없습니다만, 세상에 이런 공간은 없다고 생각합니다. 이런 곳이 있다면 거기야말로 유토피아겠지요. '슈바빙에서 문제가 되는 것은 오로지 정신의 소통이다, 정신만 소통하면 벗이다, 어느 나라 사람이냐는 전혀 중요하지 않다….' 그럴 리가요! 세상에 인종주의가 없는 나라는 없습니다. 백인 국가만 그런 게 아닙니다. 심지어 한국에서도 인종주의가 얼마나 심해요? "영혼의 교통", 이것도 허황한 말이라고 생각합니다.

물론 1950년대는 독일이 나치 잔당들을 완전히 정리하고 청산했을 때니까, 그런 분위기는 바이마르공화국 시절 나치 운동의 본거지였던 뮌헨에서도 마찬가지였을 겁니다. 나치 잔당들이 고개를 들고 다닐 수 없었겠죠. 그렇지만 문제는 전혜린이 뮌헨을 신비화했다는 데 있습니다. 뮌헨을 어떤 이상향으로, 대단히 심한 과장을 합니다. 이것이 구별짓기의 예입니다. 그 당시 유럽을 경험한 한국인들은 매우 드물었죠. '너희들은 안 가봤지만, 세상에는 이런 곳도 있어!'라고 전혜린은 말하는 겁니다.

전혜린이 한국에 대해서 쓴 대목도 잠깐 읽어드릴게요. 만리포에 다녀와서 쓴 글입니다. 글 제목이 〈1964년 여름, 만리포〉입니다.

> 얼마나 오랜만에 바다였는가? 그리고 자유! 아무것도 그 어느 것도 나는 다 털어버리고 훨훨 바다로 갔다. 리비에라와 똑같은 감색바다가 그곳에도 아무도 모르는 보석처럼 암석 틈에 차갑게 괴어 있었다.

리비에라는 프랑스, 이탈리아, 스페인 남쪽 지방의 지중해 해변을 가리킵니다. 필자는 만리포에서 만리포를 보는 게 아니라, 리비에라라는 필터를 통해서 만리포의 아름다움을 느끼고 있습니다. 다시 말해 만리포가 아름다운 이유가 리비에라와 비슷한 감색의 바다라는 데 있는 거예요!

전혜린은 자기 글에서 자주 페른베Fernweh라는 독일어를 씁니다. 이 말은 '먼 곳을 향한 그리움'이란 뜻이에요. 먼 곳을 향한 그리움, 그런 정서는 일종의 낭만주의 정서죠. 전혜린의 경우, 이 먼 곳은 흔히 자기 고향처럼 묘사됩니다. 전혜린이 먼 곳, 즉 뮌헨을 그리워할 때, 이건 사실 '내 고향은 원래 뮌헨, 유럽인데 내가 잘못 태어났구나. 한국 땅에서 잘못 태어난 거야', 그런 뉘앙스가 있는 겁니다. 그러니까 전혜린에게 뮌헨에 대한 그리움은 단지 먼 곳을 향한 그리움이었을 뿐만 아니라 '고향을 향한 그리움^{Heimweh}'이라고도 할 수 있습니다. 그것은 사대주의가 일종의 노스탤지어(향수)라고 말한 러시아 출신의 미국인 비교문학자 스베틀라나 보임^{Svetlana Boym}의 생각을 떠올리게 합니다. 보임에 따르면 노스탤지어는 경험공간과 기대지평이 일치하지 않는 근대적 시공간관의 산물입니다. 전혜린의 기대지평은 뮌헨의 슈바빙 구역에 있는데, 그분이 귀국한 뒤 현실적 경험공간은 한국에 있는 거지요.

방금 전에도 말씀드렸듯, 그 당시에는 특권층이 아니면 외국에 나갈 수 없었습니다. 요즘처럼 누구나 여권이 있어서 비행기 표만 사면 유럽이고 미국이고 갈 수 있는 그런 시대가 아니었어요. 전혜린이 자기 글에서 구별짓기를 시도하는 것이 바로 이 지점입니다. 그분의 당시 독자 거의 대부분은 유럽은커녕 가까운 나라도 못 가봤을 겁니다. 그런 독자들 앞에서 자신이 유럽에 대해 갖고 있는 환상, 허영심 같은 것을 계속 드러내고 있는 거죠.

전혜린은 1950년대, 1960년대에 엄청난 각광을 받았고, 특히 자살이라는 자극적 사건과 관련되면서 신비감까지 획득했습니다. 전혜린 팬을 자처한 사람들이 굉장히 많았습니다. 그런데 만약 여러분이 지금 전혜린의 책 두 권을 꼼꼼히 읽어본다면, 특히 스텝1에서 했던 것처럼 '고쳐 베껴 쓰기', 즉 어떤 글을 필사하되 자신이 더 좋다고 생각하는 대로 첨삭해 필사해본다면, 고스란히 살아남을 문장이 거의 없을 겁니다. 솔직히 말해 전혜린의 문장은 형편없습니다. 이국적 취향의 단어들을 점점이 박았을 뿐 문법적으로 단정하고 깔끔한 문장, 기다란 울림을 주는 성찰적 문장이 거의 없어요.

남아 있는 것이라고는 뮌헨, 독일 같은 특권적 공간을 배경으로 한 구별짓기의 흔적들뿐이죠. 그런데 사실 그 구별은 이미 다 지워져버렸습니다. 이젠 해외여행을 하는 사람도 흔하고, 또 뮌헨에 가는 건 일도 아닙니다. 물론 비행기 안에서 열 시간 이상 앉아 있어야 하니까 힘들긴 합니다.(웃음) 여러분 가운데도 뮌헨에 가본 분이 계실 텐데 어떻던가요? "정신만이 결국 문제되고" "무료로 인류를 구제할 계획이 심각히 토론되고" 그런 곳이던가요? 세상에 그런 곳이 어디에 있겠습니까? 전혜린은 말도 안 되는 글로 구별짓기를 했지만, 이제는 많은 한국인이 뮌헨에 가보고 차이 지우기에 성공했습니다. 성공한 정도가 아니라 전혜린의 구별짓기가 허위였다는 것까지도 알게 됐지요.

전혜린 선생이 만약 지금까지 살아 있다면, 현재의 그 지워진 구별을, 지워진 차이를 복원하려 다시 어떻게 노력할지는 모르겠습니다. 아무튼 전혜린이 남긴 글들은 구별짓기의 가장 나쁜 예라고 할 수 있습니다. 다른 사람들이 경험하지 못했을 법한 것을 자기가 경험하고 나서, 정직하게 기록하지 않고 속된 말로 완전히 '뻥을 쳐서' 글을 썼다는 것. 그래서 저는 전혜린의 글을 좋아하지 않습니다. 사실 아주 나쁜 글이라고 생각합니다.

양주동: 독보적 문체를
통한 구별짓기

　　　　　　글에서 대표적인 구별짓기 전략이
있다면 그건 아마 문체일 거예요. 스타일 말입니다. 사실 아주 개성 있
는 스타일을 어떤 글쟁이가 한번 확립하게 되면, 사람들이 그걸 쉽게
흉내 내기도 어렵고 흉내를 낸다 해도 금방 들킵니다. '쟤는 누구 글을
흉내 내고 있구나' 이렇게 되는 거죠.

　호가 무애_{無涯}인 양주동 선생이라는 분이 계십니다. 국문학자로 살다
돌아가셨습니다. 신라향가와 고려가요 연구로 유명한 분입니다. 이런
옛 노래들을 연구해서 낸 학술저서가 딱 두 권이에요.《조선고가연구》
랑《여요전주》. 앞엣것이 향가에 대한 연구서이고, 뒤엣것이 고려가요
에 대한 연구서입니다. 둘 다 매우 두꺼운 책입니다.

　이분은 이 책 두 권만 쓰시고 학술 연구는 그냥 내려놓다시피 했습
니다. '난 공부할 건 다했다. 이제 술이나 마시고 살아야지. 술이나 마
시며 잡문이나 쓰면서 살아야지', 하셨던 겁니다. 그래서《문주 반생
기》《인생잡기》이런 수필집을 내셨습니다. 일제 때는 시도 쓰셔서《조
선의 맥박》이라는 시집도 내셨는데, 제가 외람되게 평가하자면, 시인
으로서는 뛰어난 분이 아니었습니다. 그런데 산문이 아주 독특합니다.
그 누구도 흉내 내기 힘들 만큼 독보적인 한문체 스타일이에요.

　이분 또래의 한국인이라면 대개 어릴 때 서당에서든 부모에게서든
어느 정도의 한문은 배웠을 겁니다. 그렇지만 그 사람들이 모두 다 양

주동 선생처럼 한문투로 산문을 쓰진 않았거든요. 이분이 좀 특이한 케이스입니다. 말하자면 한문투로 다른 사람들과 구별을 지으신 거죠.

저는 양주동 선생의 산문을 좋아합니다. 제 문체와는 완전히 다르지만, 제가 흉내도 낼 수 없는 문체지만, '이런 게 바로 문체구나, 스타일이구나' 하는 생각을 하게 되거든요. 정말 양주동만의 문체죠. 이렇게 자신만의 문체를 확립한 사람을 스타일리스트라고 합니다.

이분의 수필을 한번 읽어보도록 하겠습니다. 한문투가 심해서 아마 이해가 어렵겠지만 일일이 뜻을 해석하지는 않겠습니다. 그냥 스타일만 감상해보세요. 《문주 반생기》의 도입부입니다.

반악(潘岳)의 '이모(二毛)'를 탄식하던 일이 사뭇 어제 같은데, 노령(老齡)이 어느덧 또 두어 기(紀)를 더하여, 구갑(舊甲)을 다시 만남이 바로 지호(指呼)의 사이에 있다 한다. 옛 사람의 가르친 대로 아직 스스로 '늙음을 일컫'지는 않으나, 차차 길어지는 '저녁의 풍경'이 눈앞에 다가옴을 양탈할 길이 없다.

어려서 노인들과 함께 한시(漢詩)를 지을 때, 저들이 걸핏하면 '노거(老去)'로 '춘래(春來)'와 '화개(花開)'를 대(對)하고 '백발(白髮)'로 '청운(靑雲)'과 '황금(黃金)'을 대하기로, 나도 어서 늙으면 대구(對句) 놓기, 시(詩) 짓기가 사뭇 쉬우리라 생각하여 은근히 '늙음'과 '센머리'를 부러워하였더니, 어이 뜻하였으랴, 어느덧 내가 그러한 손쉬운 대구를 맘놓고 내세울 편의로운 위치에 왔다. 참으로 놀라운 것은 세월이다. 더구나 50을 지난 뒤의 그것이란, 누구의 말마따나, '재(岾)를 내리는 바퀴'보다 더 빠르고녀!

"반악의 '이모'"란 중국 서진^{西晉}의 시인 반악(247~300)이 〈추흥부^{秋興賦} 서^序〉에 "내 나이 서른둘에 비로소 흰 머리카락 두 올을 보았네"라고 쓴 데서 비롯된 표현입니다. 머리털이 세어지기 시작하는 32세를 뜻합 니다.

이 글은 대강 자신의 늙음을 한탄하는 내용입니다. 이 글을 쓰신 게 지금 제 나이 또래 아니면 저보다 조금 더 아래였을 겁니다. 사실 글만 보면 한 팔구십 정도 된 어르신 같죠.(웃음) 다른 수필들도 마찬가지로 이렇듯 일관되게 한문투입니다.

이분이 와세다대학에서 불문학 공부를 하다가 전과해서 영문학을 공부했으니까, 사실 대학 공부는 서양문학만 한 셈입니다. 그래서 수 필에도 영문학이나 불문학 교양이 깊이 배어 있습니다. 그런데도 기본 적으로 이렇게 한문투를 끌고 있는 거예요. 이 정도로 구별을 확실히 지어놓으면 그 차이를 지우기가 쉽지 않습니다. 말하자면 완전히 이분 의 스타일이 된 겁니다. 한학을 많이 공부한 사람이라고 해도 양주동 선생 같은 스타일로 글을 쓰기는 굉장히 어려울 겁니다.

말씀드렸듯, 저는 이분의 글을 참 좋아합니다. 과장도 심하게 하고 허 풍도 좀 치고 그렇긴 한데, 전혜린 선생처럼 다른 사람이 못 본 것을 가 지고 뻥치는 게 아니라 다른 사람도 다 알고 있는 것을 막 과장하고 그 러거든요. 원래 한문투를 쓰면 자연히 과장하게 되기도 하죠. 또 양주 동 선생은 심하게 허풍 칠 때는 자기가 허풍 친다고 톡 까놓고 털어놓 기도 하십니다. 불경스럽지만, 귀여운 데가 있는 분이셨어요.(웃음)

글에서 구별짓기라는 것은 결국 자기 스타일을 갖는 겁니다. 저는 글쓰기에서 이런 스타일을 확립하려는 노력이 필요하다고 생각해요. 물론 어떤 자연언어라도 아주 표준적인 글, 교과서에 실릴 수밖에 없는 그런 글들이 있죠. 하지만 다른 한편으로 그 자연언어를 다양한 방식으로 풍성하게 하는 사람들이 있고, 그런 이들이 바로 진짜 글쟁이라고 생각합니다. 특히 스타일리스트들이 그렇죠.

피천득: 어느 스타일리스트의 치명적 한계

글쟁이는 스타일이 있어야 합니다. 그런데 글에는 스타일로도 결코 뛰어넘을 수 없는 벽이 있습니다. 그게 무엇인지 한번 살펴보도록 하죠.

피천득이라는 유명한 수필가가 있습니다. 한국에서 수필문학 하면 피천득이라고 할 정도로 대단히 평판이 높습니다. 아마 여러분도 대부분 그분 수필 한두 편은 읽어봤을 거예요. 장수하다가 얼마 전에 돌아가셨는데, 100살까지는 아니더라도 제 기억에 거의 백수하신 것 같아요.

그런데 흔히 한국말로는 에세이를 그냥 수필이라고 하는데, 사실 서양 사람들이 에세이라고 말하는 건 대개 아주 심각한 글입니다. 에세이라는 말을 처음 만든 몽테뉴의 《에세》 자체가 그렇죠. 첫 번째 강연에서 나왔던 사르트르나 롤랑 바르트 같은 사람들이 쓴 비평적 산문들이 다 에세이에요. 산문 중에서 소설 같은 창작글이 아닌 논픽션 가운데 아주 진지한 글, 그런 것들을 에세이라고 부릅니다. 한국 사람들이 보통 수필이라고 말하는 건 미셀러니^{miscellany}, 경^輕수필입니다. 피천득 선생이 쓴 글들도 에세이가 아닌 미셀러니 범주에 속합니다.

제가 중학생 때인가 고등학생 때인가 국어 교과서에 이분이 쓴 〈인연〉이라는 글이 실려 있었어요. 필자가 지인^{知人}의 딸인 아사코라는 일본 여자와 자신의 인연을 그린 글입니다. 세 번의 만남과 헤어짐의 기억이 이야기의 주된 내용입니다. 아사코가 소학교 1학년일 때 한 번, 영문과 대학생일 때 한 번, 그리고 마지막으로 2차 세계대전이 끝나고 그녀가 결혼을 했을 때 한 번, 이렇게 10여 년 간격으로 필자가 아사코와 만납니다.

필자는 세 번째 만남에서 아사코의 창백한 얼굴과 그녀 남편의 미국인도 일본인도 아닌 모습에 실망하며 애틋한 마음을 담담히 전합니다. 그런데 이 대목에서 이런 얘기를 합니다.

> 10년쯤 미리 전쟁이 나고 그만큼 일찍 한국이 독립되었더라면 [어린 시절] 아사코의 말대로 우리는 같은 집에서 살 수 있게 되었을지도 모른다. … 이런 부질없는 생각이 스치고 지나갔다.

자, 봅시다. 필자는 어떤 여자와 만났다 헤어진 것을 아쉬워하면서 "10년쯤 미리 전쟁이 나고"라고 했습니다. 이건 무슨 뜻일까요? 쉽게 말해서 2차 세계대전이 1939년에, 태평양전쟁이 1941년에 터졌는데 이것이 1929년, 1931년 이렇게 일어났더라면, 하고 아쉬워하는 겁니다. 왜? 그러면 아사코랑 함께 살 수 있었을 테니까요.

이것은 글쓴이가 그 시대를 어떻게 살았는지를 스스로 폭로한 거예요. 자기자신의 헐벗은 내면을 고스란히 드러낸 거죠. 내면의 천박함, 그리고 자기가 살았던 역사나 사회에 대해 아무런 생각도 없었다는 것을 부끄러운 줄도 모르고 드러낸 겁니다. 아니, 전쟁이 뭐가 좋다고, 그것도 10년 먼저 터져야 하나요? 두 남녀를 맺어주기 위해 전쟁이 10년 먼저 터져야 하다니요.

피천득 선생은 잘 알려진 스타일리스트입니다. 테크닉이 뛰어나고 자기 스타일을 확립한 분인 것은 분명합니다. 하지만 아무리 스타일에서 일가를 이뤘다 해도 그 내용이 천박하면 좋은 글이라 할 수 없습니다. 꼬마 때 읽으면 "와, 이분 글 잘 쓰네" 하겠지만 조금만 크면 바로 알게 되죠. "그 메마른 시대, 1920년대에서 1940년대를 이 사람은 저런 헐벗은 내면을 지니고 살았구나" 하고요.

스타일만 가지고는 마음의 천박함을 숨길 수 없습니다. 그러니 올바르고 기품 있는 마음을 지니는 것이 제일 좋고, 그렇지 못하다면 그 천박함을 절대 글에서는 드러내지 마시기 바랍니다. 글이 곧 사람이라는 격언은 틀린 말이지만, 사람들은 대개 그 글로 사람을 판단합니다. 그런데 글로 사람을 판단할 때, 사람들이 스타일보다 더 염두에 두는 것은 그 사람의 생각입니다. 그 생각이 양식良識과 동떨어져 있으면, 아무리 스타일이 훌륭해도 독자들은 거기에 혐오감을 지니게 됩니다.

2―구별짓기와 차이 지우기

글쓰기 이론

심리형용사의 인칭 제약

심리형용사의 주어에는

인칭 제약이 있다　　　　　　　한국어 형용사 가운데 심리형용사라고 불리는 형용사들이 있습니다. 예컨대 기쁘다, 즐겁다, 괴롭다, 외롭다 등 사람 심리를 나타내는 형용사를 말합니다. 이 심리형용사들은 주어를 선택하는 데 제약이 있습니다. 예컨대 평서문일 경우 심리형용사의 주어는 반드시 1인칭이어야 합니다. 주어가 1인칭이어야만 문법에 맞는 문장이고 2인칭이나 3인칭일 경우에는 문법에 어긋나게 됩니다.

이를테면 "즐거워"라고 말했을 때, 생략된 주어는 '나는'이지 '너는'이나 '걔는'이 아닙니다. "너는 즐거워"나 "걔는 즐거워"라는 건 말이 안 됩니다. 왜 그럴까요? 만약 내가 즐겁다면, 그 사실을 나 자신은 알 수 있습니다. 화자는 자기가 즐거운지 즐겁지 않은지 잘 알 수 있어요. 그러니까 "나는 즐거워"라고 말할 수 있지요. 그렇지만 상대방이나 제3자의 마음 상태는 알 수 없습니다. 그래서 평서문에서 심리형용사의 주어는 반드시 1인칭이어야 합니다. "너는 즐거워" "걔는 즐거워" 이건 한국어 문법에 어긋난 표현입니다.

의문문에서는 어떨까요? 이때는 심리형용사의 주어가 2인칭이어야 합니다. "즐겁니?"라고 하면 이 안에서 생략된 주어는 '너는'이지 다른 인칭일 수 없어요. 예컨대 나는 나 자신의 마음 상태를 알고 있기 때문에 "나는 즐겁니?"라고 물어보는 건 그 자체가 난센스입니다. 또 "걔는 즐겁니?"라고 물을 수도 없는 게, 걔가 즐거운지 안 즐거운지는 상대방도 몰라요. A가 B한테 "C는 즐겁니?"라고 물었다고 칩시다. B가 C의 마음속에 들어가보지 않은 이상 C가 즐거운지 안 즐거운지 어떻게 알겠습니까? 그래서 대답이 불가능합니다. 질문이 사리에 맞지 않는 것입니다.

물론 말한 사람이 하느님이거나, 아니면 전지적 관점에서 소설을 쓰는 사람이거나 하면 얘기가 달라집니다. 그 세계에서는 나 말고도 다른 사람들의 마음속을 훤히 들여다볼 수 있으니까, 심리형용사의 인칭 제약을 넘어설 수 있습니다. 그렇지만 일상의 대화에서 개개인은 심리적 자아 밖으로 한 치도 나갈 수 없습니다. "괴롭다" 하면 당연히 주어는 '나'일 수밖에 없고 "괴롭니?" 하면 주어는 '너'일 수밖에 없죠.

'~어 하다'를 붙이면

제약을 피할 수 있다   그런데 이런 인칭 제약을 없애주는 방법이 있습니다. 바로 심리형용사의 어간에 '~어 하다'를 붙여서 동사로 만드는 것입니다. 학교문법에서 아/게/지/고를 각각 제1부사형/

제2부사형/제3부사형/제4부사형이라고 한다는 것은 스텝1에서 말씀 드렸죠? 제1부사형 '어'에 동사 '하다'를 결합한 '~어 하다'를 심리 형용사에 붙이면 이 단어는 이제 주체의 행태를 드러내는 동사로 변합 니다. 그래서 "너, 즐거워하는구나" "걔 정말 즐거워하더라" 같은 문장 이 성립합니다.

　시인 윤동주의 〈서시〉를 보면 "잎새에 이는 바람에도 나는 괴로워했 다"라는 구절이 나옵니다. 이 경우에는 주어가 1인칭이니까 굳이 따지 자면 '~어 하다'가 없어도, 즉 '잎새에 이는 바람에도 나는 괴로웠다' 라고 해도 말이 됩니다. 하지만 '그녀는 괴로웠다' '너는 괴로웠다' 이 런 표현은 심리형용사의 인칭 제약에 걸려 비문법적이 됩니다. 딱 들 어도 어색하잖아요. 이때는 '~어 하다'를 붙여서 '그녀는 괴로워했 다' '너는 괴로워했다'고 하면 됩니다. 심리형용사를 동사로 바꿔서 인 칭 제약을 피해가는 거죠. 괴로운 건 눈에 안 보이지만 괴로워하는 건 눈에 보입니다. 괴로운지 안 괴로운지는 자기만 알고 보이지는 않지 만, 괴로워하는 건 표정이 일그러졌다거나 눈물을 떨군다거나 하는 식 으로 눈에 보여요.

보조형용사

'싶다'　　　　　　　　　　심리형용사는 아니지만 한국어에 '싶다'라는 보조형용사가 있습니다. 동사의 제4부사형 '고'에 '싶다'가 붙으면 '~고 싶다'의 형태로, 주어가 무언가를 바란다는 것을 나타냅 니다. 그런데 이 바람이라는 것도 심리적인 거죠. 그래서 보조형용사

'싶다'도 심리형용사와 똑같이 주어의 선택에 제약이 있습니다.

"밥 먹고 싶어"의 생략된 주어는 '나'이고 "울고 싶어"의 주어도 '나'일 수밖에 없습니다. "너는 울고 싶어"라고 말할 수는 없는 거죠. 상대방의 마음속에 있는 바람을 나는 알 수가 없잖아요. 또 심리형용사와 똑같이, 의문문일 경우에 '싶다' 앞의 동사는 반드시 2인칭 주어를 취해야 합니다. "밥 먹고 싶니?"라고 말할 때 그건 당연히 '네'가 밥 먹고 싶으냐는 거죠. '개'가 밥 먹고 싶은지, 혹은 '내'가 밥 먹고 싶은지는 상대방에게 물을 수 없습니다. 내가 밥 먹고 싶은지는 나 스스로 아니까 물을 필요도 없고, 개가 밥 먹고 싶은지는 대화 상대방이 알 수 없으니까요. 소설에서라면 화자가 "나 밥 먹고 싶니?", 이렇게 독백조로 자문(自問)할 수는 있겠죠. 하지만 일상어에서는 보조형용사 '싶다'가 들어가면, 평서문일 때는 주어가 반드시 1인칭이어야 하고 의문문일 때는 반드시 주어가 2인칭이어야 합니다.

이런 인칭의 선택 제약을 없애자면 심리형용사와 마찬가지로 '~어 하다'를 붙여 '싶어 하다'로 고치면 됩니다. "너는 밥 먹고 싶구나"는 틀린 문장이지만, "너는 밥 먹고 싶어 하는구나"는 바른 문장입니다. 물론 "너는 밥 먹고 싶구나"의 경우 이걸 물음으로 해석하면 올바른 문장이 되겠죠. 그리고 "개 밥 먹고 싶니?"는 틀린 문장이지만 "개 밥 먹고 싶어 하니?"는 올바른 문장입니다. '~어 하다'를 덧붙인 덕분에 형용사가 동사로 바뀌면, 주어의 내면적 심리상태가 외면적 행동으로 드러나게 되고, 그럼으로써 인칭 제약에서 벗어날 수 있는 것입니다.

수강생 평서문일 때 심리형용사의 주어가

1인칭 복수일 때는 어떤가요?

이를테면 나를 포함한 우리가 주어일 때

"우리는 행복해"도 엄격하게 얘기하면

인칭 제약에 걸리는 것 아닌지요?

   "우리는 행복해"라고 말할 수 있습니다. 화자가 자신만이 아니라 자기 편, 자기 동료들의 마음 상태를 다 안다고 생각할 수 있고, 그렇게 가정하는 것이 무리가 아니기 때문입니다. 제가 말씀드리는 1인칭이라는 것은 '나'와 '우리'를 모두 포함합니다. '우리'라고 말할 때 그 말을 하는 사람은 '우리'에 대해서 자기가 빠삭하다고 생각하니까, 자기가 아닌 '우리'의 마음까지도 다 들여다보고 있다고 생각하니까 심리형용사를 쓸 수 있는 겁니다.

글쓰기 실전

"광신에 대한 깔끔한 정의 가운데 하나는 '진리에 대한 무시무시한 사랑'이다."

《자유의 무늬》, 140쪽

그냥 '광신의 깔끔한 정의' 하면 될 것 같아요. '가운데'도 필요 없습니다. '광신의 깔끔한 정의 하나는'이면 충분합니다.

그런데 여기서 이 정의는 사실 글 쓴 사람이 마음대로 내린 것입니다. 다시 말해 제가 내린 거죠.(웃음) 국어사전이나 무슨 사회학 사전 같은 데 나와 있는 게 아닙니다. 단지 글을 쓰다가 '광신을 한번 이렇게 정의해볼 수도 있지 않을까' 하고 단정적으로 쓴 것인데, 이 정도는 때에 따라 허용 가능한 것 같아요.

"진리나 사랑만큼 우리들 마음의 줄을 퉁기는 말을 달리 찾기는 어렵다."

《자유의 무늬》, 140쪽

'마음의 줄'이라는 건 심금心琴이라는 말에서 아이디어를 얻은 것입니다. 마음의 거문고, 즉 '심금'을 울리다라는 말은 흔히 쓰잖아요. 이 심금을 울리다라는 표현이 너무 닳아져 상투어가 된 느낌이 들어서 한번 고유어로 바꿔봤습니다.

실전 03

"기독교의 역사가 ˌ십자군 운동에서부터 종교재판을 거쳐 마녀사냥에 이르는 숱한 광신의 에피소드로 채워져 있는 것은 그래서 조금도 놀라운 일이 아니다."

《자유의 무늬》, 140쪽

한국어에서 '그래서' 같은 접속부사는 문장 앞에 오는 게 가장 자연스럽습니다. 하지만 이 문장에서 '그래서'가 맨 앞에 오면, 그 뒤 문장이 너무 길어서 읽는 사람의 정신이 혼란스러워질 거 같아요. 그래서 '그래서'를 중간에 넣어서 한 호흡 쉬게 만들었습니다. 꼭 문장 앞에 넣고 싶으면 '그래서' 다음에 쉼표를 하나 넣어주면 됩니다. 긴 문장을 읽기 위해 한 호흡 쉬는 거죠.

그런데 이 접속부사는 여기서 빼도 뜻이 통할 것 같네요. 제 20여 년 된 글 버릇이 뭐냐면, 이어지는 문장 앞에 흔히 어떤 접속부사를 놓아서 역접인지 순접인지 첨언하는 건지를 확실히 하는 겁니다. 좋은 버릇이 아닙니다. 접속부사를 빼도 소통이 되면 가능한 한 빼는 것이 좋습니다. 제가 지난주에도 말씀드렸죠?

"고대의 알렉산드로스 대왕에서부터 근대의 나폴레옹 황제를 거쳐 현대의 마오쩌둥 주석에 이르기까지 위대한 정복자, 위대한 혁명가들은 하나같이 열정의 인물이었다. … 노망한 교황의 십자군 운동이든, 젊은 황제의 러시아 원정이든, 위기에 몰린 주석의 문화혁명이든, 제정신을 가진 사람이라면 누구도 그 위대한 과업의 표적이 되고 싶어 하지는 않을 것이다."

《자유의 무늬》, 141쪽

필자는 고대의 알렉산드로스 대왕, 근대의 나폴레옹 황제, 현대의 마오쩌둥 주석, 이렇게 세 사람을 위대한 인물의 예로 거론했습니다. 뭐 여기서 위대하다는 게 꼭 긍정적 함의를 담은 건 아닙니다만. 그런데 그다음 단락에서 호응이 조금 삐걱거립니다. 즉 '젊은 황제의 러시아 원정'은 나폴레옹에, '위기에 몰린 주석의 문화혁명'은 마오쩌둥에 대응이 되는데, '노망한 교황의 십자군 운동'은 알렉산드로스 대왕과 전혀 관계가 없습니다. 이런 건 잘못된 글쓰기입니다.

십자군 운동을 일으킨 사람은 우르반 2세라는 교황인데, 1095년에 예루살렘 수복을 명분으로 내걸고 기독교도들이 팔레스타인 지역으로 쳐들어가게 했습니다. 사실 제대로 대응을 하게 만들자면 노망한 교황 대신에 알렉산드로스 대왕의 어떤 원정을 썼어야 했겠죠. 아예 대응을 안 시킨다면 모르되, 다른 두 개는 대응이 돼 있는데 나머지 하나가 대응이 안 돼 있잖아요. 알렉산드로스 대왕의 원정 얘기를 하든지, 아니면 아예 이전 단락에서 알렉산드로스 대왕 대신에 우르반 2세를 거론하는 게 좋았을 것입니다.

그런데 여기서 '싫어 하지는'을 '싫지는'으로 고칠 수 있을까요? 이 문장은 평서문이고 주어는 3인칭입니다. 그렇다면 바람을 나타내는 보조형용사 '싶다'의 인칭 제약에 따라 주어 자리에는 1인칭만 올 수 있습니다. 다시 말해 '누구도 그 위대한 과업의 표적이 되고 싶지는 않다'라고 말할 수 없습니다. 제3자의 마음 상태를 알 수 없으니까요.

하지만 이 문장에서 한 가지 유의할 점이 있습니다. 필자가 '싫어 하지는 않을 것이다'라고, 단정이 아닌 추측을 한 것입니다. 이렇게 추측을 했을 경우에는 심리형용사 혹은 보조형용사 '싶다'의 인칭 제약이 사라집니다. 제3자의 마음속에 굳이 들어가보지 않아도 어차피 추측성 발언이니까 자유롭게 말할 수 있는 거죠. 그래서 이 문장에서는 '싫지는 않을 것이다'라고 고쳐도 문제되지 않습니다.

"물 마시고 싶은 사람은 다

이리로 모여"는 잘못된 문장인가요?

언뜻 보면 평서문에 주어가 1인칭이 아니니까 '싶어 하는'으로 고쳐야 인칭 제약을 피할 수 있을 것 같죠? 그렇지만 여기서는 '싶은'이 맞습니다. 이 문장을 말한 사람은 누가 물 마시고 싶은지 그렇지 않은지 알 수 없기 때문에 가정 내지 추측을 하고 있는 상황입니다. 말을 바꾸자면 조건을 내걸고 있는 상황입니다. 물 마시고 싶은 사람이 혹시 있다면 오라는 거죠. 이렇게 추측, 가정을 하는 평서문의 경우엔 주어가 1인칭이 아니어도 됩니다. 말씀하신 문장에선 외려 '싶어 하는'으로 고치면 문장이 어색해집니다.

"그러나 그들을 그 위업으로 내몬 커다란 동력 가운데 하나는 그들에게 감염된 무시무시한 열정, 진리에 대한 지나친 사랑이었다. 그들은 광신자였던 것이다."

《자유의 무늬》, 141쪽

'가운데'는 굳이 안 써도 될 것 같아요. 그리고 '것이다'가 나왔네요. 이런 유형의 '것이다'는 글의 첫 문장에는 나올 수 없고, 앞문장 내용의 이유를 대거나 부연설명을 할 때 쓰입니다. 스텝1에서 길게 말씀드렸죠?(1권 170~172쪽 참고)

"고대 이래의 현인들이 열정을 영혼의 병이라고 선고하고…"

《자유의 무늬》, 141쪽

저는 '병이라고'에서 '고'를 빼고 싶습니다. 넣어도 틀린 건 아닌데 '병이라고 선고하고'에서 '고'가 두 번 반복되잖아요. 이렇게 똑같은 음절이 반복되면 읽을 때 뭔가 거슬립니다. 문법적으로는 완벽하지만 눈이나 귀에 거슬려요.

"스탈린 시대의 소련은, 사회 구성원의 사적 영역을 거의 말소시키는 한편…"

《자유의 무늬》, 142쪽

가능한 한 접미사 '-시키다'는 접미사 '-하다'로 바꾸세요. 물론 바꿔서 어색하거나 뜻이 달라지는 경우도 있습니다. 예컨대 '변화시키다'를 '변화하다'로 고치면 뜻이 달라지지요. 그런데 바꿀 수 있다면 '-시키다'를 '-하다'로 바꾸는 게 한결 깔끔해 보입니다. 여기서도 '말소하는 한편'으로 고치는 게 좋습니다.

"히틀러 시대의 독일과 스탈린 시대의 소련은 … 인류가 그 이전까지 경험해본 전제정치나 독재정치와는 그 수준이 판이한 압제 사회였다."

《자유의 무늬》, 142쪽

'전체주의'는 20세기에 발명된 말입니다. 독일 나치즘 체제나 소련 스탈린주의 체제를 동시에 지칭하기 위해서 정치인들과 정치학자들이 전체주의라는 말을 만들었습니다. 이탈리아의 무솔리니는 전체주의라는 말을 긍정적 맥락에서 썼습니다.

히틀러의 나치즘은 원래 무솔리니의 파시즘을 수입한 것인데, 그것을 수용한 독일의 당 이름이 나치당, 민족사회주의당이었죠. 다시 말해 나치즘이라는 건 독일의 파시즘입니다.

이 파시즘이랑 스탈린주의 체제가 정치적으로 좌파와 우파로 나뉘어 서로 아주 다른 것 같지만, 똑같이 전체주의 체제라고 정치학자들이 생각한 겁니다. 물론 이 전체주의라는 개념에 동의하지 않는 정치학자도 많이 있습니다. 우파학자들이 히틀러와 스탈린을 똑같은 정도의 나쁜 놈으로 몰아붙이려고, 사실은 히틀러가 더 나쁜 놈인데 전체주의라는 개념으로 스탈린까지 싸잡아 비난한다는 겁니다. 좌파 쪽 학자들이 하는 주장이죠. 그 말에도 일리가 있지만 일반적으로는 둘 다 그냥 전체주의라고 부릅니다.

그렇다면 이 전체주의의 특성은 무엇일까요? 그것은 일반적 독재와 어떻게 다를까요? 한국의 경우를 한번 살펴봅시다. 1972년 10월 17일, 박정희 대통령이 비상계엄령을 선포하고 유신이라는 쿠데타를 벌입니다. 친위쿠데타입니다. 자기가 자기한테 쿠데타를 일으킨 거예요. 웃기죠?(웃음) 자기가 지금 대통령인데 자기를 대통령 자리에서 물러나게 하고 다시 자기가 대통령이 됩니다. 이때부터, 즉 박정희 시대 후반부터 전두환 시대까지 한국사회는 명백히 독재체제였습니다. 이승만 시대나 박정희 시대 전반부도 독재체제였지만, 그건 비교적 연성(軟性)인 독재체제였고, 유신체제부터 전두환 집권기까지는 경성(硬性) 독재, 그러니까 아주 야만적이고 혹독한 독재체제였습니다. 일단 대통령을 직접선거로 뽑지 않아요. 한번 대통령이 되면 죽을 때까지 대통령을 하는 겁니다. 박정희의 경우가 그랬습니다. 전두환은 체육관 선거로 노태우에게 대통령 자리를 물려주는 대신 노태우는 허수아비로 만들고 자기가 실권자 노릇을 하려다가, 1987년 6월항쟁으로 뜻을 못 이뤘습니다. 또 누가 정치적으로 반대 발언을 하면 그냥 데려다가 고문을 해서 반병신을 만들어놓든지, 고문을 받다가 죽으면 자살했다고 허위로 발표해버리고 그랬습니다. 언론도 심한 통제 아래 있어서 거기에 의문을 제기하지 못했습니다. 심지어 국가가 개인의 일상에까지 부분적으로 관여했습니다. 경찰이 여자들 치마 길이를 자로 재 단속하질 않나, 남자들이 머리를 기르지 못하게 하질 않나, 멀쩡한 대중가요를 제멋대로 정치적으로 해석해 금지곡으로 만들지 않나 아무튼 무소불위였습니다. 그렇다면 이 야만적인 박정희 유신체제를, 그리고 전두환 체제를 전체주의라고 부를 수 있을까요? 저는 그럴 수 없다고 생각합니다.

전체주의 체제라는 건 국가권력이 사회 전체에 모세혈관처럼 퍼져나가서 사생활 영역이 거의 없어진 상태를 가리킵니다. 예컨대 북한은 확실히 전체주의 체제죠. 북한 정권 초기에는 어땠는지 모르겠지만, 아무튼 1970년대 이후에는 확실한 전체주의 체제입니다. 국내 여행을 하려 해도 허락이 필요하다고 합니다. 당의 허락이 필요하다는 말입니다. 그리고 직장도 자기 마음대로 구할 수 없고요. 서로 출신성분이 다르면 연애나 결혼도 못한다고 들었습니다. 좀 과장됐을지도 모르지만, 아무튼 북한에선 사생활의 영역이 거의 없는 겁니다. 히틀러 체제도 그랬고, 스탈린 체제도 그랬습니다. 그런데 사실 김일성-김정일-김정은의 북한체제는 히틀러나 스탈린 체제보다 훨씬 더 강압적인 전체주의 체제죠.

박정희 시대는 그게 아무리 독재정치였다고 할지라도 국가가 젊은이들이 연애하는 것에까지 관여하지는 않았어요. 어떤 개인이 어떤 회사에 입사시험을 보는 걸 막지는 않았어요. 가정집에 박정희 초상화가 걸려 있지도 않았어요. 물론 박정희를 존경하는 별난 사람이 자기 집

안방에 박정희 초상화를 걸어놓는다고 해서 그걸 막지도 않았지만
요.(웃음) 박정희가 아주 변덕스러운 사람이었던 터라 희한한 일들이
있기는 했습니다. 텔레비전을 보다가 갑자기 "쟤 이름이 왜 김세레나
야? 한국말 같지가 않잖아. 다 바꿔!", 이래서 가수 김세레나 씨는 김
세나로 이름을 바꾸고, 듀엣 어니언스도 양파들로 이름을 바꾸고, 가수
패티김 씨도 한때 김혜자로 이름을 바꿨습니다. 또 자기 아들 녀석이
대마초를 하고 다니는 거예요. 그러니까 박정희가 열을 확 받았죠. '이
놈이 하고 있다면 분명 지금 대마초 하는 놈들 많을 거야' 해서, 적잖
은 연예인들이, 주로 가수들이 구속되고 그랬습니다. 생산이나 유통에
관여한 사람만이 아니라 한 번이라도 대마초를 피워본 사람은 다 구속
시켰어요.

  그럼에도 박정희가 사람들이 연애를 하거나 취직을 하거나 고등교
육을 받거나 이사를 가거나 여행을 하거나 하는 것까지 건드리지는 않
았단 말이에요. 사생활 영역이 일정 부분 있었던 겁니다. 물론 박정희
는 이승만 때 있었다가 4·19혁명 이후 없어진 학도호국단이라는 걸
다시 만들어서 고등학생과 대학생의 군사교육을 더 강화합니다. 또
1968년엔 예비군을 만들었고, 1975년엔가 민방위대를 만들어 예비군
이 끝나면 그 즉시 민방위대에 편입되도록 했고요. 심지어 반상회라는
것도 만들어서 상호감시 체제를 만들기도 했습니다. 반상회에 안 나오
면 벌금을 물리고 그랬죠. 사실 이런 독재체제의 잔재는 지금까지 꽤
남아 있습니다. 그렇지만 북한처럼 매일 밤 토론을 하게 한다거나 토
론 석상에서 자아비판을 하게 한다거나 이런 정도는 아니었습니다.

전체주의와 독재의 차이는 바로 사생활 개입 여부입니다. 독재는 그것이 아무리 가혹할지라도 국가의 공권력이 개인 사생활 깊숙이까지 관여하지는 않습니다. 그래서 설령 스탈린 시대에 고문이 없었다고 하더라도, 그곳엔 사생활이 거의 없었기 때문에 스탈린 체제는 전체주의 정권이었던 게 확실합니다. 그런데 고문이 아마 있었겠죠? 다른 한편 유신체제와 전두환 체제는 무지막지한 압제적 독재정권이긴 했지만, 정치적 반대파나 범죄자들에 대한 고문이 일상적인 야만적 사회였지만, 그걸 전체주의 체제였다고 말할 수는 없습니다.

전체주의는 전형적으로 20세기적 현상입니다. 20세기 이전에는 아무리 삼엄한 전제왕조라고 하더라도, 개인들이 연애를 하거나 이사를 가거나 여행을 하거나 이런 데까지 국가가 관여하지는 않았습니다. 그런데 전체주의 국가는 사생활에까지 개입하는 전혀 새로운 정치 행태를 보였습니다. 그리고 21세기 북한은 그 전체주의의 끝까지 가보려는 것 같습니다.

"실은 그런 문화로서의 전체주의는 엄밀히 말해 20세기의 산물은 아니다."

《자유의 무늬》, 142쪽

'20세기의'에서 '의'는 필요 없습니다. 꼭 넣고 싶으시면, 넣어도 틀린 문장은 아니지만요. 그리고 '전체주의는' '산물은' 해서 는/은을 반복했는데 둘 중 하나는 이/가로 바꿨으면 좋겠어요. 제 한국어 감각으로는 그렇습니다. 는/은이 이렇게 반복되면 제게는 좀 어색해 보여요. '전체주의가 … 산물은 아니다' 하든지, '전체주의는 … 산물이 아니다' 이랬으면 좋겠습니다.

"…문화로서의 전체주의를 제어해야 한다고 생각하는 사람들이 해야 할 일은, 우선 진리의 전유권專有權을 포기하는 것이다. 그리고 그와 동시에 남들이 진리를 전유하는 것도 용납하지 않는 것이다."

《자유의 무늬》, 143쪽

'로서의'는 과감하게 빼도 될 것 같아요. 그냥 '문화 전체주의'라고 해도 충분히 이해가 가능하고 훨씬 깔끔합니다. 그리고 '전유'라는 말이 두 번 나오면서 반복되는데, 두 번째 전유는 다른 말로 바꾸는 게 더 나을 것 같습니다. '진리를 독차지하는 것'이라고 하면 적당하겠네요. 한 문장에서 같은 말을 되풀이하지 말자, 이것도 좋은 글쓰기의 원칙 하나입니다. 물론 이건 유연한 원칙입니다. 같은 말을 써야 할 경우에는 써야죠.

실전 11

"자유나 평등이나 민주주의나 인권이나 환경처럼 보편적이라고 알려진 가치들에 대해서까지도 이성의 계산기를 다시 들이대며 그것들을 섬세하고 구체적인 윤리의 체로 밭아보는 섯이나."

《자유의 무늬》, 143쪽

접속조사 '나'를 연속해서 쓰고 있습니다. 이건 제 나쁜 글 버릇 같아요. 스타일이라고도 할 수 있겠지만, 좋아 보이는 스타일은 아니군요.(웃음) 굳이 접속조사를 나열할 필요가 없습니다. '자유, 평등, 민주주의, 인권, 환경' 이렇게 쉼표를 쓰는 편이 한결 깔끔해 보입니다.

　스텝1에서 자세하게 설명했습니다만(1권 120~122쪽 참고), 이 문장의 '구체적인'에서 '인'은 뺄 수 없습니다. 바로 앞에 나오는 '섬세하고'가 용언이기 때문입니다. 용언과 용언을 나열해야 자연스럽습니다. '구체적인'에서 서술격 조사 '이다'의 활용 형태인 '인'을 빼버리면 관형사가 되니까, 용언과 관형사가 대등하게 나열되는 셈이 됩니다. 어색하죠. 사실 '섬세하고 구체적 윤리', 하면 어색하다는 것을 한국인들은 직관적으로 알 수 있습니다. 한국어 감각이 내면화돼 있으니까요.

〈진리의 열정에서 해방되기〉(《자유의 무늬》, 140~143쪽)란 글의 주장을 정리해봅시다. 어떤 사회를 좋게 바꾸려면 분명히 열정이 필요합니다. 그 열정이라는 건 대개 어떤 좋은 것에 대한 열정일 겁니다. 물론 나쁜 것에 대한 열정을 지닌 사람도 더러 있지만, 대개는 자신이 보기에 좋다고 생각하는 것에 대해 열정을 품습니다.

　문제는 그런 열정이 나쁜 결과를 낳을 수 있다는 겁니다. 예수 그리스도는 말할 것도 없고, 초기 기독교 신자들은 아마 다 좋은 뜻을 가졌을 거예요. 기독교가 나중에 종교재판이라는 걸로 수많은 사람을 마녀로 몰아 화형하고 이교도들을 학살하는 등 끔찍한 일들을 벌일 줄은 상상도 못했겠죠. 그 근원이 바로 진리에 대한 지나친 사랑, 열정입니다.

　역사를 돌이켜보면, 열정이 지나칠 때 나쁜 결과가 나오기 십상이었습니다. 기독교도 그랬고 공산주의도 그랬습니다. 마르크스나 엥겔스 같은 사람이 세상을 바꾸기 위해 수많은 사람을 학살해야겠다고 생각하지는 않았을 겁니다. 그러나 실제로 나타난 결과는 수많은 사람의 학살, 그리고 그보다 훨씬 더 많은 사람의 아사餓死였습니다. 열정에는 좀 거리를 두는 게 좋습니다.

수강생   '모든 인간은 평등하다' 이런 것은 확실하게 진리 아닌가요?

과연 그럴까요? 그것이 진리라는 것을 누가 판단하고 보증해주죠? 더구나 그것이 설령 일종의 진리라 해도 이 문장은 당위명제지 존재명제가 아니죠. 다시 말해 사실판단이 아니죠. 가치와 관련된 문장이라는 뜻입니다. '모든 인간은 평등하다'라는 말은 실제로 모든 인간이 평등하다는 뜻이 아니라 '모든 인간은 평등해야 한다'라는 뜻이란 말입니다. 더 나아가보죠. 이 글 끝에서 제시한 자유, 평등, 민주주의, 인권, 환경 같은 것들을 사람들은 흔히 보편적 가치라고 생각합니다. 하지만, 봅시다. 자유만을 너무 강조하다보면 세상은 완전히 만인에 대한 만인의 투쟁이 될 거예요. 힘없는 사람들은 그냥 찌그러져 죽어야죠. 또 평등만 너무 강조하다보면 사회 자체가 너무 억압적이 됩니다. 집단주의 사회가 되는 거예요. 환경, 아, 환경 좋죠. 굉장히 중요한 문제인데 이것이 '근본적' 생태'주의'로 가다보면 선악을 판단하기 어려울 때가 있습니다. 과연 원자력발전소를 하나도 남김 없이 죄다 없애야 할 것이냐, 자동차를 죄다 없애야 할 것이냐, 이런 건 정말 판단하기 어렵거든요. 잘못하면 생태주의가 파시즘의 형태를 띨 수도 있습니다.

예전에는 한국사회에서 '통일'이 최우선 과제라고들 흔히 그랬습니다. 그런데 생각해보세요. 당장 통일이 되면 최상층 사람만 빼고는 모두에게 그야말로 재난입니다. 아마 우리들 대부분은 삶이 어려워질 겁니다. 국부나 복지를 북한 지역과 나눠야 하니까요. 문화적 이질감을 극복하는 것도 쉬운 일이 아닐 겁니다. 북한 출신 사람들은 분명히 통일한국에서 2등 시민으로 몰려서 끝없는 수모에 시달릴 거고요. '우리는 역시 한 핏줄이야' 하고 껴안는 거는 한 5분이고, 그다음부터는 현실적으로 큰 갈등이, 재난이 생기겠죠. 통일을 과연 해야 할 것이냐? 한다면 어떤 식으로 해야 할 것이냐? 이것은 그리 간단한 문제가 아닙니다.

애기가 길어졌는데 제 말은 간단히 이렇습니다. 진리로 여겨지는 것들을 약간 거리를 두고 보자. 모든 것을 의심하자.

실전 13

"서울 송파구의 어느 여자 고등학교에서 학생에게 손찌검을 한 교사가 경찰서에 연행된 사건이 언론을 통해 알려진 뒤, 학교에서의 학생 체벌에 대한 논의가 다시 분분하다."

《자유의 무늬》, 144쪽

'학생에게 손찌검을 한 교사'는 나무랄 데 없는 표현입니다. 그런데 '손찌검하다'라는 타동사가 있으니 '학생을 손찌검한 교사' 이렇게 해도 될 것 같습니다. '학교에서의 학생 체벌'은 '교사의 학생 체벌'이라고 하는 편이 깔끔하겠네요. '~에 대한'도 필요 없습니다. '체벌 논의'나 '체벌 논란'이라고 해도 될 것 같습니다. 꼭 '~에 대한'을 넣고 싶다면 넣으셔도 되고요.(웃음)

실전 14

"… 체벌 사건이 터지자마자 휴대폰을 통해 112에 신고를 했다는 동료 학생의 맹랑함에 혀를 찬 사람들도 많았을 것이다."

《자유의 무늬》, 144쪽

'동료 학생'이란 표현이 좀 어색합니다. 보통 학생들끼리 서로를 동료라고 하진 않죠? '동급생' 정도로 고치면 좋겠습니다.

실전 15

" '요새 젊은것들 하는 꼴을 보면 참' 하는 기성세대의 탄식(에는) … 자기 세대의 가치관과 이해관계에 뒷세대를 맞추려는 앞세대의 좌절된 권력의지가 배어 있다."

《자유의 무늬》, 145쪽

나이가 든다는 것, 늙는다는 것은 정신적으로나 육체적으로나 열등해진다는 뜻입니다. 늙은 사람들은 젊은 사람들한테 당연히 열등감을 느낄 수밖에 없습니다. 그래서 버르장머리 없다는 둥, 말세가 왔다는 둥 하며 자꾸 젊은이들에게 트집을 잡죠. 이게 다 겁이 나서 그런 거예요. '나는 이미 갔고, 이제 쟤네들이 세상의 주인이구나.' 그게 슬퍼서 자꾸 생트집을 잡으며 젊은이들을 괴롭히는 겁니다.

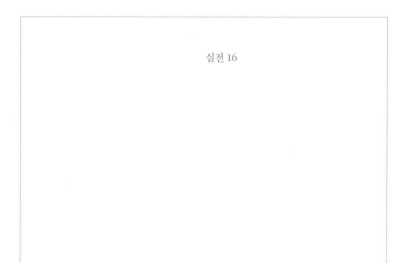

실전 16

"더 근본적으로는, 학생들을 그렇게 '철없게' 만든 기성세대의 철없음일 따름이다."

《자유의 무늬》, 145쪽

제가 다시 쓴다면 '그렇게'를 '그리'로 바꾸겠어요. 사실 '그렇게'가 '그리'보다 더 생동감 있고 구어적이긴 합니다. 그런데 바로 그 뒤에 '철없게'라는 말이 나오잖아요. '게'가 연속으로 나와 눈과 귀에 거슬립니다.

"… '사랑의 매'라는 말만큼 위선에 가득 찬 말도 드물 것이다. 그것은 소설 〈1984〉에서 다양한 역설적 신어^{新語}들을 실험해본 조지 오웰마저 혀를 내두를 악성 이데올로기 언어다."

《자유의 무늬》, 145~146쪽

저번 주에도 말씀드렸죠? 〈1984〉에서 전 세계는 세 나라로 이루어져 있습니다. 먼저 주인공 윈스턴 스미스가 살고 있는 오세아니아라는 나라입니다. 영국을 비롯해 영어권 나라를 미국이 통합해서 만든 나라예요. 그다음에 유라시아란 나라가 있어요. 이 나라는 소련이 유럽을 통합해서 만든 나라죠. 그리고 이스트아시아라는 나라가 있습니다. 중국, 일본 이런 국가들이 합쳐져서 만들어진 나라입니다.

제가 위의 글에서 말한 신어, 즉 '뉴스피크^{newspeak}'는 오세아니아에서 사용되는 기이한 말들을 가리킵니다. 이 나라에는 네 개의 부처가 있는데 각각을 열거해보면 Ministry of Peace, Ministry of Plenty, Ministry of Truth, Ministry of Love예요. 이것들이 다 오세아니아에서 만들어낸 역설적 신어들입니다. 이를테면 Ministry of Peace는 명칭은 평화부지만, 이 부처가 전담하는 건 전쟁입니다. 전쟁을 담당하는 부처 이름이 평화부인 겁니다. Ministry of Plenty는 풍요로움의 부서인데, 일종의 경제부처입니다. 그런데 이곳에서 일하는 사람들은 아주 절묘하고 정교하게 경제를 계획해서 시민들을 일정한 정도 이상으로 부유하게 만들지 않습니다. 부서 이름은 풍요로움인데 시민들에게 절대 풍요로움을 주지 않는 겁니다. 사람들이 여유롭고 풍족해지면 자꾸 대들거든요. 정권에, 국가에 대든다는 말입니다.

주인공 윈스턴 스미스가 일하는 부서는 Ministry of Truth, 진실부입니다. 이 부서는 역사를 계속 바꿔 씁니다. 역사를 왜곡하는 정도가 아니라 아예 바꿔버리죠. 심지어 예전에 자기들이 썼던 기록마저 그때그때 필요에 따라 고치기까지 합니다. 예전에는 유라시아가 오세아니아의 적국이었다고 했다가, 국제 정세가 바뀌면 역사 기록을 고쳐서 과거부터 오세아니아와 유라시아는 우방이었다고 날조하는 식입니다. 시간이 지나서 현실이 바뀌면 또다시 기록을 고쳐버리죠. 진리부라고 이름은 돼 있지만 오로지 거짓말만 하는 부서입니다.

사실 현실 세계에서도 이런 일이 비일비재하게 일어납니다. 1980년대만 해도 이란과 이라크가 전쟁할 때 미국이 이라크 편을 들었습니다. 무기도 대주고 그랬어요. 이란을 더 위협적으로 봤으니까요. 그런데 언제 그랬냐는 듯이 아들 부시가 외교 기조를 확 바꿔서 이라크를 위협하더니 결국 침공해서 박살을 내버렸잖아요. 그런데도 사람들은 금방 잊어버립니다. 미국 사람들도 '우리가 원래 이라크하고 적이었구나', 하고 쉽게 수긍해버리고 맙니다. 소설 속 오세아니아에서 이런 작업을 하는 부처가 바로 Ministry of Truth입니다.

끝으로 Ministry of Love, 사랑부입니다. 이 사랑부는 오로지 큰형, 빅 브라더에 대한 사랑만을 강조합니다. 그리고 그 목적을 위해 다른 모든 사람들에 대한 증오를 가르칩니다. 오세아니아에서는 다른 사람을 사랑해선 안 돼요. 오직 빅 브라더만 사랑해야지.

오세아니아의 부처를 가리키는 신어, 새로운 말들이 다 역설적입니다. 게다가 또 약어를 씁니다. 예컨대 평화부는 Minipax, 사랑부는 Miniluv, 풍요부는 Miniplenty, 이런 식입니다. 이 부처들은 모두 실제 이름과는 정반대되는 일을 합니다. 얄궂기는 주인공 윈스턴 스미스가 일하는 진리부가 제일이겠지요. 거짓말만 기록하니까요. 또 오세아니아의 신어에는 예컨대 unhappy라는 말도 없어요. 이 말을 쓰면 실제로 사람들이 불행하다고 생각할지 모르니까 아예 말을 없애버리는 겁니다. bad도 사전에서 없애버립니다. 그런 말이 있는 한, 사람들이 그런 시각으로 세상을 볼지 모른다고 생각해서 그런 겁니다.

한국만 해도 저런 역설적 말들이 많았습니다. 이승만 정권 때 집권 정당이 자유당이었습니다. 실제 그 시절의 한국 현실은 별로 자유롭지 않았죠. 박정희 때도 마찬가지였습니다. 집권정당이 민주공화당이었는데 그때 한국은 민주주의도 아니었고 공화주의도 아니었습니다. 심지어 전두환 때의 집권정당은 민주정의당이었으니 말 다했죠.(웃음)

조지 오웰이 소설에서 비록 과장은 했지만, 어쩌면 우리 현실이 정말 〈1984〉의 세계로 다가가고 있는 건 아닌지 모르겠습니다. 미국 정보기관에서, 구체적으로 국가안보국에서 독일이고 프랑스고 우방국 정상들 휴대폰까지 다 도청한다고 그러잖아요. 세계는 점점 더 감시사회가 되어가는 것 같습니다.

다시 문장으로 돌아가보면, 제가 지금 후회되는 표현이 하나 있습니다. 그러니까 '사랑의 매'라는 말이 분명히 이데올로기 언어이긴 하죠. 진짜 사랑의 매가 세상에 어디 있겠어요? 하지만 그렇다고 해서 조지 오웰이 '혀를 내두를' 것 같지는 않아요. 따지고 보면 오세아니아의 신어가 사랑의 매라는 표현보다 훨씬 더 악성입니다. 거짓말만 하는 진리부, 궁핍함을 관리하는 풍요부, 전쟁을 수행하는 평화부, 증오를 가르치는 사랑부. 조지 오웰이 만들어낸 오세아니아의 이런 신어들보다 과연 사랑의 매라는 말이 정말 더 심한 반어일까요? 당시 제가 사랑의 매라는 표현이 너무 역겨워서 과장을 한 것입니다. 제가 다시 쓴다면 '〈1984〉의 다양한 역설적 신어들을 닮은 이데올로기 언어다' 정도로 고치고 싶습니다.

만약 〈1984〉를 읽어본 사람이 이 문장을 읽는다면 필자가 여기서 과장하고 있다는 걸 단박에 알 수 있겠죠. 이건 글 쓰는 사람에게 아주 좋지 않은 일입니다. 글 쓸 때마다 과장해 버릇하면 독자들이 그 사람 글을 더이상 신뢰하지 않게 됩니다. 만약 여러분이 글에서 꼭 과장을 하고 싶다면 일생에 서너 번 정도만 하시기 바랍니다. (웃음)

"1960년대와 1970년대에 학교를 다닌 내 기억에 비추어보면…"

《자유의 무늬》, 146쪽

보통 '학교를 간다' '학교를 다닌다' 이런 말을 쓰는데 '가다' '다니다'
는 자동사입니다. 그러니까 '학교에 다닌'이 좋겠어요. 물론 '를'을 쓴
다고 해서 틀린 건 아닙니다. 많은 사람이 그렇게 쓰니까요. 아시겠지
만, 문법이 있고 나서 사람들이 말을 하는 게 아니라, 말을 한 다음에
말에 맞춰 문법이 기술되는 거잖아요. 많은 사람이 쓰면 그게 옳은 말
이죠. 그러니까 '구경을 다니다' 이런 식으로 '다니다'가 타동사적으
로 쓰이기도 합니다. 하지만 제 한국어 감각으로는 '가다'나 '다니다'
가 아직까지는 명백한 자동사입니다.

실전 19

"…그 영화가 묘사하는 교사들의 폭력은 조금도 과장이 아니다."

《자유의 무늬》, 146쪽

'조금도'라는 말이 거슬립니다. 너무 강조하는 것 같아요. 그냥 '과장이 아니다' 정도로만 하는 게 좋겠습니다. 이 글은 제가 마흔 살 무렵에 쓴 것 같은데 말을 단정적으로 한 대목이 더러 눈에 띄네요.

　강조를 하기 위한 부사들은 되도록 피하는 게 좋습니다. 정말 꼭 써야 할 자리에만 쓰기를 권합니다. 그래야 읽는 사람이 '이 사람은 냉철하게 생각하는 사람이구나. 흥분된 상태에서가 아니라 차분하게 이성적으로 글을 쓰고 있구나', 이렇게 느낍니다. 강조를 나타내는 부사를 남발하고, 심지어 과장까지 하게 되면 글이 편파적으로 느껴질 수 있습니다. 글을 쓸 때 객관적 느낌을 주려면 과장하지 말고, 지나치게 강조하지 말고, 극단적 단어를 쓰지 않는 게 좋습니다.

"박정희가 한국사회에 남긴 가장 커다란 유산은 사람들의 개성이나 '일탈'을 박멸하는 이 폭력적 전체주의 문화다."

《자유의 무늬》, 146쪽

앞서 말씀드렸듯이, 박정희 체제는 독재체제였지 전체주의 체제는 아니었습니다. 사생활의 영역에 깊숙이 관여하진 않았으니까요. 박정희에 대한 미움 때문에 표현이 좀 과해진 것 같습니다. '집단주의' 정도면 적당합니다.

"물론 모든 교사가 폭력교사는 아니다. 모든 교사가 촌지를 받거나 불법 과외학원과 결탁해서 돈을 챙기지는 않듯이."

《자유의 무늬》, 146쪽

'-듯이'와 '-듯'은 똑같은 말입니다. 지금은 제가 글을 안 쓰지만, 최근 한 7~8년간은 계속 '-듯이'에서 '이'를 뺐습니다. '듯'에서 그냥 끝냈어요. 이건 맞고 틀리고의 문제가 아니라 스타일의 문제라서 여러분들이 좋다고 느끼는 쪽을 택해 쓰면 됩니다. '-듯이'가 입에 쩍쩍 달라붙으면 '-듯이'로 하시고, '듯'에서 마치는 게 더 좋은 것 같으면 그렇게 하세요.

지난주에 말씀드렸듯, '-이다'나 '-다'도 마찬가지입니다. 모음으로 끝나는 명사 다음에는 '-이다'도 쓸 수 있고, '-다'도 쓸 수 있습니다. '이것은 사과다' '이것은 사과이다' 둘 다 맞아요. 저도 아주 예전에는 앞말이 모음으로 끝나든 자음으로 끝나든 꼭 '이다'를 썼는데, 언제부턴가 앞말이 모음으로 끝날 경우 그냥 '다'로 씁니다. 이건 스타일의 문제니까 마음에 드는 쪽으로 쓰면 됩니다.

"아이들에게 매질을 하는 부모조차 아이들의 잘못을 적절히 헤아려 이성적으로 '사랑의 매'를 휘두르지는 못한다."

《자유의 무늬》, 146쪽

이 문장에서 '아이들에게'가 필요할까요? 부모가 매질을 한다면 자기 아이들에게 하지 누구한테 하겠어요? 더욱이 그 뒤에 '아이들'이란 말이 또 나옵니다. 불필요하거나 중복되는 표현, 군더더기 말은 과감하게 덜어내시기 바랍니다.

"매질은 근본적으로 감정적인 것이다."

《자유의 무늬》, 146쪽

이 문장이 문법적으로 틀린 건 아니지만, '감정적이다'라고 하는 게 좋을 것 같아요. '것'을 서술어로 삼는 문장은 한국어에서 그리 자연스러워 보이지 않아요. 틀렸다는 게 아니라 자연스러워 보이지 않는다는 겁니다. 그런데 이건 그냥 지금의 제 한국어 감각일 수도 있겠습니다. 여러분이 '~ 것이다'로 문장을 끝내고 싶으면 그러셔도 됩니다.

그런데 '감정적이다' 할 때 '감정적'의 품사는 뭘까요? 앞 강의에서 말씀드린 것 같기도 하고, 기억이 좀 가물가물합니다(1권 120~122쪽 참고). '-적'으로 끝나는 말은 학교문법에서 관형사로 분류합니다. '감정적' 도 그 예죠. 그렇지만 '감정적이다'의 '감정적'은 명사로 분류합니다. 우리 언어감각으로 얼른 납득되지는 않지요? 그런데 '감정적' 다음에

서술격 조사 '-이다'가 오잖아요. 서술격 조사 '-이다' 앞에는 명사 아니면 대명사 아니면 수사, 즉 체언만 올 수 있습니다. 그런데 '감정적'이 대명사일 리는 없고 수사일 리는 더욱 없으니 그냥 명사로 처리하는 거예요, 학교문법에서.

실전 24

"교사는 특별한 사람들이 아니다. … 우리가 해야 할 일은 비현실적으로 엄격한 이성적 판단력과 윤리적 균형감각을 교사들에게 요구하는 것이 아니라, 사회 일반의 규범을 학교라는 공간에 확대하는 것이다."

《자유의 무늬》, 146~147쪽

사실 교사라고 해서 별다른 사람이 아닙니다. 특별히 윤리적이지 않아요. 현대 사회에서 교원을 뽑을 때 덕성을 보고 뽑는 게 아니잖아요. 괜히 교사들에게 "넌 스승이니까 보통 사람과 달라야 돼" 하고 요구할 게 아니라, 보편적으로 받아들여지는 규범 정도만이라도 실제로 지키게 하는 편이 낫습니다.

실전 25

"그것은 윤리적으로 비난 받을 뿐만 아니라, 법적으로도 처벌을 받는
다."

《자유의 무늬》, 147쪽

윤리적 비난, 법적 처벌, 이걸 지금 대립 내지 대칭시키고 있습니다.
그런데 보세요! 앞에는 '비난 받다', 뒤에는 '처벌을 받다'입니다. 균형
을 이루지 못하고 있어요. 한쪽은 목적격 조사를 생략했고 다른 한쪽
은 생략하지 않았습니다. 물론 비문법적 문장은 분명히 아니에요. 그
러나 균형감, 대칭성은 글에서 굉장히 중요한 미적 요소입니다. 이 문
장은, 비록 매우 사소하긴 하지만, 균형이 상실돼 있습니다. 이런 작은
것들이 쌓여서 글 전체에 영향을 끼칠 수 있습니다. 균형을 맞추려면
'비난 받을'을 '비난을 받을'로 고치든가, '처벌을 받는다'를 '처벌 받
는다'로 고치는 게 좋을 것 같아요. 저 같으면 '처벌을'에서 '을'을 빼

는 쪽으로 고치겠습니다. 어구든 문장이든 길게 늘어지는 것은 좋지 않으니까요. 그쪽이 더 깔끔합니다.

"아랫사람의 인격을 존중하는 것이 우리 사회처럼 권위주의에 깊이 침
윤된 사회에서 쉬운 일은 아니다."

《자유의 무늬》, 147쪽

'우리 사회'라고 했는데, 되도록 '우리'라는 말은 쓰지 않는 게 좋다고
말씀드린 적이 있습니다(1권 155쪽). 가능한 한 객관적 태도로 글을 쓰는
것이 좋습니다. 그런데 이 글의 경우 첫 문장에 '서울 송파구'라는 말이
나옵니다. 즉 첫 문장에서부터 '이 글은 한국 상황을 얘기하고 있다'라고
분명히 밝힌 셈입니다. 그러니 군이 '우리 사회'를 '한국사회'라고 고칠
필요는 없을 것 같습니다. 글 앞부분에서 공간적 배경이나 그 밖의 어떤
정보를 이미 확실히 줬다면 그다음부터는 조금 느슨해져도 됩니다.

"더구나 그 아랫사람이 '일탈'의 혐의를 받고 있을 때는 더 그렇다."

《자유의 무늬》, 147쪽

여기서 일탈에 왜 따옴표를 쳤을까요? 필자는 학생들이 실제로 잘못해서, 정말 어떤 일탈을 해서 체벌을 받는다는 것에 의문을 표하고 있는 겁니다. 사실 우리가 일탈이라고 부르는 많은 행위들은, 당사자의 처지를 충분히 헤아리지 않고 자의적으로 판단한 경우가 많습니다. 가벼운 예로 가령 한 남학생이 전날 여자친구한테 차여서 축 처진 기분을 풀어보려고 복도에서 막 뛰었다고 하면, 그것은 다른 사람의 보행에 지장을 주는 일종의 일탈일까요? 또 선생님 처지에서도 평소 같았으면 그냥 "그 녀석 참, 좀 천천히 다니면 좋았을 걸" 이랬을 텐데, 전날 아내랑 싸웠든지 아침에 교장 선생님한테 야단을 맞았든지 해서 갑자기 화가 나 "야, 김아무개! 어디 복도에서 뛰어다녀!" 하고 일관성

없이 혼을 낼 가능성이 있습니다. 제가 든 예가 적절했는지는 모르겠지만, 흔히 일탈이라고 부르는 것들에 이와 비슷한 의문이 가는 것은 사실입니다. 그래서 필자는 일탈이 정말 일탈이냐는 의미에서 따옴표를 친 것입니다.

〈체벌〉(《자유의 무늬》, 144~147쪽)이란 글에서 제가 얘기하고 싶었던 것은 "어떤 이유에서든, 힘을 지닌 교사가 힘이 없는 학생에게 폭력을 행사하는 것은 나쁘다" 그리고 "학교라는 공간, 또는 교사라는 직업은 특별하지 않다"는 것입니다.

김대중 정부 때 의약 분업을 한다고 했더니 의사들이 단 두 명 빼놓고 전부 파업에 찬성하거나 참여했습니다. 방향이 옳았다는 건 의사들도 알고 있었을 겁니다. 그런데 의약 분업은 단기적으로 의사들 이익에 반하거든요. 그러니까 죄다 파업을 한 겁니다. 그런데 교사도 마찬가지입니다. 이해찬 씨가 교육부장관이었을 때 교사 정년을 낮추겠다고 했습니다. 사범대학 출신들의 취직이 어려우니까 정년을 좀 낮춰서 젊은 교사 지망생들의 일자리를 늘리려고 했던 것입니다. 그런데 여기에 반대한 게 보수적이라는 교총만이 아니었습니다. 진보적이라는 전교조마저 똑같은 입장이었어요.

    사실 교사도 직업의 하나일 뿐이고, 그이들도 생활인의 한 사람일 뿐입니다. 자기자신의 또는 자기 집단의 이익을 염두에 두고 움직일 수밖에 없죠. 교사를 특별한 사람으로 생각하지 말자는 것은 그들에게 비현실적으로 엄격한 이성적 판단력과 윤리적 균형감각을 강요하지 말자는 겁니다. '스승'과 '교사'는 다르며, 교사도 사회 일반의 합리성을 잣대로 삼아 한 사람의 직업인으로 대하자는 얘기입니다.

3

전략적
글쓰기

글을 전략적으로, 그러니까 꾀를 내 영리하게 써야 할 때가 있습니다. 보다 큰 효과를 내기 위해서죠. 모든 글쓰기가 진리를 추구한다거나 아름다움을 추구한다거나 그러지는 않습니다. 실용적 글쓰기에서 진리나 아름다움은 부차적 목적이 되거나 거의 고려 대상이 되지 않습니다. 예컨대 정치적 글쓰기를 봅시다. 정치학 논문이나 깊이 있는 정치 에세이가 아니라, 좁은 의미의 정치적 글쓰기를 말하는 겁니다. 그러니까 정치적 목적을 지닌 정치인들의 글이나 특정 정당 지지자들의 정치적 글 말입니다. 이런 정치적 글쓰기는 상대 진영에게 타격을 주고 자기 진영을 변호하는 것이 목적입니다. 광고 카피 같은 것도 실제 사실보다 훨씬 더 과장해야 합니다. 그래야 팔릴 거 아니에요?(웃음)

으르렁말과 가르랑말

새뮤얼 이치예 하야카와^{Samuel Ichiye Haya-}

kawa라는 미국 언어학자가 있었습니다. 1990년대 초에 돌아가신 분입니다. 이름에서 알 수 있듯 일본계 사람이었는데, 캐나다에서 태어나서 미국으로 귀화해 캘리포니아 몫의 연방상원의원까지 했습니다. 그 전엔 샌프란시스코주립대학에서 영어를 가르치고 그 학교 총장까지 지낸 분입니다. 이분의 대표작인 《사고와 행동 속의 언어 ^{Language in Thought and}

^{Action}》(1949)가 30년쯤 전에 한국에도 번역됐습니다. 이 책의 주제는 선전^{propaganda}입니다. 하야카와는 이 책에서 어떤 특정한 목적을 가진 언어들을, 다시 말해 선전언어들이죠, 둘로 분류했습니다.

하나가 'snarl words'인데, snarl이라는 건 야수들이 막 으르렁거리는 것을 뜻하는 단어예요. 그래서 저는 이것을 '으르렁말'이라고 번역합니다. 다른 하나가 'purr words'예요. purr는 고양이가 기분이 좋아서, 또는 주인 맘에 들려고 가르랑거리는 것을 뜻합니다. 저는 이걸 '가르랑말'이라고 번역해요. 뭐, 한국의 언어학계가 이 말들을 어떻게 번역하는지는 모르겠습니다. 이 책의 한국어판에서도 이 말들을 어떻게 번역했는지 모르겠습니다. 저는 이 책이 번역되기 전에 영어판으로 읽었거든요.

하야카와가 이 책에서 으르렁말의 대표적 예로 든 문장이 "너, 이 쓰레기 같은 놈!^{You filthy scum!}"입니다. 적대감이 강하게 들어가 있는 말이죠. 그리고 가르랑말의 대표적 예로 든 문장이 "세상에서 네가 제일 끝내

주는 여자야You're the sweetest girl in all the world"입니다. 이렇게 말할 때 화자가 상대를 정말 세상에서 제일 끝내주는 여자라고 생각해서 하는 말은 아니겠죠? 실제로 그렇게 생각해서 하는 말일 수도 있겠지만, 그냥 상대방에게 점수 좀 따려고 하는 말이기 쉬울 겁니다.

의미가 중립적인 말들과 달리, 으르렁말과 가르랑말에서는 정보전달 기능보다는 표현적 기능이 두드러집니다. 지성과 이성의 언어라기보다 감성의 언어죠. 언어의 가장 선차적인 기능이 정보전달인데 그것과는 조금 거리가 있는 겁니다. 으르렁말, 가르랑말은 가치중립적 말이 아니라, 즉 객관적 말이 아니라 감정이 팍팍 들어간 말입니다. 그 감정이 부정적 방향이면 으르렁말이라고 하고, 긍정적 방향이면 가르랑말이라고 하는 겁니다. 사실 잘 의식하지 못해서 그렇지 우리는 일상에서 엄격하게 중립적인 말을 그리 많이 쓰지 않습니다. 자기 감정을 담은 말을 쓰는 경우가 많습니다. 다시 말해 가르랑말과 으르렁말을 흔하게 씁니다. 혹시 오해하는 분이 있을까봐 덧붙이자면, 하야카와는 이런 으르렁말과 가르랑말을 분석하면서 이 말들의 사용을 권장한 건 아닙니다. 실제로는, 예컨대 아돌프 히틀러의 연설문이 수백만 명의 청중을 매료시켰듯, 선전언어가 얼마나 위험한지를 지적하기 위해 이 책을 쓴 겁니다. 선전언어의 특징을 분석하는 가운데, 가르랑말과 으르렁말이라는 개념을 만들어낸 거죠. 그렇지만 그런 극단적 경우가 아니더라도, 선전언어는 사실 우리의 일상을 지배합니다.

같은 듯 같지 않은
말들의 뉘앙스

하야카와는 정보전달 기능을 압도하는 언어의 표현적 기능이 문장의 수준에서만이 아니라 단어의 수준에서도 나타난다고 봤습니다. 지금부터는 우리말을 예로 들어보죠. '신앙인'이나 '교인'이라는 단어는 중립적이거나 약간 좋게 들리기까지 합니다. 그런데 똑같은 뜻의 '예수쟁이'는 어떤가요? 동일한 사람한테 "저 사람은 신앙인이야" 하는 것과 "저 사람은 예수쟁이야" 하는 것은 개념적 뜻은 같지만 정서적 뉘앙스가 많이 다릅니다. 신앙인은 가르랑말에 가깝고, 꼭 가르랑말이 아니더라도 하여간 중립적 말에 가깝고, 예수쟁이라는 말은 으르렁말입니다. 예수쟁이라는 말을 듣고 기분 좋아할 기독교 신자는 없겠죠.

이런 예는 무수히 많습니다. 중매인과 뚜쟁이도 그래요. 이 둘이 가리키는 대상은 똑같지만 중매인은 중립적인 편이고, 뚜쟁이라고 하면 으르렁말이 됩니다. 매파媒婆는 어떨까요? 이건 중립적 말인 듯합니다. 월하빙인月下氷人이라고 좀 젠체하면 가르랑말이 되고요.

또 제임스 본드라는 영화 캐릭터의 직업이 뭔가요? 스파이나 간첩 또는 밀정이라고 할 수도 있고, 정보요원 또는 첩보원이라고도 할 수 있습니다. 이 말들이 개념적 의미는 다 같은데 담긴 정서적 뉘앙스는 사뭇 다르죠. 밀정이라고 하면 이 사람을 아주 나쁘게 평가하는 으르렁말이 되고, 정보요원이라고 하면 뭔가 좀 있어 보이는 가르랑말이 됩니다. 똑같은 대상을 가리키지만 말의 뉘앙스가 정말 다르죠. 화백과 환쟁이도 그렇습니다. 화백은 가르랑말이고 환쟁이는 으르렁말입니다.

가장 대표적인 으르렁말은 더 생각해볼 것도 없이 욕설입니다. 제가 지금 여기서 차마 입 밖으로 낼 수는 없지만, 부정적 감정을 잔뜩 담은 욕설들, 으르렁말들이 세상에는 많이 있습니다.

욕 얘기가 나온 김에 조금 더 해보죠. 세계적으로 거의 공통된 욕의 특성이 뭘까요? 영어에 'son of a bitch'라는 말이 있죠? 우리말로는 '개새끼'죠. 이렇게 짐승새끼라고 부르는 욕도 있지만, 보통은 성기 이름이나 섹스와 관련된 말들입니다. 가장 지독한 욕은 대개 자기 어머니와 섹스를 하는 놈, 이겁니다. 영어를 포함한 유럽어들 대부분에 그런 욕이 있습니다. 가장 보편적이고 가장 지독한 욕이죠. 한국에도 '제미붙을', 그리고 입 밖에 내기는 정말 민망합니다만 '니미씨팔'이라는 욕이 있죠. 민망하다면서도 결국 입 밖에 내고 말았군요. 죄송합니다.(웃음)

인류 역사의 어느 단계에서 근친상간이 금기가 된 이후로 어떤 문화권에서든 자기 어머니와 섹스하는 것이 사람이 저지를 수 있는 가장 커다란 죄라는 생각이 널리 퍼졌던 것 같습니다. 그래서 욕에는 섹스와 관련된 욕이 많고 특히 어머니와의 섹스, 그러니까 아주 직접적인 근친상간과 관련된 욕이 많습니다.

전형적 가르랑말은 연인들끼리의 밀어密語죠. "네가 세상에서 제일 예뻐" "난 네 거야" "죽음이 우리를 갈라놓을 때까지 너를 사랑할 거야" "다시 태어나도 너를 사랑할 거야" 이런 말들 말입니다. 연인들이 서

3—전략적 글쓰기

로 흔히 하는 말입니다. 그렇게 말하면서 진짜 그리 생각하는 사람도 많겠지만, 그냥 상대방에게 잘 보이려고, 점수 따려고 그런 말을 하는 사람도 있겠죠. 하여간 사실 그 자체보다는 긍정적 감정의 표현을 목적으로 삼는 말이 가르랑말입니다.

또다른 예로 정치 지도자에 대한 찬양 같은 것도 들 수 있습니다. 이런 건 독재체제에서 흔히 들을 수 있죠. 그 끝 간 데를 보여주는 것이 북한에서 김일성을 예찬하는 말일 겁니다. "절세의 애국자이시며 민족적 영웅이시며 백전백승의 강철의 영장이시며 국제 공산주의 운동과 노동운동의 탁월한 영도자이신 우리 당과 인민의 위대한 수령 김일성 동지." 뭔가 손발이 오글오글거리죠?(웃음) 또다른 예들을 봅시다. "항일 대전을 선포하시고 혈전 수만 리를 걷고 걸으시며 강도 일제를 쳐부시고 광복의 새봄을 안아오신 절세의 애국자이시며 해방의 은인이신 김일성 장군님" "밀림과 눈보라의 수십만 리 피 어린 길을 헤치시며 강도 일제를 때려부시고 잃었던 나라를 찾아주신 해방의 은인" "빛나는 지략과 비범한 통찰력으로 전쟁의 매단계마다 탁월한 군사전략적 방침과 독창적인 전법들을 내놓으시고 강인한 의지와 비상한 혁명적 전개력으로 전체 인민과 인민군 장병들을 전쟁 승리에로 영도하신 위대한 수령님". 이쯤 되면 김일성은 인간이라기보다, 그러니까 인간 영웅이라기보다 구세주에 가깝죠?(웃음)

독재체제는 흔히 일인숭배를 불러오고, 그 지도자에 대한 공식적 가르랑말이 유통되기 마련입니다. 그게 개인숭배 언어입니다. 히틀러의 나치 독일도 그랬고, 스탈린 시절의 소련도 그랬습니다. 심지어 이승만이나 박정희 시절의 남한에서도 지도자를 찬양하는 가르랑말을 관영 언론에서 흔히 들을 수 있었습니다. 그렇지만 역사상 어떤 체제에서도 1960년대 이후의, 또는 좀 봐줘서 1970년대 이후의 북한만큼 지도자에 대한 가르랑말이 대중에게 깊이 파고들지는 못했을 겁니다.

좌파와 우파, 좌익과 우익

좌파, 우파라는 말이 있습니다. 이 말은 원래 프랑스대혁명 이전에는 정치적 의미가 없던 말이었습니다. 그런데 프랑스혁명 초기 국민의회가 소집됐을 때, 의장석에서 보아 왼쪽에는 공화파, 즉 왕정을 폐지해야 한다고 주장하는 과격한 의원들이 자리 잡고 있었고, 오른쪽에는 온건파, 그러니까 혁명까지는 인정하지만 입헌군주제 정도를 주장하는 의원들이 자리 잡고 있었습니다. 그때부터 좌파, 우파에 정치적 의미가 담겼습니다. 이 정치적 표현이 전 세계로 다 퍼져나가서 좌파는 진보적이라는 뜻을 지니게 됐고, 우파는 보수적이라는 뜻을 지니게 됐습니다. 이제는 어느 나라에 가도 좌파 하면 진보주의자, 우파 하면 보수주의자로 이해됩니다.

뜻만 놓고 보면 좌파와 우파, 좌익과 우익은 똑같은 말입니다. 그런데 한국어에서는 그 쓰임새가 약간 다르긴 달라요. 예컨대 민주당에서 다소 진보적인 사람들을 민주당 좌파, 그리고 약간 더 보수적인 사람들을 민주당 우파 이렇게 말합니다. 그렇지만 민주당 좌익, 민주당 우익 이런 표현은 쓰지 않습니다.

우연일 수도 있겠고, 무슨 계기가 있었을 수도 있겠지만, 우파와 우익, 좌파와 좌익은 느낌이 조금 다릅니다. 좌파, 우파 그러면, 그런대로 받아들일 수 있는 말 같은데, 좌익, 우익 그러면 왠지 좀 사나워 보입니다.

제 생각에 아마 그건 우리 역사와 관련 있지 싶습니다. 좌익, 우익이라는 건 주로 일제 때나 해방공간에서 많이 쓰던 말이죠. 물론 좌익, 우익이라는 말을 지금도 쓰기는 합니다만, 일제 때나 해방공간에선 좌파나 우파라는 말이 쓰이지 않았던 것 같습니다. 그때는 그냥 좌익, 우익이었죠. 그런데 그 시절에 좌우 대립이 극심했잖아요. 그래서 이 말들에 부정적 이미지가 달라붙게 된 것 같습니다. 좌익 하면 부자들의 재산을 다 빼앗고 숙청하는 이미지, 우익 하면 김두한같이 노조원들 때려죽이는 이미지 같은 것들이 들러붙은 겁니다. 그리고 아시겠지만, 한국전쟁을 전후로 엄청난 민간인 학살이 있었습니다. 좌익이건 우익이건 민간인 학살을 자행했죠. 대한민국 역대 대통령 중에서 민간인 학살을 제일 많이 한 사람이 이승만입니다. 전두환이라고 생각하는 분도 계시겠지만, 이승만에 견주면 전두환은 족탈불급足脫不及입니다. 세월이 흐르면서 좌익, 우익의 상호적대성과 관련된 역사적 사실은 많이 잊혔지만, 어쨌든 그때 이미지가 말에 남아 있어서 이 말들을 쓰기 꺼려하는 것 같습니다.

사람들이 "나는 우파야" "나는 좌파야"라고 하지, "나는 우익이야" "나는 좌익이야"라고는 좀처럼 하지 않는 것 같아요. 또 보통 좌파가 우파를 험담할 때는 "저 우익 놈들"이라고 하고, 우파는 좌파를 "저 좌익 놈들"이라고 합니다. 그러니까 우익, 좌익이라는 말이 으르렁말 비슷하게 된 것입니다.

나의 가르랑말이
너의 으르렁말인 경우

지금까지 단어나 문장, 즉 특정한 말에 고유하게 내재한 긍정적 또는 부정적 뉘앙스를 살펴봤습니다. 많은 단어는 그 자체로 가르랑말이거나 으르렁말입니다. 예컨대 자유, 평등, 우애, 창의력, 연대, 시민, 애국자, 동지, 녹색운동 같은 말들은 그 자체로 가르랑말이죠. 맥락과 상관없이 긍정적 뉘앙스를 지니고 있다는 뜻입니다. 반면에 야합, 술수, 투기꾼, 착취, 칼잡이, 매국노 같은 말들은 그 자체로 으르렁말입니다. 맥락과 상관없이 부정적 뉘앙스를 지니고 있다는 뜻입니다. 그런데 똑같은 말이라도 사용하는 주체가 누구냐에 따라, 또는 그 말을 듣는 사람의 경험과 신념에 따라 으르렁말이 되기도 하고 가르랑말이 되는 경우도 있습니다.

예컨대 한국사회에서는 '민족주의자' 하면 대체로 가르랑말에 가까운 것 같습니다. "그 사람은 민족주의자야" 할 때 한국에서 이건 욕이 아니라 칭송입니다. 요새는 조금 바뀌었는지도 모르겠습니다만, 아무튼 칭송입니다. 그런데 유럽에서는 "그 사람, 내셔널리스트야" 하면 굉장히 부정적인 의미입니다. 히틀러 비슷한 사람인가보다, 베냐민 네타냐후 비슷한 사람인가보다, 그렇게 인식합니다. 베냐민 네타냐후는 이

3—전략적 글쓰기

스라엘 총리죠. 매우 극우적인 성향의 사람입니다. 똑같은 민족주의자
라는 말이 어떤 사람에게는 가르랑말이고 또다른 사람에게는 으르렁
말인 거죠.

또 공산주의자에게는 공산주의라는 말이 가르랑말이겠지만, 반공주
의자에겐 혐오스러운 으르렁말입니다. 반미주의도, 자기가 반미를 실
천해야겠다고 생각하는 사람에게는 가르랑말이겠지만, 이를테면 베트
남 참전 용사들에게는 으르렁말이겠죠. 사실 '미국적'이라는 말 자체가
그렇습니다. 어떤 사람들에게 이 말은 제국주의, 독재정권 지지, 인종
차별, 문화적 천박성 따위의 부정적 뉘앙스를 지닌 으르렁말이지만, 다
른 사람들에게 이 말은 자유, 기회, 풍요, 너그러움, 다양성, 다원주의
같은 긍정적 뉘앙스를 지닌 가르랑말입니다. 또 자유주의라는 말이 얼
핏 들으면 누구에게나 좋은 말일 것 같지만 좌파는 대개 이 말을 굉장
한 으르렁말로 사용합니다. 내 편, 네 편이 선명하게 나뉘는 이념 언어
대부분이 이와 마찬가지입니다. 사회주의, 공화주의, 보수주의 같은
말들이 다 그렇죠.

빠와 까

정치적 글쓰기를 할 때, 다시 말씀
드리지만 여기서 정치적 글쓰기란 공정한 논평을 말하는 게 아니라 예
컨대 서로 다른 정당의 대변인들끼리 주고받는 성명서나 어떤 정치진
영의 팸플릿 같은 것을 말합니다. 그런 글에서는 대개 상대 진영에 대

해서는 으르렁말을 쓰고 자기 진영에 대해서는 가르랑말을 씁니다.

노무현 대통령을 아주 강력히 지지하는 사람들을 '노빠'라고 그러죠. '-빠'라는 건 아시다시피 어떤 사람을 광적으로 지지하는 사람을 뜻합니다. 사실은 지지한다기보다 숭배하는 사람들이겠죠. 아마 남성연예인을 '오빠'라고 부르며 따라다니는 극성 여성팬을 가리키는 '빠순이', 또는 그런 팬들을 집합적으로 지칭했던 '오빠부대'가 이 신종 접미사의 어원일 겁니다. 빠순이는 오빠부대의 일원인 만큼 대개 여중생이나 여고생이기 마련이지만, '-빠'는 빠순이나 오빠부대의 성적^{性的}·세대적 벽을 허물었습니다. 그러니까 '노빠'는 60대 남성일 수도 있습니다. 그 반대되는 표현이 '-까'인데, 예컨대 '노까'라고 하면 노무현을 심하게 배척하고 반대하는 사람들을 말합니다. 소위 '안티팬'인 거죠. 이 '-까'의 어원은 잘 모르겠어요. 아마 남을 비난한다는 뜻의 '까다'라는 동사에서 나온 게 아닐까 싶습니다.

노빠라는 말이 생긴 게 2002년 대통령 선거 직전입니다. 처음에는 으르렁말이었어요. 이 말을 만든 사람들은 노무현 후보 지지자들이 아니라 상대편인 이회창 후보 지지자들이었습니다. 그때 그 사람들이 노빠에 대해 지녔거나 덮어씌우고 싶어 했던 이미지는, 뭐랄까, 떼 지어 다니고, 부화뇌동하고, 무례하고, 잘난 체하고, 이미지를 추종하고, 자기도취가 강하고, 독선적이고, 지나치게 감상적이고 이런 것들이었습니다. 신기한 게, 노무현 대통령 지지자들은 울기를 잘하는 것 같아요.(웃음)

그런데 노무현 후보가 대통령이 된 뒤, 그 지지자 가운데 일부가 이 말을 그대로 받아 사용하면서 한때는 노빠가 가르랑말로 기능했습니다. 보건복지부장관도 지내고 국회의원도 지낸 유시민 씨가 반 농담으로 "내가 노빠 주식회사 대표이사다", 그런 말까지 했잖아요? 그때 가르랑말로 쓰인 노빠에는 개혁적 자유주의랄까, 탈지역주의랄까, 인권과 평화 옹호랄까, 민족적 자존이랄까 하여간 어떤 새로운 정치라는 긍정적 이미지가 있었을 겁니다.

노무현 대통령이 5년간 청와대에 있으면서 여러 정책을 추진했는데, 사실 자기 지지자들이 맘에 들어하지 않을 정책도 꽤 많이 있었습니다. 이라크에 파병도 하고, 노동자들 시위도 사납게 진압하고, 이슬람 테러조직에 납치된 김선일 씨가 "살려주세요" 하는데도 눈 하나 깜짝 안 하고, 삼성재벌에 휘둘리고 그랬죠. 그러면서 차츰차츰 기존 지지자들 일부가 노무현 대통령에게 등을 돌리기 시작했습니다. 그 뒤 노빠라는 말은 으르렁말로 다시 돌아왔어요. 이 말이 다시 가르랑말이 될 가능성은 거의 없어 보입니다.

사실 이제 '-빠'가 붙은 말들이 가르랑말로 될 가능성은 거의 없어졌습니다. 노빠라는 말에 붙은 부정적 이미지가 하도 강해서 황(우석)빠든, 심(형래)빠든, 문(재인)빠든, 안(철수)빠든, (박)근혜빠든 다 으르렁말로 쓰입니다. 예컨대 지난 대통령 선거 때 안철수 후보를 지지하는 사람들이 안빠라고 불렸습니다. 그런데 안빠라는 건 안철수 씨에게 반대하는 사람들이 안철수 지지자들을 경멸하면서 부르는 말이었어요. 안철수 지지자가 자기를 안빠라고 말할 때는 약간 자조적으로 "그래, 나 안빠야, 안철수를 지지한다구!" 그러는 거지, 자랑스럽게 "저는 안빠입니다" 이러진 않았습니다.

감정이 앞서는
빠와 까의 언어

‘빠’ ‘까’라고 지칭되는 사람들의 특성이 있어요. 그 사람들은 중립적 어휘를 거의 쓰지 않습니다. 대개 으르렁말이나 가르랑말을 씁니다. 물론 사람들 대부분이 일상적으로 으르렁말과 가르랑말을 쓰지만 빠나 까들은 그 정도가 훨씬 심합니다. 가령 노빠는 노무현에 대해서 얘기할 때는 항상 가르랑말을 쓰고, 자기와 정치적 의견을 조금이라도 달리하는 사람들에게는 으르렁말을 씁니다. 이런 사람들과는 이성적 토론이나 대화가 안 되죠. 노빠는 노무현 대통령한테 이성적으로 설득된 사람들이 아닙니다. 감성적으로 매혹된 사람들일 뿐이죠. 이렇게 한번 매혹되면 그다음부터는 그 매혹에서 벗어나기 어렵습니다. 종교 비슷하게 되는 거지요. 노빠만이 아니라 황빠, 근혜빠 다 그렇습니다.

이런 사람들의 글이나 말에서는 중립적 어휘가 드물고 가르랑말과 으르렁말이 판을 칩니다. 저는 그것이 글쓰기의 올바른 길이라고 생각하지는 않습니다. 이 말들을 만들어낸 하야카와 교수도 그랬듯이요. 그렇지만 그런 으르렁말과 가르랑말의 적절한 사용이 글쓰기 전략이 될 수는 있다고 생각합니다. 어쨌든 글에는 여러 종류가 있으니까요. 정치 팸플릿이나 선동·선전문 같은 것에는 어쩔 도리 없이 으르렁말이나 가르랑말이 들어갑니다. 그 글들의 목적은 한쪽을 옹호하고 다른 쪽을 비난하는 것이니까요. 완전히 객관적인 말로는 누구를 옹호하고

3—전략적 글쓰기

누구를 비난할 수 없거든요. 그래서 빠와 까의 언어들은 대개 으르렁 말이나 가르랑말로 채워지기 십상입니다.

전략적 글쓰기의 방법 하나는 이 으르렁말과 가르랑말을 잘 쓰는 거 예요. 보수세력이 한국의 자유주의 세력이나 진보세력을 욕할 때 흔히 '종북'이란 말을 씁니다. 그런데 실제로 그 사람들이 비난 대상을 종북 이라고 여겨서 그 말을 쓰는 건 아니라고 생각합니다. 예컨대 "문재인 은 종북이야"라고 말하는 사람이 실제로 문재인 씨가 북한에 종속돼 있다고 생각해서 그렇게 말하는 것은 아닐 겁니다. 다만 이 종북이라 는 으르렁말은 분단 상황에서 굉장히 효과가 있거든요. 더구나 북한체 제가 유례없는 전체주의 체제이다 보니까요. 보수주의자가 아니더라 도 제대로 된 자유주의자나 진보주의자라면 북한정권에 너그러울 수 가 없죠. 그러니까 보수세력은 자기들과 조금이라도 생각이 다르면 그 사람들을 종북이라고 부르는 겁니다. 누구누구는 '좌빨'이고 누구누 구는 '수꼴'이고 하는 것도 다 마찬가지입니다. 으르렁말은 비난의 효 과를 최대화합니다.

수강생   그렇다면 안 좋은 현상 아닌가요?

안 좋은 거죠. 사실 가르랑말이나 으르렁말이 많이 들어간 문장은 좋은 문장이라고는 할 수 없습니다. 본받을 만한 글이 아니죠. 글 자체 를 놓고 보면 그래요. 하지만 전략적 글쓰기에서는 조금 다릅니다. 자 기편에 대해선 항상 좀더 좋은 이미지를 가진 단어를 사용하고, 상대편에 대해선 되도록 나쁜 이미지를 가진 단어를 사용하는 게 이런 전략적 글쓰기에선 중요합니다. 가르랑말과 으르렁말의 빈번한 사용은 전략적 글쓰기의 핵심입니다.

광고에서의 으르렁말과 가르랑말

이 가르랑말과 으르렁말과 관련해 선거광고의 예를 한번 들어보겠습니다. 제5대 대통령 선거 때 박정희 후보랑 윤보선 후보가 맞붙었어요. 1960년대 중반이니까 굉장히 오래 전 얘기죠. 그때 박정희 후보의 광고 문구가 "이순신을 뽑을 것인가, 원균을 뽑을 것인가? 놀부를 뽑을 것인가, 흥부를 뽑을 것인가?" 이랬습니다. 지금 되돌아보면 아주 투박하죠? 정말 촌스럽기 짝이 없습니다.(웃음) 박정희 자신은 이순신이고 윤보선은 원균이다, 또 자기는 흥부고 윤보선은 놀부다, 이런 메시지입니다. 그런데 당시에는 저런 투박한 가르랑말과 으르렁말도 효과가 있었겠지요.

세월이 많이 흐른 후 2002년, 노무현 후보랑 이회창 후보가 붙었을 때 노무현 쪽의 신문광고가 이랬어요. '자식을 군대에 보내고 잠 못 이루는 부모님들을 생각합니다.' 정확한 문구는 기억이 안 나는데 아무튼 그런 취지의 선거광고 카피였습니다. 이건 이회창 후보에 대한 매우 효과적인 디스죠? 넌 자식 둘을 다 군대에 안 보냈지만 난 나부터가 병장 출신이고 아들이 군대 갔다 왔어, 이런 말인 거죠. 선거 국면에서는 특히 으르렁말, 가르랑말이 난무합니다.

상품광고의 경우엔 가르랑말이 많이 쓰입니다. 구매충동, 소비욕구를 부추겨야 하니까요. 소비자들에게 지름신이 내리게 해야 하잖아요.(웃음) 자동차 광고 몇 개를 한번 뽑아봤습니다. 자동차는 현대인이 꽤 많은 시간을 보내는 사적 공간입니다. 그 움직이는 공간을 팔기 위해 상인들은 이렇게 말합니다. "햇빛 아래 눈부신 차는 많습니다. 그렇지만 빗길에서도 눈부신 차는 흔치 않습니다" "당신을 만나기 위해 시대를 앞서 왔습니다" "길이여! 세상이여! 숨을 죽여라!" "품격으로 세상을 리드하는 당신이 그랜저입니다" "서른두 살, 당신을 흥분시키러 왔다" "숨이 멎는다고 하면 지나친 말일까?" 물론 지나친 말입니다.(웃음) 그렇지만 소비자들은 이런 지나친 말을 듣기 원하고, 이 지나친 말이 자기들에게 건네지는 것에 우쭐해합니다. 여러분도 알아차리셨겠지만 상품 광고카피에는 나쁜 말이 하나도 없습니다. 다시 말해 으르렁말이 하나도 없습니다. 가르랑말의 향연이죠.

그리고 광고 글쓰기는 지난주에 말씀드린 구별짓기의 유혹을 효과적으로 실천합니다. 소비자들에게 허영심을 주는 거예요. "당신이 사는 집이 당신이 누구인지 알려줍니다." 아파트 광고였던 거 같은데, 어떤 집에 사느냐에 따라 사람의 가치가 달라진다는 의미입니다. 사실 물신주의를 부추길 뿐만 아니라 윤리적으로 굉장히 문제가 있는 카피입니다. '강남의 한 60평대짜리 아파트에서는 살아야지, 그러지 못하는 사람은 별 볼일 없어', 이런 암묵적 의미가 담겨 있으니까요. 하지만 그렇게 구별을 짓는 것이 효과가 있기 때문에 광고업자들은 계속 그런 식으로 가르랑말을 씁니다. "방배동 센트레빌에는 누가 살길래… 우리 집에서 본 한강이 아름답습니다" 같은 아파트 광고도 마찬가지입니다. "이 기준을 넘지 못하면 무선노트북이 아닙니다"라거나 "걸러내기만 하는 정수기라면 당신을 기다리게 하지 않았습니다"라거나 "저 요즘 대우 받고 살아요"라거나 "당신의 가치는 피부가 말해줍니다" 같은 광고카피들이 다 이런 구별짓기의 욕망을 부추깁니다. 사실 가르랑말이 난무하는 이런 광고카피들은 자본주의의 가장 헐벗은 모습을 드러낸다고 비판받을 만하지만, 그것이 자본주의가 작동하는 방식이기도 합니다.

로마의 역사를 바꾼
세 치 혀

추도사는 글의 성격상 거의 가르랑말투성이일 수밖에 없습니다. 어떤 분이 돌아가셨는데, 막 죽은 사람에게 욕을 할 수는 없으니까요. 마지막 길을 아름답게 장식해주고 싶은 건 인지상정이죠. 그래서 추도사는 실제 그 사람이 살아왔던 것보다 그 삶을 훨씬 미화합니다.

고대 로마공화국의 종신 독재관 율리우스 카이사르가 암살된 직후 그의 오른팔이었던 마르쿠스 안토니우스는 카이사르 암살에 가담한 마르쿠스 브루투스와 정치적 운명을 건 연설 대결을 벌였습니다. 카이사르 추도사를 통해서요. 이름이 똑같이 마르쿠스였던 이 두 사람의 연설은 당사자들의 운명만이 아니라 로마의 역사를 바꿨습니다. 브루투스는 은인을 죽인 자신을 변호했고, 안토니우스는 고인을 추도했습니다. 말재간이 난형난제였던 두 사람의 연설은 플루타르코스의 〈영웅전〉에 실려 후세에 전해졌고, 셰익스피어의 희곡 〈줄리어스 시저〉를 통해 불멸의 아름다움을 얻었습니다. 두 사람은 가르랑말, 으르렁말과 더불어 수사법을 절묘하게 사용합니다.

율리우스 카이사르는 브루투스의 칼에 찔려 죽습니다. 브루투스는 카이사르에게 거의 아들 같은 사람이었는데, 카이사르가 공화정을 무너뜨리고 황제가 되겠다는 야심을 지녔다고 의심해서 자기 패거리와 함께 카이사르를 죽입니다. 카이사르가 죽으면서 했다는 "브루투스여, 너마저!"라는 말은 다 아시죠? 모르셔도 됩니다.(웃음) 아무튼 그 직후 브루투스와 안토니우스는 카이사르의 장례식이 치러진 로마의 한 광장에서 이 나라의 역사를 완전히 바꿔놓을 연설 대결을 펼칩니다. 두 사람 다 연설을 아주 잘합니다. 그때 사실 브루투스는 안토니우스가 연설을 못 하게 하고 싶어 했는데, 우여곡절 끝에 안토니우스가 겨우 연설의 기회를 얻습니다.

브루투스가 먼저 연설을 합니다. 이 연설에서 브루투스가 한 말이 정말 유명하죠. "Not that I loved Caesar less, but that I loved Rome more." 카이사르를 죽였다고 인정한 뒤에, 그런데 "그것은 내가 카이사르를 덜 사랑해서가 아니라 로마를 더 사랑했기 때문이다"라고 말합니다. 참 교묘한 어법이죠? 자기도 카이사르를 사랑했다는 거예요. 그렇지만 로마를 더 사랑했기 때문에 로마의 안녕을 위해서 카이사르를 죽였다는 거죠.

브루투스가 이런 멋진 연설을 하고 난 다음 이제 안토니우스가 연단에 올라갔습니다. 사실 자신은 "카이사르를 덜 사랑해서가 아니라 로마를 더 사랑했기 때문에" 카이사르를 죽였다는 브루투스의 자기변호도 뛰어나지만, 정치적 위기에 처해서 카이사르를 변호하며 상황을 뒤집는 안토니우스의 카이사르 추도사야말로 그 꾀의 교묘함과 선동의 힘에서 연설언어의 파천황이라고 할 만합니다. 안토니우스는 연단 위에서 처음부터 카이사르를 찬양하지 않습니다. 브루투스와 다른 암살자들이 바로 옆에서 지켜보고 있으니 그랬다간 자기 목숨마저 위태로워질 판이었거든요. 오히려 카이사르에 대해서 비판적인 얘기를 하는 척합니다. 자기는 카이사르를 옹호할 생각은 조금도 없으며 그저 장례식에 참석하러 왔다는 말로 안토니우스는 제 연설을 시작합니다. 안토니우스는 외려 브루투스를 치켜세움으로써 카이사르 암살자들을 안심시킵니다.

그렇지만 이렇게 밋밋하게 시작된 안토니우스의 연설은 이내 카이사르의 비참한 최후를 군중에게 거듭 환기시키며 브루투스가 얼마나 배은망덕한 자인지를 적시하는 날카로운 칼날로 변합니다. 안토니우스는 현대 광고의 티저 기법까지 사용합니다. 안토니우스는 카이사르의 서재에서 발견했다는 유서를 군중 앞에서 흔듭니다. 그러고는 이 유서를 여러분에게 공개하면 카이사르가 로마와 로마인들을 얼마나 사랑했는지 알게 되겠지만, 그렇게 되면 로마에 걷잡을 수 없는 폭동이 일어날지 몰라 유서를 공개할 수 없다며 청중을 감질나게 합니다. 브루투스가 연설에서 제 로마 사랑을 강조한 걸 되받아 안토니우스도 로마의 안녕을 위해서 카이사르의 유서를 공개하지 못하겠다고 말한 겁니다. 안토니우스는 계속 이런 식으로 청중의 호기심과 의혹을 유발합니다.

안달이 난 청중은 안토니우스에게 유서를 읽으라고 요구합니다. 안토니우스는 자신이 로마를 사랑하기 때문에 유서를 공개하지 못하겠다고 버팁니다. 그러면서 이젠 노골적으로 카이사르를 옹호하고 브루투스를 비난합니다. 청중은 반역자 브루투스의 집에 불을 지르자고 외칩니다. 옆에서 지켜보던 브루투스와 그 일당은 이제 안토니우스의 연설을 제지할 힘을 잃어버립니다. 안토니우스의 카이사르 옹호 연설은 점층과 대조와 반어와 반복 같은 수사법의 온갖 기술을 절묘하게 버무려 브루투스를 궁지로 몰아넣습니다. 결국 분노한 군중은 폭동을 일으키고 브루투스는 정치적으로 한풀 꺾이고 맙니다. 나중에 자살로 삶을 마감하죠.

브루투스와 안토니우스는 둘 다 아주 전략적으로 으르렁말과 가르랑말을 섞어가며 탁월한 수사를 구사합니다. 브루투스의 수사도 대단히 뛰어나고, 안토니우스의 수사 역시 마찬가지입니다.

이처럼 으르렁말과 가르랑말은 사람의 감정을 슬며시 또는 노골적으로 표현하고, 그럼으로써 상대를 긍정적 방향으로든 부정적 방향으로든 격앙시키고, 그럼으로써 때로는 역사를 바꾸기도 합니다. 히틀러의 대중연설이 그랬죠. 이건 가장 나쁜 예이긴 합니다만.

글쓰기 이론

한국어의 재귀 표현

일반대명사로도

재귀 표현이 가능하다　　　　　재귀대명사란 같은 문장의 주어를 가리키는 대명사입니다. 문장의 주어로 돌아와 그것을 지칭한다는 뜻에서 재귀대명사라고 부릅니다. 그런데 한국어에서는 일반대명사가 재귀대명사 역할을 할 수도 있습니다.

> 박근혜 대통령은 그녀를 존중한다.
> 나폴레옹은 그를 혐오했다.

이들 문장은 중의적입니다. 여기서 '그녀'는 어떤 다른 여자일 수도 있고 박근혜 대통령 자신을 가리킬 수도 있습니다. 마찬가지로 '그' 역시 제3자일 수도 있고 나폴레옹 자신일 수도 있습니다.

영어를 포함한 대다수 유럽어에서는 이런 식으로 일반대명사가 재귀대명사 역할을 할 수 없습니다. 전혀 불가능해요. 예시 문장을 영어로 직역하면 이렇습니다.

President Park respects her.
Napoleon hated him.

여기서 President Park과 her는 완전히 다른 사람입니다. 영어에서는 같은 사람일 수가 없어요. 만약 President Park을 그대로 다시 받으려면, 즉 재귀하려면 반드시 재귀대명사를 써야 합니다. 나폴레옹도 마찬가지예요. 나폴레옹이 자기자신을 혐오했다는 것을 뜻하려면 꼭 재귀대명사를 써야 합니다. 이렇게 말입니다.

President Park respects herself.
Napoleon hated himself.

재귀대명사

'자신'과 '자기' 한국어에도 재귀대명사가 있습니다. 바로 '자신'과 '자기'입니다. 학교문법에서는 둘 다 명사로 취급합니다만. 그런데 사실 자신과 자기는 재귀대명사로 쓸 때가 굉장히 많아요.

박근혜 대통령은 자신을 존중한다.
나폴레옹은 자기를 혐오했다.

여기서 자신은 당연히 박근혜 대통령을 가리킵니다. 또 자기는 나폴레옹을 가리킵니다. 그러면 자기와 자신의 차이는 무엇일까요?

우선 자신에는 약간 높임말의 뉘앙스가 있습니다. 같은 문장에 자신과 자기를 차례로 넣어보면 뉘앙스 차이를 쉽게 알아차릴 수 있어요. '그는 자신을 사랑한다' '그는 자기를 사랑한다' 어떤가요, 차이가 느껴지시나요? 그런가 하면 자기와 자신의 공통적인 낮춤말도 있습니다. 바로 '저'입니다.

박근혜 대통령은 저만 생각한다.

이 문장을 아랫사람이 얘기했다면 뭔가 좀 예의에 어긋나는 것 같습니다. 가까운 사람들끼리는 그렇게 얘기할 수 있지만…. 여기서 '저'는 1인칭 일반대명사 '나'의 낮춤말인 '저'가 아니라, 재귀대명사 '자기'나 '자신'의 낮춤말인 '저'라는 점에 유의하시기 바랍니다.

자신과 자기는 뉘앙스 차이만이 아니라 기능적으로도 차이를 가집니다. 자신은 주어(를 가리키는 재귀대명사) 뒤에 붙어서 주어를 강조할 수 있는 반면 자기는 그럴 수 없다는 것입니다.

박근혜 대통령은 그녀 자신을 존중했다.
박근혜 대통령은 그녀 자기를 존중했다.

예시에서 첫 번째 문장은 자연스럽습니다. '자신'은 그녀가 재귀 표현임을 분명히 하는 한편, 그녀 자체를 강조하며 거기 방점을 찍어줍니다. 그러나 '자기'에는 그런 기능이 없습니다. 말이 부자연스러운 정도가 아니라 틀린 문장이 됩니다. 자기와 자신은 똑같이 재귀대명사지만, 이런 미묘한 기능 차이가 있습니다.

> 박근혜 대통령 자신도 그런 말을 하지 않았다.
> 박근혜 대통령 자기도 그런 말을 하지 않았다.

이 예문들에서도 첫 번째 문장만 자연스럽습니다.

복문에서
'자신'은 쓰지 마라

자기와 자신을 붙여 '자기자신'이라고 쓰기도 합니다. 학교문법은 이것을 그냥 두 개의 명사가 결합된 것에 불과하다고 봅니다. 그래서 '자기 자신'이라고 띄어쓰기를 하죠. 하지만 요즘 대개의 문법학자들은 자기 자신을 자기 또는 자신과 구별되는 제3의 재귀대명사라고 생각하고 따로 분류합니다. 자기자신, 이렇게 붙여서 쓰고요. 이 자기자신이 들어간 문장을 한번 봅시다.

> 피터는 메리에게 폴이 자기를 때렸다고 말했다.
> 피터는 메리에게 폴이 자기자신을 때렸다고 말했다.

직관에 따르면 첫 번째 문장에서 '자기'는 피터입니다. 한국어에서 재귀대명사 '자기'는 보통 문장 전체의 주어를 받습니다. 그런데 '자기자신'은 다릅니다. 예시된 문장에서 '자기자신'이 가리키는 것은 폴입니다. 즉 복문 구조에서 '자기자신'은 동일한 절의 주어를 받습니다.

> 피터는 메리에게 폴이 자신을 때렸다고 말했다.

이 문장은 어떤가요? 여기서 자신은 피터 같기도 하고 폴 같기도 합니다. 알쏭달쏭하죠. 한국어 복문에서 '자기'는 문장 전체의 주어를 가리킵니다. 그리고 '자기자신'은 종속절 안의 주어를 가리킵니다. 그런데 자신은 어느 주어를 가리키는지 불분명합니다. 그러니까 복문을 쓸 때는 재귀대명사 '자신'을 종속절에서 사용하지 않는 게 좋습니다. 참고로 영어에서 재귀대명사는 항상 동일한 절 안의 주어만을 가리킵니다. 그 절 밖으로 나가서 문장 전체의 주어를 가리키는 경우는 없습니다. 영어만이 아니라 대부분의 유럽어에서 그렇습니다. 이런 문장을 봅시다.

> Peter told Mary that Paul beat himself.

여기서 himself는 오직 같은 절의 주어 Paul을 가리킵니다. 문장 전체의 주어 Peter를 가리킬 수 없습니다. 한국어 '자기'와는 다르죠?

수강생　　　　　　　　　　　"피터가 메리에게 폴이 본인을
　　　　　　　　　　　　　　　때렸다고 말했다"라는 문장에서

'본인'은 누구를 가리킨다고

볼 수 있을까요?

이 문장에서는 본인이라는 단어를 넣는 것 자체가 좀 어색합니다. 쓰지 않는 게 좋을 것 같습니다. 굳이 이런 문장을 쓴다면 피터에 가깝지 않을까요? 아니, 폴인 거 같기도 하고요.(웃음) 잘 모르겠습니다. 아무튼 아주 생경한 문장이군요. 이 경우에 '본인'이라는 말은 쓰지 마세요.

'스스로' '서로'는 재귀대명사다

자신이나 자기, 자기자신을 학교문법은 그냥 명사로 본다고 앞에서 말씀드렸습니다. 그렇게 재귀대명사와 관련해서 품사 분류에 논란이 있는 단어들이 몇 더 있습니다.

대통령 스스로 그렇게 말했다.

학교문법에서 '스스로'는 부사입니다. 물론 한국어에서 대개 부사로 쓰이죠. 그런데 자신이나 자기를 재귀대명사로 보는 학자들은 '스스로'도 재귀대명사로 봅니다. 그래서 '대통령 스스로 그렇게 말했다'의 경우에도 '대통령 스스로가 그렇게 말했다'에서 '가'에서 생략된 것으로 보고, 이 '스스로' 역시 부사가 아니라 재귀대명사로 봐요.

'서로'도 마찬가지입니다. 재귀대명사는 주어가 단수일 때 그 주어를 가리키고, 주어가 복수일 때 더러 상호성을 가리킵니다. 재귀대명사의 특징 하나가 바로 이 상호성입니다. 불어의 예를 들어보죠. 'Ils s'aiment'라는 문장이 '그들은 서로 사랑해'라는 뜻입니다. Ils은 they 이고 aiment는 love입니다. 그리고 s가 바로 재귀대명사입니다. 원래 형태는 se인데 모음 앞에서 e가 탈락돼 s만 남았습니다. 한국어 '서로'에 해당하는 거죠. 한국어의 학교문법에서는 '서로'가 당연히 부사로 분류됩니다. 하지만 불어의 se처럼 '서로'도 부사가 아닌 재귀대명사로 보는 학자도 이젠 많습니다. '그들은 서로를 사랑해'에서 '를'이 생략됐다고 보는 것이죠.

한국어 문법체계에서는
재귀대명사가 없다?

그런데 왜 이렇게 학교문법과 문법 학자들의 인식에 더러 차이가 있는 걸까요? 원래 한국어에는 명사, 대명사, 수사, 형용사 같은 개념이 없었습니다. 말하자면 품사 개념이 없었어요. 그런데 문법을 논하자면 가장 먼저 해야 할 일이 단어들을 어떤 품사에 소속시키는 겁니다.

사실 동아시아에서 품사 개념은 에도시대의 일본 사람들이 네덜란드어 문법을 공부하면서 받아들인 거예요. 그것을 한국 사람들이 다시 받아들인 거지요. 다 아시다시피 서양과의 문화적 접촉은 일본이 한국보다 훨씬 더 빨랐습니다. 일본 사람들이 서양문명을 일찍 받아들이기도 했지만, 서양 사람들이 이미 그 이전부터 일본 문화와 언어에 관심이 있었습니다. 주로 가톨릭 선교와 교역을 위해서였죠. 예컨대 루이스 프로이스라는 포르투갈인 예수회 사제가 일종의 일본어 문법책인《일본문전^{日本文典}》과 일본어-포르투갈어 사전인 《일포-포일사서 ^{日葡-葡日辭書}》를 집필한 것이 1564년입니다. 임진왜란이 일어나기도 한 세대 전이죠.

아무튼 일본 사람들이 서양언어를 본격적으로 배우며 사전을 편찬하고 자기 언어의 문법을 정리한 것은 네덜란드 사람들의 영향을 받아서였습니다. 하지만 일본어는 그 문법이 네덜란드어와 너무나 다릅니다. 언어 유형 자체가 크게 다르거든요. 그래서 일본 사람들은 일본어의 품사를 분류할 때, 네덜란드어의 품사 분류법을 그대로 베낄 수가 없었습니다. 예컨대 일본어나 한국어에는 조사라는 품사가 있습니다. 는/은/이/가, 을/를, 이런 거 말입니다. 그런데 이것에 해당하는 단어가 네덜란드어를 비롯한 대부분의 유럽어에는 없죠.

마찬가지로 유럽어에는 있는데 일본어와 한국어에는 없는 품사도 있을 거 아니에요? 예컨대 관사 같은 거요. 특히 과거에는 재귀대명사가 그렇다고 생각했습니다. 처음 네덜란드어 문법을 번역하면서 일본어 문법을 정리한 사람들이나, 그 일본어 문법을 공부하면서 한국어 문법체계를 세운 사람들이나, 재귀대명사는 일본어나 한국어에 없다고 생각한 겁니다. 그래서 학교문법에서 자기, 자신, 자기자신 같은 말들을 명사로 분류하게 된 겁니다.

요즘 중고등학교에서는 어떻게 가르치는지 잘 모르겠습니다. 저 때만 해도 한국어에서 재귀대명사라는 품사는 없었습니다. 그런데 점점 자기, 자신, 자기자신을 재귀대명사로 여기는 추세가 짙어지고 있습니다.

띄어쓰기에 대하여

띄어쓰기는 남쪽과 북쪽이 서로 많이 다릅니다. 북쪽은 어지간하면 붙여 쓰는 추세고 남쪽은 어지간하면 띄어 쓰는 추세입니다. 띄어쓰기의 제1원칙은 문장의 각 단어는 띄어 쓰되 조사는 붙여 쓴다는 건데, 사실 예외조항이 너무 많죠. 가령 '싶어 하다'라는 표현을 '싶다'와 '하다' 두 단어로 볼 것이냐, 아니면 '싶다'와 '하다'가 붙어서 된 복합어로 볼 것이냐에 따라서 띄어 쓸 수도 있고 붙여 쓸 수도 있습니다.

띄어쓰기는

직관에 따라 쓰면 된다　　　　　　한국어 문장의 띄어쓰기는 정말 어렵습니다. 국립국어원에서조차 자꾸 규칙을 바꾸고, 또 너무 많은 예외를 허용해서 혼란스러워요. 띄어쓰기, 너무 신경 쓰지 마세요. 그냥 언어직관에 따라 쓰시면 됩니다. 한글이 로마문자처럼 음소문자이긴 하지만 로마문자와 달리 음절 단위로 모아쓰기 때문에, 띄어쓰기가 조금 잘못됐다고 해서 문장의 명료성과 가독성에 큰 영향을 주는 일은 거의 없습니다.

조사는 앞단어에 붙여 쓰고

어간과 어미도 붙여 쓴다　　　　　　　아주 기본적인 것들만 확실히 지켜 주면 됩니다. 이를테면 조사를 띄어 쓰는 건 굉장히 어색하죠. '나 는 너 를 사랑해' 이건 한눈에도 보기 좋지 않습니다. 또 '여기에 앉 았 어' 이렇게 어간과 어미를 띄어 쓰는 것도 확실히 틀린 겁니다. 그 외 에는 웬만해선 괜찮아요. 어떤 표현이 한 단어냐 두 단어냐, 즉 단어의 경계가 어디냐를 구별하는 건 쉽지 않은 경우가 매우 많습니다. 그냥 언어직관이 가리키는 대로 붙여 써도 되고 띄어 써도 됩니다.

글쓰기 실전

글쓰기 실전

"…평양에 간 남측 대표단의 일부 인사들이 그곳에서 남쪽 사람들의 눈에 다소 선 행동을 하게 된 사정 가운데 하나는 평양이 너무 많은 기념 조형물들로 덮여 있다는 데 있을 것이다."

《자유의 무늬》, 212쪽

덜어내야 할 것들이 눈에 띕니다. '가운데'는 필요 없습니다. 그냥 '사정 하나는'이면 돼요. 그리고 '기념 조형물들'에서 '들'도 빼는 게 좋겠습니다. 이미 그 앞에 '많은'이 있으니까요. 누차 말씀드렸다시피 '들'은 되도록 안 쓰는 게 좋고, 특히 복수라는 게 다른 곳에서 명시돼 있을 경우에는 빼는 게 한결 깔끔합니다. 그때의 '들'은 군더더기에 지나지 않습니다.

"…조국통일 3대헌장 기념탑 외에도 평양에는 대규모의 기념 조형물들, 이른바 '기념비적 대작' 들이 수두룩하다."

《자유의 무늬》, 212쪽

'외에'와 똑같은 뜻을 가진 한국어 보조사로 '말고'가 있습니다. 이 자리에 '외에도' 대신에 '말고도'를 써도 됩니다. 이 '말고'를 예전엔 보조사로 분류했는데, 최근의 학교문법에선 동사 '말다'의 제4부사형으로 취급하는 모양입니다. 그래서 예전엔 앞의 체언에 붙여 썼는데 언제부턴지 떼어 씁니다. 그런데 제 언어직관으로는 조사로 보는 게 옳은 것 같습니다. '조국통일 3대헌장 기념탑 말고'에서 '말고'가 동사라면 그 앞의 '조국통일 3대헌장 기념탑'이 '말다'의 주어인지 목적어인지도 저는 잘 모르겠군요.(웃음) 그렇지만 만약에 국어시험에 '말고'의 품사를 묻는 문제가 나온다면 동사라고 답해야겠지요. 조사라고 쓰면

'공식적으로는' 오답입니다. 언젠가 말씀드렸던가요, 수학자 에바리스트 갈루아 얘기하면서요? 시험관보다 뛰어난 수험생은 반드시 불행해집니다.(웃음)

또 이 문장에서도 '수두룩하다'에서 이미 복수라는 게 명확히 드러나니까 '기념 조형물들' '기념비적 대작들'에서 '들'을 다 빼도 좋습니다. "이 반에는 미녀가 수두룩하네", 이러면 되지 "이 반에는 미녀들이 수두룩하네"라고 꼭 '들'을 붙일 필요는 없어요.

"북한 사회의 공식 이데올로기는 지도자 곧 수령을 뇌수에 비유하는
데, 어떤 기념물이 뇌수를 기념하든 아니면 몸통이나 사지를 기념하든
그 뇌수로서는 별 차이가 없다."

《자유의 무늬》, 213쪽

'뇌수로서는'은 '뇌수에게는'으로 바꾸는 게 나을 것 같습니다. 그런
데 사실 '-에게'는 유정명사, 즉 사람과 동물 뒤에 쓰입니다. 식물이나
무생물 같은 무정명사 뒤에는 '-에'를 써야 맞죠. 뇌수는 분명히 유정
명사는 아니에요. 무정명사입니다. 하지만 이 문장에서는 '뇌수에는'
이 아니라 '뇌수에게는'이라고 하는 편이 오히려 덜 어색합니다. 뇌수
라는 말이 의인화되어 있는 상태, 즉 사물을 사람에 견준 상태니까요.
의인법을 썼을 경우엔 비록 무정명사라 할지라도 '-에게'를 붙이는 게
자연스럽습니다.

"문제는 이런 기념 조형물들이 웅장하면 웅장할수록 그 앞에 선 개인
은 왜소해진다는 데 있다."

《자유의 무늬》, 213쪽

보조사 '는/은'이 연속되거나 주격조사 '이/가'가 연속되면 좀 어색합
니다. 지금 이 문장에서는 는, 이, 은이 차례로 교대되어 있습니다. 복
문에서 주어가 되풀이될 때 는/은과 이/가를 이처럼 번갈아 쓰는 게
제 글쓰기의 일반적 원칙입니다. 그게 자연스러워 보여서 그렇습니다.
물론 이건 글을 쓰는 사람마다 제가끔 언어감각이 조금씩 다를 수 있
으니까 반드시 지켜야 할 원칙은 아닙니다.

　실제로 이 문장에서 '개인은'을 '개인이'라고 바꿔도 큰 문제 없습
니다. 다만 '개인은'과 '개인이'의 뉘앙스는 다를 수 있겠죠. 는/은이
라는 건 어떤 주제, 토픽을 제시하는 한편 다른 것을 배제하는 말이기

도 합니다. 예컨대 "나는 괜찮아"라는 말은 다른 사람은 괜찮지 않을 수 있다는 사실을 암시합니다. 또 이 보조사가 목적격 조사 자리에 와서 '나는 너는 사랑해'라고 말하면 화자가 다른 어떤 사람은 사랑하지 않는다는 뉘앙스가 있지요. 그런 섬세한 뉘앙스를 따지자면 분명히 의미 변화가 있다고도 할 수 있지만, 이 문장에서는 뉘앙스가 변한다고 해도 별 문제 없을 것 같습니다.

"세계 최대 규모의 봉화탑이라는 170m 높이의 주체사상탑을 비롯해 …"

《자유의 무늬》, 214쪽

'이라는'을 굳이 쓴 것은 필자에게 사실에 대한 확신이 없기 때문입니다. 과연 주체사상탑이 세계 최고 규모의 봉화탑인지 아닌지는 확실히 모르지만, 사람들이 그렇다고들 하니까 나도 그렇게 쓰겠다, 는 뉘앙스가 있는 겁니다.

"…북한 사회를, 그 경제적 낙후를 제쳐놓고서라도, 앞선 사회라고 말할 수는 절대로 없다."

《자유의 무늬》, 214쪽

'절대로'라는 부사의 위치에 주목해주세요. '절대로 앞선 사회라고 말할 수는 없다' 이렇게 해도 되긴 합니다. 그런데 그러면 문장이 중의적이 돼버립니다. '절대로'가 '앞선'을 수식할 수도 있으니까요. 이 문장에서 부사어 '절대로'는 '없다'를 수식하는 거죠? 수식어와 피수식어는 거리가 가까울수록 뜻이 명료해집니다.

"…그 상황을 의도적으로 부풀리고 거기에 과잉 의미를 부여한 우리 사회의 일부 언론…"

《자유의 무늬》, 214쪽

'우리'를 한국이나 남한이라고 고치면 좀더 객관적으로 보일 것 같습니다. 사실 더 정확히 대비하려면 한국보다는 남한이 옳습니다. 문장으로도 그렇고 정치적으로도 그렇습니다. 그런데 남한이라는 말을 한국 사람들이 잘 쓰지 않듯 북조선이란 말도 북한 사람들은 쓰지 않죠. 거기서는 자기들을 공화국이라고 부르고, 우리를 남조선이라고 부릅니다. 북조선, 남조선 이렇게 부르진 않아요. 일본 사람들이 현재 우리 사회와 비슷하게 북한을 북조선이라고 부르고 남한을 한국이라고 부릅니다.

말 나온 김에, 북한에서는 항상 남북대화가 아니라 북남대화라고 합니다. 사실 동양에서는 수천 년 전부터 방위를 동서남북 순으로 말해왔으니까 남북대화, 남북정상회담 이게 원칙적으로는 맞는 거죠. 그런데 북쪽에서는 자기들을 앞세우고 싶으니까 북남, 북남 합니다. 어색하긴 한데 저도 저 표현을 계속 듣다보니까 뭐, 그렇게 써도 되겠다 싶기도 해요. 유럽 사람들은 방위를 동서북남 순으로 얘기합니다. 그러니까 북한 사람들이 북남이라고 하는 건 유럽식 표현으로는 맞는 셈입니다. 동양의 전통적 표현으로는 전혀 맞지 않지만, 저 사람들도 자기들을 앞에 내세우고 싶어 하는 건 이해할 만한 일이니까 뭐, 봐줍시다.(웃음)

그런데 인용해서 글을 쓰실 때는 '북남'이라는 말이 마음에 안 든다고 함부로 '남북'이라고 자의적으로 고쳐서는 안 됩니다. 인용부호 안에 들어가는 말은 반드시 그 사람이 한 말을 그대로 전해줘야 합니다. 만약에 북한의 어떤 부처나 일본의 총련 같은 데서 성명서를 내면서 북남이라는 표현을 썼는데, 이걸 따옴표 안에서 남북으로 고치면 절대 안 돼요. 북남이라는 말을 쓰기 싫으면 따옴표를 벗겨버리고 발언 내용을 풀어서 써야죠. 심지어 어떤 사람이 비문법적으로 말을 했다고 하더라도, 인용부호 안에서는 틀린 그대로 표기해주는 게 원칙입니다. 만약 독자들이 이해를 못 하겠다 싶으면 이건 무슨 뜻이라고 부연설명해줄 수는 있죠. 인용이라는 것은 고스란히 가져오는 것을 뜻합니다. 따옴표를 치고 인용을 하면서 원래의 표현을 고쳐서는 안 됩니다.

《자유의 무늬》212~214쪽에 실린 〈'기념비적 대작'의 정치학〉은 북한 사회를 비판하는 글입니다. 사실 대형 기념물들은 세계 어디에나 다 있습니다. 북한만이 아니라 유럽에도, 미국에도 다 있어요. 김일성 동상만 큰 게 아니라 워싱턴의 링컨기념관에 있는 링컨도 실물보다 훨씬 크고, 광화문에 있는 세종대왕도 마찬가지죠. 베이징에 가면 천안문광장이나 자금성의 거대함에 놀라게 되고, 파리에도 에펠탑과 루브르궁전이 있습니다. 또 스페인의 그라나다라는 도시에는 알람브라궁전이라는 무지무지하게 크고 화려한 궁전이 있고요.

어떤 공동체가 유지되려면 공동의 기억이 있어야 합니다. 공동의 기억이 없다면 공동체가 해체 위기에 몰릴 겁니다. 그래서 통치자들은 대개 눈에 확 띄는 대형 기념물을 건축하려 하죠. 사람들이 그걸 보면서 항상 공동의 기억을 상기할 수 있도록 말입니다. 그러니까 대형 기념물은 집단적 기억의 표상이라고 할 수 있습니다. 그것들이 공동체

3—전략적 글쓰기

구성원들에게 집단적 기억을 상기시킴으로써 일체감이나 소속감을 주는 것은 사실입니다. 권력자들은 이런 대형 기념물을 지으려고 애쓰고, 특히 허영심 많은 권력자들은 거기에 자기 이름까지 붙이고 싶어하죠. 국민들을 국가와 일체화하는 걸로는 성에 차지 않아서 오직 자기만을 국가와 일체화하고 싶어 하는 겁니다. 다시 말해 권력의지 자체는 눈에 보이지 않는 것이지만, 그것이 눈에 보이도록 드러내는 게 바로 대형 기념물입니다.

그런데 북한의 경우는 소위 '기념비적 대작'들이 너무 많이 들어서 있어요. 아주 극단적인 전체주의 사회의 폐해입니다. 사실 세종로에 이순신 장군과 세종대왕이 함께 있는 것만 해도 좀 어색한데, 그 거리에 한 열 사람쯤의 동상이 서 있다고 생각해보세요. 그것도 등신대^{等身大}가 아니라 실제보다 훨씬 큰 형태로요. 숨이 콱 막힐 겁니다. 제 생각엔 평양 상황이 그런 것 같습니다. 아마 평양에서는 젊은 남녀들이 뽀뽀도 마음 놓고 못할 것 같습니다. 사회 분위기도 그럴 것 같지만 여기저기서 김일성 장군님이 들여다보고 있잖아요.(웃음)

"그러나 자유와 관용의 옹호자들을 더 우울하게 만드는 것은 그런 법과 제도에 스며 있는 우리들의 닫힌 마음이다."

《자유의 무늬》, 222쪽

'우리들의'는 '한국인들의'라고 바꾸는 게 좋겠어요. 이 글 〈무서운 신세계〉의 처음부터 이 문장까지는 아직 공간적 배경이 구체적이고 명확하게 설정되지 않았습니다. 다짜고짜 '우리들의'라고 하면 한국에 관한 얘기인지 아닌지 잘 모를 수 있습니다.

"서로 다른 피부빛깔의 사람들이 거리를 활보할 때 자유의 옹호자들
은 편안하다. 그들이 요즘처럼 거리에서 자취를 감출 때 자유의 옹호
자들은 불안하다."

《자유의 무늬》, 223쪽

이 글의 필자는 자신을 자유의 옹호자들에게 투사하고 있습니다. 그것
은 이 문장의 내용에서 알 수 있을 뿐만 아니라, 3인칭 주어의 서술어
로 '편안하다' '불안하다'라는 심리형용사를 과감하게 쓴 것에서도 알
수 있습니다.

전에도 말씀드렸듯, 심리형용사의 주어는 평서문에서 1인칭이 될
수밖에 없습니다. 그러나 이 문장에서는 주어가 3인칭인데도 심리형
용사를 썼습니다. 그런데도 문장이 어색하거나 이상하게 생각되진 않
습니다. 여러분들도 지금 이 문장을 어색하거나 이상하게 생각하지 않

앗을 거예요. 왜일까요? 그건 독자들이 거의 무의식적으로 필자가 이른바 자유의 옹호자들에 속한다는 것을 알아챘기 때문입니다. '자유의 옹호자들이라는 건 글 쓴 사람 자신을 포함하는 거구나' 하고 말이죠.

"우리 근로기준법은 제5조에서 사용자가 근로자에 대하여 국적을 이유로 차별적 근로 조건을 부여하지 못하도록 규정하고 있다."

《자유의 무늬》, 224쪽

앞에 한국이란 말이 나왔기 때문에 '우리'를 놔둬도 괜찮은데, '대한민국 근로기준법'이라고 했으면 좀더 객관적으로 보일 것 같습니다. '근로자에 대하여'는 '근로자에게'로 고치는 것이 좋겠습니다.

"우리 법원의 판례는 산업연수생 자격으로 입국해서 국내 사업장의 사용주와 고용계약을 맺은 이른바 '불법 노동자'도 근로기준법상의 근로자라고 명시한 바 있다."

《자유의 무늬》, 224쪽

여기서 제가 '불법 노동자'라는 말을 하기가 좀 찜찜했습니다. 의식적으로든 무의식적으로든 제 마음속에서 일종의 정치적 올바름이 작동한 거죠. 그래서 그 앞에 '이른바'라는 말도 넣고 불법 노동자에 따옴표까지 두르고 그랬어요. 이중의 방어막을 친 겁니다.

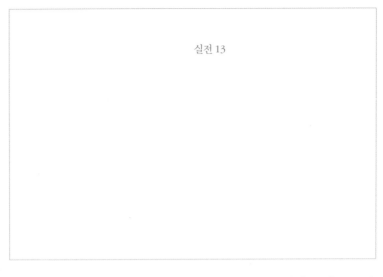

실전 13

"…온갖 형태의 인권 침해와 착취는 이들의 노동을 거의 노예 노동에 가깝게 만든다."

《자유의 무늬》, 224쪽

'노예 노동에 가깝게 만든다'는 건 노예 노동은 아니라는 겁니다. '가깝게'라는 말을 썼으니까요. 그러니 그 앞의 '거의'란 말은 불필요한 것 같습니다. '거의'가 말버릇처럼 입에 붙어서 자꾸 쓰게 되네요.

실전 14

"우리 사회의 청결주의와 순수주의가 극단적으로 드러나는 예는 우리
들이 혼혈인들에 대해 내보이는 태도일 것이다."

《자유의 무늬》, 224쪽

'~에 대해'라는 말은 다른 말로 바꾸는 게 더 깔끔하게 보일 때가 더
러 있습니다. 여기서도 '혼혈인들에게 내보이는 태도일 것이다' 아니면
'혼혈인들을 대하는 태도일 것이다'로 고치는 게 더 자연스럽습니다.

"한국은 혼혈아들이 정상적으로 자라나기가 불가능한 드문 사회 가운데 하나다."

《자유의 무늬》, 224쪽

'혼혈아들이'에서 '들'을 빼고 그냥 단수로 쓰는 게 좋을 것 같습니다. 말하자면 영어의 대표단수식 표현인 거죠. 물론 그대로 놔둬도 상관은 없습니다. 그리고 '가운데 하나' 역시 빼는 편이 낫겠습니다. '드문 사회다' 이렇게요. 그런데 이 문장이 조금 과장되게 느껴지지 않나요? 한국의 모든 혼혈아가 정상적으로 자라나지 못한다는 확신은 누구에게도 없잖아요? '불가능한'은 확실히 과장입니다. 모든 사례를 다 접해보지도 않았는데 불가능하다고 단정할 수는 없죠. '힘든' '어려운' 정도로 바꾸는 게 좋겠습니다.

《자유의 무늬》222~224쪽에 실린 〈무서운 신세계〉의 제목은 영국의 소설가 올더스 헉슬리의 〈멋진 신세계〉의 제목을 비튼 것입니다. 요새 길거리에서 담배꽁초를 보기 힘듭니다. 담배를 피우지 않는 사람도 많고, 담배를 길거리에서 못 피우게 하고, 흡연자들이 비흡연자 눈치를 보며 담배를 피운다 해도 꽁초는 자기 주머니에 넣고 그러죠. 꽁초를 버리다가 경찰관에게 들키면 벌금을 무니까요.(웃음) 물론 담배꽁초 하나 없이 깨끗한 거리는 보기에 좋습니다. 그런데 이게 좋은 사회의 징표일까요? 이 청결함에 어떤 불길한 징후는 없는 걸까요?

또 지하철이나 길거리에서 구걸을 못 하게 하는데, 그 사람들이 지하철이나 길거리에서 구걸을 안 한다고 해서 그 사회가 더 부유하게 되는 것은 아닐 거예요. 길거리에서 보이든 안 보이든 그 사회에 걸인들로 살 수밖에 없는 사람들이 존재한다면, 걸인들이 길거리에서 안 보이는 사회가 보이는 사회보다 더 억압적일 겁니다. 걸인들이 길거리에서 안 보인다면, 그 걸인들은 분명히 어딘가에 수용되어 있을 테니까요.

저도 이제 파리에 가본 지가 굉장히 오래됐습니다만, 파리에는 걸인들이 어딜 가든 지척에 있습니다. 그리고 거리에 개똥, 고양이똥, 담배꽁초가 지천입니다. 뭐, 요즘에도 그런지는 모르겠습니다만. 서울의 거리에는 담배꽁초도 거의 없고, 개똥도 고양이똥도 없고, 걸인들도 없습니다. 한국은 1인당 국민소득을 보면 프랑스보다 경제적으로 훨씬 덜 윤택합니다. 그럼 왜 한국엔 거리에 걸인이 거의 보이지 않는 걸까요? 이것은 무엇을 뜻하는 걸까요? 한국사회가 프랑스사회보다 더 억압적이라는 뜻 아닐까요?

이 글은 요컨대 불순함, 더러움 같은 것을 옹호하고 있습니다. 사람들은 깨끗한 것, 순수한 것이 좋다고 생각하는데, 사실 그런 것을 집요하게 추구하다보면 공동체의 분위기가 억압적이 될 수밖에 없습니다.

장애인들이 거리에 안 보이면 '사람들이 모두들 건강하고 사지 멀쩡하고 참 좋구나' 하고 생각하기 쉽지만, 사실 그것은 그 사회의 억압성을 드러낼 뿐입니다. 텔레비전에서라도 혹시 평양 거리를 본 적 있으세요? 제가 텔레비전에서 본 평양 거리에는 장애인이 한 사람도 없었습니다. 그렇다고 북한에 장애인이 없을 리 없죠. 다 평양 밖으로 내쫓아버린 거예요. 평양 거리는 일종의 극장 무대 같은 곳이죠. 외부인들에게 보이기 위한. 그렇지만 외부인인 제가 보기에도, 장애인이 하나도 없는 평양은 섬뜩합니다.

사실 북한만이 아니라 한국도 문제죠. 한국은 교통사고나 산재율이 거의 세계 1위예요. 또 6·25전쟁이나 베트남전쟁 때 다치신 분들도 많고요. 그래서 여느 나라보다 장애인 비율이 낮을 수가 없습니다. 오히려 다른 나라에 비해서 장애인들이 많을 겁니다. 그렇지만 실제로 거리에서는 장애인들이 잘 보이지 않습니다. 유럽의 도시들에선 장애인들을 흔히 볼 수 있는데요.

제가 살고 있는 곳 앞에 지하철역이 있는데 요즘 거기 에스컬레이터를 만들겠다고 며칠째 공사를 해서 제가 밤에 잠을 설치고 그래요. 그런데 그것도 정말 한심한 짓이죠. 아주 작은 역이거든요. 지하철역이 작아서 제 생각엔 에스컬레이터가 필요 없을 거 같습니다. 사람들의 수면을 방해할 정도로 소음을 일으켜가며 굳이 공사를 하려 했다면, 차라리 장애인용 엘리베이터를 출입구에 설치하는 편이 훨씬 나을 텐데 말입니다.

사실 에스컬레이터는 장애인들한테 아무 도움이 안 돼요. 계단이나 마찬가지입니다. 계단이라는 게 지체장애인들한테 아주 치명적이거든요. 휠체어를 탄 장애인들은 계단만 있으면 그때부터는 이제 내려가지도 못하고 올라가지도 못하고 멈춰 있어야 합니다. 엘리베이터를 만들면 좋은데 안 만드는 건, 그 동네의 비장애인들 또는 지하철역을 관리하는 사람들에게 양식이 없다는 뜻입니다. 좋은 의미의 상상력이 부족하다고도 할 수 있고요. 그저 천박한 계산만 작용하고 있는 거죠. '장애인들은 수도 별로 안 되고 그러니 선거 때 표도 안 되잖아? 에스컬레이터 만들면 많은 사람이 좋아할 텐데', 이런 생각인 거예요. 심지어 그 동네에 무슨 복지회라고 해서 장애인들을 위한 기관까지 있는데,

3—전략적 글쓰기

바로 근처에 있는 지하철역에 엘리베이터를 만드는 게 아니라 에스컬레이터를 만들고 있어요.

　담배꽁초, 걸인, 장애인, 이런 풍경들은 질서와 청결과 순수를 유지하고 싶어 하는 사람들에겐 다 '이물질'로 보일 겁니다. 그렇지만 그 '이물질'들이 말끔히 씻겨나간 뒤의 사회, 무섭지 않으세요? 순수한 거 너무 좋아하지 마세요. 1980년대 초에 많은 사람을 죽이고 상하게 한 삼청교육대라는 게 이른바 순화교육을 하는 곳이었어요. 국어순화 운동도 지나치면 그와 마찬가지로 우리말을 궁핍하게 만들 수 있습니다. 완전한 순수함이나 완전한 청결함을 추구하는 건 위험한 태도입니다. 그렇게 위생 처리된 사회는 결국 전체주의 사회죠. 그런 사회가 바로 정말 무서운 사회입니다.

4

로마자표기법과
외래어표기법

지난주에 간략히 얘기했듯, 정치적 의미의 좌익이나 좌파, 우익이나 우파라는 말은 18세기 말 유럽에서 생긴 겁니다. 그렇다면 오른쪽, 왼쪽이란 말은 무슨 뜻일까요? 오른쪽을 어떻게 정의할 수 있을까요? 사전에서는 '북쪽을 바라보고 있을 때 동쪽과 같은 쪽을 오른쪽이라고 한다', 이렇게 정의합니다. 그리고 왼쪽은 그 반대로 '북쪽을 바라보고 있을 때 서쪽과 같은 쪽을 왼쪽이라고 한다', 이렇게 정의합니다. 동서남북은 고정돼 있지만 오른쪽, 왼쪽은 수시로 바뀝니다. 동쪽을 볼 때는 북쪽이 왼쪽이지만 서쪽을 보고 있으면 남쪽이 왼쪽이 되는 겁니다.

'오른'과
'왼'의 어원

오른손은 중세한국어에서 '올흔손'

이라고 했고, 왼손은 지금과 마찬가지로 왼손이었습니다. 15세기 한국어에서 '올ᄒ다'는 옳다는 뜻이에요. 그리고 '외다'는 그르다는 뜻입니다. 그러니까 옳고 그름, 시비是非인 거죠. 사실 정치적 차원에서 좌익과 우익, 좌파와 우파에는 고정된 긍정적 가치나 부정적 가치가 배어 있지 않습니다. 그런데 어원을 따지다보면 오른손은 옳은 손이고 왼손은 그른 손인 겁니다. 《석봉 천자문》이라는 책을 보면 실제로 시是 자를 올홀 시, 비非 자를 욀 비라고 해놓았습니다. 오른손을 흔히 바른손이라고도 하잖아요. 바른손, 바른쪽.

우연의 일치겠지만, 일부 유럽어에서도 오른쪽이 긍정적 의미를 지니고 있고 왼쪽이 부정적 의미를 지니고 있습니다. 영어에서 right는 오른쪽이란 뜻도 있지만 본디 곧다, 올바르다는 뜻이기도 합니다. 그리고 left는 고대 영어에서 약하다, 힘이 없다는 뜻이었어요. 불어에서 오른쪽을 뜻하는 droit 역시 옳다, 곧다는 뜻입니다. 왼쪽은 불어로 gauche라고 하는데 서툴다, 비뚤어졌다는 뜻도 겸하고 있습니다. 이태리어에서도 이것이 아주 적나라하게 드러납니다. 오른쪽을 destro, 왼쪽을 sinistro라고 하는데, destro에는 능란하다, 솜씨가 좋다는 뜻도 있습니다. 반면 sinistro는 불길하다는 뜻을 겸하고 있습니다. 불길하다는 뜻의 영어 단어 sinister와 어원이 같아요. 라틴어 dexter란 말이 오른쪽이라는 뜻인 동시에 능란하다는 뜻이었고, sinister라는 말이 왼쪽이라는 뜻과 함께 불길하다는 뜻도 있었거든요.

참 묘한 일치입니다. 한국어 오른쪽, 왼쪽은 유럽어를 번역해서 만들어낸 말이 아니라 아주 예전부터 있던 말이잖아요. 그런데 우연히도 유럽의 몇몇 언어들과 한국어가 오른쪽, 왼쪽의 어원적 의미 또는 부차적 의미를 공유하고 있는 겁니다. 오른쪽은 좋은 것, 긍정적인 것, 왼쪽은 나쁜 것, 부정적인 것, 이런 식으로 말입니다. 그래서인지 몰라도 왼손을 쓰는 아이가 있으면 집에서 오른손잡이를 만들려고 부모들이 퍽 애를 쓰고 그랬습니다. 왼손잡이여도 글을 쓰거나 그림 그리는 것은 강제로 오른손으로 하게 했죠. 요즘도 그런지는 모르겠지만요. 그런데 그 이유가 왼쪽이라는 말에 부정적 뜻이 있어서라기보다, 오른손잡이가 많아서 그렇게 된 거 같기도 합니다. 동아시아에서는 물론이고 유럽이나 미국에서도 오른손잡이가 다수파잖아요.

그런데 '전후좌우'라는 말을 생각해 보세요. '좌우'라는 말의 순서에서도 알 수 있듯, 원래 중국에서는 왼쪽이나 오른쪽에 좋고 나쁨의 뜻이 없었던 것 같습니다. 대립하는 형태소로 이뤄진 한자어는 선악, 상하, 길흉, 고저, 장단, 후박厚薄 같은 말에서 보듯, 보통 긍정적이고 적극적인 가치를 지닌 형태소를 앞에 놓고, 부정적이고 소극적인 가치를 지닌 형태소를 뒤에 놓기 마련입니다. 빈부貧富처럼 예외도 있지만요. 아무튼 그렇다면 중국 사람들은 좌를 우보다 적극적이고 긍정적으로 봤을지도 모르겠습니다. '좌우'라는 말에서 좌가 우보다 앞에 있으니까요. 조선시대 때 지금의 국무총리에 해당하는 직책이 영의정이었고 그 밑에 좌의정, 우의정이 있었습니다. 영의정을 일러 흔히 '일인지하 만인지상一人之下 萬人之上'이라 그랬죠? 그러니까 임금만 빼놓으면 영의정이 넘버원이었던 겁니다. 그러면 넘버투는 누구였을까요? 좌의정이었습니다, 우의정이 아니라! 영의정, 좌의정, 우의정 셋 다 정1품 관직이었지만, 서열은 좌의정이 우의정보다 높았습니다.

어쨌든 한국어의 오른손, 왼손에서 그 '오른'과 '왼'은 몇몇 유럽어와 어원이나 뉘앙스가 비슷합니다. 저는 이 사실을 젊은 시절 처음 알게 됐을 때 무척 신기했어요. 어떻게 된 일일까? 왜 이렇게 됐을까? 그래서 본격적으로 강의에 들어가기 전에 한번 말씀드려봤습니다.

영어는 가장 힘이 센 자연언어다

지금 세계에서 위세가 가장 큰 자연언어는 말할 나위 없이 영어입니다. 물론 모국어 사용 숫자로 따지면 베이징어가 제일 많이 쓰이는 언어입니다. 베이징 표준어, 혹은 보통화나 만다린 Mandarin이라고도 하죠. 중국은 워낙 나라가 커서 한 언어만 쓰지 않습니다. 이를테면 홍콩 같은 광둥 지역에서는 광둥어를 씁니다. 그래서 보통화를 쓰는 대부분의 중국 사람들은 홍콩영화를 보고 대사를 이해하지 못합니다. 광둥어는 중국어 가운데 베이징어 다음으로 위세가 큽니다. 특히 해외에서는 거의 베이징어에 맞먹을 정도예요. 중국 안에서는 광둥어의 힘이 그렇게 크지 않지만, 광둥성에서 나라 바깥으로 이주한 화교들이 굉장히 많거든요. 그래서 해외 중국인 사회에서 광둥어의 힘이 굉장히 큽니다.

모국어 숫자로만 따지면 보통화가 세계에서 제일 많이 쓰이고 그다음 많이 쓰이는 언어가 스페인어, 그다음이 영어입니다. 하지만 언어의 실제 위세는 영어가 보통화나 스페인어와는 비교가 안 될 정도로 큽니다. 영어는 베이징어나 스페인어보다 훨씬 더 흔히 사용되는 매개언어이기 때문입니다. 이를테면 어느 나라에서든 제1외국어로 영어를 배웁니다. 모든 나라에서 그렇다고 단언할 수는 없지만, 세계 대부분의 나라에서 자기 모국어가 아닌 첫 외국어로 영어를 배웁니다. 한국도 마찬가지죠. 영국이나 미국의 적국들에서도 마찬가지입니다. 그러니까 아랍세계 대부분에서도 아랍어 다음으로 배우는 언어는 영어입니다. 불어를 먼저 배우는 나라도 드물게 있긴 하지만요.

서로 다른 언어를 쓰고 있는 화자가 제3의 언어로 의사소통을 할 때 매개어는 영어이기 십상입니다. 한국인과 일본인이 만났다고 하더라도 영어로 소통하는 일이 많잖습니까? 사실 한국어와 일본어는 굉장히 가까운 언어여서 한국인이 일본어를 배운다거나 일본인이 한국어를 배우는 것이 그리 어렵지 않습니다. 일본인이 한국어를 배우는 게 조금 더 어려울 것 같군요. 한국어 음운체계가 일본어 음운체계보다 훨씬 복잡하거든요. 아무튼 이 두 나라 사람들은 상대 나라 언어를 배우기가 비교적 쉽습니다.

그렇지만 한국 사람과 일본 사람이 만나면 대개 영어를 씁니다. 물론 일본어를 아는 한국 사람이나 한국어를 아는 일본 사람이면 일본어나 한국어로 대화하기도 하겠지만, 영어로 대화하는 경우가 더 많지요. 이건 프랑스 사람과 독일 사람이 만났다 하더라도 마찬가지예요. 상대방 언어를 잘 아는 경우보다는 모르거나 매우 서툴게 하는 경우가 많으니까, 제1외국어인 영어로 의사소통을 합니다. 그만큼 자연언어

4─로마자표기법과 외래어표기법

의 세계에서 영어의 힘이 셉니다. 가까운 미래에 영어에 도전할 만한 국제언어가 나타날 것 같진 않습니다.

문자 세계의 최강자, 로마자

자연언어 세계에서 가장 힘이 센 것이 영어라면, 문자 세계에서 제일 힘이 센 것은 로마문자입니다. 문자 세계에서 로마문자가 가지고 있는 상대적 위력은, 자연언어 세계에서 영어가 가지고 있는 상대적 위력에 비할 바 없이 큽니다.

러시아어나 불가리아어나 세르비아어나 이런 동부 유럽의 몇 개 언어를 빼놓고는 유럽어 대부분이 다 로마문자를 씁니다. 로마문자를 처음 사용한 라틴어의 딸언어들인 이탈리아어나 스페인어나 프랑스어나 포르투갈어나 루마니아어는 말할 것도 없고, 영어, 독일어, 덴마크어, 네덜란드어, 아이슬란드어, 폴란드어, 헝가리어, 체코어 등 죄다 그렇습니다. 로마문자는 유럽만이 아니라 남북아메리카 전역에서 쓰입니다. 북아메리카에서는 영어와 프랑스어, 스페인어 등을 쓰고, 남아메리카에서는 스페인어와 포르투갈어 그리고 일부 지역에서 프랑스어를 쓰니까 어쨌든 아메리카 대륙에서는 전부 유럽어를 쓰는 셈입니다. 남북아메리카는 완전히 로마문자로 덮여 있는 거예요.

아프리카에도 불어나 영어를 쓰는 나라가 워낙 많을 뿐만 아니라, 더러 공용어가 아프리카 토착 언어, 예컨대 스와힐리어라고 해도 이런 언어를 로마문자로 표기합니다. 일부 아시아어도 마찬가지예요. 터키어는 본래 아랍문자로 표기했었는데 1차 세계대전으로 오스만튀르크 제국이 멸망하고 터키공화국이 들어선 뒤 케말 아타튀르크라는 사람이 문자혁명을 일으켜 로마문자를 채택했습니다. 베트남어도 로마문자를 씁니다. 예전에는 쯔놈*이라고 해서 우리 이두처럼 한자를 빌려서 그 나라 언어를 표기했었는데, 불란서 식민지 시절의 유산으로 지금은 로마문자를 써요. 또 말레이시아와 인도네시아에서 쓰는 말레이-인도네시아어도 로마문자로 표기합니다.

말하자면 로마문자는 인류가 발명한 문자들 가운데 가장 널리 쓰이는 문자이고 앞으로도 그럴 것입니다. 한국어처럼 로마문자를 사용하지 않는 언어를 쓰는 나라에서도, 예컨대 거리의 간판을 보면 꼭 한글 간판만 있는 게 아니죠? 로마문자 간판이 한글 간판보다 더 많지는 않겠지만 상당히 많아요. 어쩌면 어떤 동네에선 로마문자 간판이 한글 간판보다 더 많을지도 모르겠습니다. 특히 부자 동네에서는요.(웃음) 타이어나 히브리어나 힌디어에는 고유문자가 있지만 막상 타이나 이스라엘이나 인도엘 가봐도 로마문자가 눈에 많이 띕니다. 세계 어디엘 가든 마찬가지일 겁니다.

한국 사람들은 대개 로마문자를 읽을 수 있습니다. 지희 때는 영어를 중학교 1학년 때부터 배웠는데 요즘은 초등학교 때부터 배운다고 하죠? 아무튼 우리가 배운 영어가 우연히도 로마문자를 사용하는 언어라서, 우리는 로마문자를 읽을 수 있습니다. 로마문자로 된 간판 정도 읽는 것은 문제없습니다.(웃음)

한국어의
로머니제이션 방법

　　　　　　　　　　　　　　　로마문자가 워낙 큰 힘을 갖고 있
기 때문에 골치 아픈 문제가 생기기도 합니다. 로마문자를 쓰지 않는
언어를 로마문자로 표기하는 것이 바로 그 문제입니다. 로마문자를 사
용하는 나라에서는 같은 글자를 서로 조금씩 다르게 읽을지라도 이런
문제가 생길 여지가 없습니다. 또 키릴문자나 그리스문자는 대체로 로
마자와 일대일 대응을 하기 때문에, 러시아나 불가리아를 비롯한 키릴문
자 사용국이나 그리스에서도 로마문자 표기가 큰 문제될 게 없습니다.
실제로 옛 유고슬라비아의 공용어인 세르보-크로아트어는 로마문자로
표기하기도 하고 키릴문자로 표기하기도 합니다.

　그렇지만 로마문자와 일대일 대응을 하지 않는 문자체계를 쓰는 나라
에서는 자기 언어를 로마문자로 옮기는 게 꽤 큰 두통거리입니다. 한국
이 대표적입니다. 일본어만 해도 음운구조가 비교적 간단해 로마문자로
옮기는 것이 한국어처럼 골치 아프지는 않습니다. 로마문자 이외의 문자
체계를 로마문자로 옮기는 것을 영어로 로머니제이션^{Romanization}이라고 합
니다. Romanization은 로마로 만든다, 로마화한다는 뜻인데, 다른 문
자체계를 로마문자 체계로 바꾸는 것도 Romanization이라고 합니다.

　이것이 언어에 따라 쉬울 수도 있고 어려울 수도 있는데, 한국어는
꽤 어려운 편에 속합니다. 그것은 로마문자를 사용하는 대부분의 언어
와 한국어의 음운체계가 크게 다르기 때문입니다. 예컨대 한국어에선

다른 자질들을 공유한 자음이 유성음인지 무성음인지가 그리 중요하지 않습니다. 반대로 유럽어 대부분에선 다른 자질들을 공유한 자음이 유성음인지 무성음인지가 굉장히 중요합니다. 또 한국어에선 다른 자질들을 공유한 자음이 유기음인지 무기음인지가 굉장히 중요하지만, 유럽어 대부분에선 그게 중요하지 않습니다. 여기서 유기음이란 [h]소리를 포함하고 있는 소리를 뜻하고, 무기음이란 [h]소리를 포함하지 않은 소리를 뜻합니다. 게다가 로마문자를 사용하는 언어들 가운데 한국인들에게 익숙한 언어들의 모음체계가 한국어와 사뭇 다릅니다. 그래서 한국어의 로머니제이션은 구한말 이후 계속 학자들을 괴롭혀왔습니다. 그리고 지금도 이상적이고 모든 사람이 동의하는 로머니제이션 방식은 없습니다.

지금 한국어의 로머니제이션, 즉 로마문자 표기에는 크게 세 방식이 있습니다. 첫 번째가 매큔-라이샤워식, 두 번째가 문화부식, 세 번째가 예일식입니다. 이 세 방식의 특징을 거칠게 요약하자면, 매큔-라이샤워식은 한국어를 대체로 음성 수준에서 베껴내고, 문화부식은 한국어를 대체로 음소 수준에서 베껴내며, 예일식은 한국어를 대체로 형태음소 수준에서 베껴낸다는 것입니다. 음성, 음소, 형태음소, 좀 낯선 말들이죠? 깊게 얘기하자면 그리 쉬운 개념들은 아닌데, 간단히 말씀드리고 로마문자 표기 방식을 설명하며 좀더 짚어보도록 하겠습니다.

음성이라는 건 쉽게 말해 물리적 소리 그 자체입니다. 예민한 귀를 지닌 사람에게는 음성의 차이가 쉽게 들리지만 덜 예민한 사람의 귀에는 그 차이가 쉽게 들리지 않습니다. 그리고 음소라는 건 그 음성 중에서 의미의 차이를 드러내는 소리를 말합니다. 어떤 자연언어에서는 서로 다른 음성이 한 음소라서 의미 차이를 드러내지 못하고, 또다른 자연언어에서는 서로 다른 음성이 의미 차이를 드러내 서로 다른 음소에 속합니다. 마지막으로 형태음소라는 건 동일한 형태소에 귀속하는 음소의 무리를 뜻합니다. 형태소라는 것은 언어를 분절할 때 의미를 지닌 최소 단위를 가리킵니다. 그것은 단어일 수도 있고 접사일 수도 있고 어간이나 어미일 수도 있습니다. "새파란 하늘이 보이네"라는 문장에서 '새' '파라' 'ㄴ' '하늘' '이' '보' '이' '네'가 죄다 제가끔 형태소입니다. 'ㄴ'이나 '이'나 '네'도 형태소라는 걸 얼른 납득 못 하실지도 모르겠습니다. 형태소는 의미를 지닌 최소 단위라고 제가 방금 말씀드렸으니까요. 그렇지만 이 말들에도 의미가 있습니다. 단지 그 의미는 일반적으로 우리가 이해하는 의미가 아니라 '문법적' 의미입니다.

아마 여기서 형태음소라는 개념이 가장 어려울 것 같은데, 이것은 예일식 로머니제이션을 말씀드릴 때 더 설명하도록 하겠습니다.

매큔-라이샤워식은 일제 때 조지 매큔George McCune, 1918~1948과 에드윈 라이샤워Edwin Reischauer, 1910~1990라는 사람이 만든 한국어의 로마자표기법입니다. 둘 다 한국어를 꽤 아는 사람들이었죠. 그리고 문화부식이라는 건 한국 정부가 제안한 공식 로마자표기법입니다. 현재의 정부 공식 로마자표기법이 나온 2000년에 문화부의 이름이 문화관광부였던 터라 문화관광부식이라고도 말하지만, 이 부처의 이름이 워낙 자주 바뀌었잖아요. 지금은 문화체육관광부죠. 그 전엔 문화체육부였던 것 같습니다. 노태우 정권 때 문화담당 부처가 처음 생겼을 때는 문화부였고요.

당시 문화부는 문교부와 문공부의 문화담당 업무를 떼어내 만든 부처입니다. 문화부가 생긴 뒤 문교부는 교육부로 이름을 바꿨고, 교육인적자원부, 교육과학기술부 등의 이름을 거쳐 박근혜 정부 들어 다시 교육부로 돌아왔지요. 문화 업무를 문화부에 넘긴 문공부는 공보처로 이름을 바꿨다가 그 뒤 국정홍보처로 이름을 바꿨고 지금은 문화체육관광부 산하로 들어가 없어졌나요? 아무튼 복잡합니다. 이렇게 문화 담당 부처의 이름이 자꾸 바뀌어왔으니 앞으로도 또 바뀔지 모르죠. 그래서 정부의 공식 로마자표기법을 그냥 문화부식이라고 부르겠습니다. 그리고 예일식이라는 건 새뮤얼 마틴^{Samuel Martin, 1924~2009}이라는 예일대 교수가 자기 동료들과 고안한 한국어의 로마자표기법입니다.

로마자표기법(1):
매큔-라이샤워식

일단 기득권이 있는 건 매큔-라이샤워식입니다. 한국 바깥에서 가장 널리 쓰입니다. 굉장히 오랜 기간에 걸쳐 이 방식이 통용됐던 터라 예전에 쓰인 한국학 서적들은 한국어를 거의 매큔-라이샤워식으로 표기를 했어요.

매큔-라이샤워식의 특징은 뭐냐 하면 외국 사람에게, 특히 이 표기법을 만든 매큔과 라이샤워 같은 영어권 사람들에게 들리는 대로 쓴다는 겁니다. 그야말로 소리 나는 대로, 소리 들리는 대로입니다. 아까 말씀드렸듯, 언어학 용어로 표현하면 음성 수준에서 전사^{transcribe}한 거라고 말할 수 있습니다. 한 문자체계를 다른 문자체계로 옮기는 걸 전사한다고 합니다. 들리는 대로, 소리 나는 대로 쓴다는 건 무슨 뜻일까요?

'가게'라는 한국어 단어를 매쿤-라이샤워식으로 표기하면 kage입니다. 똑같은 ㄱ인데 첫 번째 ㄱ은 k로 표기하고 두 번째 ㄱ은 g로 표기했습니다. 왜냐하면 가게의 첫 번째 소리와 두 번째 소리가 서양 사람들에겐 분명히 구별되어 들리기 때문이에요. 실제로 다른 소리이기도 하고요. 서로 다른 음성인 것입니다. 첫 번째 ㄱ은 무성음이고 두 번째 ㄱ은 유성음입니다. ㄱ의 고유소릿값은 [k]에 가깝지만, 한국어에서 ㄱ은 두 유성음 사이에 오면 유성음화되어서 [g]소리 비슷하게 납니다. 한국어가 모어인 사람들은 이 음운규칙을 내면화하고 있기 때문에 유성음, 이를테면 모음, ㄴ, ㄹ, ㅁ, 받침 [ㅇ]소리 등 사이에 ㄱ, ㅂ, ㄷ, ㅈ이 오면 이것을 [k] [p] [t] [ch]가 아니라 자동적으로 [g] [b] [d] [j]로 바꾸어 발음합니다. 물론 한국어 화자들은 이것을 의식하지 못합니다. 다시 말해 한국어 화자들 귀에는 무성음 [ㄱ] [ㅂ] [ㄷ] [ㅈ]와 유성음 [ㄱ] [ㅂ] [ㄷ] [ㅈ]가 거의 구별되지 않습니다. 한국어 음운체계에서는 이 두 소리쌍들이 한 음소이기 때문입니다.

또다른 예를 보죠. '바보'라는 단어에서 첫 번째 ㅂ과 두 번째 ㅂ이 한국 사람 귀에는 똑같이 들립니다. 그런데 두 ㅂ이 음성 수준에서는 분명히 다릅니다. 첫 번째 ㅂ은 [p]고 두 번째 ㅂ은 [b]입니다. 그러나 한국어에서는 이 두 소리가 한 음소를 이루고 있습니다. 음소란 건 아까 말씀드렸듯 단어의 의미를 분화시키는 소리의 최소 단위입니다. 한국어에선 ㄱ을 [k]로 소리 내든 [g]로 소리 내든 말의 의미가 바뀌지 않습니다. ㅂ을 [p]로 소리 내든 [b]로 소리 내든 의미가 바뀌지 않습니다. 그래서 한국어에서 [k]와 [g]는 ㄱ으로 표기되는 하나의 음소입니다. 또 [p]와 [b]는 ㅂ으로 표기되는 하나의 음소입니다. 한 음소이기 때문에 한국 사람의 귀에는 [k]와 [g], [p]와 [b]가 잘 구별되지 않습니다. 음성학 훈련을 따로 받지 않는 한 말이에요. '단도斷刀'라는 단어도 마찬가지입니다. 첫 ㄷ은 [t]에 가깝고 두 번째 ㄷ은 [d]에 가깝죠.

그런데 비록 한국어에서 '가게'의 첫 번째 ㄱ과 두 번째 ㄱ, '바보'의 첫 번째 ㅂ과 두 번째 ㅂ, '단도'의 첫 번째 ㄷ과 두 번째 ㄷ이 한 음소여서 한국어 화자들 귀에 그 소리 차이가 들리지 않는다고 하더라도, 미국인인 매큔과 라이샤워에게는 그 차이가 확실히 들렸습니다. '자주自主'의 첫 번째 ㅈ과 두 번째 ㅈ 역시 그들 귀에는 달리 들렸습니다. 대부분의 유럽어에서는 k와 g, p와 b, t와 d, ch와 j가 다른 음소이기 때문입니다. 즉 의미변화를 일으키는 소리 단위라는 뜻입니다. 영어의 예를 들자면, cold와 gold, pill과 bill, tent와 dent, chill과 jill은 단지 [k]소리와 [g]소리, [p]소리와 [b]소리, [t]소리와 [d]소리, [tʃ]소리와 [j]소리의 차이 때문에 다른 의미를 지닌 단어가 됩니다. 참고로 이런 단어들을 최소대립쌍minimal pairs이라고 합니다. 즉 구미인들에게는 '가게'의 두 ㄱ, '바보'의 두 ㅂ, '단도'의 두 ㄷ, '자주'의 두 ㅈ이 명백히 다른 소리로 들리기 때문에, 매큔과 라이샤워는 무성음 [ㄱ] [ㅂ] [ㄷ] [ㅈ]를 k, p, t, ch로, 유성음화한 [ㄱ] [ㅂ] [ㄷ] [ㅈ]를 g, b, d, j로 표기했습니다. 그래서 매큔-라이샤워식에 따르면 바보는 pabo로 표기되고, 단도는 tando, 자주는 chaju로 표기됩니다.

물론 세밀히 표기할 때는 무성음 중에서 거센소리, 즉 [ㅋ] [ㅍ] [ㅌ] [ㅊ]에는 어깻점을 붙여 k', p', t', ch'로 표기했습니다. 그러나 이 점 표시가 보기 지저분해서 간이 매큔-라이샤워식에서는 어깻점을 넣지 않습니다. 그러다보니 매큔과 라이샤워는 한국어에서 한 음소인 무성음 [ㄱ] [ㅂ] [ㄷ] [ㅈ]와 유성음화한 [ㄱ] [ㅂ] [ㄷ] [ㅈ]는 서로 달리 표기하면서, 한국어에서 명백히 서로 다른 음소인 ㄱ, ㅂ, ㄷ, ㅈ과 ㅋ, ㅍ, ㅌ, ㅊ은 똑같이 표기하게 되고 말았습니다. 마찬가지로 이 사람들은 모음에서도 학술서적 같은 데서 세밀하게 표기할 때는 예컨대 ㅗ와 ㅓ를 o와 ŏ로 구별하도록 했지만, 일반 문헌에서는 반달점을 빼기 때문에 간이 매큔-라이샤워식에선 ㅗ와 ㅓ가 구별되지 않습니다.

그러니까 매큔과 라이샤워는 한국어가 한국 사람들 귀에 어떻게 들리느냐, 한국 사람들이 한국어를 한글로 어떻게 표기하느냐와 상관없이 대충 자기네들에게 들리는 대로 로마문자화한 겁니다. 이게 물론 좋은 점도 있어요. 영어권을 비롯한 유럽어권 사람들이 그 표기를 보고 소리 내어 읽으면 한국어 발음에 상당히 가깝게 됩니다. 만약 ㅂ을 무조건 b에 대응시켜서 '바보'를 babo라고 표기해놓으면 바보의 첫 ㅂ과 두 번째 ㅂ이 한국어에서 같은 음소라는 것이 드러나지만, 실제는 서로 다른 소리인 두 ㅂ을 한 로마문자로 표기하는 셈이 돼 한국어의 실제 발음과는 조금 다르게 됩니다. 서양 사람들이 바보를 babo라고 읽으면 한국인들 귀엔 좀 이상하게 들릴 겁니다. 매큔-라이샤워식으로 pabo라고 표기해서 무성음 [ㅂ]와 유성음 [ㅂ]를 구별해야 한국 사람이 바보를 읽는 것과 그나마 비슷하게 발음됩니다.

유럽인들 누구한테라도 바보라는 말을 들려주고 들리는 대로 옮겨 적으라고 하면 pabo라고 쓸 겁니다. 다시 말해 앞의 ㅂ은 p로, 뒤의 ㅂ은 b로 적을 겁니다. 그 사람들 귀에는 무성음 〔ㅂ〕와 유성음 〔ㅂ〕가 명확히 구별되거든요. 그 사람들의 모국어에서는 이 양순파열음이 무성이냐 유성이냐에 따라 음소가 서로 달라지기 때문에 그렇습니다. 한국어 화자들은 따로 훈련을 받지 않는 한 그 차이를 구별 못 하지만, 그 사람들은 또렷이 구별하는 겁니다.

이것과 거꾸로인 경우도 있습니다. 다시 말해 한국어에서는 구별되지만 유럽인들에게는 구별되지 않는 사례도 있죠. 예컨대 달, 탈, 딸을 볼까요? 달은 영어로 moon, 탈은 mask, 딸은 daughter입니다. 한국 사람들은 이걸 완벽하게 구별할 수 있습니다. 〔다〕 〔타〕 〔따〕, 〔자〕 〔차〕 〔짜〕, 〔가〕 〔카〕 〔까〕, 〔바〕 〔파〕 〔빠〕 다 구별할 수 있죠? 그런데 유럽 사람들은 이 소리들을 구별하지 못합니다. 달이건 탈이건 딸이건 그 사람들에겐 그냥 〔tal〕로밖에 안 들립니다. 훈련을 받아야 구별할 수 있습니다. 한국어에서 ㄷ, ㅌ, ㄸ으로 구별되는 세 음소가 대부분의 유럽어에서는 그냥 한 음소예요. 우리들이 〔다〕라고 말하든 〔타〕라고 말하든 〔따〕라고 말하든 그 사람들에게는 거의 똑같이 들립니다.

이런 예들을 보면 매큔-라이샤워식은 사실 굉장히 비과학적입니다. 그저 자기네들 귀에 들리는 대로 적다보니, 한국어에서는 완전히 다른 음소인데 로마문자로는 구별하지 않는 경우가 많이 생깁니다. 간이 매큔-라이샤워식에서 달과 탈이 그렇죠. 둘 다 tal입니다. 또 한국인들은 구별하지 않는 하나의 음소를 로마문자로 굳이 구별해서 쓰는 것도 이상해 보입니다. '가게'를 kage로 표기하는 것이 그 예죠. 무엇보다 언어학적 측면에서 매큔-라이샤워식은 아주 바보 같은 표기법입니다. 그들 귀에 들리는 대로 표기를 해놓다보니까, 그 로마문자 표기를 한글 표기로 다시 돌려놓을 수가 없는 겁니다.

로마자표기법(2): 문화부식

문화부식은 아까 말씀드렸듯 이 부처가 문화관광부라는 이름을 지녔을 때 공표한 것이어서 문화관광부식이라고도 부릅니다만, 이 부처 이름이 자꾸 바뀌니까 문화부식이라고 합시다. 2000년 7월 7일 문화관광부 고시 제2000-8호로 공포된 이 방식의 정식 이름은 '국어의 로마자표기법'입니다. 이것은 제2장 표기 일람에서 로마자 표기의 기본 테두리를 제시한 뒤, 제3장에 이런저런 예외 규정을 두어 이를 보완하고 있습니다. 문화부식은 대한민국 정부의 공식 로마자표기법입니다. 공식 표기법으로는 해방 이후 네 번째입니다. 1948년 정부 수립 직후에 고시한 로마자표기법을 1959년에 처음 고쳤고, 1984년 다시 고친 데 이어 2000년에 세 번째로 고쳤습니다. 참 변덕스럽죠?(웃음) 문화부가 설치되기 전엔 어문정책을 문교부에서 맡았던 터라, 지금의 로마자표기법 이전의 세 종류 표기법을 문교부식 표기법이라고 부릅니다.

문화부식의 특징은 실제 소리를 다소 무시하고라도 한국어의 한 음소를 되도록 하나의 로마문자에 대응시켰다는 점입니다. 예를 들어 음절 처음에 나오는 ㄱ은 무조건 g로, ㄷ은 무조건 d로, ㅂ은 무조건 b로 표기합니다. 사실 한국어에서 단어 첫소리의 ㄱ은 [k]소리에 가깝지만, ㅋ을 k에 대응시키기 위해 ㄱ을 g에 대응시킨 겁니다. 다른 예들도 마찬가지입니다. 거센소리이면서 무성인 소리들에 대응할 로마문자들을 남겨두기 위해 예사소리이면서도 무성인 소리들을 로마문자의 유성음 글자들에 대응시켰습니다. 그리고 로마문자 이외의 부호는 되도록 사용하지 않기로 했지요. 매큔-라이샤워식에서와 달리 자음문자의 어깻점이나 모음문자 위의 반달을 사용하지 않은 겁니다. 이 표기법에 따르면 가게는 gage가 되고 바보는 babo가 되며 단도는 dando가 되고 자주는 jaju가 됩니다. 이 단어들의 두 ㄱ, 두 ㅂ, 두 ㄷ, 두 ㅈ이 동일한 음소라는 걸 드러내는 거지요.

　그렇지만 문화부식 역시 이런 자음들이 음절 끝에 올 때는 구별을 하지 않아요. 예컨대 매큔-라이샤워식과 마찬가지로, 문화부식으로 nat이라고 썼을 때, 우리는 이 단어가 낫인지, 낮인지, 낯인지, 낟인지, 낱인지 알 수가 없습니다. 반드시 이런 비일관성 때문만은 아니겠지만, 문화부식은 국제사회에서 매큔-라이샤워식은 물론이고 예일식보다 훨씬 힘이 약합니다.

로마자표기법(3): 예일식

　　　　예일식은 한국어를 대체로 형태음소 수준에서 분석해 로마문자화합니다. 형태음소라는 말, 아까 나왔죠? 조금 다르게 설명하면, 한 형태소가 형태음소론적 변동을 일으킬 때 그 한 부분에서 바뀌는 음소의 떼를 형태음소라고 합니다. 그렇다면 형태음소론적 변동이란 뭘까요? '낯'이란 형태소, 여기서는 단어이기도 하군요, 낯을 예로 들어보죠. 낯이라는 형태소는 실제의 발화 속에서 한 가지 형태로만 발현되지는 않습니다.

낯을 가린다.

넌 낯만 예쁘구나.

낯과 얼굴의 차이는 뭐냐?

첫 문장의 낯은 〔낯〕으로 실현됩니다. 그런데 두 번째 문장의 낯은 〔난〕으로 실현됩니다. 세 번째 문장의 낯은 〔낟〕으로 실현됩니다. 이것이 형태음소론적 변동입니다. 그리고 여기서 변동하는 ㅊ, ㄴ, ㄷ 따위를 아울러 형태음소라고 부르고, 그 각각을 변이음소라고 부릅니다. 그런데 이 형태음소 가운데 하나만 취한다면 어느 것을 취해야 할까요? 한글맞춤법 제정자들은 ㅊ을 취했습니다. 낯의 원래 소리는 〔낯〕인데 그것이 환경에 따라 〔난〕이나 〔낟〕으로 변한다고 본 거죠. 제대로 본 것입니다. 예일식은 바로 이 한글맞춤법의 원리를 거의 고스란히 따른 것입니다. 또다른 예를 보죠.

낯

낟

난

낱

낫

이 말들은 단독으로 발음될 때 죄다 〔낟〕으로 발음됩니다. 그래서 매큔-라이샤워식이나 문화부식에서는 다 nat으로 표기합니다. 그렇지만 그 뒤에 모음을 붙여보면 이들의 형태음소가 드러납니다. 예컨대 목적격 조사 '을'을 붙여보면 그 형태음소가 {낯} {낯} {난} {낱} {낫}인 걸 알 수 있습니다. 그래서 예일식으로는 이 말들을 각각 nach, nac, nat, nath, nas로 달리 표기합니다. 예일식이 형태음소론적 표기를 하고 있다는 건, 되풀이하자면, 예일식이 한글맞춤법을 거의 그대로 베끼고 있다는 뜻입니다. 이 방식은 장단점이 뚜렷합니다. 먼저 장점은 로마자화한 표기를 한글로 거의 완벽하게 복원할 수 있다는 것입니다. 애초에 한글을 로마자화하는 원리가 예일식에서는 곧 한글맞춤법이므로 이것은 당연합니다. 이것이 바로 형태음소론식 로마문자 표기입니다. 단점이라면, 한국어 음운법칙에 무지한 사람이 예일식으로 로마문자화한 한국어 단어를 읽을 때 실제 발음과 비슷하게 읽는 게 쉽지 않다는 점이겠지요. 그래서 예일식은 주로 언어학자들이 애호합니다. 그건 당연합니다. 로마문자로 전사해놓은 걸 한글로 다시 복원할 수가 없다면, 한국어 연구 자체가 불가능할 테니까요.

사실 문화부식, 즉 '국어의 로마자표기법'에도 이 점을 의식해서 제3장 표기상의 유의점 제8항에 "학술 연구 논문 등 특수 분야에서 한글 복원을 전제로 표기할 경우에는 한글 표기를 대상으로 적는다"고 명시하고 있습니다. 결국 학술논문에서는 예일식 비슷하게 가라는 거죠. 다만 예일식과 다른 점은 그 경우에도 예일식이 k, p, t로 표기하는 ㄱ, ㅂ, ㄷ을 g, b, d로 표기하고, 예일식이 kh, ph, th로 표기하는 ㅋ, ㅍ, ㅌ을 k, p, t로 표기하는 차이가 있습니다. 예일식은 ㄱ, ㅂ, ㄷ 등의 고유소릿값을 존중하고 있는 데 비해, 문화부식은 거센소리들을 k, p, t 등에 대응시키기 위해 고유소릿값과 다른 g, b, d를 고집하고 있는 것이죠. 다른 자음문자와 모음문자의 대응도 조금씩 다릅니다. 아무튼 '국어의 로마자표기법'에서 "학술 연구 논문은 한글 표기를 대상으로 적는다"고 예외규정을 둔 것은 형태음소론적 표기가 가장 과학적이라는 걸 승인한 것으로 해석할 수 있습니다.

제가 예일식 표기법에 불만을 갖고 있는 점 하나는 ㄹ을 l에 대응시킨다는 것입니다. 예일식 표기로는 '칼'을 khal이라 씁니다. 그런데 저라면 khar라고 쓰겠습니다. 받침 ㄹ, 곧 설측음 〔ㄹ〕를 r에 대응시키는 것이 여러분들의 언어직관에는 어긋날지도 모르겠습니다. 그렇지만 그게 그리 간단한 문제는 아닙니다. 한국어에서 ㄹ의 고유소릿값이 〔r〕에 가까울까요 아니면 〔l〕에 가까울까요?

형태소 중에서 단어의 고유한 소릿값은 그 뒤에 모음으로 시작하는 조사나 어미나 접사가 붙었을 때 제대로 드러납니다. '낯'은 〔낟^{nat}〕으로 실현되지만, '낯이'는 〔나치^{nachi}〕로 실현됩니다. 이때 한글맞춤법 제정자들이나 새뮤얼 마틴을 비롯한 예일학파는 〔나치^{nachi}〕에서 추정해 낯의 고유소릿값을 〔낯^{nach}〕으로 결정한 겁니다. 옳은 결정입니다! 그렇다면 이 원리를 '칼'에도 적용해봅시다. 칼은 [칼^{khal}]로 실현되지만, '칼이'는 [카리^{khari}]로 실현됩니다. 그렇다면 칼의 고유소릿값도 [칼^{khal}]이 아니라 [칼^{khar}]이 돼야 합니다. 그렇잖습니까? 이해하기 어려우세요? 이해 못 하셔도 좋습니다. 아무튼 제 견해로는, 환경에 따라 [l]소리로도 [r]소리로도 실현되는 한국어 ㄹ의 고유소릿값은 [r]입니다. 한국어에서는 이 [r]소리가 음절 끝에 오면 [l]소리로 변한다, 저는 이렇게 해석합니다. 이건 지나치게 전문적인 얘기니 이만 넘어갑시다.(웃음)

'그것'의 로마문자화:
kugot, geugeot, kukes

자, 이제 이 세 표기법을 정리하기 위해 '그것'이라는 한국어 대명사를 세 방식으로 로마문자화해봅시다. 매큔-라이샤워식으로는 kugot, 정밀한 매큔-라이샤워식으로는 kŭgŏt, 문화부식으로는 geugeot, 예일식으로는 kukes입니다. 매큔-라이샤워식은 그야말로 들리는 대로 쓴 것인데, 이걸 다시 한글로 복원할 때 k가 ㄱ인지 ㅋ인지 알 수가 없어요. 물론 앞서 말씀드렸듯 정교한 매큔-라이샤워식은 어깻점으로 격음 표시를 하기는 합니다. 예컨대 칼을 k'al로 적는 식이죠. 그렇지만 학술서적이 아닌 일반출판물에서는 어깻점을 빼는 것이 예사이므로 갈과 칼이 구별되지 않습니다. '오'와 '어'도 정밀하게 표기할 경우 '어'는 o위에 반달점을 얹어 구별하기도 합니다. 하지만 일반적으로 쓰는 간이 매큔-라이샤워식에서는 이런 별도의 표시가 없어서 '오'와 '어'를 구별할 수 없습니다. kugot의 t 역시 이것이 한글의 어느 문자나 한국어의 어느 음소에 해당하는지 전혀 알 수 없습니다.

한편, 문화부식에서는 '그것'의 ㄱ을 모두 g라고 표기해서 한 음소라는 건 나타내지만 역시 이 단어를 한글로 복원할 수 없습니다. 역시 끝에 있는 t 때문입니다. geot이 '것'인지 '건'인지 '겉'인지 알 수가 없잖아요. 매큔-라이샤워식의 got과 똑같은 거죠.

새뮤얼 마틴이 고안한 예일식은 첫눈에도 상당히 기괴하게 보입니다. '저게 뭐야? 쿠케스?' 정말 이상하죠? 그렇지만 예일식이 가장 과학적입니다. 가장 훌륭합니다! 자, 봅시다. '그'의 ㄱ과 '것'의 ㄱ은 한국어에서는 같은 음소이기 때문에 똑같이 k로 표기했습니다. ㄱ의 고유한 소리가 무성음이므로, g가 아니라 k로 표기한 것도 정당합니다. 덧붙이자면 ㅋ은 예일식에서 kh로 표기합니다. 그다음에 '것'의 ㅅ을 s로 표기했습니다. 정말 이상해 보이지만 한국어 언어학적으로는 제대로 쓴 거예요. 왜냐하면 '그것'이 실현되는 형태음소의 여러 변이음소 가운데 가장 대표적인 것이 바로 이 [s]소리이기 때문입니다. '그것만'에서는 '그것'의 마지막 소리, 곧 ㅅ이 [n]으로 실현됩니다. '그것을' 했을 때는 [s]로 실현됩니다. '그것이'라고 했을 때는 [s]가 구개음화해 [ʃ]로 실현됩니다. 또 '그것과' 할 때는 [t]로 실현됩니다. 그러면 과연 이 넷 중에 어느 게 이 음소들을 대표하는 형태음소일까요? 그건 [s]소리예요. 그러니까 한글맞춤법도 '그것'이라고 쓰는 겁니다. 사실 소리 나는 대로 쓰면 '그건'이라고 써야 합니다. 하지만 이 [ㅅ]소리를 포함한 형태가 이 형태음소들의 대표적 형태라고 국어학자들이 판단해서 거기에 따라 한글맞춤법을 제정했고, 새뮤얼 마틴도 한글맞춤법의 원리가 옳다고 봤습니다. 그건 왜 그럴까요? '그것'이 홀로 있을 땐 분명히 마지막 소리가 [t]로 실현되지만 이것은 그 뒤에 아무것도 이어지지 않는 음소환경, 다시 말해 딱 끊어지는 음소 환경 때문에 [ㅅ]소리가 [ㄷ]소리로 변한 것에 불과합니다. 또 '그것만' 할 때는 [ㅅ]소리가 [ㄷ]소리로 변했다가 [ㅁ]소리의 영향을 받아 다시 [ㄴ]소리로 변한 것이죠. 앞에서 말씀드렸듯, 형태음소 가운데 대표적 형태는 그 뒤에 모음으로 시작하는 조사나 어미나 접사를 붙여보면 또렷이 드러납니다.

매큔-라이샤워식 kugot-i나 문화부식 geugeot-i를 아무리 살펴본다 해도 이 표기를 '그것이'라고 한글로 복원하기는커녕 [그거시]라고 읽을 수도 없을 겁니다. 그렇지만 이걸 예일식으로 kukes-i라고 쓰면 한글로 복원할 수 있을 뿐만 아니라 제대로 읽을 수 있죠. 한국어 사용자들은 ㄱ이 유성음 사이에 오면 유성음화한다, ㅅ이 ㅣ 모음 앞에서는 구개음화한다는 규칙을 내면화하고 있거든요. 또 모음 없이 kukes라고 써도 한국어 사용자들은 [ㅅ]소리가 단어 끝에 오면 [ㄷ]로 변한다는 사실을 알고 있기 때문에 '그것'이라고 읽을 수 있습니다. 사실 우리도 그냥 저절로 알고 있는 거지, 국어음운론을 체계적으로 배워서 알고 있는 것은 아니죠. 아니 한글맞춤법을 배우는 게 사실 국어음운론의 일부를 배우는 거니까, 완전히 저절로 알고 있는 건 아닐지 모르겠습니다.(웃음)

정부의 로마자표기법을
따르자

　자, 그럼 이 세 가지 로마자표기법 가운데 어떤 표기법을 따라야 할까요? 제 원칙은 이렇습니다. 그냥 정부 방식을 따라주자.(웃음) 국립국어원 홈페이지에 들어가면 정부안이 나와 있습니다. 그걸 쓰는 게 좋을 것 같습니다. 사실 문화부식 즉 국립국어원의 로마자표기법이 엄격한 언어학 원리에 크게 미달하는 건 확실합니다. 그렇지만 뭔가 표준을 세워야 한다면 한국 정부의 공식 표기법을 따라주는 게 좋을 것 같습니다. 저마다 잘났다고 제 목소리를 내다보면 표준을 정할 수가 없잖아요?(웃음) 걷다보면 길이 되듯, 이 어색한 표기도 자꾸 쓰다보면 익숙하게 되겠죠.

　다만 한국학을 공부하는 사람들, 특히 한국어를 연구하는 사람들은 예일식을 써야겠죠. 별다른 도리가 없거든요. 한국어학을 연구하자면 한글로 쓰인 한국어 문장을 로마문자로 변환한 다음에 다시 한글로 복원을 했을 때 똑같이 나와야 하는데, 매큔-라이샤워식이나 문화부식은 똑같이 나오지 않기 때문입니다. 그래서 한국어에 관한 외국서적을 보면, 특히 최근에 나온 외국서적을 보면 로마문자화가 거의 예일식으로 되어 있습니다. 앞에서 말씀드렸듯 '국어의 로마자표기법', 즉 문화부식에서도 학술 연구 논문에서는 한글맞춤법에 대응해 로머니제이션을 하라는 예외 규정을 두고 있기도 하고요.

　결론적으로, 저는 정부의 권위를 존중해서 문화부식을 쓰자는 생각입니다. 그러려면 정부가 이제 변덕스러움과 결별해야겠지요. 예컨대 처음 부산국제영화제가 시작됐을 때 부산이 문화부식 로마자표기법으로 Pusan이어서 이 영화제의 약칭이 PIFF였는데, 지금은 부산이 Busan이 되다보니까 영화제 이름의 약칭도 BIFF로 바뀌었습니다. 같은 행사의 명칭이 달라져버렸으니 외국 사람들은 당연히 헷갈리겠죠. 정부도 이젠 바꾸기 좋아하는 습성을 버려야 하겠습니다.

외래어표기법과
원음주의의 문제점

지금까지 한글을 로마자화하는 방법에 대해 살펴봤습니다. 이번에는 반대로 로마자를 한글로 어떻게 표기할 것인가 하는 문제를 얘기해보려 합니다. 국립국어원의 원칙은 몇몇 예외를 전제하되 '국제음성문자[IPA], 즉 발음기호에 맞춰서 쓴다'는 것입니다. 저도 여기 동의합니다. 그런데 이 원칙을 지키지 않는 사람도 많습니다. 이 원칙을 모르는 사람들이 그러는 게 아닙니다. 그 원칙이 옳지 않다고 생각하는 사람들이 그러는 겁니다. 그러니까 문화부, 즉 국립국어원의 규정이 불합리하다고 판단해 자기 마음대로 외래어 표기를 하는 거지요. 대표적인 출판사가 창비사, 즉 창작과비평사입니다.

예컨대 Paris는 프랑스 수도의 명칭입니다. 정부에서는 이를 [paʀi]라는 발음기호에 따라 '파리'라고 표기하고, 저도 이게 옳다고 생각합니다. 그런데 실제로 프랑스어에서 파리의 첫소리는 [ㅃ]에 가깝습니

다. 여러분도 잘 아시는 책, 홍세화 선생님의 《나는 빠리의 택시운전
사》에서는 그래서 '빠'라고 표기를 해놓았습니다. 책이 나온 창작과비
평사, 줄여서 창비사는 고집이 있어서 정부의 외래어표기법을 따르지
않아요. 실제 발음에 더 가까운 소리는 분명히 〔ㅍ〕가 아니라 〔ㅃ〕인데
왜 ㅍ으로 표기하느냐는 거죠. 창비사에 나온 책에서는 프랑스의 수도
를 다 '빠리'라고 표기합니다.

　그 말에 일리가 전혀 없는 건 아닙니다. 우리말에 〔ㅃ〕소리가 있으
니 빠리라고 원음에 가깝게 써주는 것이 가능하기는 하죠. 그런데 이
런 원음주의는 이내 모순을 맞게 됩니다. 가령 Proust라는 사람이 있
습니다. 《잃어버린 시간을 찾아서》라는 아주 기다란 소설을 쓴 프랑스
소설가입니다. 창비에서는 이 사람 이름을 '프루스뜨'라고 표기하죠.
왜 여기서는 Paris처럼 첫 음 〔p〕를 ㅃ로 쓰지 않고 ㅍ으로 쓴 걸까요?
프랑스어에서 〔R〕소리 앞에 나오는 〔p〕나 〔t〕나 〔k〕는 여느 경우처럼
〔ㅃ〕나 〔ㄸ〕나 〔ㄲ〕로 발음되지 않고 〔ㅍ〕나 〔ㅌ〕나 〔ㅋ〕 비슷하게 발음
되기 때문입니다. 이 환경의 〔p〕 〔t〕 〔k〕 소리는 프랑스어에서 〔h〕소리
가 첨가돼 〔ph〕 〔th〕 〔kh〕 소리로 격음이 됩니다. 창비 편집자분들이
'우리는 이런 것도 알아!' 하면서 유식함을 드러낸 거죠.(웃음) 그런데
프랑스 사람들에겐 Paris의 첫소리와 Proust의 첫소리가 거의 똑같이
들립니다. 프랑스어에서는 그것이 한 음소이기 때문입니다. 한국 사람
귀에 '가게'의 첫 ㄱ소리와 두 번째 ㄱ소리가 거의 똑같이 들리는 것과
마찬가지 현상입니다.

　프랑스 사람들이 한 음소, 한 소리로 의식하는데 굳이 그것을 한글

로 표기할 때 구별해서 써야 할까요? 저는 이게 옳지 않다고 생각합니다. 그걸 구별해서 표기해야 한다는 것, 말하자면 원음에 가깝게 표기해야 한다는 것이 원음주의인데, 그걸 만약 세계의 모든 언어에 적용한다고 생각해보세요. 아마 각 언어마다 원칙을 정하는 데만 해도 도서관 하나가 필요할지 모릅니다. 지구상의 언어가 그 분류법에 따라 수천 개에서 수만 개에 이릅니다. 그 수많은 언어를 어떻게 다 알아서 그 음운법칙을 제대로 익힌 뒤 원음에 가깝게 표기할 수 있겠습니까? 불가능한 일입니다. 설령 가능하다 해도 너무나 비효율적입니다. 한마디로 쓸데없는 짓입니다.

해당 언어에서 동일한 음소인 건 동일한 한글 글자로 표기하는 게 좋을 것 같습니다. 국립국어원 역시 이 원칙을 따르고 있습니다. 그리고 저도 그 원칙을 지키는 게 좋다고 생각합니다. 원음주의를 따르다 보면 진짜 아무것도 제대로 쓸 수가 없거든요. 한국어에 세계 모든 언어의 소리가 있는 것도 아니고, 한글이 그 소리들을 다 표기할 수도 없기 때문입니다. 예컨대 영어의 [r]발음을 보세요. right나 write, rite의 국제음성문자, 곧 발음기호를 보면 [raɪt]니까 간단하게 '라이트'라고 표기하고 그게 옳습니다. 하지만 실제 발음은 우리 [ㄹ]소리와 상당히 다르죠. 혀를 말아 올려서 마치 앞에 꼭 '우'라는 소리가 있다는 듯이 '(우)롸잇' 비슷하게 발음합니다. 불어에서는 더 까다롭습니다. 불어의 [R]소리는 마치 양치질하거나 가래침 뱉는 것 같은 소리예요. [ㄱ]와 [ㅎ]의 중간 소리라고 할까요? 어떻게 들으면 [ㄱ] 같기도 하고 어떻게 들으면 [ㅎ] 같기도 하고, 하여튼 표준 프랑스어의 [R]은 [ㄹ]로 들리지 않습니다. 그렇다고 해서 장미를 뜻하는 프랑스어 rose를 '고즈'나 '호즈'라고 써야 할까요? 실제 발음과 꽤 다르다고 하더라도 '로즈'라고 쓸 수밖에 없습니다. 가장 대표적인 〔R(r)〕소리가 〔ㄹ〕이니까요. 한국어에 없는 발음을 한글로 표기할 수는 없잖아요.

그래서 국제음성문자 곧 발음기호에 따라서 대략 비슷하게 표기하자는 게 국립국어원의 입장입니다. 물론 국립국어원의 발음기호 기준 원칙에도 예외 규정들이 있긴 합니다. 그래서 올바로 표기하기가 쉽지는 않아요. 그래도 국립국어원 홈페이지 들어가보면 20여 개의 언어를 어떻게 한글로 표기할 것인가에 대해서 비교적 자세히 나와 있습니다. 각 언어별로 기본적인 표기 원칙과 함께 예시들도 수록해놓아서 쉽게 검색할 수 있습니다.

빠리와 프루스트의 첫소리를 ㅃ과 ㅍ으로 달리 표현하는 창비식 원음주의가 정작 영어에는 적용되고 있지 않는 것도 이상합니다. 영어에서 〔s〕소리 다음에 오는 〔k〕 〔p〕 〔t〕 소리는 〔ㅋ〕 〔ㅍ〕 〔ㅌ〕보다는 〔ㄲ〕 〔ㅃ〕 〔ㄸ〕 소리에 가깝게 실현됩니다. 그렇지만 sky, spy, style을 창비에서 스까이, 스빠이, 스따일로 표기하지는 않아요. 그냥 스카이, 스파이, 스타일로 표기하지요. 창비 스스로 논리적 모순에 빠진 겁니다.

관습음의 존중

게다가 창비는 모음 앞의 s를 ㅅ이 아니라 꼭 ㅆ으로 표기합니다. Samuel을 새뮤얼이 아니라 쌔뮤얼이라고 표기하는 거예요. 그게 원음에 가깝긴 하겠죠. 그러나 ㅆ이 필요한 곳은 정작 다른 데 있습니다. 여러분, 버스 타고 다닌 적 있으세요? 전 한 번도 안 타 봤어요. 항상 뻐쓰 타고 다녔지. 일생 동안 제가 타고 다닌 건 뻐쓰였지 버스는 전혀 아니었습니다.(웃음) 그나마 최근 짜장면은 짜장면과 자장면을 둘 다 표준어로 인정하기로 했죠. 국립국어원의 표기법을 따르긴 하지만 제가 거기 전적으로 동의해서 그런 것은 아니라는 점을 말씀드리고 싶습니다. 저는 지금도 버스가 어색합니다. 제가 국립국어원장이라면 뻐쓰라고 표기하도록 규정할 것 같아요. 사람들이 뻐쓰라고 부르니까요.

국립국어원의 표기가 항상 합리적이고 늘 일관된 원칙을 가지고 있는 건 아닙니다. 문제가 분명 있어요. 특히 포르투갈어의 한글 표기가 그래요. 리오데자네이로라는 도시가 어느 날 리우데자네이루로 바뀌고, 로날도라는 축구선수가 어느 날 호나우두로 바뀐 거 기억나시죠? 일관성도 없어요. 포르투갈어의 한글 표기법에 대해선 할 말이 좀 있지만, 우리에게 낯선 언어이기도 하니 여기서 길게 얘기하지는 않겠습니다. 혹시 궁금하신 분은 제 책《감염된 언어》에 실린〈佛蘭西, 法蘭西, 프랑스〉라는 글을 참고하십시오.

영어의 한글 표기에도 혼란이 더러 눈에 띕니다. 거칠게 말하면 영국식 영어와 미국식 영어의 갈등이라고도 말할 수 있습니다. 물론 잉글랜드에만 해도 수많은 방언이 있고 미국에는 더 많은 방언이 있으니 한마디로 요약할 수는 없지만, 대체로 그렇다는 겁니다. 잉글랜드의 '표준 발음'이라고 할 수 있는 RP^{Received Pronunciation}가 영어의 한글 표기 기준입니다. 그렇지만 영어의 한글 표기가 꼭 이 RP만을 따르는 것은 아닙니다. 애플사의 창업자이자 아이폰을 만든 사람의 이름은 잘 아시다시피 스티브 잡스입니다. 그런데 사실 외래어표기법에 따르면 좁스라고 하는 게 맞습니다. 좁스가 국립국어원의 원칙에는 맞는데 사람들은 다 잡스라고 하죠. 미국 사람들이 잡스 가깝게 발음하니까요. 말하자면 잡스는 어찌 보면 원음에 충실한 표기입니다. 그런데 우리가 미국의 존슨 대통령을 원음에 맞춰 잔슨 대통령이라고는 하지 않잖아요? 린든 잔슨 대통령이라고는 하지 않는데 스티브 좁스는 스티브 잡스가 됐어요. 사람들이 그렇게 쓰니까 할 수 없는 거죠.(웃음)

　국립국어원은 영어를 한글로 표기할 때 원칙적으로 영국식 발음에 기준을 둡니다. 앞서 말했듯이 RP가 기준이 되는 거죠. 그렇다고 아예 영국식 영어 발음만으로 일관되게 정리되어 있지도 않습니다. 미국식 발음을 따르는 사례도 쉽게 찾아볼 수 있습니다. Sunday는 영국식으로 표기하면 '산디' 비슷하거든요. 지금 '선데이'라고 표기하는 건 미국식 발음 비슷하게 표기하는 거죠. boat도 영국식 발음으로는 '버웃'에 가깝습니다. 그런데 미국식으로 '보트'라고 하죠.

　그 밖에도 이런 예외가 있습니다. real과 reality의 경우 사실 국제음성문자에 맞춘 표기 원칙을 따르면 리얼, 리앨리티, 이런 식으로 써야 합니다. 리앨리티는 미국식으로 쓴다면 리앨러티가 돼야겠죠. 영어는 강세의 위치에 따라 모음값이 변하잖아요. 하지만 그런 모음값의 변화를 일일이 따라 한글 표기에 반영해주면 real과 reality의 연관성을 쉽게 짐작할 수 없게 됩니다. 그래서 국립국어원에선 현지 발음과는 차이가 있더라도 그냥 리얼리티라고 쓰도록 규정하고 있습니다. 리얼이라는 표기와 리얼리티라는 표기에서 두 단어의 상관성을 쉽게 파악할 수 있도록 하기 위해서죠.

이처럼 국립국어원 홈페이지에서 찾아볼 수 있는 외래어 표기들을 살피면 국제음성문자를 한글에 고스란히 대응시키지 않는 예외가 적잖다는 것을 알 수 있습니다. 하나의 단순한 원칙으로만 해결할 수 없는 경우가 많지요. 그렇지만 그럼에도 정부안을 따라주자는 게 제 생각입니다. 그렇게 하지 않고 원음주의를 따르기 시작하면, 절대 도달 불가능하고 허망한 작업을 끝도 없이 해야 할 겁니다. 어차피 로마문자를 사용하는 언어들 사이에선 문제조차 되지 않는 일에 지나친 열정을 쏟을 필요는 없다고 생각합니다.

글쓰기 이론

어원을 오해하기 쉬운
단어들

《자유의 무늬》231쪽의 〈유토피아에 반(反)해〉라는 글에서 "우리의 마음
을 을씨년스럽게 만든다"라는 대목을 봅시다. '을씨년스럽다'는 대략
스산하고 쓸쓸하다는 뜻입니다. 그런데 이 말이 '을사년스럽다'에서
왔다는 얘기가 퍼져 있어요. 혹시 들어보셨나요? 들어보신 분들이 꽤
많군요.(웃음) 을사년은 을사조약, 즉 제2차 한일협약을 맺은 해입니다.
이 조약으로 조선은 일본에게 외교권을 빼앗겨 나라 구실을 못하게 되
었죠. 그때 조선 사람들 마음이 에이어졌겠죠? 스산하고 쓸쓸한 것 이
상이었을 겁니다. 합방 뒤 나중에 친일로 돌아선 분이긴 하지만 장지
연 선생이 〈황성신문〉에 〈시일야방성대곡(是日也放聲大哭)〉, 즉 '이날, 목놓아
통곡하노라'라는 논설까지 쓰셨을 정도였으니까요. 그래서 이해에 조
선 사람이 느꼈던 감정을 을사년스럽다라고 불렀고, 그 말이 을씨년스
럽다로 변했다는 얘기입니다. 그런데 이건 전혀 사실과 다른 거짓말입
니다. 을사조약 훨씬 이전부터 을씨년스럽다란 말이 쓰였거든요. 학문

4─로마자표기법과 외래어표기법

연구에 의해서가 아니라 사람들 입에서 입으로 전해진 거짓 어원인 겁니다. 이런 식의 그럴듯한 이야기를 민간어원[folk etymology]이라고 합니다.

어원 추적에는
한계가 있다

사실 어원은 참 따지기 어렵습니다. 예컨대 독립이란 말의 어원은 무엇일까요? 독獨은 홀로라는 뜻이고 립立은 선다는 뜻이니까 독립은 홀로 선다는 의미입니다. 하지만 이렇게 형태소 분석 차원의 어원 추적은 할 수 있을지 몰라도, 다시 독의 어원을 물으면 끝없는 물음이 계속됩니다. 독의 어원은 A다, A의 어원은 B다, B의 어원은 C다⋯ 이런 식으로 무한히 이어져 나갈 수 있습니다.

이처럼 어원을 쫓아가는 데에는 한계가 있습니다. 그래서 언어학에서도 어원학은 천대 받는 학문입니다. 역사언어학을 공부하는 사람들끼리도 어원학을 한때 학문으로 대접하지 않았습니다. 하도 불확실하고 검증하기 곤란한 것들이 많기 때문입니다. 예컨대 droit는 불어로 올바르다거나 일직선이라거나 오른쪽이란 뜻입니다. 이걸 거슬러 올라가면 라틴어 directus나 dexter에서 왔다는 걸 알 수 있습니다. 그렇다면 directus나 dexter의 어원은 무엇일까요? 이렇게 한참을 올라가면 한 언어 안에서는 더이상 추적이 어렵기 때문에, 서로 다른 언어들을 비교하게 됩니다. 그러다보면 인도유럽조어에서 어떤 형태였을 것이다, 하는 식으로 결국 추측의 수준에 머물고 말게 됩니다.

행주치마라는 말 들어보셨죠? 임진왜란 때 권율 장군이 지키는 행주산성에서 격전이 벌어졌는데, 여성들이 치마를 이용해 돌을 날라다주어 전투 승리에 결정적 기여를 했다는 데서 이 말이 나왔다는 설이 있습니다. 그런데 행주치마라는 말 역시 행주대첩이 있기 전부터 있었던 말입니다. 민간어원인 겁니다.

또 유명한 예로 화냥년이 있습니다. 병자호란 때 조선 국왕이 삼전도에서 굴욕적 항복을 하고 호되게 당했던 적이 있습니다. 이때 여진족 혹은 만주족에게 조선의 수많은 부녀자들이 끌려갔다가 돌아왔는데, 외국에 끌려갔다가 '고향으로 돌아왔다' 해서 이들을 환향녀_{還鄕女}라고 불렀다는 얘기가 그럴듯하게 전해집니다. 이 환향녀들은 오랑캐들에게 이리저리 겁탈을 당하고 그래서 소위 정조를 잃었기 때문에, 멸시하는 말로 화냥년이라고 했다는 얘깁니다. 그럴싸한가요?(웃음) 하지만 이것 역시 전혀 근거 없는 얘기입니다.

하나 더 해보죠. 도루묵이라는 생선 이름에도 민간어원이 있습니다. 임진왜란 때 선조가 왜군을 피해 도망을 갔는데, 어느 시골에서 누가 생선을 대접했다고 합니다. 선조는 그 생선이 하도 맛있어서 물었답니다.

"이 생선의 이름이 무엇이냐?"

"묵이라 하옵니다."

"이렇게 맛있는 생선의 이름이 어찌 그리 천하게 들리는가? 앞으로는 은어라 부르도록 하여라."

그렇게 폼 나는 이름을 딱 붙여줬습니다. 그런데 몽진_{蒙塵}을 끝내고 서울에 와서 다시 그 생선을 먹어봤더니 너무 맛이 없는 겁니다. 그래서 변덕스러운 선조가 은어라는 명칭을 취소하며 명하길 "에이, 도로 묵이라고 불러라"고 해서, 이 생선의 이름이 도루묵이 됐다는 설입니다.

또 하나 예를 들어보죠. 노다지라는 말은 조선조 말에 생겼다고들 합니다. 제국주의 세력이 한반도에서 금광 채굴권을 얻어서 금을 캘 때, 일꾼들에게 만지지 말라는 뜻으로 "노 터치^{No touch}"라고 한 데서 유래했다고 합니다. 역시 아무런 근거가 없는 얘기죠.

이런 민간어원은 사실과는 아무 상관없는, 그저 이야기일 뿐입니다. 일반 민중이 '아마 그랬을 것이다' 하고 그럴듯하게 짐작한 것이 퍼진 것이죠.

외국어에서의

유사 민간어원 사례 민간어원은 한국어에만 있는 것이 아니라 외국어에서도 많이 찾아볼 수 있습니다. 이를테면 민간어원에도 못 미치는 수준이기는 하지만, 한때 허스토리^{Herstory}라는 말이 많이 쓰였죠. 그런 제호의 잡지도 한겨레신문사에서 발간한 적이 있습니다. 이 말은 역사 즉 History를 His＋Story로 분석해 '역사는 남자의 이야기다. 그러니 이제부턴 우리가 여자의 이야기를 하겠다'라는 페미니즘적 열망에서 나온 유사 민간어원에서 비롯돼 만들어진 말이죠.

사실 영어 history의 앞부분은 his와 아무 관련이 없습니다. history라는 영어 단어는 '이야기'나 '역사'를 뜻하는 라틴어 historia에서 나왔고, 이 라틴어 단어는 '탐구' '정보' '조사^{調査}' 따위를 뜻하는 같은 형태의 그리스어 historia를 빌려온 말입니다. 그리스어 단어 historia는 '알다' '보다'라는 뜻을 지닌 인도유럽조어 어근 ˚weid-와 관련돼 있다고 역사비교언어학자들은 추측하고 있습니다. 그렇지만 그게 과연 사실인지 누가 확실히 알겠어요?(웃음)

고유어처럼 보이지만
한자어가 어원인 경우

고유어처럼 들리는 말 가운데 한자어가 변해서 된 말이 굉장히 많이 있습니다. 아시다시피 서랍은 설합舌盒에서 왔고, 봉숭아는 봉선화鳳仙花에서 왔죠. 또 긴가민가의 본말은 기연가미연가其然−未然입니다. 먹 감다, 미역 감다 할 때 먹이나 미역은 목욕沐浴에서 온 말이고요. 한자어의 형태가 약간 일그러져서 한국어로 수용된 사례들인데, 형태는 바뀌었어도 두 단어의 뜻은 같습니다. 철쭉도 척촉躑躅이라는 말에서 나왔고, 도둑도 도적盜賊에서 나왔습니다. 이런 사례들이 많습니다. 벼락과 벽력霹靂, 대추와 대조大棗도 그렇지요.

사냥 같은 경우는 조금 다릅니다. 사냥이란 말은 산행山行에서 왔는데, 사냥은 hunting의 뜻이고 산행은 말 그대로 산길을 걷는 것mountaineering, hiking을 의미합니다. 형태가 일그러지면서 의미가 좀 변한 겁니다. 엄두도 염두念頭의 형태가 일그러져 생긴 말입니다. 이 두 단어가 같은 뜻은 아니죠. 짐승과 중생衆生, 귀양과 귀향歸鄕도 그렇습니다. 가난과 간난艱難도 그런 예입니다. 가난하다는 건 살림살이가 넉넉하지 못하다는 뜻이고, 간난하다는 건 힘들고 고생스럽다는 뜻이죠. 뜻이 다르다고는 해도 아주 동떨어져 있는 건 아닙니다.

그런가 하면 한자어의 형태가 변화한 것이 아닌데 그런 것으로 착각한 경우도 있습니다. 최근에 국립국어원에서 표준어로 인정한 우레라는 말이 한 예입니다. 그전에는 우레를 한자어 우뢰에서 온 것으로 파악했습니다. 그래서 우뢰가 표준어였습니다. 비 우(雨), 천둥 뢰(雷), 우뢰의 형태가 일그러져 우레라는 '사투리'가 생겼다고 여긴 것이죠. 뜻과 발음이 둘 다 비슷하니 더 그럴듯하게 보였을 겁니다. 그런데 사실 우뢰라는 말이 나오기 전에도 우레는 있었어요. 그러니까 서로 별개의 어원을 가지고 있는 말들이었던 겁니다. 이제 국립국어원에서도 그것을 알고 바로잡았습니다.

흔들리는 한국어 모음체계

ᅬ나 ᅱ 발음이

사라지고 있다   현대 한국어는 지금 모음체계가 매우 불안정한 상태입니다. 단모음 ᅬ의 경우 지금 거의 사라졌어요. 물론 충청도나 전라도 지방의 아주 나이 많은 어르신들 중에는 이 단모음을 유지하고 있는 분이 더러 있습니다. 하지만 이 ᅬ는 사실상 ᅰ로 발음되고 있는 실정입니다. 특히 서울방언에서 그렇습니다. 글을 쓸 때는 ᅬ로 쓰지만 실제 읽을 때는 ᅰ로 읽는다는 겁니다. 그래서 독일 시인 괴테도 '궤테'로 발음합니다.

'괴테 Goethe'의 괴에 들어 있는 ᅬ는 단모음이에요. 이 소리를 내려면 입술을 ㅗ모양으로 고정해놓고 ㅣ나 ㅔ 소리를 내야 합니다. 이때 처음부터 끝까지 입술 모양이 변하면 안 됩니다. 단모음이니까요. ᅰ는 처음과 끝의 입술 모양이 다릅니다.

예전에는 한국 사람들 누구나 ᅬ를 발음할 수 있었어요. 지금은 한국어 화자에게서 이 소리 듣기가 정말 어렵습니다. 제 생각에 서울에서부터 단모음 ㅚ의 발음이 무너지기 시작한 것 같습니다.

ㅔ와 ㅐ도 이제 거의 구별하지 못하는 것 같습니다. '제기'의 제와 '재택근무'의 재는 발음이 원래 다르죠. ㅔ는 약간 더 닫힌 느낌, 뾰족한 느낌이고, ㅐ는 열린 느낌, 조금 넓은 느낌입니다. 이것 역시 요즘에는 거의 구별 못 하는 것 같습니다.

ㅚ가 ㅞ로 발음되고, ㅔ와 ㅐ가 구별이 안 되니 ㅞ와 ㅙ도 구별이 안 됩니다. 그래서 '왜적이 침략했다'고 하면, 일본군이 쳐들어왔다는 얘기인지 막연히 외국군이 쳐들어왔다는 얘기인지 이제 발음만으로는 알 수 없게 되었습니다.

ㅟ도 현대 한국어에서는 복모음으로밖에 남아 있지 않습니다. 사실 ㅟ는 원래 단모음이에요. 입술을 ㅜ로 고정시킨 다음에 ㅣ나 ㅔ 발음을 하면 단모음 ㅟ소리가 납니다. 빅토르 위고^{Victor Hugo}의 '위'소리가 바로 그거예요. 그런데 한국어에선 이 소리가 이제 거의 사라졌습니다. 죄다 영어에서 마법사를 뜻하는 wizard의 첫소리 비슷하게 냅니다. '생쥐'의 ㅟ는 프랑스어로 밤을 뜻하는 nuit의 복모음과 비슷하게 내는 사람도 드물게 있는 것 같긴 합니다. 이건 사실 모국어가 프랑스어인 사람들 아니면 내기 어려운 모음인데요.(웃음)

슬프지만 현실인

모음 다양성의 축소　　　　한국어의 모음체계가 흔들리고 있는 것이 저는 좀 슬퍼요. 흔들리면서 모음이 다양해지는 게 아니라, 다

양했던 모음이 조금씩 줄어들고 있는 거니까요. 말하자면 한국어 모음이 지금 서로 합쳐지고 있는 겁니다. 중화되고 있다고도 할 수 있고요. 전에도 말씀드렸지만 '거위'의 ㅓ와 '거지'의 ㅓ도 사실은 서울방언에서 단음, 장음으로 서로 구별됐었습니다. 길이만이 아니라 발음 나는 곳이 달랐어요. ㅓ소리가 장음이냐 단음이냐에 따라서 음가^{音價} 자체가 달랐다는 뜻입니다. '거지'의 ㅓ는 장음으로, ㅡ와 ㅓ의 중간쯤 되는 발음이었는데 지금은 그냥 단음으로 내는 사람이 많습니다. 장단음을 구별하는 훈련을 받아 설령 장음으로 내더라도 그냥 〔ㅓː〕로 내고요. 그런데 사실 영선^{英善}이라는 이름과 영선^{永善}이라는 이름은 한 세대 전만 해도 서울말에서는 확실히 구분이 됐습니다. 英은 단모음이고 永은 장모음입니다. 그래서 앞의 영선은 그냥 '영선'으로 소리 냈지만, 뒤의 영선은 '이으응선' 비슷하게 냈지요.(웃음)

이제 이걸 되돌릴 수는 없을 것 같습니다. 표준말이 있고 나서 사람이 거기에 맞춰 쓰는 게 아니라, 사람들이 쓰는 말이 먼저 있고 거기에 맞춰 표준말이 정해지는 것이니까요. '이렇게 써야 해' '이렇게 발음해야 해' 하고 강요할 수 없는 것입니다. 그렇지만 한국어 모음 수가 줄어들고 있는 건 매우 아쉬운 일입니다.

발음하기 까다롭지만

살아남은 모음 ㅢ　　　　　　그래도 참 다행인 것은 모음 ㅢ는 안 없어지고 잘 쓰이고 있다는 거예요. 사실 ㅢ는 외국인들이 한국어를 배울 때 제일 익히기 어려운 모음이라고 합니다. 그런데도 다른 모음에 합쳐지지 않고 잘 쓰이고 있는 겁니다. 물론 이것도 '의지'처럼 첫음절에서만 잘 지켜지고 있긴 합니다. '나의 조국' 할 때 의는 〔에〕라고 발음하는 게 보통이죠. 그래도 하여간 첫음절에서만큼은 확실히 발음되고 있습니다. 의도, 의자, 의사, 의경…. 물론 환경에 따라 예외가 있긴 하죠. 이를테면 '희망' 할 때는 첫음절에 ㅢ가 오는데도 〔히〕비슷하게 발음됩니다. 하지만 적어도 ㅢ는 ㅚ나 ㅟ처럼 존립이 위태로울 지경까지는 아닙니다.

글쓰기 실전

"인류의 역사가 계급투쟁의 역사였다는 멋진 정식에는 분명히 진실의 일단이 담겨 있다. … 삶이란 모든 사람에 대한 모든 사람의 투쟁이라는 영국인의 정식이 독일인의 선언보다는 역사를 더 공정하게 관찰한 것처럼 보인다."

《자유의 무늬》, 232쪽

'인류의 역사는 계급투쟁의 역사다.' 마르크스의 말이죠. '만인에 대한 만인의 투쟁', 이건 토머스 홉스의 말입니다. 이 정도는 중고등학교 때 익숙하게 듣는 경구기 때문에, 여기서 영국인, 독일인 식으로 에둘러 표현했습니다. 굳이 이름을 밝히지 않은 겁니다. 그렇지만 마르크스나 홉스처럼 유명한 사람이 아닌 경우나, 그런 유명한 사람이 한 말이라 할지라도 잘 알려지지 않은 말의 경우엔 그 말을 누가 했는지 밝혀줘야겠지요. 그런데 여기서 '독일인'은 독일인'들'이라고 하는 것이 더 정확합니다. 《공산당 선언》은 마르크스와 엥겔스, 두 사람이 공동으로 쓴 거잖아요.

"사람은 한없는 이기심의 동물이다. 그들은 자신의 작은 이익을 위해서 남에게 커다란 손실을 끼치는 것을 꺼리지 않는다."

《자유의 무늬》, 232쪽

'한없는 이기심의 동물'이라는 주장에는 동의하지 않으실 분도 많겠지만, 사람들은 무척 이기적일 때가 많습니다. 물론 이게 사회 공동체 전체로 보면 완전히 합리적인 태도는 아니에요. 경제학원론에서 흔히 한계효용체감의 법칙이라는 걸 배웁니다. 어떤 상품이나 서비스의 마지막 한 단위가 주는 효용, 즐거움, 만족감 같은 것들은 점점 줄어드는 경향이 있다는 것입니다.

가령 어떤 꼬마에게 초콜릿을 처음 한 개 딱 줬을 때 이 꼬마의 만족감을 10이라고 해봅시다. 두 개째를 주면 이 효용은 9로 줄어듭니다. 세 개째를 주면 8, 네 개째를 주면 7, 이런 식으로 마지막 단위의 효용이 계속 줄어들죠. 그럴 것 같죠?(웃음) 이건 이 법칙을 발견한 신고전 파 경제학자들만이 아니라 모든 경제학자들이 동의하고 있는 법칙입니다. 우리가 그냥 직관적으로 생각해봐도 그럴 것 같지 않나요? 배가 고플 때 짜장면을 한 그릇 먹으면 엄청나게 만족스럽겠죠. 그런데 거기에 "한 그릇 더 먹어볼래?" 하면 처음만큼 그렇게 마냥 좋지만은 않을 겁니다.

한계효용체감의 법칙에 비춰보면 평등이 왜 공동체 전체의 행복감을 증진하는지 명료하게 알 수 있습니다. 열 사람으로 이루어진 공동체에 상품이 열 개 있다고 칩시다. 만약 한 사람이 상품 열 개를 다 가질 경우 총효용은 어떻게 될까요? 상품의 첫 번째 효용이 10이고 두 번째 효용은 9, 세 번째 효용은 8, 이런 식으로 줄어들면서 사회의 총효용은 55가 됩니다. 그런데 만약 한 사람당 한 개씩 가지면 각각의 사람에게 효용이 10이므로 총효용은 100입니다. 평등하게 상품을 나눠 가질수록 사회 전체가 누리는 만족도는 훨씬 크게 되는 겁니다.

사회가 평등할 때 분명히 사회 구성원 전체가 누리는 효용은 더 커지기 마련입니다. 하지만 세상이 항상 원칙대로 돌아가는 건 아닙니다. 힘이 센 사람도 있고 약한 사람도 있으니까요. 힘이 센 사람들은 사회 전체의 이익보다는 자신의 이익을 더 중시하지요. 물론 힘이 약한 사람들도 흔히 그렇지만요.(웃음) 또 사람마다 생각이 다르죠. 사람은 공적 입장에서 합리적으로 생각하는 게 아니라, 탐욕, 질투, 심통 같은 여러 심리적 요인에 따라 자주 불합리적으로 경제적 선택을 하기 때문에 완전히 평등한 세상은 아마 영원히 오지 않을 겁니다.

실전 03

"염치나 양심 같은 것이 그 반성적 능력의 이름이다."

《자유의 무늬》, 233쪽

염치廉恥라는 한자어에서 나온 게 얌체입니다. 앞서 이론 강의에서 말씀
드렸듯, 형태가 달라지면서 뜻까지 조금 달라진 사례입니다. 염치가 부
끄러움을 아는 마음이라면, 얌체는 그런 마음이 없는 사람을 뜻합니다.

"기독교나 마르크스주의를 포함한 종말론적 이데올로기들은…"

《자유의 무늬》, 233쪽

종말론적 이데올로기라는 건, 역사가 어떤 도달점, 즉 끝이 있다고 보는 이념입니다. 예컨대 기독교에서는 시간이 쭉 흐르다보면 나중에 하느님의 나라가 온다고 믿습니다. 그때 예수님이 재림해서 의인과 악인을 가린다는 겁니다. 마르크스주의자들도 그와 비슷한 구조의 세계관을 가지고 있습니다. 역사가 그 끝에 이르면 공산주의 사회라는 유토피아가 온다는 거죠. 어느 날 노동자들이 완전히 다 해방되어 모두가 평등하게 될 날이 오게 되어 있다고 말합니다. 마르크스는 그런 사회가 사람의 의지와는 상관없이 생산력과 생산관계의 모순 때문에 역사의 법칙에 따라 아무튼 오게 되어 있는데, 다만 사람의 노력을 통해 그 날을 조금 앞당길 수 있다고 생각했습니다.

종말론적 이데올로기의 시간 개념은 직선적입니다. 이를테면 불교에서처럼 시간이 순환적이라고 보지 않고, 어떤 목적지를 향해 직선으로 쫙 간다고 봅니다.

"바로 여기서 반–유토피아주의자의 금언이 나온다: 남을 도우려고 애
쓰지 마라. 남을 해치지 않도록 애쓰라."

《자유의 무늬》, 234쪽

이 문장에서 필자의 굉장히 소극적인 도덕관이 드러납니다. 괜히 착한
일 하려고 하다가 남한테 해나 끼치지 말고, 최소한 남 괴롭히지나 말
고 조용히 살자는 겁니다.

　사실 유토피아란 말 자체가 '이 세상에 없는 곳'이라는 뜻입니다. 유
는 '없다, 아니다'라는 뜻이고, 토피아^{topia}는 '장소'라는 뜻이거든요.
말하자면 유토피아는 세상에 없는 거죠. 그런데 세상에 없는 그곳을 찾
아 헤매는 유토피아주의자들은 눈길이 저 먼 곳에 쏠려 있다보니 눈앞
의 현실이 답답한 겁니다. 무슨 사회정치 운동을 해도 잘 안 풀리고. 그
래서 그들의 이상에 장애가 되는 존재들을 '혁명의 적' '이교도' '사탄'

이렇게 규정해서는 다 없애버리려는 거예요. 물론 마르크스는 선배 사회주의자들을 유토피아적 사회주의자라고 폄훼하고 자신이 과학적 사회주의자라고 주장했지만, 마르크스의 공산주의가 '과학적'인지 저는 확신을 못 하겠네요.(웃음)

기독교를 비롯한 종교가 됐든 마르크스주의를 비롯한 세속적 혁명 이념이 됐듯, 세상을 완벽하게 만들려는 노력을 하기에는 아직 인간의 진화가 덜 된 것 같습니다. 좀 슬픈가요?

"러시아혁명 여든 돌이 슬그머니 지나고 있다."

《자유의 무늬》, 255쪽

러시아혁명이 일어난 해는 1917년입니다. 그러니까 지금 이 글이 쓰인 해는 1997년이라는 것을 알 수 있습니다. 꼭 글에서 구체적으로 러시아혁명이 1917년에 일어났다고 밝힐 필요는 없습니다. 그것이 잘 알려져 있거나 글의 맥락에서 알 수 있다면 은근슬쩍 넘어가는 것도 글을 세련洗練하는 한 방법입니다. 물론 글이 무슨 암호 같아져서는 안 되겠죠. 그 사이의 균형감을 익히는 데는 많은 글쓰기 연습과 독서가 필요합니다.

실전 07

"1989년 이후의 역사적 격변을 생각하면 충분히 이해할 만한 정적이다."

《자유의 무늬》, 255쪽

이 문장을 읽어내려면 약간의 배경지식이 필요합니다. 제 세대에게는 1989년의 사건이 워낙 상식에 속하지만, 지금 이 교실에는 1989년생 쯤 되는 분들도 계신 것 같네요.(웃음) 1989년에 베를린장벽이 무너졌습니다. 이듬해에 독일이 통일되고 그다음 줄줄이 동유럽 공산주의 체제가 무너지면서 동유럽 지도가 마구 바뀌었습니다. 그전에 없던 나라들이 굉장히 많이 생겼어요. 소비에트사회주의공화국연방의 일부였던 곳들이 저마다 독립했고, 유고슬라비아 같은 나라도 다섯 개의 나라와 두 개의 자치주로 분열했습니다. 체코슬로바키아도 체코와 슬로바키아로 쪼개졌습니다. 그리고 현실사회주의, 우리가 역사적 사회주의라고 말하는 공산주의 체제는 사실상 없어져버렸습니다. 물론 일부 나라

에서는 변형된 형태로 남아 있긴 합니다만. 이게 바로 1989년 이후의
역사적 격변이라는 겁니다.

"…파시스트에 다름 아닌 직업적 반공주의자들…"

《자유의 무늬》, 255쪽

'다름 아닌'은 고# 이오덕 선생이 일본말투이니 쓰지 말자고 한 표현
입니다. 저도 그분 말씀에 공감했습니다. 이 글은 1997년에 쓴 것이라
'다름 아닌'이라는 표현을 썼는데, 저도 그 뒤에는 이 말을 쓰지 않았
어요. '파시스트와 다르지 않은', 이렇게 합시다.

"지옥으로 가는 길은 선의로 포장돼 있다는 격언은, 가장 호의적으로 이해된 공산주의 이념과 그 이념이 실현한 체제의 가공할 현실 사이의 대비에 의해서 정곡을 얻는다."

《자유의 무늬》, 256쪽

마르크스는 분명 선의에 가득 차 있었을 겁니다. '하루 종일 쉬는 시간 도 없이 뼈 빠지게 일하면서 착취당하는 노동자들이 해방돼야 한다. 자 본가 계급이라는 걸 없애고 모든 사람들이 다 평등하게 살아야 된다' 하는 선의로 공산주의라는 이념을 구축하고 실천했을 테죠. 아마 레닌 도 선의로 그득한 사람이었을 거예요. 좀더 정의로운 세상을 만들려고 그 고생을 했잖아요. 레닌의 형은 차르를 암살하려다 실패해서 사형당 했고, 레닌 자신도 유배생활과 떠돌이생활을 하면서 갖은 고생을 하고 그랬습니다. 이때 분명히 레닌에게는 어떤 선의가 있었을 거예요.

하지만 실제로 그 사람들의 후계자를 자처하는 사람들이 만들어놓은 세상을 보면 정말 지옥이죠. 문화혁명 시기의 중국도 그렇고, 스탈린 시기의 소련, 북한 사회 다 마찬가지입니다. 그나마 조금 자유롭다는 쿠바나 베트남이나 지금의 중국도 아주 자유로운 나라는 아니죠.

물론 옛 공산주의 사회가 모든 자본주의 사회보다 전부 형편없지는 않았을 겁니다. 예컨대 박노자 교수는 스탈린 시대의 소련까지는 찬양하지 않지만, 지금의 러시아보다는 브레즈네프 시절의 소련이 훨씬 나았다고 생각하는 것 같습니다. 지금 러시아는 빈부격차가 엄청나게 심하고 굉장히 부패한 모양이에요. 어떤 사람은 뒷배를 봐줄 사람이 있어서 군대에 안 가는가 하면, 그렇지 못한 대부분의 사람들은 반드시 군대 가야 하고 그런가봅니다. 그리고 옛 소련에서는 질이야 어쨌든 의료, 주택, 교육 이런 것들이 모두 무료였잖아요. 또 자본주의 사회처럼 S석부터 무슨 석, 무슨 석 쫙 나눠가지고 문화공연 관람에 비싼 입장료를 내야 하는 게 아니라, 아주 싼 값에 최고 수준의 예술을 감상할 수 있었답니다.

하지만 어쨌든 전체적으로 보면 공산주의 사회가 지옥에 가까웠던 건 사실인 것 같습니다. 가령 저에게 좀 극단적으로 "박정희 유신체제 밑에서 살래, 아니면 브레즈네프 체제에서 살래?"라고 묻는다면, 글쎄요, 하여간 저는 공산주의 사회에서는 못 살 거 같아요.(웃음) 종교 공동체에서도 마찬가지고요. 예컨대 장 칼뱅이 엄격한 종교적 계율로 다스렸던 16세기 제네바에서는 살 수 없을 것 같아요. 어떤 집단에도 제 자유를 헌납하고 싶지는 않습니다.

4―로마자표기법과 외래어표기법

실전 10

"…가장 저명한 공산주의자들이 진실로 사람을 사랑했다고 하더라도,
그때의 사람은 그들의 관념 속에 있는 집단으로서의 인류였지, 그들의
주변에서 숨쉬고 일하고 고통 받는 개인으로서의 사람은 아니었을 것
이다."

《자유의 무늬》, 256쪽

저는 이 대목이 굉장히 중요하다고 생각해요. 대학 강단에서 마르크스
주의 경제학을 강연하는 아주 고매한 사회주의자, 또는 툭 까놓고 공
산주의자 학자가 있다고 합시다. 그런데 그이는 자기가 그렇게 옹호한
다고 말하는 노동자 계급에 속한 어떤 개인, 바로 옆에 있는 어떤 추레
한 노동자를 존중할 수 있을까요? 머릿속에 추상적으로 존재하는 위
대한 노동자 계급 말고 바로 옆에 구체적으로 존재하는 실제 노동자를
말입니다. 그들은 아마 대개 충분히 배우지 못했을 것이고 옷차림도

세련되지 않을 거예요. 말투도 점잖지 못하겠죠. 저는 마르크스주의 지식인들이, 혹은 운동가들이 바로 그 개인을 사랑할 수 있을지 잘 모르겠습니다.

조지 오웰은 제가 굉장히 좋아하는 소설가입니다. 이분이 인도에서 태어났습니다. 그곳에서 영국 사람들이 인도 사람들에게 얼마나 막 대하는지를 다 봤고, 런던과 파리의 빈민가에서 실제 살아보기도 했죠. 그런데 그분이 이런 고백을 해요. '정말 저 사람들을 위해서 뭔가를 하고 싶고 저 사람들을 돕고 싶지만 아, 저 사람들의 일원이 되기는 싫다. 자신이 없다' 이런 취지의 말을 합니다. 저는 이게 굉장히 솔직한 발언이라고 느꼈습니다. 프랑스 소설가 스탕달도 이와 비슷한 발언을 한 적이 있어요.

반면 스탈린과 마오쩌둥을 보면, 프롤레타리아 계급이나 농민을 그야말로 열렬히 칭송했습니다. 그들 자신이 아마도 그 일원이나 다름없다고 여겼을 거예요. 위선이든 아니든요. 그런데 과연 그들이 하루 종일 밭에서 햇빛에 몸을 그을려가면서 농사일을 하는 사람, 공장에서 노동을 하느라고 어깨가 휘고 구부정한 사람, 더구나 충분히 교육을 받지 못해서 자기랑 말도 안 통하는 사람들을 넉넉한 마음으로 사랑할 수 있었을까요? 저는 의문스럽습니다. 그들은 자신의 관념과 사랑에 빠진 게 아니었을까 싶습니다. 사실 스탈린이 수용소에 가둔 사람들, 마오쩌둥이 문화혁명 때 죽인 사람들이 다 노동자예요, 눈에 보이는 구체적 노동자들.

캄보디아의 크메르루주를 보세요. 크메르루주는 캄보디아의 옛 공산당 정권을 가리킵니다. 캄보디아의 옛 이름이 크메르이고 루주는 불란서말로 빨갛다는 뜻이니까, '빨간 크메르' 정도로 옮길 수 있습니다. 정확한 통계는 아니지만, 캄보디아 인구의 거의 3분의 1, 4분의 1 정도가 크메르루주 시절에 학살당했다고 합니다. 이때 사람을 총으로 쏴 죽이면 총알이 떨어지니까 그것도 아깝다고, 생매장하든지 비닐봉지 같은 것으로 사람 얼굴을 둘러서 질식사시켰다고 그래요. 영화 〈킬링 필드〉의 학살 묘사가 과장이 아니었을 겁니다.

그런 야만적 학살은 베트남이 캄보디아를 침략하면서 끝나게 됩니다. 그때 베트남은 이른바 미^米 제국주의를 물리치고 민족해방을 이뤄 통일된 직후였는데, 아이러니컬하게도 그 자신이 일종의 아류 제국주의적 야심으로 캄보디아를 침략하죠. 물론 크메르루주의 학살행위를 막는다는 명분을 내세웠습니다. 그후 한동안 크메르, 곧 캄보디아는 베트남의 속국처럼 되었습니다. 하지만 속국 비슷한 상태조차 적어도 크메르루주 때보다는 훨씬 더 나았겠죠. 이데올로기의 덫에 걸리면 말 그대로 눈이 멀어버립니다.

이것은 단지 공산주의자만이 아니라 이른바 애국주의자에게도 해당하는 얘기입니다. 저는 아주 어렸을 때부터 애국심이라는 것이 참 수상쩍었습니다. 18세기 영국의 문인 새뮤얼 존슨이 이런 말을 한 적이 있죠. "애국심은 악당들의 마지막 피난처다." 그 말을 조금 바꾸어서 19세기 소설가 오스카 와일드는 "애국심은 사악한 자의 미덕이다"라고 했고요. 저는 이 말들이 그릇된 것 같지 않아요.

우리가 한 남자를 또는 한 여자를 사랑할 수는 있습니다. 또는 아이

패드를 사랑할 수 있고, 디스플러스 담배를 사랑할 수도 있고, 레드와 인을 사랑할 수도 있습니다. 하지만 보이지도 않는 나라를 사랑한다? 보이지 않으면 어떻게 사랑해요? 코스모스를 사랑할 수도 있고 채송화를 사랑할 수도 있지만 나라를 사랑한다는 건 사실 좀 어려운 겁니다. 아니, 사랑할 수야 있겠죠. 그렇지만 사랑한다고 하더라도 그건 조금 의미가 다른 사랑이에요. "나는 내 아내를 사랑해" 할 때의 사랑과 "나는 내 조국을 사랑해" 할 때의 사랑은 서로 다른 차원의 사랑이 아닌가 싶어요. 그리고 추상적인 것, 집단적인 것에 대한 사랑을 계속 하다보면, 진짜 구체적인 사람들에게 커다란 민폐를 끼칠 수 있음을 지난 역사가 증명해주고 있습니다.

"…그들의 냉혹한 정치적 리얼리즘은 그들의 덜떨어진 심리적 아이
디얼리즘에서 나온 것 같기도 하다."

《자유의 무늬》, 256~257쪽

아이디얼리즘은 관념론이란 뜻인데, 앞에 나온 리얼리즘과 맞추기 위
해서 조금 생소하지만 아이디얼리즘이라고 썼습니다. 리얼리즘을 한
국어로 번역하기가 어려워서 그걸 바꾸지는 못했고요.

"러시아나 중국에서 멀리 떨어진 파리 한복판 생제르맹데프레나 몽파르나스의 고급 카페에 앉아서 모스크바재판을 옹호하고 문화혁명을 찬양하던 서유럽의 좌익 지식인들도 그런 '집단의 연인'이었다."

《자유의 무늬》, 257쪽

'생제르맹데프레나 몽파르나스'라는 구절은 읽는 사람에 따라 좀 다르게 받아들일 수 있습니다. 이런 고유명사들의 사용은 글을 풍부하게 해준다고 볼 수도 있고, 괜히 잘난 척한다고 볼 수도 있죠. 그 지역 이름이 낯선 독자들도 분명히 있을 테니까 빼는 게 좋을 것 같기도 합니다. 사실 그냥 '파리 한복판의 고급 카페'라고 해도 문장 내용이나 이해에 큰 손상이 가는 것은 아닙니다.

아무튼 생제르맹데프레나 몽파르나스는 파리에서 카페들이 모여 있는 곳으로 부자 동네입니다. 실제로 이곳에 사르트르나 보부아르 같은 사람들이 드나들던 카페가 많이 있습니다. 이들은 이 부자 동네의 카페에 편하게 앉아서 스탈린을 옹호하거나 문화혁명을 지지하고 그랬어요.

제가 참 좋아하는 폴 엘뤼아르라는 프랑스 시인이 있는데, 이 사람이 쓴 시가 저는 정말 그렇게 좋을 수가 없어요. 특히 〈연인 L'Amoureuse 〉이라는 시. 한번 읽어볼까요?

그녀는 내 눈꺼풀 위에 서 있다.

그리고 그녀의 머리카락은 내 머리카락 속에 있다.

그녀는 내 손 모양을 하고 있다.

그녀는 내 눈 색깔을 하고 있다.

그녀는 내 그림자 속으로 사라져버린다.

마치 하늘에 던져진 돌처럼

그녀는 눈을 언제나 뜨고

나를 잠자지 못하게 한다.

환한 대낮에 그녀의 꿈은

태양을 증발시키고

나를 웃기고, 울리고 웃기고,

할 말이 없는 데도 말하게 한다.

아름답지 않아요? 불어로 읽으면 그 아름다움이 더욱 직접적으로 다가옵니다. 그런데 이런 아름다운 시를 쓴 사람이 공산주의자로서 소련의 선전을 그대로 믿고 스탈린을 지지했습니다. 당시 정말 혜안이 있던 사람들, 예컨대 조지 오웰 같은 사람들 빼고는 거의 소련의 사태를 제대로 통찰하지 못했던 것 같습니다. 모리스 메를로퐁티 같은 저명한 철학자도 모스크바재판을 옹호했을 정도니까요. 정말 어처구니 없죠.

메를로퐁티에 대해 좀더 얘기를 하면, 이 사람은 사르트르와 굉장히 친한 친구였습니다. 그런데 결국 한국전쟁, 6·25전쟁 말입니다, 한국전쟁에 대한 견해 차이로 두 사람이 결별을 하게 됩니다. 지성사에서 유명한 결별입니다. 사르트르는 한국전쟁을 미 제국주의에 맞서는 전 세계 좌익의 국제주의 운동이라고 주장했지만, 메를로퐁티는 북한의 남침에 완전히 쇼크를 받았거든요. 메를로퐁티는 공산주의 국가가 침략행위를 할 수 있다는 것, 그걸 상상할 수 없었고, 북한이라는 공산주의 국가가 침략을 실행에 옮겼다는 것 자체에 충격 받았습니다. 둘이 한국전쟁의 성격을 놓고 아옹다옹하다가 결별의 편지들이 오가게 됩니다.

사실 한국전쟁이라는 말을 저도 흔히 씁니다만, 그건 외국 사람들이 하는 표현이지 한국인이라면 그냥 6·25전쟁이라고 말하는 게 옳다고 생각합니다. 이 문제는 좀 미묘해서 더 얘기하고 싶긴 한데, 그러다보면 시간이 너무 많이 흐르겠군요. 아무튼 저는 한국전쟁이라는 표현보다 6·25전쟁이라는 표현을 더 선호합니다.

어쨌든 6·25전쟁으로 메를로퐁티와 사르트르가 완전히 갈라섭니다. 그 뒤 메를로퐁티는 비*공산주의 좌파로서 공산주의보다 훨씬 오른쪽으로 가버리고, 사르트르는 공산주의보다 훨씬 더 왼쪽으로 가버립니다. 사르트르는 프랑스공산당에 한 번도 가입을 안 했는데, 공산당보다 훨씬 더 좌익적인 위치에서 세상을 바라본 사람입니다.

　문화혁명 때도 프랑스 좌익 지식인들이 문제였습니다. 중국에서 수많은 사람들이 죽어가고 있는데 파리의 카페에 앉아서 "마오쩌둥 만세!" 이러면서 마오야말로 인류가 낳은 최고의 위인이라는 둥 문화대혁명은 역사상 전례가 없는 인류의 대실험이라는 둥 어쩌고저쩌고…. 그 사람들은 아마 문화혁명기의 중국에서 살라고 하면 일주일도 못 살았을 거예요. 씁쓸한 건, 그 시기의 중국을 방문하고도 문화혁명을 찬양하는 사람들이 있었다는 겁니다. 북한처럼 그때의 중국 안내원들도 선전하기 좋은 데만 보여줬겠죠. 많은 좌익 지식인들이 중국의 그런 실상을 간파하지 못하고 굉장히 무책임한 말들을 쏟아냈습니다. 전 이런 사람에게 정말 화가 납니다. 사람 하나도 아니고 그야말로 몇 억의 인구를 대상으로 '역사적' 실험을 하면 곤란하지 않나요?

　저는 이 글을 쓸 때 '좌익 지식인'이라고 일부러 으르렁말을 썼습니다. 혐오감을 드러내기 위해서요. '좌파 지식인'이라고 쓰면 좀 대접해주는 것 같았거든요.(웃음) 괜히 '나는 노동자 계급을 사랑한다' 이렇게 공허한 소리를 외치는 것보다, 길에서 전단지 나눠주는 할머니를 발견하면 조용히 하나라도 받아주는 것이 차라리 선행입니다. 그러면 최소한 그 할머니가 일하는 시간이 좀 줄어들 테니까요.

실전 13

"…무신론에 기대자면, 죽음이란 당사자 개인에게는 우주의 소멸과 맞먹는다."

《자유의 무늬》, 257쪽

무신론자에게는 정서적으로, 개인이 죽으면 그것으로 세계도 없어집니다. 그 사람들에게는 천국도 지옥도 없으니까요. 자기의 죽음이 우주의 죽음인 거죠. 물론 무신론자들은 대개 유물론자들이니까 자기가 죽은 다음에도 세계가 존재한다는 것을 알죠. 다만 그 존재하는 세계를 자기가 인식할 수 없으니까, 결국 없는 거나 마찬가지죠.

이런 절대 무無의 세계는 종교인들이 보기에는 공포겠지만, 사실 두려워할 게 하나도 없습니다. 뭐, 종교인들은 사후의 세계가 있다고 믿으니까 두려워하지 않을지도 모르지만요. 그런데 그분들 역시 죽음을 두려워하는 것 같긴 해요.(웃음) 고대 그리스의 철학자 에피쿠로스가 이런 명언을 남겼죠. "죽음은 아무것도 아니다. 우리가 살아 있는 한 죽음은 우리에게 없으며, 우리가 죽으면 고통도 쾌락도 느낄 수 없기 때문이다." 물론 치료과정, 투병과정은 정말 힘들고 고통스러울 겁니다. 그런데 죽음 자체는 전혀 두려워할 게 아닙니다. 왜냐하면 여러분들은 그 죽음을 전혀 못 느낄 테니까요. 죽음은 주위 사람들을 슬프게 하고 아프게 할 뿐, 정작 당사자한테는 전혀 고통이나 슬픔을 주지 못합니다. 죽은 사람은 슬픔이나 고통을 느낄 능력이 없습니다.

몇 달 전에 누가 트위터에 그런 말을 인용해 올렸더라고요. 잘 알려진 무신론자인데 이름이 안 떠오르네요. "죽음을 두려워하지 마라. 네가 죽었다는 사실을 너는 모를 테니까. 오직 주위 사람들만 안다. 네가 바보라는 사실처럼." 여러분, 죽음을 두려워하지 마십시오.(웃음)

"개인에 대한 존중과 이해, 개인주의적 상상력은 지금 공산주의를 대치해 지구를 피로 물들이고 있는 커다란 집단주의, 예컨대 종교적 근본주의나 약화된 파시즘으로서의 민족주의에 대한 처방일 뿐만 아니라…"

《자유의 무늬》, 257쪽

예전에는 냉전이 끝나면 평화가 찾아올 줄 알았습니다. 그런데 보세요. 종교들끼리 심하게 싸우고 있습니다. 예컨대 이슬람교와 기독교, 유대교 간의 갈등이 심합니다.

또 민족주의가 종교랑 같이 얽혀 있기도 합니다. 유고슬라비아내전 같은 게 그랬어요. 거칠게 보면 민족적 갈등인데, 자세히 들여다보면 종교적 갈등에 가깝습니다. 북아일랜드의 분쟁도 아일랜드인과 잉글랜드인의 싸움이기도 하지만, 동시에 가톨릭교도와 성공회교도 사이의 싸움이기도 하죠.

역사상 수없이 일어난 참혹한 분쟁들은 대개 '내가 어디어디에 속해 있다'는 생각과 맞닿아 있습니다. 나는 어떤 민족에 소속되어 있다, 어떤 종교에 소속되어 있다…. 그런 생각을 집단주의라고 합니다. 한 사람을 관찰할 때, 또 자기자신을 들여다볼 때 그 사람이나 나의 소속이 어디인지가 아니라 그 사람이나 나 개인 자체를 본다면, 상당한 정도로 미움이 줄어들고 결국 전쟁과 폭력이 줄어들지 않을까요?

5

은유와
환유

글쓰기는 결국 논리학과 수사학으로 이루어집니다. 오늘의 주제인 은유와 환유는 이 가운데 수사학에 속합니다. 흔히들 논리학은 진리에 이바지하고 수사학은 아름다움에 기여한다는 말을 많이 하죠? 그렇지만 독일 철학자 니체는 진리라는 게 한낱 '은유와 환유의 이동부대'에 불과하다는 말을 한 적이 있어요. 니체의 말이 옳든 그르든, 제 생각에 니체는 철학자의 심성보다는 시인의 심성을 더 짙게 타고난 사람인 것 같습니다.(웃음)

제가 오늘 수사학에 대해 얘기하면서 주제를 은유와 환유로 한정지은 것은, 수사학의 요체가 비유이고 비유의 요체가 은유와 환유이기 때문입니다. 물론 우리가 흔히 비유라고 할 때, 은유와 환유 말고 다른 것들도 있지요. 예컨대 직유라든가 대유라든가 제유라든가 하는 말을 중학교 국어 시간에 들어보셨죠? 그렇지만 그런 것들은 파고 들어가 보면 죄다 은유와 환유라는 자루 두 개 안에 담을 수 있습니다. 학자에 따라서는 환유마저도 은유의 일종이라고 말하는 사람도 있어요. 그렇다면 모든 비유는 은유인 셈이지요. 그렇지만 아직까지는 은유와 환유를 대립시켜서 언어를 비롯한 여러 기호들을 탐색하는 게 대세입니다.

야콥슨의 은유와 환유 이론

20세기에 로만 야콥슨[1896~1982]이라는 저명한 언어학자가 있었습니다. 돌아가신 분인데, 러시아 출신으로 2차 세계대전 중에 미국으로 망명했죠. 1920년대에서 1930년대에 이분은 체코슬로바키아의, 지금은 그냥 체코군요, 프라하에 살았습니다. 가보신 분들도 있겠지만 프라하, 굉장히 예쁜 도시입니다. 어쩌면 세상에서 가장 예쁜 도시일지도 몰라요.(웃음) 야콥슨은 이 예쁜 도시에서 일단의 언어학자, 문학연구가들과 교류하면서 프라하학파라는 연구그룹을 창시했습니다. 프라하학파는 구조주의 언어학과 시학의 역사에서 굉장히 중요한 지적 집단인데, 여기서 길게 설명하지는 않겠습니다. 스텝1에서 잠깐 얘기한 페르디낭 드 소쉬르의 구조주의 언어이론은 스위스의 제네바와 덴마크의 코펜하겐, 그리고 이곳 체코의 프라하에서 활짝 꽃을 피웁니다.

야콥슨은 동포 러시아인인 니콜라이 트루베츠코이, 그리고 체코의 언어학자 빌렘 마테지우스 같은 사람들과 함께 프라하학파의 창시자 가운데 한 사람이었고, 그 학파에서 가장 뛰어난 분이었습니다. 2차 세계대전이 끝난 뒤에 공산화된 체코슬로바키아에 프라하학파가 재건됐지만, 정작 그 리더인 야콥슨이 미국의 하버드대학과 매사추세츠공과대학^{MIT}에서 가르치다보니, 체코슬로바키아 사람들만 남은 전후의 프라하학파가 이룬 업적은 보잘것없습니다. 뛰어난 음운학자였던 트루베츠코이는 2차 세계대전이 터지기 직전인 1938년에 이른 나이로 작고했고요. 마테지우스 역시 1945년에 작고했습니다. 양차 세계대전 사이에 야콥슨과 트루베츠코이가 이끌었을 때가 프라하학파의 전성기였던 겁니다.

로만 야콥슨은 언어학자로서 자부심이 대단한 사람이었습니다. 언어학을 좁은 의미의 언어만을 연구하는 학문으로 받아들이지 않았죠. 1953년 미국 인디애나대학에서 열린 언어학 심포지엄에서 야콥슨은 자신의 발제문을 이렇게 마무리했습니다. 라틴어로요. "나는 언어학자입니다. 언어에 관련된 것은 그 어떤 것도 나와 무관할 수 없습니다. Linuguista sum: linguistici nihil a me alienum puto." 이 말은 인간 커뮤니케이션의 모든 것이 자신의 연구와 관련된다는 의미입니다. 시에 대한 글도 많이 쓰고, 여러 분야에서 업적을 낸 분이었습니다. 사실 야콥슨의 이 유명한 발언은 고대 로마의 희극작가 테렌티우스의 "나는 인간이다. 인간과 관련된 것은 어떤 것도 나와 무관할 수 없다Homo sum: humani nihil a me alienum puto"라는 경구를 패러디한 것이긴 합니다.

아무튼 은유와 환유에 대한 본격적 연구가 바로 야콥슨으로부터 비롯되었습니다. '은유는 본관념과 보조관념의 유사성에 기초하고, 환유는 본관념과 보조관념의 인접성에 기초한다.' 이것이 은유와 환유에 대한 야콥슨 이론의 요지입니다.

예컨대 맨 처음 강의에서도 인용했지만, 조지훈 선생의 시 〈승무〉의 첫 행 "얇은 사 하이얀 고깔은/고이 접어서 나빌레라"는 유사성을 이용한 은유입니다. '고깔은 나비랑 비슷하잖아' 이러면서 고깔을 나비에 비유한 거죠. 또 "나는 요한 제바스티안 바흐를 좋아해"라는 문장은 바흐라는 사람과 바흐가 작곡한 음악의 인접성을 이용한 환유입니다. 이 문장에서 바흐를 좋아한다는 게 바흐라는 인격체를 좋아한다는 뜻은 아니겠죠? 바흐가 작곡한 음악을 좋아한다는 거죠? 물론 바흐와 동시대에 살았던 가까운 친구가 바흐에 대해 이렇게 얘기했다면, 이건 환유가 아닐 수도 있습니다.(웃음)

요새는 이 은유와 환유가 언어만이 아니라 영상물을 포함한 모든 형태의 기호에까지 적용되어 연구가 활발히 이루어지고 있습니다. 야콥슨 자신도 은유-유사성, 환유-인접성의 공식을 이용해 실어증에 관한 글을 쓰기도 했습니다. 〈언어의 두 측면과 실어증의 두 유형〉이라는 유명한 논문이 그것입니다.

이 논문은 언어학을 다소라도 공부한 사람을 대상으로 쓴 글이어서 대뜸 이해하기는 어렵지만, 제가 대충이라도 얘기를 해보겠습니다. 말이 조금 어려울 텐데, 꼭 이해하셔야 하는 건 아닙니다.(웃음)

야콥슨은 이 논문에서 실어증에는 유사성 장애와 인접성 장애 두 종류가 있다고 말합니다. 결국 은유의 혼란과 환유의 혼란으로 나눈 거지요. 유사성 장애는 선택결함이라고도 부르고, 인접성 장애는 문맥결함이라고도 부릅니다. 앞의 결함이 있는 환자들은 아무렇게나 흩어진 단어들과 문장들이 주어지더라도 쉽사리 이들을 짜 맞춥니다. 그런데 이 사람들의 대화는 그저 반응적일 뿐이어서 독백 같은 폐쇄적 담화는 해내기 어렵고 심지어 스스로 이해하기조차 힘듭니다.

반면에 뒤의 결함이 있는 환자들은 낱말을 고차적 언어 단위로 형성시키는 통사규칙을 잊어버려 문장을 문법에 어긋난 낱말더미로 퇴화시키고 맙니다. 순수한 문법적 기능을 하는 낱말들, 예컨대 접속사나 전치사나 대명사나 관사 같은 말들이 사라지고 소위 전보문電報文 같은 문체가 돼버리는 거지요.

그러니까 야콥슨은 실어증 환자를 결합능력, 다시 말해 문文 구성능력은 비교적 안정적이지만 선택능력, 곧 대체능력에 결함이 있는 환자들과, 선택과 대체능력은 안정적 기능을 유지하지만 결합과 문 구성능력에 장애가 있는 환자로 나누었습니다. 앞의 환자에겐 은유의 능력이 없고, 뒤의 환자에겐 환유의 능력이 없다는 것이 야콥슨의 생각입니다.

야콥슨이 실어증을 앓고 있는 불어, 독일어, 러시아어 화자를 예로 들고 있어서 거기 딱 들어맞는 한국어 예를 찾기가 힘들군요. 예를 든다 하더라도 이해하시기 좀 어려울 겁니다. 아무튼 야콥슨에 따르면 실어증 환자는 두 종류인데, 한쪽은 은유능력을 잃은 상태고 다른 쪽은 환유능력을 잃은 상태입니다.

또 야콥슨은 이 논문에서 시는 유사성의 원칙을 그 바탕에 깔고 있는 반면, 산문은 근본적으로 인접성을 통해 발전되어간다고 말합니다. 말하자면 시는 은유를 자주 사용하고 산문은 환유를 자주 사용한다는 뜻이죠. 납득이 되시나요? 좀 어려운 얘길 했으니 그건 나중에 조금 더 설명하기로 하고, 은유와 환유의 기초로 돌아갑시다.

5—은유와 환유

유사성에 기초하면 '은유'고
인접성에 기초하면 '환유'다

　　　　　　　　　우리는 중학생 때 직유라는 비유도
있다는 걸 배웠습니다. 예컨대 "내 마음은 호수요"는 은유고, "내 마음
은 호수 같아요"는 직유라는 거죠. 그런데 이 문장에 본질적 의미 차이
가 있나요? "직유는 은유의 가난한 사촌이다"라는 격언이 있습니다. 직
유와 은유는 사실 같은 종류의 수사기법입니다. 다만 은유가 직유보다
덜 직접적이어서 세련되게 느껴지는 차이가 있을 뿐입니다. "내 마음은
호수요"라는 말과 "내 마음은 호수 같아요"라는 말은 똑같은 말입니다.
'같다' '처럼' 같은 비교 표현이 들어갔는지의 여부에 따라 직유와 은
유를 나누는 건 사실 굉장히 우습습니다. 그래서 현대 수사학자들은 직
유와 은유를 구별하지 않아요. 직유도 은유의 일종이라고 보는 겁니다.
　　그런데 직유를 은유의 일종이라고 본 건 현대 수사학자들만이 아닙
니다. 사실 은유와 직유를 같거나 비슷하다고 본 첫 이론가는 아리스
토텔레스입니다. 아리스토텔레스는 〈수사학〉에서 이런 문장을 남겼습
니다.

　　직유는 또한 은유다. 그 차이는 아주 적다. 한 시인이 아킬레스에 대하여
　'아킬레스가 사자처럼 적을 덮쳤다'라고 말하면 직유가 된다. 그렇지만 그
　시인이 아킬레스에 대하여 '그 사자(=아킬레스: 인용자)가 적을 덮쳤다'라고
　말하면 은유가 된다. … 직유는 은유가 쓰이는 것과 똑같이 쓰인다.

어쨌든 직유든 은유든 유사성에 기초한다는 특징이 있습니다. 그렇지만 직유는 은유의 덜 세련된 형태라 여기시고 그냥 잊어버리세요. 다시 강조하지만 직유는 은유의 일종일 뿐입니다.

다음, 환유를 살펴보겠습니다. 다시 중학생 때로 돌아가봅시다. 제유법이라는 걸 배운 기억나시죠? 제유법은 사물의 한 부분으로 전체를 표현한다거나 말 하나로 그와 관련된 모든 것을 표현하는 수사법이라고 배웠을 겁니다. 그러니까 특수한 걸로 일반적인 것을 표현하는 거죠. '빵'이라는 말로 식량을 표현하고, '감투'라는 말로 벼슬을 표현하는 식이죠. 또 예전에는 "미원 좀 쳐!" 하면 그 미원이 특정한 상표 이름이 아니라 조미료 일반을 가리켰습니다. 정종 역시 마사무네ま さむね라고, 일본의 한 청주 상표 이름입니다. 그게 한국으로 들어오면서 정종이 아예 청주 일반을 나타내는 말이 된 겁니다.

또 환유법은 사물의 특징으로 전체를 나타내는 수사법이라고 배웠을 겁니다. 예컨대 '금수강산'으로 대한민국을 표현한다든가, '요람에서 무덤까지'라는 말로 '탄생에서 죽음까지'를 표현한다든가 하는 게 환유법이죠. 흔히 인용되는 예를 들자면, "왕홀王笏과 왕관이 굴러 떨어져/낫과 삽과 흙 속에서 구른다" 같은 셸리의 한 시구에서, '왕홀과 왕관'은 지배자를 뜻하고, '낫' '삽'은 피지배자를 뜻합니다. "저 노랑잠바랑 빨간머리랑 싸우면 누가 이길 거 같니?"라는 표현에서 '노랑잠바'는 노랑잠바를 입은 사람을 가리키고, '빨간머리'는 머리가 본디 붉거나 아니면 붉게 물들인 사람을 가리킵니다. 의상 얘기가 나오니 생각나네요. 알제리 여성의 베일은 반식민주의의 환유라고 프란츠 파농^{1925~1961}은 말한 바 있지요. 파농은 카리브 해 마르티니크 섬 출신의 신경정신과의사였습니다. 알제리 독립운동의 헌걸찬 전사이기도 했고요. 환유법은 또 작가의 이름으로 작품을 표현하기도 합니다. "내게 칸트는 너무 어려워"라는 말에서 '칸트'는 칸트의 저서를 뜻하는 것입니다.

학교문법에서는 이 제유법과 환유법을 묶어서 대유법이라 한다고 배우셨을 겁니다. 이제 그런 구분은 잊어버리세요. 제유법의 실마리가 되는 '부분'이나 환유법의 실마리가 되는 '특징'이라는 건 결국 인접성입니다. 그리고 그 인접성에 기초한 비유를 야콥슨은 환유라고 불렀습니다. 직유를 은유의 일종으로 보았듯이, 제유를 환유의 일종이라고 본 것입니다.

사실 '부분'이라는 것과 '특징'이라는 게 구별하기 모호할 때도 있습니다. 예컨대 "워싱턴과 모스크바의 거리가 요즘 부쩍 멀어졌다"라는 문장에서 워싱턴은 미국 정부를 뜻하고, 모스크바는 러시아 정부를 뜻합니다. 어느 날 갑자기 워싱턴이라는 도시와 모스크바라는 도시 사이의 지리적 거리가 멀어질 수는 없을 테니까요.(웃음) 그러니까 이 문장은 미국 정부와 러시아 정부가 요즘 사이가 부쩍 나빠졌다는 뜻입니다. 그런데 여기서 워싱턴으로 미국 정부를 비유하고 모스크바로 러시아 정부를 비유했을 때, 그 실마리가 된 것은 '부분'일까요 아니면 '특징'일까요? 그러니까 여기서 사용된 수사법은 제유법일까요 아니면 환유법일까요?

또 이런 문장을 봅시다. "청와대는 펜타곤에 크게 실망했다." 여기서 청와대는 서울 세종로 1번지에 있는 건물을 뜻하는 건 아니죠? 박근혜 대통령이나 그 비서실 사람들을 뜻하는 거겠죠? 마찬가지로 펜타곤도 미국 워싱턴에 있는 오각형 모양의 건물을 뜻하는 게 아니라, 미국 국방부장관이나 그 주변 핵심 인물들을 뜻하는 거겠죠? 그런데 청와대라는 말로 박근혜 대통령과 주변 사람들을 비유하고 펜타곤이라는 말로 미국 국방부장관과 주변 사람들을 비유했을 때, 그 실마리가 된 것은 '부분'일까요 아니면 '특징'일까요? 다시 말해 이 문장에 사용된 수사법은 제유법일까요 아니면 환유법일까요? 여러분에겐 어떤지 모르겠지만 제겐 모호합니다. 그저 '인접성'만 떠오릅니다. 그러니까 수사법의 핵심은 비유이고, 비유에는 은유와 환유가 있다, 은유는 유사성에 기초한 비유이고 환유는 인접성에 기초한 비유다, 이렇게 정리하시면 됩니다. 아시겠죠?

글을 쓸 때만이 아니라 말을 할 때도 사람들은 깊이 의식하지 않고 은유와 환유를 많이 씁니다. 굳이 따지자면 은유보다는 환유를 훨씬 많이 쓰고 있기는 합니다. 환유의 예를 조금만 더 들어볼까요? 박정희 시절엔 '남산'이 중앙정보부를 가리켰습니다. 남산에 간다는 건 성한 몸으로 나오기 어렵다는 뜻이었죠. 그 시절, 또는 그 이전 시절에 '종삼'은 종로3가에 있던 사창가를 가리켰습니다. 이 '종삼'은 이내 '청량리588'에 자리를 내주었죠. 또 '논산'은 육군훈련소를 뜻합니다. '월스트리트'는 미국 금융계를 의미하고, '할리우드'는 미국 영화계를 뜻합니다. '다우닝가 10번지'가 영국 총리나 그 주변 인물을 뜻한다면, '엘리제궁'은 프랑스 대통령이나 그 주변 인물을 뜻합니다. 김대중·김영삼 두 전직 대통령이 야당 지도자였던 시절엔 '동교동' '상도동'

이라는 말이 있었죠. '동교동'은 김대중 전 대통령과 그 주변 인물들을 가리켰고, '상도동'은 김영삼 전 대통령과 그 주변 인물들을 가리켰습니다. 김대중 전 대통령의 사가私家가 동교동에 있었고, 김영삼 전 대통령의 사가가 상도동에 있었거든요. "육군은 군비 증강에 찬성한다" 할 때의 육군도 환유입니다. 여기서 '육군'은 육군에 소속된 장병 전체를 뜻하는 것이 아니라, 육군참모총장을 비롯해 육군을 좌지우지하는 장군들을 의미합니다.

신체기관을 이용한 환유 표현

한국어를 포함한 자연언어에서 가장 흔히 쓰이는 환유는 신체기관을 이용한 것입니다. 신체기관이 환유의 보조관념으로 굉장히 많이 쓰입니다. 이런 표현들을 흔히 숙어나 관용표현, 관용어라고 합니다. 예컨대 '손'을 예로 들어봅시다. "비서실장은 인사권을 손에 쥐고 사리사욕을 채웠어"라는 문장에서 '손에 쥐다'는 '자신의 소유로 만들다'라는 뜻입니다. 그러니까 이 숙어에서 손은 소유나 지배를 의미합니다. '손에 넣다' '손에 들어오다' 같은 숙어에서도 마찬가지입니다. "오랫동안 탐내던 다이아몬드 반지였는데 오늘에야 손에 넣었다"라거나 "이 넓은 김제평야가 우리 손에 들어왔으니 당분간 식량 걱정은 안 해도 되겠군"이라는 문장에서 바로 그 소유하는 손, 지배하는 손이 보입니다.

한편, '손을 잡다' '손을 떼다' '손을 씻다' 같은 표현에서 손은 관계나 관여 따위의 의미를 지닙니다. "신라는 당나라와 손을 잡고 백제와 고구려를 쳤다"거나, "이제 후배들끼리도 잘 꾸려나갈 수 있을 듯해서 나는 그 일에서 손을 뗐다"거나, "또 도박이야? 이제 그만 손을 씻는 게 어때?" 같은 문장에서 '손'은 관계나 관여를 의미하는 손입니다. 또 '손을 놓다' '손을 털다' '손이 비다' 같은 숙어에서 손은 넓은 의미의 노동이나 작업을 뜻합니다. "성란이는 바느질하던 손을 놓고 조카들의 밥상을 차렸다"라거나 "경기침체로 그는 요식업에서 손을 털고 나앉아 버렸다"라거나 "손이 비었으면 이리 와 좀 거들어주렴" 같은 문장에 등장하는 '손'이 바로 일하는 손입니다.

그렇지만 이런 여러 가지 손들의 경계가 항상 또렷한 것은 아닙니다. "요식업에서 손을 털고"의 '손'이 일하는 손인지 관계 맺는 손인지는 모호합니다. 우리가 알 수 있는 것은 이 표현이 환유라는 점뿐입니다. 또 '손이 비다'라는 숙어도 앞서 든 예에서처럼 '하던 일을 다 끝내서 짬이 생기다'라는 의미만 있는 게 아니라 '수중에 돈이 떨어지다'라는 의미도 있습니다. 이럴 때의 '손'은 소유하는 손입니다. "손이 비어 손자 녀석에게 과자 한 봉지도 못 사줬네" 할 때의 손과 마찬가지죠. 또 '손을 대다' 같은 표현에서도 손은 관계를 뜻하는 경우도 있고, (불법적) 소유를 뜻하는 경우도 있습니다. "그런 더러운 일에 네가 손을 댔단 말이야?"라는 문장에서 '손'은 관계 맺는 손이고, "대통령이라는 자가 국가 재산에까지 손을 댔단 말이야?"라는 문장에서 '손'은 (불법적으로) 소유하는 손입니다. 그러니까 환유를 이용한 관용표현에서는 그 중심 단어가 무슨 뜻이냐를 따져보는 것보다, 전체의 뜻을 그냥 익히는

5—은유와 환유

게 더 중요합니다. 실상 그것이 우리가 환유를 이용한 숙어를 사용하고 이해할 때 취하는 태도이기도 합니다. 숙어熟語란 글자 그대로 '익은 말'이니까요. 그렇게 익혀지고 나면 '손이 크다'나 '손이 작다'는, 본래의 뜻을 잃고, 돈이나 물건을 다루는 데 통이 크거나 작다는 뜻이 됩니다. 또 '손에 설다'나 '손에 익다'는, 환유를 통해서, 어떤 일이 익숙지 못해 서투르거나 그 서투르던 일이 점차 익숙해진다는 뜻이 됩니다.

'손'의 복합어들도 환유를 통해 숙어를 여럿 만들어냅니다. '손가락질을 받다'는 '남에게 깔보이거나 비웃음을 받다'라는 뜻이고, '손가락을 빨다'는 '먹을 것이 떨어져 굶고 있다'는 뜻입니다. "사람들한테서 손가락질을 받으면서도 그 신문은 사상검증이라는 걸 계속하고 있군"이라거나 "직장을 잃은 지 3개월, 이젠 손가락을 빠는 수밖엔 없겠군"이라는 문장에서 그런 가리키는 손가락이나 대용식代用食으로서의 손가락이 보입니다. 또 '손금을 보다'는, "그는 정계의 속사정을 손금 보듯 훤히 알고 있어"에서처럼, 어떤 사정을 자세히 알고 있는 걸 비유하는 말입니다. 이때의 손금 역시 환유죠.

본디 뜻이 '손과 발'인 '손발'도 환유를 통해 여러 숙어를 만듭니다. '손발이 되다'는 어떤 사람의 충실한 협조자나 부하가 된다는 뜻이고, '손발이 따로 놀다'는 모임이나 조직에서 구성원들의 행동이 제각각이라는 뜻입니다. 또 '손발이 맞다'는 함께 일하는 사람끼리 서로 호흡이 잘 맞는다는 뜻입니다. 아, 여기서 '호흡이 잘 맞는다'는 표현도 환유군요.(웃음) "아이히만은 히틀러의 손발이 되어 유대인 학살을 지휘했다"거나 "그 친구랑 파트너가 되면 늘상 손발이 따로 놀아 제대로 되는 일이 없다"거나 "그 팀은 손발이 척척 맞아 벌써 일을 끝냈어" 같은 문장에서 환유로 사용된 손발이 보입니다.

'손버릇이 나쁘다'는 남의 물건을 훔치거나 남을 때리는 버릇이 있다는 뜻이고, '손톱도 안 들어간다'는 사람됨이 몹시 완고하거나 인색하다는 뜻입니다. "그렇게 손버릇이 나쁘니 미움을 받지!"라거나 "김이사한테 사정을 해보라구요? 손톱도 안 들어갈 사람이에요" 같은 문장에서 나쁜 손버릇과 안 들어가는 손톱이 보입니다. 실제로 '손'이 들어가는 관용표현은, 제가 아는 한, 불어나 독어나 영어를 포함한 유럽어 대부분에서도 비슷한 환유를 이룹니다. 예를 드는 건 생략하겠습니다.(웃음) 여러분도 손이라는 말을 사용해 환유적 문장을 한번 만들어보세요. 이를테면 "이 일은 손이 여문 사람에게 부탁해야 해!"라거나, "은퇴한 지 1년도 안 됐는데 손이 근질근질하군!"이라거나, "주식시세를 결정하는 건 큰손들이야" 같은 문장 말입니다. 손만이 아니라 다른 신체기관도 마찬가지로 환유의 질료입니다.

"얼굴이 두껍다" 할 때 그 사람이 실제로 얼굴이 두꺼운 건 아닐 거예요. 이때의 얼굴은 염치나 수치심에 대한 감각의 예민함 정도로 해석될 수 있을 것 같습니다. "얼굴 좀 세워줘"라는 문장에서도 얼굴이 일상적 의미는 아니죠. 이때의 얼굴은 환유를 통해 체면을 의미합니다. '얼굴이 팔리다' '얼굴에 먹칠하다' '얼굴에 침 뱉다' '얼굴에 철판을 깔다' '얼굴을 내밀다' '얼굴이 뜨겁다' '얼굴이 간지럽다' '얼굴이 깎이다' 같은 관용구에서도 얼굴은 다 환유적으로 쓰인 것입니다.

숙어를 많이 알수록
글쓰기에 유리하다

방금 말씀드렸듯, 어떤 자연언어에서도 신체어身體語는 환유를 통해 숙어를 만들어내는 가장 풍부한 자원입니다. 우리말의 손이나 얼굴 말고도 낯, 입, 가슴, 배, 발, 목, 눈, 코 따위가 다 그렇습니다.

글을 잘 쓰려면 일단 단어를 많이 알아야 한다고 제가 누누이 강조했습니다. 그런데 단어만이 아니라 숙어, 곧 관용표현도 마찬가지입니다. 숙어를 많이 알면 알수록 글을 잘 쓰는 데에 유리합니다. 관용표현을 쓰면 글이 유려해지죠. 그러니 관용표현을 익혀야 합니다. 우리가 영어를 배울 때 단어만이 아니라 숙어를 익히는 것과 똑같아요. 한국어에도 많은 숙어가 있습니다. 그리고 그 숙어들 가운데 신체어가 들어간 것은 거의 다 환유입니다. 그것이 환유라는 걸 아는 것 자체가 중요한 건 아니겠죠. 중요한 건 그런 숙어들을 되도록 많이 익혀 자유자재로 쓰는 겁니다.

그래서 제가 여러 차례 말씀드렸듯, 사전을 자주 들춰보시기 바랍니다. 꼭 종이사전도 필요 없고 인터넷 사전만으로도 충분합니다. 신체와 관련된 관용어들을 한번 쭉 훑어보세요. 대부분이 귀에 익숙할 겁니다. 예컨대 표제어 '발'을 찾으면 '발 벗고 나서다' '발 뻗고 자다' '발을 끊다' '발을 들여놓다' '발이 내키지 않다' '발이 익다' '발이 잦다' '발이 뜨다' '발이 길다' '발이 짧다' '발이 넓다' '발이 저리다' 같은 표현이 나올 겁니다.

표제어 '눈'을 찾으면 '눈에 흙이 들어가다' '눈을 감다' '눈이 높다' '눈이 뒤집히다' '눈이 맞다' '눈이 삐다' '눈이 시퍼렇다' '눈이 캄캄하다' '눈을 붙이다' '눈에 칼을 세우다' 같은 숙어를 발견할 겁니다.

또 표제어 '입'을 찾으면, '입만 살다' '입만 아프다' '입에 거미줄을 치다' '입에 맞다' '입에 올리다' '입에서 젖내 난다' '입에 침이 마르다' '입에 풀칠을 하다' '입이 가볍다' '입이 싸다' '입이 무겁다' '입이 짧다' '입이 걸다' 같은 관용표현들이 여러분을 기다리고 있을 거예요.

'얼굴'과 비슷하면서도 다른 '낯'에도 '낯가리다' '낯간지럽다' '낯깎이다' '낯을 내다' '낯 두껍다' '낯부끄럽다' '낯붉히다' '낯설다' '낯익다' '낯없다' 같은 표현이 딸려 있겠죠. '가슴이 두 근 반 세 근 반 한다'나 '애를 먹다'나 '목이 빠지다'나 '코가 납작해지다'나 이런 표현들도 다 환유입니다.

이 표현들은 대부분 여러분에게 익숙하겠지만, 사전을 뒤지다보면 처음 들어보는 표현도 적잖이 나올 겁니다. 그러면 그걸 익히세요. 자기 것으로 만드세요. 다른 사람들이 그런 관용표현을 모를 거라고 생각하지 마세요. 단이와 마찬가지로 숙어도, 남들은 다 아는데 자기만 모르는 표현이 많을 수 있습니다. 그러면서 표현력을 키워나가는 겁니다. 환유가 됐든 은유가 됐든, 비유를 사용한 관용어구는 글에 알록달록 무늬를 새기는 역할을 합니다. 윤활유가 되기도 하고요.

그런데 여기서, 시를 유사성, 즉 은유에 연결시키고, 산문을 인접성, 즉 환유에 연결시킨 야콥슨의 견해로 잠깐만 돌아가봅시다. 앞서 봤듯, 관용어구의 압도적 다수는 은유가 아니라 환유입니다. 그리고 관용어구라는 건 상투어, 서양말로 클리셰 ^{Cliché} 라는 뜻도 됩니다. 시인들은 이런 관용어구를 좋아하지 않습니다. 상투어가 들어간 시는, 산문도 그렇지만 특히 시는, 나쁜 시가 될 수밖에 없습니다. 시인은 신선한 표현을 갈구합니다. 그래서 시인들은 때로 자신도 모르게 환유보다는 은유에 집착하게 됩니다. 좋은 시적 비유는 은유일 수밖에 없죠. 우리가 일상적으로 은유보다 환유를 더 많이 쓰고 있다고 아까 제가 말씀드렸는데, 그것도 당연합니다. 일상어들은 대체로 관용적 표현, 닳고 닳은 상투어가 많습니다. 그것들은 대체로 환유입니다. 우리가 시를 쓰지 않는 한, 은유보다 환유를 훨씬 더 많이 사용하게 되는 것은 그래서 당연한 것입니다. 누구나 시인처럼 말할 수는 없잖아요?(웃음)

은유와 환유 얘기를 이만 멈추면서, 은유가 문예사조에서 낭만주의와 밀접한 관련이 있고 환유가 사실주의와 밀접한 관련이 있다는 점을 지적하고 싶습니다. 그것은 사실 시가 은유와 깊이 관련돼 있고 산문이 환유와 깊이 관련돼 있다는 사실과 무관치 않은데, 더 나아가지는 않겠습니다.

가짓수가 한정되어 있는
서양의 이름

앞 강의(1권 1강)에서도 은유와 환유 얘기를 이미 한 바 있으니, 오늘은 은유와 환유에 대해서 이쯤 얘기하고 좀 다른 얘기를 하겠습니다. 바로 인명이나 지명 같은 고유명사에 대한 이야기입니다. 난데없이 웬 인명, 지명 얘기냐고 생각하실 분도 있겠지만, 이것도 다 글쓰기와 관련이 있습니다. 지난주에 얘기한 외래어표기법이나 로마자표기법과 마찬가지입니다. 사실 이 이름 얘기는 글쓰기만이 아니라 글읽기와도 깊은 관련이 있습니다. 재미가 없을지도 모르겠지만, 얘기를 시작하겠습니다.

누구에게나 자기 나라 인명이나 지명은 외기 쉽고, 다른 언어를 쓰는 나라의 인명이나 지명은 외기 어렵습니다. 그런데 유럽어를 쓰는 사람이 한국의 인명이나 지명을 익히는 것과 한국어를 쓰는 사람이 유럽이나 아메리카의 인명이나 지명을 익히는 것 중 어느 쪽이 더 어려울까요? 구미인들이 한국 사람 이름 외우기가 더 어렵습니다.

한국어의 성姓은 보통 한 음절이고 이름은 보통 두 음절이어서 성명이 세 음절밖에 안 되니 외우기 쉬울 것 같지요? 그렇지 않습니다. 물론 성은 외기 쉬울 겁니다. 실제로 남궁, 독고, 선우, 황보, 사공, 제갈 같은 두 음절 성은 드물고 대부분이 한 음절인 데다가, 성의 가짓수가 많지 않으니까요. 한자 구별을 하지 않으면 한국인의 성은 100개도 안 될 겁니다. 그렇지만 이름은 사정이 전혀 다릅니다. 비록 두 음절이라고 해도 한국어 음운법칙이 복잡한 데다가 가짓수가 서양보다 훨씬 많기 때문입니다. 한글 한자음이 5백 수십 개인데 500개로만 쳐도 500 곱하기 500 해서 25만 개의 이름을 지을 수 있습니다. 우리 대법원이 허용한 인명용人名用 한자음이 476개라고 합니다. 그렇다면 대법원이 허용한 한도 내에서도 476 곱하기 476 해서 약 22만 개의 이름을 지을 수 있는 겁니다. 물론 흔한 이름도 있고 희귀한 이름도 있지만, 적어도 이론적으로 말하면 한국어의 한자 이름은 발음으로만 쳐도 22만 개나 지을 수 있습니다. 만일 다른 한자를 쓰는 같은 발음의 이름을 다른 이름으로 친다면, 어떻게 될까요? 대법원이 허용한 인명용 한자가 5,400여 자라고 합니다. 그러면 5,400 곱하기 5,400, 즉 2916만 개의 이름을 지을 수 있는 거죠. 게다가 한자로 적을 수 없는 고유어 이름도 수만 개는 될 겁니다.

서양은 그 반대입니다. 소위 퍼스트 네임이나 미들 네임이 한국의 이름에 해당하는데, 이 이름의 풀^{pool}이 그리 넓지 않습니다. 대개 성서나 그리스-로마신화에 나오는 신 또는 사람의 이름에서 가져오죠. 물론 거기서 유래하지 않는 이름도 있지만, 그런 걸 다 포함해도 한국 이름처럼 다양하지는 않습니다. 아예 비교 자체가 안 됩니다. 서양 사람들은 더구나 이미 존재하는 이름 풀에서 아이 이름을 고르는 거지 자기가 창조적으로 만들어내지는 않죠. 간혹 그런 틀에서 벗어나 튀게 이름을 짓는 부모들도 있기는 합니다. 그렇지만 그게 흔한 일은 아닙니다. 그렇다면, 서양 사람 이름의 수가, 이미 있던 사람 이름을 따서 만드는 게 아니라 새로 만드는 일이 흔한 한국 사람 이름의 수와 비교가 되겠습니까? 물론 한국 이름도 흔한 이름은 많이 겹치지만, 흔하지 않은 이름도 많잖아요. 서양에선 그렇지가 않아요. 거의 존이니, 폴이니, 피터니, 메리니… 뭐, 제가 일일이 헤아려보진 않았지만 퍼스트 네임으로 쓰이는 이름이 한 나라에 백 수십 개 정도나 될 겁니다. 아무리 많아 봐야 200이나 300을 넘을 것 같진 않군요. 애칭들을 한 이름으로 친다면 말입니다. 한국인의 이름 다양성이 태평양 크기라면 서양 사람들의 이름 다양성은 서울 잠실의 석촌호수보다도 작습니다. 다만 성^姓의 가짓수는 한국보다 많지요.

14세기에서 15세기 중엽까지 영국과 불란서가 100년 이상 서로 싸웠던 적이 있습니다. 100년전쟁이라고 불리는 이 전쟁에서 불란서가 승리하는 데 결정적으로 기여한 사람이 잔 다르크^{Jeanne d'Arc}라는 처녀입니다. 잔 다르크는 고유명사입니다. 고유명사라는 건 그 정의에 따라 어디에서나 똑같이 불러야 합니다. 고유명사에 자의성이 개입되어 서로 다르게 부르면 고유명사가 아니죠.

그렇다면 영국 사람들도 그녀를 잔 다르크라고 불렀을까요? 아닙니다. 영국 사람들은 잔 다르크를 존 어브 아크^{Joan of Arc}라고 부릅니다. 프랑스어 이름 잔^{Jeanne}은 영어 이름 존^{Joan}에 해당합니다. 또 스페인어로는 후아나^{Juana}, 이태리어로는 조반나^{Giovanna}, 독일어로는 요한나^{Johanna}입니다. 또 프랑스 이름 잔의 남성형이 장^{Jean}인데 프랑스에서 아주 흔한 이름이죠. 이것 역시 영어로는 존^{John}, 스페인어로는 후안^{Juan}, 이태리어로는 조반니^{Giovanni}, 독일어로는 요한^{Johann}, 러시아어로는 이반^{Ivan}, 이런 식으로 다 다릅니다. 성서나 그리스-로마신화에서 가져온 이름의 형태가 나라마다 제각각인 셈입니다.

바티칸에 가보면 프란치스코 교황이 집전하는 성당이 있습니다. 그 성당 이름이 성베드로교회입니다. 예수의 수제자 이름인 베드로는 그리스어로 '돌'을 뜻하는 페트라^{Petra}에서 온 말인데 역시 나라마다 형태가 조금씩 다릅니다. 영어로는 우리에게도 익숙한 피터^{Peter}예요. 불어에서는 피에르^{Pierre}, 러시아어에서는 표트르^{Pyotr}, 스페인어에서는 페드로 ^{Pedro}, 독일어에선 페터^{Peter}입니다. 독일어에서는 영어랑 철자가 같네요.

구미 이름은 가짓수가 많지 않지만, 그 많지 않은 이름들은 언어에 따라 제가끔 형태가 조금씩 변합니다. 언어가 진화하는 과정에 형태들 이 해당 언어의 음운구조에 동화하며 변한 겁니다. 아주 흔한 영어 이 름으로 메리^{Mary}가 있습니다. 예수의 어머니 이름이죠? 불어에서는 마 리^{Marie}, 스페인어나 이태리어에서는 마리아^{Maria}라고 합니다. 영어에서 도 메리라는 이름 대신에 군이 마리아(머리어)라는 이름을 짓기도 합니 다. 그건 약간 이국적인 느낌을 자아내려고 하는 거죠.

역사 인물과
현대인의 이름 표기

'정복자 윌리엄^{William the Conqueror}'이라 는 유명한 인물이 있습니다. 원래 프랑스 노르망디 지방을 다스리던 공작이었는데, 1066년 잉글랜드에 쳐들어가서 그 나라를 정복했습니 다. 그리고 잉글랜드 왕이 되었습니다. 이 사람을 영국에서는 윌리엄^{William} 1세라고 불러요. 그런데 프랑스에서는 윌리엄이라고 부르지 않고 기 욤^{Guillaume}이라고 합니다. 사실 잉글랜드로 쳐들어가기 전 노르망디를 다스릴 때 이 사람의 이름은 당연히 불어식으로 기욤이었죠. 또 독일 어로는 빌헬름^{Wilhelm}이에요. 유럽에서 역사적 인물의 이름들은 이렇게 언어마다 형태가 조금씩 다릅니다.

스페인 역사와 신성로마제국 역사에 동시에 등장하는 카를로스 5세라는 군주가 있습니다. 사실 이 군주는 스페인어를 할 줄 몰랐으니 독일어식으로 카를 5세라고 부르는 게 더 적당할 듯도 합니다. 이 사람은 신성로마제국의 황제이자 스페인의 왕이었습니다. 스페인의 왕가 족보로는 카를로스 1세지만, 스페인에서도 신성로마제국 황제의 족보를 더 중시해 카를로스 5세라고 부르기도 합니다. 이 사람이 다스리는 영토가 어마어마하게 넓었습니다. 신성로마제국은 굳이 지금으로 치자면 독일과 오스트리아의 전신인데, 그 영역은 지금의 독일과 오스트리아보다 훨씬 더 넓었습니다. 거기에다가 카를로스 5세는 친가와 외가 쪽에서 엄청난 넓이의 땅을 유산으로 받아 영국과 프랑스, 러시아, 북부 유럽을 제외하고는 유럽 대부분이 제 땅이었습니다. 게다가 스페인 왕을 겸했으니 남아메리카에도 광대한 식민지 영토가 있었고요. 흔히 전성기 때의 영국을 해가 지지 않는 나라라고 부르지만, 카를로스 5세의 광활한 땅이야말로 그 이전에 나타난, 진정 해가 지지 않는 나라였습니다. 신성로마제국은 19세기 초 나폴레옹 보나파르트가 이끄는 프랑스군에 의해 해체되기까지 유럽을 상징하는 정치체였습니다. 유럽에서 그냥 황제라고 하면 신성로마제국 황제를 가리켰죠.

앞서 말씀드렸다시피 이 왕 또는 황제를 스페인에서는 카를로스^Carlos라 부르고 독일에서는 카를^Karl이라고 부릅니다. 또 프랑스에서는 샤를^Charles, 영국에서는 찰스^Charles, 이탈리아에서는 카를로^Carlo라고 부릅니다. 그런데 한국어 번역자들이 이런 데서 실수를 많이 합니다. 보통 한국은 영어책 번역을 많이 하잖아요? 유럽 역사를 서술한 영어책에는 이

Charles V라는 사람이 흔히 나옵니다. 그러면 번역자는 당연하다는 듯이 대뜸 찰스 5세라고 옮깁니다. 그건 완전히 잘못된 거죠. 이 사람은 사실 영국이랑은 아무 상관도 없거든요. 역사적 맥락에서 살펴본다면 스페인어로 카를로스 1세라고 하거나 독일어로 카를 5세라고 해야 합니다. 스페인에서도 보편화한 카를로스 5세라고 해도 좋고요. 이 카를로스 5세는 유럽 역사에서 굉장히 중요한 인물인데, 이 사람을 찰스 5세라고 부르면 갑자기 '듣보잡' 영국인으로 변해버립니다.(웃음)

이런 경우가 종종 있습니다. Joan of Arc란 이름이야 잔 다르크를 의미한다는 것이 워낙 널리 알려져서 번역자가 실수하지 않습니다. 당연히 잔 다르크라고 번역하죠. 그런데 가령 영어로 된 역사책에 William이라는 이름이 나오면, 번역자는 먼저 그 사람이 누구인지 신원을 확인해야 합니다. 독일 사람이면 빌헬름으로 적어줘야 하고, 보헤미아 지역 출신 사람이라면 빌렘^{Vilém}이라고 적어줘야 하고, 스페인 사람이라면 기예르모^{Guillermo}라고 적어줘야 하고, 프랑스 사람이면 기욤이라고 적어야죠. 무턱대고 윌리엄이라고 하면 안 됩니다.

그렇다면 지금 살아 있는, 또는 최근에 죽은 인물 이름의 경우는 어떨까요? 형사 콜롬보라는 캐릭터로 유명한 피터 포크라는 배우가 있었습니다. 이 배우 이름을 부를 땐 프랑스 신문에서도 피에르 포크라고 하지 않고 그냥 피터 포크라고 씁니다. 스페인에서도 당연히 페드로가 아니라 피터 그대로 쓰죠. 독일에서도 러시아에서도 마찬가지입니다. 존 케네디 대통령을 프랑스에서 결코 장 케네디라고 고쳐 부르지 않습니다. 프랑스 극우정당 국민전선을 세운 장-마리 르펜을 영국에서 존-

메리 르펜이라고 고쳐 부르지 않고 그 이름 그대로 가져다 쓰듯이요.

역사적 인물의 경우엔 유럽 각 언어에 따라서 고유형태가 있기 때문에 조금씩 달리 쓰지만, 현대인의 경우에는 각 나라에서 어떻게 발음되어 읽히든 간에 하여튼 표기를 일치시키는 겁니다.

엔도님과 엑소님

인명에 이어 지명 얘기를 해보겠습니다. 독일의 국호는 독일어로 도이칠란트 ^{Deutschland}입니다. 영어로는 저머니 ^{Germany}라고 합니다. 그리고 프랑스어로는 알마뉴 ^{Allemagne}, 체코어로는 네메츠코 ^{Německo}라고 그래요. 앞서 말했지만 고유명사라는 건 어디에서나 똑같이 불러야 합니다. 그런데 한 나라를 도이칠란트, 저머니, 알마뉴, 네메츠코 이렇게 다 다르게 부른단 말이에요.

이때 해당 지역이 속한 나라의 언어로 된 지명을 엔도님 ^{endonym} 또는 오토님 ^{autonym}이라 합니다. endo-는 안쪽이란 뜻이고 -nym은 이름이라는 뜻이므로, '안에서 부르는 이름'이라고 할 수 있습니다. 또 auto-는 자기란 뜻이니까 오토님은 '자기들이 부르는 이름'이라는 의미입니다. 이를테면 도이칠란트가 독일의 엔도님입니다. 나머지 저머니, 알마뉴, 네메츠코 같은 이름은 엑소님 ^{exonym}이라고 합니다. exo-는 바깥이란 뜻이에요. 그러니까 엑소님은 '바깥에서 부르는 이름'이라는 말이죠.

일반적으로 지명은 고유명사이기 때문에 대개의 경우 엔도님과 엑소님의 형태가 어느 정도는 비슷합니다. 같은 어원을 가졌던 것이 각

언어의 음운구조에 적응하면서 형태가 조금씩 일그러지는 경우가 많으니까요. 예컨대 일본을 일본말로 닛폰にっぽん 또는 니혼にほん이라고 합니다. 그건 일본 사람들의 엔도님입니다. 한국은 이 나라를 일본이라고 부르죠? 닛폰과 일본은 꽤 달라 보이지만 같은 어원의 이름이 두 나라 음운구조에 달리 적응한 것에 불과합니다. 잠깐 샛길로 빠지자면, 일본이라는 나라, 정말 이상합니다. 니혼이라고 불러도 되고 닛폰이라고 불러도 되고, 나라 이름도 확정돼 있지 않아요.(웃음)

중국 사람들은 자기 나라를 쭝구어라고 부릅니다. 이게 엔도님이고 한국인들이 이 나라를 부를 때 쓰는 '중국'은 쭝구어에 대한 엑소님이죠. 일본과 닛폰의 경우처럼, 어원적으로는 같은데 단지 각 나라의 음운체계에 적응하면서 발음이 일그러진 것입니다. 일본 사람들은 중국을 주고쿠ちゅうごく라고 발음합니다. 이것 역시 한자어 中國이 일본어에 가서 형태만 변한 거예요.

오스트리아는 사실 영어 이름입니다. 우리가 미국 사람을 따라서 그냥 오스트리아라고 부르는 거죠. 오스트리아 사람들은 자기 나라를 외스터라이히Österreich라고 합니다. 이게 엔도님이고 오스트리아는 엑소님인 겁니다. 프랑스 사람들은 이 나라를 오트리슈Autriche라고 부릅니다. 발음을 보면 영어 엑소님이든 프랑스어 엑소님이든, 엔도님의 형태가 일그러진 것이라는 사실을 알 수 있습니다.

도시 이름에도 엔도님과 엑소님이 형성될 수 있어요. 프랑스의 수도 파리는 영어나 독일어로 Paris라고 똑같이 쓰긴 하지만, 각각 패리스, 파리스라고 다르게 읽습니다. 이태리어로는 파리지Parigi라고 하죠. 읽는 것은 약간씩 다르지만 모두 파리라는 엔도님이 형태적으로 굴절되었다는 것을 알 수 있습니다. 영국의 수도 런던 ^London^은 프랑스어로 롱드르 ^Londres^입니다. 런던이 엔도님 또는 오토님이고 롱드르가 엑소님인 것이죠. 오스트리아 수도 빈 ^Wien^은 영어로 비에너 ^Vienna^입니다. 우리는 이 영어 이름을 좇아서 흔히 비엔나라고도 부르죠? 빈이 엔도님이고 비에너가 엑소님입니다.

강 이름도 마찬가지예요. 도나우 강과 다뉴브 강이 같은 강이라는 것은 아시죠? 도나우 ^Donau^는 독일어식으로 말한 것이고, 다뉴브 ^Danube^는 영어식으로 말한 겁니다. 도나우가 엔도님이고 다뉴브가 엑소님인 셈이죠. 그런데 도나우 강이 워낙 길어서 독일만이 아니라 여러 나라를 관통하다보니, 아마 10여 개 언어로 엔도님이 있을 겁니다.

엔도님과 엑소님이 전혀 어원적 연관이 없을 수도 있습니다. 역사가 오래된 나라, 그러니까 일찍부터 외부에 알려진 나라들에 대해서는 엔도님과 어원이 다른 엑소님이 형성되기 쉽습니다. 중국은 서양에서는 보통 차이나 ^China^ 또는 치나로 불립니다. 중국이 이미 진나라 때부터 유럽에 알려져 있었다는 뜻입니다. 한국만 해도 엑소님이 코리아 ^Korea^나 코레아 ^Corea^ 계통인 걸 보면, 적어도 고려 때부터 외부세계에 알려졌던 거죠. 앞서 본 도이칠란트와 네메츠코도 형태가 아주 다르죠. 그 어원이 달라서 그렇습니다.

도시 차원에서 보자면, 예컨대 중국인들은 서울을 漢城이라 쓰고 '한청'이라 읽습니다. 한성이 서울의 옛 이름이긴 하지만, 20세기 이후에도 서울을 서울이라고 읽지 않고 한청이라 읽는단 말이에요. 엔도님과 엑소님이 너무 다른 거죠. 그런데 이명박 씨가 서울시장을 지내던 때, 이 차이를 줄이려고 首爾(수이)라는 이름을 만들어냈습니다. 중국 발음으로는 '서우얼'로 읽는다고 합니다. 그 뒤 이 이름이 중국에 퍼져 나가 공식문서나 언론에서는 서우얼이라고 하는데, 일반인들은 여전히 서울을 한청이라고 부른다는 얘기를 들었습니다.

엔도님을 쓰기 어려운 사례들

지명을 부를 땐 가능하면 엔도님을 쓰는 게 좋다고 생각합니다. 그 나라 사람들이 부르는 명칭을 존중해주자는 취지입니다. 하지만 그것이 항상 여의치만은 않습니다. 예컨대 영토 분쟁이 있는 장소일 경우에 그렇습니다. 이 경우엔 자기 처지에 따라 무엇이 엔도님이고 무엇이 엑소님인지 구별하기 어렵기 때문입니다. 독도獨島라는 이름은 한국 사람에게는 엔도님이지만, 일본 사람에게는 엑소님입니다. 일본 사람들 대부분은 이곳을 자기 땅이라고 여기고 다케시마たけしま. 竹島라고 부르기 때문입니다. 한국에서 이 섬을 부르는 이름인 독도는 그 사람들이 보기에 엑소님인 겁니다. 그런데 한국 사람들 입장에서는 다케시마가 엑소님이고 독도가 엔도님이죠. 센카쿠열도 역시 마찬가지입니다. 중국 사람들에게는 댜오위다오가 엔도님이고 센카쿠는 엑소님입니다. 하지만 일본 사람들에게는 그 반대입니다. 이렇게 한쪽에서는 엑소님인 것이 다른 쪽에서는 엔도님이 되기도 합니다.

역사적인 이유에서 엔도님을 살려 쓰기 어려운 경우도 있습니다. 독일 철학자 칸트는 쾨니히스베르크Königsberg에서 태어나 그곳에서 평생 살다가 죽었다고 합니다. 당시 칸트가 살던 시대에 이곳은 독일 프로이센 영토였습니다. 그런데 지금은 여기가 러시아 영토가 되어서 칼리닌그라드Kaliningrad라고 부릅니다. 그렇지만 아마 러시아 사람이 아니라면, 한국 사람이든 일본 사람이든 영국 사람이든, 칸트가 살았던 도시를 칼리닌그라드라고 부르진 않을 거예요. 칸트라는 사람과 쾨니히스베르크라는 도시 이름이 워낙 긴밀히 연결돼 있기 때문입니다. 지금은 분명히 러시아의 한 도시지만, 그래서 칼리닌그라드라는 러시아식 이름을 지녔지만, 칸트라는 이름과 쾨니히스베르크라는 이름이 너무 밀착되어 있기 때문에 앞으로도 함부로 고쳐 부르진 못할 거라는 말입니다. 물론 말씀드렸다시피 러시아 사람들은 빼고요.(웃음)

역사책에 흔히 콘스탄티노플이라는 영어식 이름으로 적힌 도시는 현재 터키의 이스탄불입니다. 엔도님 우선 원칙에 따르면 어느 나라 사람이건 이곳을 이스탄불이라고 부르는 게 맞습니다. 하지만 그리스 사람들의 경우 그렇게 하기가 매우 힘듭니다. 그들에게는 콘스탄티누폴리라는 그리스식 명칭이 자신들 고대사의 헌걸찬 인물이었던 콘스탄티누스 황제와 워낙 밀접하게 연관되어 있기 때문입니다.

로스앤젤레스Los Angeles는 뉴욕에 이어 미국에서 두 번째로 큰 도시입니다. 스페인어 이름인데 영어로 번역하면 the angels, 즉 천사들이란 뜻이에요. 천사를 뜻하는 스페인어 앙헬ángel을 복수로 만들고 그 앞에 복수정관사가 붙어서 로스앙헬레스Los Ángeles가 된 겁니다. 물론 읽기는 영어식으로 로스앤젤레스라고 읽지요. 이 지명이 엔도님인지 엑소님인지 사실 굉장히 불분명하죠. 이 도시의 이름 형태는 명확하게 스페인어인데, 그곳에서 쓰이는 언어는 영어니까 말입니다. 여기엔 역사적 이유가 있습니다. 이 도시는 스페인어 사용자들이 건설했거든요. 나중에 미국 땅이 돼 영어 사용자가 폭발적으로 늘어났는데, 예전 스페인어 지명을 그대로 물려받아서 써온 것이 지금에 이른 거죠. 이 도시에는 스페인어 사용인구도 상당히 있는데 그들에겐 로스앤젤레스가 명백히 엔도님입니다. 로스앙헬레스라고 읽지 않고 로스앤젤레스라고 읽긴 하지만, Los Angeles라는 표기는 그들 입장에서 명백히 엔도님이라는 뜻입니다. 그렇지만 영어 사용자들에겐 엔도님인지 엑소님인지 다소 불분명합니다. 스페인어 이름을 영어식으로 읽은 거니까요.

시간의 두께가 쌓이면
엑소님이 형성된다

한국인들이 압록강이라고 부르는 곳을 유럽인들은 흔히 얄루^{Yalu}라고 부릅니다. 압록^{鴨綠}의 중국어 발음이 [Yālù]이기 때문입니다. 이 강을 경계로 중국어 사용지역과 한국어 사용지역이 나뉘니까, 압록이 한국인들에게는 엔도님이고 중국인들에겐 엑소님입니다. 반대로 얄루는 한국인들에겐 엑소님이고 중국인들에겐 엔도님입니다. 이처럼 예전부터 오랫동안 알려져 있던 나라나 도시, 지역들은 엔도님과 엑소님이 서로 다른 경향이 있습니다. 반면 최근

세워진 나라나 도시들은 굳이 다르게 불릴 이유가 없죠.

스페인에 코르도바^{Córdoba}라는 도시가 있습니다. 역사가 매우 오랜 도시입니다. 이곳을 프랑스 사람들은 코르두^{Cordoue}라고 불러요. 시간이 흐르면서 자연스레 엔도님과 엑소님이 분리된 거죠. 그런데 스페인 사람들이 아메리카 대륙을 정복하면서 곳곳에 코르도바라는 명칭을 붙여 도시를 수십 개 세웠는데, 이 새로운 코르도바들을 프랑스인들이 코르두라고 부르진 않습니다. 그냥 코르도바라고 부르지요. 신대륙의 코르도바들은 세워진 뒤 흐른 시간의 두께가 얇아 스페인어의 엔도님으로만 불리는 겁니다. 새로 만들어진 코르도바들을 프랑스인들이 코르두라고 부르지 않는 것은, 프랑스를 포함한 유럽에서 현대인의 이름을 각 언어별로 변형하지 않고 로마자 그대로 쓰는 것과 비슷한 현상입니다.

스페인의 톨레도^{Toledo}라는 도시도 마찬가지 사례입니다. 프랑스어로는 이 도시를 톨레드^{Tolède}라는 엑소님으로 부릅니다. 비슷하게는 들리지만 분명히 엑소님이죠. 그런데 남북아메리카에 톨레도라는 지명이 무지무지하게 많이 있어요. 스페인 사람들이 그곳에 건너가서 자기 고향 지명을 마구 갖다 붙인 겁니다. 그런데 아메리카에 있는 수많은 톨레도들은 프랑스 사람들도 그대로 톨레도라고 부릅니다. 스페인의 톨레도를 부르듯이 톨레드라고 하지 않습니다. 이처럼 엑소님이라는 것은 시간의 무게에 의해서 형태가 짓눌려 생기는 거예요.

도시 이름은
가능한 한 엔도님을 쓰자

　　　　　　　　　한국의 경우, 나라 이름은 영어식
으로 부르는 경우가 굉장히 많습니다. 예컨대 그리스 사람들은 자기 나
라를 그리스라고 하지 않습니다. 헬라스라고 합니다. 한국은 영어 사
용자들이 그리스라고 하니까 그걸 따라서 그리스라고 하는 거예요.

　'스페인'도 마찬가지로, 스페인 사람들은 자기 나라를 에스파냐라고
부릅니다. 스페인은 영국 사람들이나 미국 사람들이 에스파냐를 부르는
엑소님이죠. 폴란드, 핀란드, 헝가리 역시 마찬가지로 다 영어 이름입
니다. 폴란드의 엔도님은 폴스카^{Polska}고, 핀란드의 엔도님은 수오미^{Suomi}
고, 헝가리의 엔도님은 마자르오르삭^{Magyarország}입니다.

　그런데 지명 중에서 나라 이름은 몰라도 도시 이름은 엔도님을 존중
해주는 것이 좋습니다. 나라 이름들은 예로부터 서로 알려져 있어서
시간의 흐름에 따라 형태가 일그러진 엑소님을 쓰는 게 그렇게 어색하
지는 않지요. 우리가 갑자기 미국을 아메리카라고 부를 수는 없잖아
요? 일본 사람들은 미국을 이제 아메리카라고 부르는 것 같긴 합니다.
하지만 한국에서는 미국이라는 이름이 이미 너무 널리 쓰여서 아메리
카라고 바꾸기가 어려울 겁니다.

　그래도 도시 이름은 엔도님을 가능한 한 존중해주자는 게 제 생각입
니다. 실제로 지금까지 그래왔어요. 예컨대 폴란드의 수도 이름을 한국
사람들은 바르샤바라고 부릅니다. 그런데 그곳이 영어로는 워소^{Warsaw}입

니다. 한국 사람들이 그걸 따라 부르진 않잖아요. 체코의 수도 프라하도 영국 사람이나 프랑스 사람들은 프라그 Prague 라고 부르는데, 한국 사람들은 그 나라의 엔도님인 프라하로 불러주고 있습니다.

물론 항상 그런 건 아니에요. 베니스영화제라고 보통 그러는데 사실 베니스의 엔도님은 베네치아입니다. 피렌체도 흔히 영어식으로 플로렌스라고 하는 경우가 있는데, 그 도시의 엔도님은 피렌체입니다. 도시 이름은 엔도님을 쓰는 게 좋을 것 같습니다. 나라 이름만큼 예전부터 알려진 게 아니어서 충분히 새로 정착시킬 수 있을 것 같아요. 베니스영화제라고 하지 말고 베네치아영화제라고 부르는 게 좋겠다는 얘기입니다.

일본 지명의 경우에도 동경이 아니라 도쿄, 대판大阪이 아니라 오사카라고 엔도님을 사용하는 게 좋죠. 일본어는 한자를 읽을 때 음독하는 것 말고 훈독, 뜻으로 읽는 한자들이 굉장히 많거든요. 당장 오사카가 그렇죠. 일본에 히토츠바시一橋라는 대학이 있는데 히토츠바시와 일교 사이에는 아무런 음운대응이 없습니다. 오사카와 대판처럼요. 일본 사람들이 그냥 一橋(한 개의 다리)를 히토츠바시라고 읽는 것뿐이죠. 아니 정확히 말하면 히토츠바시를 一橋라고 쓰는 것뿐이죠. 그러니까 이런 경우에 히토츠바시대학을 일교대학이라고 하면 정말 이상할 거 같아요. 아무런 음운적·음성적 관련성이 없으니까요. 그래서 국립국어원도 일본어의 엔도님을 따라주자는 입장입니다. 그런데 이때 장모음까지 반영해서 표기하지는 않습니다. 사실 도쿄는 히라가나로 とうきょう이므로 도오쿄오라고 쓰는 게 옳을 것 같지만, 국립국어원에서는 일

본어의 장모음을 한글의 또다른 음절로 표기하는 건 인정하지 않기로 정했습니다. 옳은 결정이라고 생각합니다. 이건 언어학적으로 설명이 좀 필요한데 생략하겠습니다.

　중국의 지명 역시 마찬가지입니다. 중국 사람들이 쓰는 대로 그냥 써 주는 게 좋습니다. 엔도님을 쓰자는 거죠. 북경이라 하지 말고 베이징이라 하고, 남경이라 하지 말고 난징이라고 하자는 겁니다. 그런데 역사적 맥락에 따른 예외도 있을 수 있습니다. 낙양 같은 도시는 중국 역사에서 왕조의 수도였던 적이 많아서 그 이름이 우리에게 매우 익숙합니다. 그래서 뤄양이라고 부르는 게 어색합니다. 사실은 그렇게 해야 하지만요. 국립국어원도 이 도시를 뤄양이라고 부르자고 제안하고 있습니다. 그렇지만 역사교과서를 통해 낙양이라는 이름이 워낙 익숙해져 있고, 또 '낙양의 지가를 올리다' 같은 관용구가 있는 만큼, 뤄양이라고 부르기가 조금 어색하긴 합니다. 중국 역사에서 왕조의 수도로서 낙양과 쌍벽을 이뤘던 장안은 지금 이름이 시안^{西安}으로 바뀌었으니 굳이 엔도님을 존중해 창안이라고 부를 필요는 없을 것 같습니다.

　아, 다시 인명 얘기를 조금 해야겠습니다. 중국 인명 부르기와 일본 인명 부르기의 원칙이 조금 다릅니다. 일본 이름은 무조건 일본 사람들이 부르는 대로 불러줍니다. 그것은 일본어 특유의 훈독과 관련 있습니다. 일본 사람이 한자를 훈독하면 한국어 한자음과 아무런 관련이 없어지니까요. 그렇지만 중국 인명은 신해혁명을 기준으로 삼아 그 이전에 활동했던 사람들은 우리 한자음으로 읽고 그 이후에 활동한 사람들은 중국 한자음으로 읽는다고 국립국어원에서 원칙을 정했어요.

신해혁명은 1911년 한족 중심의 중국인들이 만주족 중심의 청나라를 멸망시키고 중화민국을 건설한 사건을 말합니다. 예컨대 공자, 맹자, 주희, 이백, 두보 이런 사람들은 신해혁명 이전에 활동했으니까 한국식 한자음으로 읽습니다. 뭐 콩쯔, 멍쯔, 쭈씨, 리바이, 뚜푸 이렇게 부르면 완전히 처음 들어보는 사람 같잖아요. 그런데 장쩌민, 후진타오, 시진핑 이런 현대인들, 방금 말씀드렸듯 1911년 이후에 활동한 사람들은 중국어 한자발음으로 읽습니다. 손문이 아니라 쑨원, 노신이 아니라 루쉰, 등소평이 아니라 덩샤오핑이라고 씁니다. 어떤 필연적인 기준이라기보다는 그렇게 원칙을 정한 겁니다.

그런데 이 원칙이, 역사적으로 유명한 외국 사람들은 자기 나라식의 변형된 이름으로 표기하고 유명하든 유명하지 않든 근현대인들은 당사자가 부르는 대로 표기해주는 유럽과 비슷하지 않나요? 표트르 대제는 영국에서 피터로, 프랑스에서 피에르로, 스페인에서는 페드로로 읽지만, 현대 러시아 사람 표트르는 영국에서도 프랑스에서도 스페인에서도 표트르로 읽는 방식 말입니다.

오늘 강연이 좀 두서가 없네요. 좀더 체계적으로 얘기를 했어야 했는데, 인명 얘기 하다가 지명 얘기 하다가 다시 인명 얘기로 되돌아온 셈이 되었습니다. 외국어 인명·지명 읽기에 대해서 좀더 체계적으로 알고 싶으신 분은 제 책《감염된 언어》에 실린 〈버리고 싶은 유산, 버릴 수 없는 유산〉과《도시의 기억》에 실린 〈간주곡: 엔도님과 엑소님〉을 참고하십시오.

글쓰기 이론

첫 문장을 어떻게
시작할 것인가

어떤 주제나 소재에 대해서 쓰고 싶은 마음이 솟구친다면 글을 시작하는 데에 별 걱정이 없을 겁니다. 그런데 만약 신문사나 잡지사로부터 어떤 제목으로 글을 써달라는 청탁을 받았다고 해봅시다. 저는 신문기사 말고는 대개 그렇게 청탁을 통해서 글을 써왔어요. 그 주제에 대해서 아는 바나 연구한 바가 없을 때는 어떻게 할까요? 아는 게 없다고 해서 글을 안 쓴다면 아마 그 사람은 글을 계속 못 쓸 가능성이 큽니다.

직접경험, 간접경험,

에피소드 지식　　　　　　　　　저는 일단 주제가 정해지면 우선 옛날 경험을 돌아봤습니다. 예컨대 '가을에 대해서 써봐라, 전쟁에 대해서 써봐라' 하면, 기억을 가만히 돌이켜 그와 관련된 경험이 있나 떠올려봅니다.

　그다음 방법이 시사적 사건이나 친구와의 대화, 텔레비전 프로그램

등에서 관련 거리를 모으는 것입니다.

그리고 세 번째가 제가 잘 쓰는 방법은 아닙니다만, 해당 주제와 관련된 에피소드로 글을 시작할 수 있습니다. 예컨대 '건축'이 주제라면, "스페인이나 이태리의 무슨 성당은 몇백 년 전부터 지금까지 계속 지어지고 있다"라든가, "세계에서 제일 큰 건축물은 무엇이다"라든가 하는 식으로 글을 시작하는 거죠. 타지마할을 세운 왕과 일찍 죽은 왕후의 사랑 이야기를 풀어놓는다든지, 아니면 하다못해 누가 건축에 대해서 한 말을 인용하는 것도 방법입니다. "아무개는 건축에 대해서 뭐라고 얘기했다" 이렇게요.

10년쯤 전에 돌아가신 정운영 선생이라는 분이 계십니다. 신문 칼럼의 화사한 글로 일세를 풍미하셨죠. 이분 글 쓰는 스타일이 꼭 그거였어요. 에피소드로 글을 시작하는 거 말입니다. 원래 경제학자였는데 전공과 관련된 학술서적은 두 권밖에 안 내셨고, 거의 신문 칼럼을 써서 책을 열 권 이상 묶어냈습니다. 평소에 워낙 관심 분야가 넓다보니까 글을 풀어낼 이런저런 에피소드도 많이 알고 있었지 않나 싶습니다.

국어사전에서

실마리를 찾아라   자기 경험도 없고, 최근에 그 주제에 대해서 친구랑 얘기한 바도 없고, 텔레비전이나 신문에서 보고 들은 것도 없고, 아는 에피소드도 없다면 어떻게 할까요? 저는 일단 국어사전을 찾아봅니다. '건축' 항목을 보면 그 말의 정의가 나올 겁니다. 그 정의를 읽다보면 또다른 연관개념이 나오고, 다시 그 말을 사전에서 찾아보고, 그러다보면 첫 문장 정도는 쓸 수 있습니다. 사실 첫 문장 찾아내기가 힘들지, 첫 문장을 일단 딱 써놓고 나면 꼬리에 꼬리를 물고 쭉쭉 나아갈 수 있습니다.

이 네 가지 방법은 순전히 제 경험에서 나온 것입니다. 정답이 아니에요. 첫 문장을 시작은 해야겠는데 실마리가 잡히지 않을 때 혹시 도움이 될까 싶어 말씀드린 겁니다. 물론 어떤 주제가 던져지자마자 할 말이 대뜸 생각나면 전혀 필요 없는 얘기들이죠.

글의 얼개와 짜임새

만약 200자 원고지 여덟 매 분량의 글을 쓴다고 합시다. 보통 신문에서는 기획물이 아니라면 제일 긴 기사가 여덟 매 정도 돼요. 그러면 첫 문장, 즉 리드를 쓰고 나서 건축물을 짓듯이 1,600자를 차곡차곡 쓰는 사람들이 있습니다. 한 200자까지는 이거에 대해 쓰고, 그다음 200자까지는 저거에 대해서 쓰고, 그러다가 결론을 이렇게 내려야겠다 하는 식으로요. 이게 사실 진짜 기자죠.

그런데 전 그렇게 하지 못했어요. 그야말로 연상의 고리를 이어나가면서, 가까스로 글이 꼬이지 않게 겨우 써나갔죠. 운이 좋을 경우엔 말이 됐고, 아니면 영 아니고 그랬습니다. 이건 나쁜 습관입니다.

글에 구조를
부여하면 좋다
철저히 계산해서 쓰는 게 잘 쓰는 겁니다. 제가 1988년부터 1996년까지 〈한겨레〉에서 기자로 일했는데 문화부에 조선희라는 동료가 있었어요. 지금은 서울문화재단 대표를 하고 있습니다. 이 친구는 저랑 완전히 반대였어요. 정말 짧은 기사 안에서도 얼개를 짜서 이 얘기는 여기까지만 하고, 저 얘기는 여기까지만 하고, 이런 식으로 썼습니다. 이런 게 굉장히 잘 쓰는 글이죠. 미리 플롯을 세워놓고 쓰면 훨씬 짜임새가 있습니다.

저는 그래본 적은 없는 거 같아요. 그냥 버릇일 수도 있는데, 일단 첫 문장을 쓰고 나면 그다음부터는 연상에 연상을 이어가면서 스스스슥 하다가 끝! 이랬습니다. 말씀드렸다시피 그게 좋은 방법 같지는 않습니다.

수강생

기사는 엄격하게 얼개를 짜는 게
좋을 수도 있지만,
칼럼은 개인 취향대로 자유롭게
쓰는 게 더 자연스럽지 않을까요?

자유로운 글이라 하더라도 그 안에 구조를 부여하면 좋죠. 균형감 같은 게 있으면 더 좋은 글이 될 것 같습니다. 그런데 미리 그렇게 얼개를 짜는 것도 천성이 안 되면 할 수 없습니다. 전 천성이 안 돼요.(웃음)

글쓰기 실전

“내가 처음으로 가본 외국 도시는 오사카였다.”

《자유의 무늬》, 323쪽

'처음으로'에서 '으로'를 빼는 게 간결하고 좋을 것 같습니다. 그리고 이 문장에 과거 표시가 두 개나 있어요. '가본' 할 때 'ㄴ'에서 이미 과 거 표시를 해주었는데, 굳이 뒤에서 또 '였다' 하고 과거형을 쓸 필요 가 없습니다. 그냥 '오사카다' 하는 게 더 자연스럽습니다.

수강생 　　　　　　　　　　　　'내가'가 이 글에 많이 나오는데

　　　　　　　　　　　　　　　　꼭 필요할까요?

　제가 글에서 주어를 꼭 명시하는 버릇이 있습니다. 그런데 한국어에 서는 대개 주어를, 특히 말할 때는 주어를 거의 생략해버립니다. 그냥

발화 상황 속에서 이해하게 되니까요. 예컨대 상대방보고 "아프니?" 그러지 "너는 아프니?"라고는 안 하죠. "너 아프니?" 정도는 할 수 있 겠네요. 그래도 그냥 보통 "아프니?" 그럽니다. 글을 쓸 때는 말할 때 보다는 주어를 좀더 드러내는 게 좋습니다. 하지만 그렇다고 하더라도 서양말처럼 꼬박꼬박 드러낼 필요는 없을 거 같아요. 이 문장에서도 '내가'를 뺀다고 해서 독자들이 주어가 누군지 모를 것 같지는 않습니 다. 빼도 좋습니다.

"오사카에서 가장 인상적이었던 것은 그 도시가 조금도 인상적이지 않다는 것이었다."

《자유의 무늬》, 323쪽

'것, 것' 반복하는 것보다는 하나는 '점'으로 바꾸는 게 낫습니다. '않다는 점이었다.' 이 문장에서 '인상적인 것이 인상적이지 않다'는 식으로 말장난을 조금 했는데, 이 정도는 그렇게 경박해 보이지 않네요. 글쓰기에서 기지나 멋 부림은 그 자체로 악덕도 미덕도 아닙니다. 그런데 그 기지나 멋 부림이 경박하다는 느낌을 주지 않도록 주의해야지요.

"내가 태어나서 서른 해 남짓 살았던 서울과 그 도시는 너무나 닮았다."

《자유의 무늬》, 323쪽

우리가 '닮다'라는 말을 쓸 때, 선후를 전제할 때가 있습니다. "딸이 어머니를 닮았다"고 하지 "어머니가 딸을 닮았다"라고 하지는 않습니다. 그런데 그것과 상관없이 '닮다'를 '비슷하다'는 뜻으로도 쓸 수 있을 것 같아요. 예컨대 "목성은 토성과 닮았다"라고 할 때 선후 개념 없이 '닮다'라는 말을 쓴 거죠. 그래도 그게 어색하지 않습니다. 제 언어감각으로는 그렇습니다. 이 문장에서도 마찬가지로 선후 개념 없이 '닮다'를 쓸 수 있을 것 같습니다.

"8월의 그 더운 날씨 같은 것들은 내가 서울에서 익숙해져 있던 것이었다."

《자유의 무늬》, 323쪽

이 문장은 좀 늘어져 있습니다. 좋지 않아요. 제가 다시 쓴다면 '8월의 그 더운 날씨에 나는 서울에서부터 이미 익숙해져 있었다', 이런 식으로 고치고 싶습니다.

5—은유와 환유

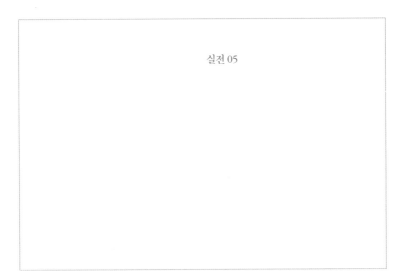

실전 05

"그 실감의 반은 경탄이었고, 반은 자비심自卑心이었다."

《자유의 무늬》, 324쪽

굳이 자비심에 한자를 병기한 것은 의도하는 바를 명료하게 나타내기 위해서였습니다. 우리가 흔히 "부처님의 자비심"이라고 할 때의 '자비慈悲'가 아니라는 점을 분명히 한 거죠. 스스로를 낮추는 마음, 비하하는 마음의 의미입니다.

"그런데 그 절들이 속된 말로 장난이 아니었다."

《자유의 무늬》, 324쪽

글에서 표준어를 쓰는 것은 아주 기본적인 태도입니다. 표현을 너무 비속하거나 무람없이 하면 오히려 설득력이 떨어지기도 합니다. 독자 '대중'을 대상으로 하는 만큼 신중해야 하는 겁니다. 하지만 때로는 속류적 표현이 글에 생동감을 주기도 하죠. 이 문장의 '장난이 아니었다' 같은 표현 말입니다. 말을 할 때도 너무 바른말만 하면 지루하잖아요? 다만 여기서는 '속된 말로'라는 표현을 얹어 뉘앙스를 조금 완화했습니다.

"〔일본은〕제2차 세계대전 때를 제외하고는 외국군의 점령을 받아본 적이 없어서 그렇기도 하겠지만…"

《자유의 무늬》, 325쪽

글을 쓸 때는 반드시 사실 확인을 해야 합니다. 글은 공적으로 일단 발표되면 말처럼 날아가버리는 게 아니라 기록으로 남기 때문입니다. 하긴 요즘은 말도 남아 있는 세상이 돼버렸지만요.(웃음) 이 문장에서 사실오류가 하나 있습니다. 일본은 2차 세계대전 때도 외국군에게 점령된 적이 없습니다. '제2차 세계대전 때를 제외하고는 외국군의 본토 공격을 받아본 적이 없어서 그렇기도 하겠지만' 이렇게 고치든지 '제2차 세계대전이 끝난 뒤 얼마간을 제외하고는 외국군의 점령을 받아본 적이 없어서 그렇기도 하겠지만'으로 바로잡아야 합니다.

"나는 유럽공동체(지금의 유럽연합)가 지원하는 한 언론재단의 저널리즘
연수 프로그램에 참석하느라 9개월가량을 유럽에 머물렀다."

《자유의 무늬》, 326쪽

제가 그때 이 프로그램에 참가하면서 받았던 문화충격 하나가 있습니
다. 동료기자들끼리 만나면 대뜸 상대방 볼에다 뽀뽀를 해요. 불어로
비주^{bisou}라고 합니다만. 그 시절 미국이나 대부분의 유럽 국가에도 볼
뽀뽀가 그렇게 널리 보급된 건 아니었던 것 같아요. 유럽이나 미국에
서 온 친구들도 처음엔 좀 어색해했으니까요. 아무튼 프랑스에선 볼뽀
뽀가 완전히 대중화돼 있었죠. 볼뽀뽀는 남녀끼리, 그리고 여자들끼리
는 하는데 남자들끼리는 잘 안 합니다. 하는 남자들도 있겠지만, 저와
제 남자동료들끼리는 안 했습니다. 아무튼 볼뽀뽀라는 게 처음에는 많
이 어색했는데 나중에는 입술을 맞대는 뽀뽀까지도 자연스럽게 하게

되더라고요. 이때 입뽀뽀는 딥키스는 아닙니다. 가볍게 대는 거죠.

말이 나온 김에, 딥키스를 영어로 프렌치키스라 그럽니다. 그런데 프랑스 사람들은 절대 이런 말을 안 써요. 영국 사람들이 프랑스 사람들을 흉보려고 만들어낸 말이 아닐까 짐작합니다. 영국과 프랑스에는 서로 상대방을 비하한달까 깔본달까 하는 표현들이 있습니다. 콘돔을 영어 속어로 프렌치캡 ^{French cap}이라고 그래요. 프랑스 모자라는 뜻이죠. 프랑스에서도 콘돔에 해당하는 프레제르바티프 ^{préservatif}란 말이 있는데, 젊은이들은 흔히 카포트 앙글레즈 ^{capote anglaise}라는 속어를 써요. capote라는 건 자동차 덮개를 뜻하는데, 그러니까 카포트 앙글레즈는 영국식 덮개라는 뜻이죠.

영어에 take French leave라는 관용어가 있습니다. 파티의 손님으로 참가했다가 주인한테 얘기하지 않고 몰래 그냥 사라지는 걸 take French leave라 그래요. 결례라고 할 수 있습니다. 프랑스 사람들은 이런 행위를 s'enfiler à l'angalse라고 표현합니다. 직역하면 '영국식으로 내 뺀다'는 뜻입니다. 이 두 나라 사람들은 좀 나쁜 게 있으면 자꾸 상대방을 이렇게 연결시킵니다. (웃음)

"나는 파리에서 노트르담성당을 보고 그 아름다움과 크기에 반했다."

《자유의 무늬》, 326쪽

노트르담성당은 세계에 아마 수백 군데 있을 거예요. 그래서 그냥 노트르담성당이라고 말하면 안 됩니다. 어디 지역의 노트르담성당이라고 해야 뜻이 통합니다. 파리 노트르담성당, 하는 식으로요. 노트르담성당 할 때 노트르담은 Notre-Dame이라고 표기하는데, 굳이 한국어로 번역하자면 '우리 아줌마' 정도의 뜻입니다. 이 말은 예수의 어머니, 즉 마리아를 의미합니다. 그래서 천주교 성당에는 노트르담이라는 이름이 흔하게 붙습니다.

"…과연 알함브라궁전은 유럽의 타지마할이라고 할 만했다."

《자유의 무늬》, 327쪽

예전에는 알함브라라고 보통 썼는데 요새는 알람브라^{Alhambra}라고 씁니다. 스페인어에서는 h가 발음 안 되기 때문입니다.

알람브라궁전은 정말 큽니다. 그리고 정말 아름답습니다. 그런데 이건 사실 정직하지 못한 문장이에요. 제가 알람브라궁전은 가봤지만 타지마할은 안 가봤거든요.

수강생   안 가봐도 이 정도는 관용적으로
         쓸 수 있지 않나요?

고맙습니다. 그렇게 너그럽게 봐주셔서.(웃음) 알람브라궁전에 안 가보신 분은 꼭 한번 가보세요. 서울에서 마드리드까지 직행편이 있는지 모르겠습니다. 지금의 스페인과 포르투갈은 거의 600~700년 정도 아랍세계에 속했었습니다. 그래서 학문과 관련된 스페인어 단어들 중에는 아랍어에서 온 것들이 굉장히 많죠. 그러다가 불란서 쪽에서 기독교도들이 이 이베리아반도의 아랍세계로 점점 치고 내려왔어요. 이슬람교도들이 맨 마지막으로 내몰린 곳이 그라나다였습니다. 그라나다는 스페인 남부 안달루시아 지방에 있는 도시인데, 이슬람교도들은 마지막 불꽃이 꺼지기 직전에 그걸 확 피워 올리기라도 하려는 듯이 알람브라궁전을 지었습니다. 정말 웅장하고 아름답습니다. 곳곳에 정원이 있고 약간 몽환적인 분위기마저 납니다. 풍경에 취하게 됩니다.

실전 11

"그런 대형 건조물의 여기저기 박혀 있는, 권력은 있고 재능과 자존심
은 없는 생존 시인들의 삼류 시 좀 지워버릴 수 없을까?"

《자유의 무늬》, 330쪽

요사이 보면 지하철역 스크린도어에도 시들이 적혀 있더군요. 아, 그런
데 정말 초등학교 학예회장에 있는 것도 아니고…. 그런 시들이 추려지
는 과정은 잘 모르겠습니다만, 정말 굉장히 창피한 일입니다. 그런 공
공장소에 시를 적어놓으려면 한국어의 정수를 박아놔야 마땅할 텐데,
어이가 없습니다. '시'라는 말에 크게 미달하는 문자더미들이 대부분
입니다. 더러 정말 시인이라고 부를 수 있는 분들의 시도 있는 것 같은
데, 그분들 시 가운데서도 하필 태작을 골라놓은 거 같아요. 시를 읽으
면 글쓰기에 도움이 된다고 제가 말씀드렸지만, 어디까지나 좋은 시를
염두에 두고 한 말입니다.

실전 12

"그리고 단순한 크기보다는 예컨대 장애인들을 위해 섬세히 배려하는 그런 인간적 건축은 불가능한 것일까?"

《자유의 무늬》, 330~331쪽

명백한 오문입니다. '단순히 크기만 한 게 아니라 예컨대…' 정도로 고쳐야 합니다. '단순한 크기'라는 말 뒤에 비교격 조사 '보다'가 나왔으면 거기 대응하는 말이 당연히 나와야 할 것 아닙니까? 그런데 이 문장에는 그에 대응하는 말이 없어요. 굳이 '단순한 크기'라는 말을 놔두고 싶으면, '그리고 단순한 크기보다는 예컨대 장애인 배려에 더 관심을 지닌 그런 인간적 건축은 불가능한 것일까?' 정도로 고칠 수 있겠습니다. 그렇지만 '단순히 크기만 한 게 아니라 예컨대'로 시작하는 게 더 자연스럽습니다.

실전 13

"…내가 우리 건축을 위해 만든 표어는 이렇다: 닮음을 인정하고 그 안에서 달라지기, 그게 안 되면 차라리 철저하게 닮아지기."

《자유의 무늬》, 331쪽

해외여행을 해본 분들은 아시겠지만, 어떤 나라의 수도 정도만 되면 커다란 이질감이 잘 안 느껴집니다. 아프리카가 됐든 남아메리카가 됐든 대도시들의 풍광은 커다란 차이가 없어요. 전 세계가 유럽화한 거지요.

서울도 마찬가지입니다. 1960년대부터 오늘날에 이르기까지 서울은 완전히 변해버렸습니다. 제 기억이 옳다면 종로구의 북촌을 빼놓고는 1960년대 건물이 지금은 거의 없어진 거 같아요. 근대화라는 이름 아래 서구화를 일관되게 밀고 온 결과입니다.

그런데 서양식 건물들이 서울에 굉장히 많이 들어선 것 같기는 한데, 내놓을 만한 건물들이 없습니다. 그렇지 않나요? 저는 얼른 안 떠

올라요. 63빌딩이 아름다운가요? 모르겠습니다. 그 옆에 있는 쌍둥이 빌딩도 아름다운 것 같지는 않습니다. 자유의 여신상 같은 것에 비견할 만한 동상 같은 것도 서울에는 없고요.

그렇다고 이제 와서 우리 것을 찾겠다고 뒤로 되돌아갈 수는 없을 겁니다. 아마 기와집을 계속 세우기도 어려울 거예요. 전주의 한옥마을식으로 관광상품을 만들 수는 있을지 몰라도, 주거공간이 다시 옛날식 한옥으로 돌아갈 수는 없을 것 같습니다.

쉽지 않은 일이겠지만, 서양의 양식을 일방적으로 받아들이지만 말고 뭔가 한국적 차별화를 추구했으면 좋겠습니다. 아니면 정말 서양을 철저하게 닮든지요. 서양 건축물을 완전히 베껴 멋도 부리고, 장애인들을 위한 비탈 통로나 엘리베이터도 많이 만들고 그랬으면 좋겠어요.

6

글쓰기를
묻다

짧게는 6주, 길게는 12주 동안의 강연이 이제 마지막입니다. 원래는 제가 쓴 글들을 다시 한 번 뜯어 읽어보며 자기비판을 한 차례 더 하는 것으로 마지막 강연을 갈음하려고 했습니다. 그런데 지난 주말에 어떤 두 분이 제게 메일을 보내왔습니다. 글쓰기와 관련해서 여러 질문을 하셨는데, 이 질문들에 대해 제 나름의 답변을 드리는 게 마지막 수업에 적절하겠다는 생각이 들어 같이 살펴보려 합니다.

Q   "글을 어떻게 시작해야 할지
모르겠어요."

처음 시작할 때는 모든 게 어렵습니다. 시작이 반이라는 말이 괜한 말이 아니에요. 사실 직업적 글쟁이들도 컴퓨터 앞에 앉아 있으면 막막할 때가 많습니다. 컴퓨터 모니터

앞에 앉을 때마다 '아, 이 하얀 공간을 어떻게 메우나' 하는 생각을 누구나 할 거라고 생각합니다. 오죽하면 책 하나 쓰는 걸 산고產苦에 비유하기도 하겠습니까? 책 한 권 써놓고 '이건 내 자식이다'라는 표현을 하기도 하잖아요. 특히 소설가 이문열 선생이 그런 말씀을 자주 하셨습니다. 그건 물론 과장이겠죠. 여성 분들이 아이 낳을 때 겪는 진통이 얼마나 힘든지는 제가 직접 겪어보지 않아서 모르겠습니다만, 글쓰기가 설마 그렇게 고통스럽진 않을 겁니다. 그렇지만 한편으로는 그런 비유가 생길 만큼 글쓰기가 어렵다면 또 어려운 일입니다.

처음 글을 쓰려고 하는 사람들이 막막한 건 당연합니다. 그러니까 막막한 감정 자체가 비정상적인 것은 아닙니다. 그 힘듦을 자연스럽게 받아들이는 게 좋을 거 같아요. 그리고 사실 세상을 살아가는 데 글쓰기가 꼭 필요한 건 아니잖아요? 글을 안 써도 사는 데 지장 없습니다. 그래도 굳이 글을 쓰겠다는 사람들은 자신에 대해서든 세상에 대해서든 생각을 좀 해보려고 노력하는 사람들입니다. 글을 쓰는 과정은 생각하는 과정이죠.

한 글자 한 글자 써나가는 게 아득해 보이지만, 아무튼 간에 '하다보면' 점점 익숙해집니다. 그건 분명한 사실이에요. 등산이나 마라톤과 같은 이치죠. 사실 저는 흔히 말하는 '귀차니스트'여서 비탈길 올라가는 것도 굉장히 싫어하고 운동에도 취미가 없습니다. 그런데 달리기 좋아하는 분들 얘기 들어보면 이런 말을 하잖아요. 러너스 하이runner's high. '하이'라는 건 마리화나나 헤로인, 코카인 같은 마약을 복용했을 때 기분이 극도로 좋아지는 순간을 가리키는 말입니다. 저는 물론 경험해보지 못했죠.(웃음) 달릴 때에도 그와 같은 순간이 있다는 겁니다. 처음 달릴 때는 막 힘들고 그만두고 싶지만, 달리다보면 엄청난 쾌감의 순간이 온다고 합니다.

저는 라이터스 하이writer's high라는 말도 가능하다고 생각합니다. 그게 좀 힘들고 시작하기가 어려워서 그렇지 쓰다보면 즐거워지거든요. 그렇게 글을 쓰는 데 쾌감까지 느끼게 되면 결국 직업적 작가가 됩니다. 직업적 글쟁이가 되는 거죠. 저자는 자기 텍스트에 대한 첫 번째 독자이기도 합니다. 글을 쓴다는 건 곧 글을 읽는 것이기도 한데, 자기 글을 읽으면서 리더스 하이reader's high까지 한번 맛보면 계속 쓰게 되는 게 아닌가 싶습니다. 중독이 되는 거죠. 사실 모든 사람이 글을 쓰면서 하이 상태가 되진 않을 겁니다. 어쩌면 그래서 글을 쓰는 게 그리 쉬운 일이 아닐지도 모르겠어요.

일단 그냥 컴퓨터 앞에 앉으세요. 달릴 때도 처음엔 숨이 가쁘다가도 한 걸음 한 걸음 나아가다보면 호흡이 편안해지듯이, 몇 마디라도 적으면서 글을 쓰다보면 마음이 편안해지고 어쩌면 쾌감의 순간이 올 수도 있습니다. '하이'라고 말할 만한 극도의 쾌감이 오는 순간이요.

Q   "글의 주제를
                     어떻게 잡아야 하나요?"

                     저는 보통 청탁을 받아서 글을 써
왔습니다. 그래서 어떤 주제에 대해서 글을 쓸지 정해져 있는 경우가

많았습니다. 신문기자 할 때야 세상만사가 주제였고요.(웃음)

그런데 그렇게 주제가 주어지지 않았을 때, 누가 '한번 이것에 대해 써봐라'가 아니라 '아무 글이나 써봐라' 했을 때는 어떻게 해야 할까요? 또는 자기가 자발적으로 글을 쓰고자 할 때 어떤 주제로 글을 써야 할까요?

신문사 논설위원이 개인 칼럼을 쓸 때는 사설과 달리 보통 스스로 주제를 정해서 씁니다. 사설은 논설위원들이 회의를 해서 주제와 필자를 정하죠. 방향까지 대개 정해지기 때문에 사설 쓰는 건 어렵지 않습니다. 그리고 주필이 데스크를 보니까 필자가 사설에 대해 최종 책임은 안 져도 되죠. 그렇지만 개인 칼럼의 최종 책임자는 필자입니다. 제가 어느 신문사 논설위원으로 있을 때 개인 칼럼을 쓸 차례가 오면 일단 그 당시에 시사적으로 어떤 일이 일어났는지를 먼저 둘러보곤 했습니다. 요즘처럼 국정원 댓글 사건으로 시끄럽다면 '공무원의 직업윤리란 무엇일까?'라는 주제를 잡을 수 있겠고, 지금 시리아에서처럼 내전이 계속되고 있다면 '도대체 평화는 어떻게 이룰 수 있을까?'를 주제로 잡을 수 있을 겁니다. 또 며칠 전에 넬슨 만델라 전 남아프리카공화국 대통령이 돌아가셨는데, 그런 위대한 사람의 죽음은 충분히 글의 주제나 소재가 될 수 있죠. 아니면 사람들이 굶어죽는다거나 대규모로 해고가 된다거나 한다면 '복지사회란 무엇인가' 같은 게 주제가 될 수도 있습니다. 악플 때문에 자살을 한 사건이 일어났다면 '인터넷 예절'이나 더 일반적으로 '인간에 대한 예의'를 주제로 삼을 수 있고, 원전 비리 사건 같은 게 일어났다면 '공무원의 청렴'이나 '원자력발전소의 위험'을 주제로 삼을 수 있고, 아이들이 학교에서 괴롭힘을 당한 사건이 불거졌다면 '교육이란 과연 무엇인가' 같은 걸 주제로 삼을 수 있습니다.

그다음, 꼭 공적 사건에서 주제의 실마리를 잡아야 하는 건 아닙니다. 사적으로 최근 겪은 일들, 사적 경험에서 주제의 실마리를 잡을 수도 있습니다. 제가 저번 일요일에 어떤 분의 주례를 섰습니다. 제가 절필을 해서 글을 쓰고 있진 않지만, 만약 지금 글을 쓴다면 그것도 주제가 될 수 있겠죠. '결혼생활이란 무엇인가' '결혼생활과 독신생활 중 어느 쪽이 좋을까', 그런 것들이요. 만약 가족이나 친척 누가 죽음을 당했다면 '삶의 의미' '죽음의 의미' 같은 게 주제가 될 수도 있겠고, 자기가 연애중이라면 사랑에 대해서 쓸 수 있을 겁니다. 친구랑 절교를 했다면 우정에 대해서, 이혼을 했다면 독신생활에 대해서 쓰는 거죠.

저는 그런 식으로 주제를 잡아왔습니다. 그때 일어난 공적 시사, 아니면 저 자신의 경험이죠.

제가 강좌 첫 시간에 조지 오웰의 〈나는 왜 글을 쓰는가〉라는 글을 소개하면서 글쓰기의 동기 네 가지를 간략히 정리해 말씀드렸습니다만, '나는 왜 이 글을 쓰려고 하는가?' 하는 걸 생각하면 주제가 그리 어렵지 않게 나옵니다. 글쓰기의 목적이 세상을 변화시키려고 하는 것이라면, 예컨대 동성애자들의 핍박 문제에 대해서 글을 쓸 수도 있겠죠. 동성애에 대한 이성애자들의 생각을 변화시켜서 세상을 변화시키는 거죠. 어떤 삶이 좋은 삶인지에 관심이 많다면, 그것의 탐구를 글쓰기의 목적으로 삼아 자기의 인생관을 드러낼 수도 있습니다. 아니면 자기 관심 주제에 대해서 공부를 하거나 정리를 하기 위해서 글을 쓸 수도 있죠. 개미의 생태에 대해 관심이 있다면 개미가 주제가 될 수 있는 거고, 자기가 만난 사람에 대해 기록해두고 싶다면 또 그게 주제가 될 수 있는 겁니다. 어떨 땐 삶이 너무 권태로워서 삶의 활기나 생기를 찾으려는 목적에서 글을 쓸 수도 있습니다. 제 경험으로는 그래요.

혹은 좀 지사(志士)적 태도로 세상의 부조리와 비참함을 널리 알리려고 글을 쓸 수도 있습니다. 보통 이런 글을 쓰는 이들을 논객이라고 부릅니다. 사실 세상은 부조리하고 아주 비참합니다. 지금 대한민국 사회도 어느 정도는 그렇지만 이북 사회나, 지금 내전중인 시리아나 이라크, 데모를 하면 총으로 쏴 죽이기도 하는 이집트나 그렇게 비참할 수가 없습니다. 세계 전체의 식량생산량은 지구 인구를 충분히 먹여 살리고도 남는데, 한쪽에선 음식물쓰레기를 마구 버리고 아프리카 같은 데선 아이들이 굶어서 죽고 하는 것도 참 부조리하죠. 이런 것들에 생각이 미치면 그게 또 주제가 될 수 있습니다.

특이하게는 나르시시즘에서 글쓰기가 시작될 수도 있어요. '나는 왜 이렇게 예쁘지?' '나는 왜 이렇게 행복하지?' 이런 주제로 글이 나올 수도 있습니다.(웃음) 지금 여러분이 웃었듯이 사람들을 웃기려고, 혹은 울리려고, 혹은 무섭게 하려고 글을 쓸 수도 있습니다.

주제를 어떻게 잡아야 할 것인가에 대해서는 별로 걱정할 필요가 없습니다. 세상 도처에 있는 게 글감이거든요. 사실 여기 이 전기코드부터 저 전등, 마이크, 아니면 옆에 있는 어떤 사람의 사소한 행동 이런 게 다 주제가 될 수 있습니다. 그저께 마음산책이라는 출판사에서 제게 책을 보내줬는데, 권혁웅이라는 시인이 쓴 에세이집 《꼬리 치는 당신》이었습니다. 책이 퍽 두툼한데, 포유동물과 곤충의 구애나 생식, 생존 방식 같은 걸 사람의 생태와 겹쳐놓으며 글을 써봤어요. 한 종에 한 페이지씩 해서 아주 여러 종에 대해 썼는데, 이런 것도 사실 책 한 권의 주제가 충분히 될 만합니다.

세상 도처에 있는 것이 글감입니다. 그게 곧 글의 주제가 됩니다. 지하철 안에 있든, 산책을 하든, 아니면 그냥 멍하게 앉아 있든, 햇반을 한 2분 동안 데우며 서 있든, 그런 순간에 생각이 요렇게 조렇게 떠오를 거예요. 사람이라면 이런저런 생각이 떠오를 수밖에 없어요. 그게 다 글의 주제가 될 수 있는 글감입니다. 그런데 대부분은 그걸 다 스쳐 보내고 곧 잊어버립니다. 그걸 글감이라고 생각하지 않는 거죠.

제가 권하고 싶은 건, 이를테면 걷다가 무슨 생각이 탁 떠오르면 그걸 메모해놓으세요. 특히 나이 든 사람들은 그게 꼭 필요합니다. 제 경험인데 마흔이 넘어서부터는 뭘 잘 잊어버리게 되더라고요. '아, 이거에 대해 글을 쓰면 재밌겠다'라고 생각했는데, 나중에 생각해보면 그 주제가 뭐였는지 모르겠는 거예요. 수첩에 메모를 하든, 아니면 요새는 IT기기들이 있으니까 거기에 메모를 하든 적어두시길 바랍니다. 글의 주제를 어떻게 잡아야 할지는 전혀 걱정할 필요가 없습니다. 세상 도처가 다 글감이고 글의 주제입니다.

Q   "글의 구성과 전개는
어떻게 해야 하나요?"

                     우리가 중고등학교 때 배운 여러 구성 방식들이 있습니다. 서론-본론-결론, 기승전결 이런 것 많이 들어봤을 거예요. 또 자잘한 걸 묶어가지고 결론을 내느냐, 아니면 연역적으로 주장을 먼저 들이밀고 그 예를 드느냐에 따라 두괄식, 미괄식, 쌍괄식 같은 것으로 분류하기도 했습니다. 그리고 어떤 사건이 있을 때 결과를 먼저 제시하고 원인을 뒤에 배치할 것인가, 아니면 원인을 먼저 제시하고 결과를 뒤에 배치할 것인가에 따라서도 분류됩니다. 또 시간적 순서로 배치할 수도 있고 공간적 순서로 배치할 수도 있습니다.

그런데 교과서적으로 기승전결이니 서론-본론-결론이니 말은 하더라도 사실 글의 구성이나 전개 방식에 대해서는 '답이 없다'가 정답이에요. 왜냐하면 글에 따라서 다 다르기 때문입니다. 글을 하나의 건축물이라고 본다면 용도에 따라서 짓는 법이 다 다릅니다. 그게 주택인지, 체육관인지, 음악당인지, 또 같은 집이라고 하더라도 그게 침실인지, 거실인지, 서재인지, 주방인지에 따라 공간 구성이나 건축 방식에서 차이가 있을 수밖에 없습니다. 글의 구성이나 전개 방식에 대해서 하나의 정답이란 없는 겁니다.

저는 글을 쓸 때 '미괄식으로 쓸까, 쌍괄식으로 쓸까? 아니면 병렬식으로 쓸까?' 이런 고민을 하지 않습니다. 대충 밑그림을 그려보기는 해요. 대단할 건 없고 막막할 때 그냥 떠오르는 단어 몇 개를 끼적여보

는 거죠. 아주 간략하게 자기가 선택한 주제에 대해서 관련된 말 몇 가지만이라도 써놓으면 일단 시작이 됩니다.

글이 안 써진다고 그냥 포기하지 말고 일단 앉아서 뭐라도 해보는 것이 중요합니다. 우두커니 있다가도 갑자기 어떤 깨달음이 탁 올 때가 있거든요? 그게 아주 세속적인 지혜라고 하더라도 '삶이란 이런 거 아닐까?'라는 그런 게 있으면 일단 메모한 상태에서 끄적끄적 적다보면 글이 써집니다. 제 경우는 그랬던 거 같아요. 글을 써보시면 알겠지만, 쓰다보면 한 단어가 또다른 단어를 불러내 문장을 만들어내고, 그 문장이 다음 문장을 다시 자연스럽게 불러냅니다. 그렇게 해서 얼개가 짜이는 거죠.

만약 막연한 밑그림도 안 그려진다, 시놉시스조차 안 그려진다 할 때는 일단 거기에 관련된 단어라도 몇 개씩 이렇게 적어보세요. 그러고는 다짜고짜 쓰세요, 그냥.(웃음) 별거 없습니다. 말이 되든 안 되든, '내가 첫 문장을 잘 쓴 건가, 못쓴 건가' 이런 생각을 하지 말고 하여간 써보세요. 그러면 얼마만큼 분량의 글이 생기잖아요? 물론 굉장히 거친 글이겠지만 그중에서도 건질 게 있을 겁니다. '이건 좀 괜찮네?'라는 생각이 들 때, 그렇게 마구 채집한 말들을 이제 잘 다듬어보는 겁니다.

소설가 최일남 선생은 글쟁이를 단어의 채집가라고 표현한 적이 있습니다. 글 쓰는 사람들은 말하자면 말을 채집해서 잘 벌여놓는 사람입니다. 계기는 여러 가지가 있을 수 있겠죠. 카페에서 흘러나오는 음악 소리, 길바닥에 떨어진 비둘기 깃털, 아니면 생쥐의 시체…. 하여간 그렇게 단어를 모으다보면 뭔가 무릎을 탁 치는 순간이 올 거예요. 말

6—글쓰기를 묻다

에는 어떤 생명성이 있어서 자기 친구들을 불러냅니다. 그렇게 문장이 만들어지고, 그 문장이 또다른 문장을 끌어냅니다. 그러니까 구성을 어떻게 할 것인가에 대해서는 별로 고민을 안 해도 될 거 같아요.

아까 주제를 찾기 위해서 메모가 중요하다는 말씀을 드렸습니다. 그런데 메모는 구성을 하는 데에도 아주 중요합니다. 어떤 주제가 잡혀 있는 상태에서 일상생활을 하다 문득문득 구성의 밑그림이 되는 단어나 문장들이 떠오르거든요. 양치질을 할 때, 아침밥을 먹을 때, 패스트 푸드점을 서성거릴 때 '아, 첫 부분에는 이걸 쓰면 되겠구나' 하는 생각이 납니다. 카페에서 무슨 주제에 대해서 생각하고 있는데 음악 소리를 듣고 불현듯 '폴 매카트니의 노래가 나오네? 이걸로 글을 시작하거나 마무리하면 되겠구나' 하는 식입니다. 그럴 때 굉장한 기쁨이 느껴지죠. 자릿한 쾌감이라고까지 할 수 있습니다. 이때 기뻐서 좋아하지만 말고 메모를 하는 게 중요합니다. 그게 주제로서든 소재로서든 구성 방법으로서든 생각이 떠오르면 메모를 해라, 이 말씀을 꼭 드리고 싶어요.

특별한 방법론에 몰두하기보다 일단 밑그림이라도 그려보기 바랍니다. 실제로 글을 쓸 때에는 이론에 따라서 쓰는 게 아닙니다. 몇 개의 단어라도 나열해보세요. 그러면 그게 연결이 됩니다. 물론 거친 상태로 글을 내보내면 안 되고 퇴고를 반드시 해야 합니다. 앞문장과 뒷문장, 또는 앞문단과 뒷문단이 논리적으로 모순은 아닌가, 수사는 너무 지나치거나 부적절하지는 않은가 그런 걸 생각하면서 고치는 거죠. 일필휘지로 글을 쓰고 나서 되돌아보지 않는 사람도 있지만, 대부분의 사람들은 글을 쓴 다음에 많이 고칩니다. 그러니 처음부터 완벽한 글을 쓰거나 완벽한 구성, 얼개를 짜려고 하기보다는 일단 뭐라도 적어보라고 하는 것입니다.

Q　　　　　　　　"작가로서의 노하우나
　　　　　　　　　철학이 있다면
　　　　　　　　　설명을 부탁드립니다."

　　　　　　　　노하우나 철학? 글쎄, 제게 무슨 노하우가 있는지 잘 모르겠군요. 철학이란 말은 더 거창하고요.(웃음) 그냥 저는 글을 쓸 때 원칙적으로 표현적 기능보다는 의사소통 기능을 중시합니다. 굳이 비교하자면, 아름답게 쓰려는 노력보다는 명료하게 쓰려는 노력을 많이 한다는 뜻입니다.

하지만 그렇다고 해서 아름다움을 소홀히 하지는 않아요. 글의 쾌감이라는 건 명료함이 주는 쾌감도 있지만, 주로 아름다움이 주는 쾌감이거든요. 글을 쓰면서 자기도 쾌감을 느끼고 그걸 읽는 사람도 쾌감을 느끼게 하려면 어느 정도의 수사가 문장에 필요합니다.

제가 성공했는지는 모르겠습니다만, 하여간 짧은 글을 하나 쓰더라도 한 문장 정도는 약간의 수사법을 동원해서 독자들이 인상 깊게 그 글을 읽을 수 있도록 노력해왔습니다. 제가 10년쯤 전에 어떤 정치 칼럼을 쓰면서 그런 말을 쓴 적이 있어요. "인간의 어떤 무능도 부끄러움의 능력을 잃은 것만큼 부끄럽지는 않다." 그 문장을 쓸 때 저도 생각을 좀 했는데, 그 뒤 사람들이 그 문장이 인상적이었는지 그 얘기를 많이 하더라고요.

저는 글에서 저만의 스타일을 가지려고 노력했습니다. 스타일, 곧 문체는 결국 수사에서 나오는 겁니다. 그 스타일 때문에 똑같은 의미의 문장이라고 하더라도 달리 쓰이게 되는 거죠. 만약 제 글에서 제 이름을 지운다고 할지라도, 제 글을 읽어본 분들이라면 제가 쓴 거라는 걸 알 수 있을 겁니다. '이건 고 아무개라는 사람이 쓴 글이 분명해.' 그런 부분에서 저는 약간 성공한 것 같아요.

만약 조금이라도 직업적 글쟁이가 되겠다는 생각이 있다면 스타일의 확립은 아주 중요합니다. 자기 문체가 생겼을 때 비로소 글쟁이가 되는 거죠. 물론 아주 표준적이고, 문법에 딱딱 맞아떨어지고, 명료한 글도 좋습니다. 사실 제가 지금까지의 강연을 통해서 여러분에게 익혀주려 애썼던 건 그런 표준적 문장이었죠. 하지만 제 나름의 수사나 자기 특유의 말버릇이 없다면, 그 사람을 작가라고, 글쟁이라고 부르기는 힘들 겁니다.

처음부터 스타일을 확립할 수는 없겠죠. 남의 글을 모방하고 베끼고 그러다가 차츰 형성될 겁니다. 뭐, 똑같은 얘기인데, 스타일을 갖기 위해서도 메모가 필요해요. 자기 오감으로 세상을 느끼면서 뭔가가 떠오르면 메모를 해놓는다는 것, 이건 굉장히 중요합니다.

"관점의 독창성과 창의성을
기르기 위해서는
어떤 노력을 해야 하나요?"

　　　　　　좋은 글, 좋은 책을 많이 읽는 것이
도움이 됩니다. 이때 중요한 것은 아무리 정평이 나 있는 저자의 글이나
책이라 하더라도 항상 비판적 거리를 유지하도록 노력하는 겁니다. 남
들이 하는 말을 똑같이 한다면 그건 답습이지 창의성이 아닙니다.

　백낙청 선생이라고, 〈창작과 비평〉이라는 계간지를 만든 분이 계십
니다. 제가 20대 시절에 이분 글에 푹 빠졌어요. 당시 백낙청 선생이
민주화운동과 관련돼서 학교에서 해직도 당하시고 뭔가 아우라가 있
었습니다. 그래서인지 이분 글을 읽을 때 비판적 거리를 갖지 못하게
되는 거예요. 읽다가 좀 이상하더라도, '백낙청 선생이 하는 말인데 맞
겠지' 하면서 넘어가곤 했습니다. 제가 그런 족쇄에서 풀려난 게 거의
서른이 다 되어서였습니다.

　정말 권위를 갖고 있는 사람이라도 틀린 말을 할 수 있습니다. 사실
모든 글이 그래요. 완전히 옳은 글이라는 건 없고, 또 완전히 틀린 말
만 들어간 글도 없습니다. 모든 글에는 옳은 부분과 그른 부분이 있는
데, 옳은 부분이 많은 글이 좋은 글이겠죠. 만약 완벽하게 옳은 관점만
고스란히 담아낸 글이 있다면, 또다른 글을 새로 쓸 필요도 없고 또다
른 글을 읽을 필요도 없을 겁니다.

　항상 의심하고, 의심하고, 의심해라. 회의주의자가 되라. 그 사람이

아무리 문학계에서 권위가 있고 예술적으로 또는 학문적으로 명성이 있다고 하더라도, 그 사람의 글을 그냥 믿지 마시길 바랍니다. 의심하는 것, 회의하는 것이 독창성과 창의성을 연습하는 겁니다. '이건 혹시 틀린 말 아닐까? 틀린 생각 아닐까?' 이렇게 되물으며 생각을 가다듬다 보면 '새로움'이 생깁니다.

Q   "어떤 과정을 거쳐서
글을 쓰게 됐으며,
그 같은 글을 쓰려면
어떤 연습을 해야 하는지요?"

제 글쓰기는 대부분이 직업적 글쓰기였습니다. 쉽게 말해 돈을 벌기 위해 썼다는 뜻입니다. 월급을 받으려면 글을 써야 했어요. 제가 일생 동안 가져본 직업이라곤 기자밖에 없거든요. 물론 제가 외도라면 외도고, 약간 욕심을 내서 소설을 몇 편 쓰기도 했습니다. 그런데 사실 제 자신이 제대로 된 소설가인지 아닌지는 잘 모르겠어요. 저는 스스로를 기자라고 더 많이 생각하는 편입니다.

그런데 초등학교 때 글짓기 시간 있잖아요? 6월 25일이나 8월 15일 이런 날에 제가 쓴 글이 교실 뒤에 붙어본 적이 단 한 번도 없습니다. 여러분들한테 희망을 주기 위해서 일부러 지어낸 얘기가 아니라 정말 그랬어요. 글짓기 시간만 되면 막막했습니다. 1950년 6월 25일 새벽

북한 괴뢰군이 어떻게 쳐들어왔고… 그런 얘기나 했죠. 대학 다닐 때도 리포트 내는 게 굉장히 힘들었어요. 대개 성의 없이 작성해서 냈습니다. 사실 졸업논문도 대충 썼습니다. 한스 켈젠이라는 법철학자에 대해서 썼는데, 내 독창적 관점이라는 건 거의 없었던 것 같습니다. 사실 학부 졸업논문이라는 건 그렇게 중요하게 여기지 않았으니까.

제가 정식으로 글을 쓰기 시작한 건 기자라는 직업을 가지면서부터입니다. 처음 5년은 영어신문 기자생활을 했습니다. 그때 당시 어쨌든 좋은 글을 쓰기 위해서는 좋은 글을 읽어야 된다는 생각을 했기 때문에, 당시의 큰 통신사들 기사를 많이 읽었습니다. AP, UPI, 로이터, AFP를 흔히 4대 통신사라고 불렀는데, 편집국 한구석에서 매일 24시간 계속 텔렉스로 기사들이 들어왔습니다. 요새도 그런지 모르겠군요. 제가 국제부 기자가 아니었는데도 그쪽에 가서 그걸 찢어가지고 왔습니다. 물론 국제부 동료들에게 양해를 얻고요.(웃음) 그러고는 좋은 표현이 있으면 밑에 줄을 치고 그랬어요. 그리고 경제부 기자를 할 때는 〈이코노미스트〉라는 영국 주간 신문과 〈파 이스턴 이코노믹 리뷰〉라는 홍콩잡지 두 개를 구독했습니다. 그걸 읽으면서 단지 정보만 얻으려고 노력한 게 아니라 '아, 이걸 이런 식으로 표현하는구나' 하며 표현 방식에 주목했습니다. 그래서 제가 20대 후반에는 한 영어 했습니다.(웃음)

제가 서른 살부터 한국어신문 기자를 했는데 그때도 그 이전처럼 끊임없이 읽었습니다. 20대 때 영향을 굉장히 많이 받았던 분들이 백낙청, 김현, 김우창 선생이었습니다. 우연히 전부 문학평론가군요. 10대 말부터 저분들의 글을 읽으면서 이런 생각을 했습니다. '어떤 지식이

　　　6—글쓰기를 묻다

나 관점만 배우는 게 아니라 표현 방식도 배우자.' 그렇게 생각하고는 밑줄을 쳤어요. '이건 굉장히 중요한 정보다'라는 것에만 줄을 친 게 아니라, '이런 내용을 이런 식으로 표현할 수도 있구나' 하고 표현이 새롭게 느껴질 때에도 밑줄을 치고 메모도 했습니다. 그걸 나중에 내 글을 쓸 때 한번 써먹기도 하고 그랬습니다. 말하자면 표현을 '훔쳐' 오는 거죠. 그렇게 몇 번을 훔치다보면 또 그 훔쳐온 것들끼리 화학반응을 일으켜서 자기만의 새로운 표현이 생깁니다. 제 경우는 그랬습니다.

수강생   소설도 쓰신 줄은 몰랐습니다.

어떻게 쓰게 되셨나요?

굳이 얘기하자면 이렇습니다. 세계는 연속적이지만 언어는 불연속적입니다. 예컨대 무지개를 보세요. 무지개 빛깔이 몇 개일까요? 사실 무지개는 스펙트럼이어서 그 수는 무한대일 수도 있죠. 즉 연속적이죠. 그렇지만 거기에 일일이 대응하는 단어는 없어요. 즉 불연속적이죠. 그러니까 세상을 언어로 완전히 재현할 수는 없습니다. 또 언젠가도 말씀드린 것 같은데, 어떤 사람의 성정은 '좋다'에서 '나쁘다'에 이르는 연속적 스펙트럼 사이의 어느 한 지점일 거예요. 그런데 거기 일일이 대응하는 단어는 없어요. 언어는 불연속적이니까요. 특히 역사책이나 신문기사 같은 경우에는 불연속성이 예술적 언어보다 훨씬 더 두드러집니다. 역사책에서 우리는 마리 앙투아네트가 탕플감옥에 갇혀 있다가 콩코르드광장에 끌려 나와서 단두대에 목이 잘렸다는 사실을 배웁니다. 그런데 당시 마리 앙투아네트의 마음이 어땠을지, 끌려갔을 때의 구체적 상황이 어땠을지 이런 건 생략되어 있죠. 어떤 군중들은 돌을 던지고 욕을 했을 것이고, 어떤 군중들은 '우리 가엾은 왕비가 저 잔인한 놈들 때문에 죽는구나' 이렇게 생각했을 수도 있습니다. 또 단두대에 올라서 목이 떨어지기 직전에 앙투아네트가 어떤 생각을 했을지 궁금하잖아요?

물론 제3자가 그것들을 사실 그대로 알 수는 없을 겁니다. 하지만 소설에서는 상상력을 통해 신문기사나 역사책보다는 좀더 촘촘한 언어를 쓸 수 있습니다. 언어가 가지고 있는 근본적 불연속성을 조금이나마 완화시킬 수 있는 겁니다. 제가 신문기사를 쓰다가 느낀 게 그런 아쉬움이었습니다. '신문기사의 언어는 그물코가 너무 커서 세상을 재현하는 데 어려움이 많구나.' 물론 문학언어도 자연언어인 한 이런 구멍을 완전히 채울 수는 없죠. 그래도 신문기사의 언어나 역사책의 언어보다 문학의 언어는 그 구멍을 조금이나마 작게 만들 수 있다고 생각했습니다. 실제로 그렇고요. 그렇지만 기자로서도 그랬고 소설가로서도 그랬고, 또 언어학자로서도 그랬고, 저는 결국 별 볼 일 없는 글쟁이가 되고 말았습니다.(웃음)

글쓰기에서 독서는 굉장히 중요합니다. 우선 생각하는 힘을 키워주죠. 흔히 간접체험이라고들 하잖아요? 사람의 삶은 짧은데 모든 걸 직접 다 체험할 수는 없습니다. 또 자기가 태어난 조건이 있기 때문에, 가령 제가 탄광의 광부생활을 해볼 수도 없는 거고 물리학자나 보험외판원이나 경영컨설턴트가 될 수도 없는 거죠. 그런데 책들을 보면 그런 직업을 가진 사람이 직접 썼거나, 아니면 그 직업에 대해 굉장히 자세히 취재를 해서 쓴 것들이 있습니다. 책 한 권을 읽는다는 건 또다른 삶을 얻는 것입니다.

결국 글이라는 건 체험에서 나옵니다. 그리고 이 체험을 넓히는 가장 쉬운 방법이 바로 독서입니다. 투자대비 효과 면에서 가장 효율적인 거예요. 물론 탄광에서 실제 일을 하는 것과 그것에 대한 글을 읽는 것은 분명히 차이가 있습니다. 그러나 그 체험의 직접성을 위해서 모든 걸 다 체험해볼 수는 없거든요. 자기에게 주어진 시간이 무한한 게 아니잖아요. 또 자기에게 주어진 시간이 무한하다 하더라도 그런 기회를 얻을 수 있다는 보장도 없고요. 그러니까 독서가 필요한 겁니다. 독서는 삶을 풍부하게 만듭니다. 자기가 살아온 삶만이 아니라 다른 사람이 살아온 삶까지 쉽사리 자기 것으로 만들 수 있습니다. 그 독서가 진지하다면요.

그리고 생각하는 힘이라는 게 일종의 머리의 근력이거든요. 쓰면 쓸수록 좋아집니다. 물건하고 달라서 닳아 없어지는 게 아닙니다. 읽는 것, 생각하는 것은 많이 하면 할수록 더 좋아요. 진짜 맞는 말인지는 모르겠지만, 흔히 알츠하이머를 방지하기 위해서 규칙이 어려운 도박을 하라고도 하잖아요. 바둑이나 장기를 두란 말도 있는데 전 일리가 있다고 생각해요. 머리는 쓰면 쓸수록 좋아집니다.

돌아가신 미당 서정주 선생은 만년에 러시아에 있는 산 이름을 다 외웠다고 합니다. 억지로 다 외웠다고 해요. 기억력이 저하되는 걸 막기 위해서요. 저는 팔굽혀펴기를 열 번은커녕 두세 번도 못 하는데, 저

같은 사람이 그걸 하루에 한 50번, 100번씩 하면 여기저기 골골 하겠죠. 그런데 생각하는 건 그런 위험이 없습니다. 정말 머리에 쥐가 날 정도면 자기가 알아서 생각을 안 할 테니까.(웃음) 아령이나 역도를 하면 팔다리에 근력이 생기듯이, 자꾸 생각을 하면 뇌에도 근력이 생기는 거 같습니다. 그러니까 노쇠해질까봐 걱정하지 말고 자꾸 생각하고 읽고 그랬으면 좋겠어요.

책 이야기가 나오니 떠오르는 책이 있네요. 한 1년 전에 나온 책인데 《밤이 선생이다》라는 책이 있어요. 불문학자이고 문학평론가인 황현산 선생이 쓴 책인데 추천하고 싶습니다. 이 책은 자기 전공에 대해 쓴 글은 아니고, 신문에 쓴 비교적 가벼운 글들을 모아놓은 거예요. 저는 이 책을 읽고 '한국어가 이렇게 아름다울 수가 있구나!' 하고 다시 느꼈습니다. 최근 읽은 책 중에서 굉장히 인상 깊은 책이었습니다. 짧은 글 모음이어서 읽기에도 부담스럽지 않을 거예요.

그리고 1급 자연과학자들이 쓴 대중서들도 추천합니다. 《만들어진 신》을 쓴 리처드 도킨스 같은 분의 책은 한국에 열 권 정도 번역돼 있습니다. 거의 대부분이 대중서라서 쉽게 접근할 수 있을 거예요. 그 밖에도 1급 물리학자, 화학자, 생물학자들이 대중을 위해서 쓴 책들이 굉장히 많이 있습니다. 그런 자연과학 책들을 읽다보면 세계관이 크게 달라지는 경험을 할 수 있을지도 모릅니다. 여담이지만 저는 인간의 역사라는 게 자연과학 역사의 그림자가 아닌가 하는 생각마저 합니다. 지구라는 건 정말 우주의 변방의 변방의 변방인 거고, 그 지구 안의 인간이라는 건 정말 미미하잖아요? 에덴동산에서 아담과 이브가 만들어

6—글쓰기를 묻다

지면서 인간이 탄생했다고 생각하는 것과, 우연히 단백질이 분열을 시작해가지고 수십억 년이 지나 지금의 인류가 됐다고 생각하는 것은 사람을 완전히 다르게 만듭니다.

Q   "좋은 글의 요소는
무엇인가요?"

여러 차례 얘기했듯이, 저는 명료하고 아름다운 글이 좋은 글이라고 생각합니다. 논리적으로 일관되고 수사학적으로 세련된 글.

그런데 여러분, 글이라는 게 무엇으로 이루어져 있습니까? 바로 단어로 이루어져 있습니다. 어휘력은 글쓰기에서 핵심적입니다. 한국어 단어를 3,000개 정도밖에 알고 있지 않은 사람과 3만 개 정도를 알고 있는 사람의 글은 완전히 다릅니다. 여담입니다만, 저는 박근혜 대통령이 도대체 한국어 단어를 몇 개나 알고 있는지 좀 궁금해요. 하도 말을 안 하고, 하더라도 짧게만 얘기하잖아요. 중국어나 불어로 연설까지 했으니까 그 언어들 쪽으로는 몇 만 개의 단어를 알고 계실지 모르겠는데, 한국어 단어는 솔직히 1,000개도 모르시는 거 아닌가 하는 의심이 듭니다.(웃음)

아무튼 어휘력을 키우는 방법으로는 우선 독서를 하다가 모르는 단어가 나오면 사전을 찾아 익히는 수동적 방법이 있습니다. 그런데 좀 적극적으로 공부할 필요도 있습니다. 한국어 단어 학습을 위한 책들이 많이 나와 있을 텐데, 그걸 사서 공부하길 권합니다. 우리말이라고 해서 저절로 다 알아지는 게 아니라, 사실 모르는 말이 굉장히 많습니다. 그런 단어를 익히기 위해서 능동적으로 단어 학습서를 사서 공부하라는 것입니다. 왜 영어 단어는 학습서로 따로 공부하면서 한국어 단어는 그렇게 안 하나요?

제가 지난주 강의에서 관용어구, 특히 신체와 관련된 관용어구를 익히는 것이 좋다고 말씀드린 적이 있습니다. 관용어구를 많이 알면 문장을 화사하게 만들 수 있습니다. 여기서 화사하다는 건 절대 나쁜 뜻이 아닙니다. 말하자면 화장을 하는 거예요. 화장 자체가 나쁜 건 아니잖아요? 상대방에게 어떤 미적 쾌감을 주죠. 화장하는 사람도 즐겁고요. 관용어구나 다채로운 어휘나 매한가지입니다. 물론 그것이 지나칠 때는 역효과를 낼 수도 있습니다만.

생각나는 일화가 있는데, 시인 고은 선생이 감옥에 갇혀 있었을 때 얘기예요. 1980년에 전두환이 자기가 내란 일으켜놓고는 다른 사람들이 내란 일으키려 한다고 뒤집어씌우면서 사람들을 잡아넣었습니다. 그 뒤로 고은 선생이 육군 형무소 골방에 갇혀 있었어요. 박정희 유신 시절 이후에는 민간인들도 군사재판을 받고 군인 형무소에 수감되는 일이 흔했습니다. 고은 선생은 그때 한쪽 귀의 청력을 잃을 정도로 심하게 고문을 받았죠.

요새는 교도소 안에서 집필도 가능하다고 들었는데, 1980년대에는 안 그랬어요. 사실 이게 정말 야만적인 관습입니다. 유럽에서는 이미 고대에 감옥 안에서도 글은 쓰게 했거든요. 그래서 감옥 안에서 쓴 글이

나중에 명저가 된 사례도 많습니다. 돌아가신 시인 김남주 선생이 〈그랬었구나〉라는 옥중 시에서 환기시켰듯, 보에티우스의 《철학의 위안》이 그랬고, 마르코 폴로의 《동방견문록》과 세르반테스의 《돈키호테》가 그랬고, 체르니셰프스키의 《무엇을 할 것인가》가 그랬습니다. 그리고 단재 신채호 선생의 《조선상고사》 역시 감옥 안에서 집필됐습니다. 그런데 민주화가 되기 전 한국 감옥 안에서는 글을 쓸 수가 없었습니다. 다만 책을 읽을 수는 있었습니다. 고은 선생이 그때 읽은 책이 뭐냐 하면 국어사전입니다. 원래 사전이라는 건 독서를 위한 책은 아니잖아요? 참고를 위한 책인데, 이분은 사전을 기어코 읽어나간 겁니다. 펜이 없으니까 손톱으로 쿡쿡 눌러 표시하면서 어휘를 늘려갔습니다.

저도 사전을 읽은 경험이 조금 있는데 굉장히 재미있습니다. ㄱ부터 시작해서 ㅎ까지 순서대로 읽는 게 아니라, 아무데나 딱 펼치는 거예요. 그 페이지를 죽 읽다보면 '이런 말이 있었구나' '아, 말이 참 예쁘네', 그런 것들이 꽤 됩니다. 그러면 밑줄을 쳐놨다가 다음 글을 쓸 때 한번 써보기도 하고 그랬죠. 어떤 사람이 그 단어의 뜻을 알아보고 "너 이런 말도 하는구나" 하면 굉장히 기분이 좋습니다.(웃음) 또는 자기가 전혀 모르지는 않는다고 하더라도 뜻을 좀 희미하게 알고 있었던 말들의 뜻이 명확해지기도 합니다.

사전을 보면 속담이나 사자성어 같은 것들도 많이 나옵니다. 이것들이 글에서 계속 나열되면 정말 짜증스러운데, 적절히만 잘 들어가면 이른바 '와사비' 같은 역할을 할 때가 있습니다. 회가 아무리 맛있어도 와사비가 없으면 꽝이잖아요? 쾌감이 완전히 달라집니다. 물론 와사비만 먹을 수는 없습니다. 속담이나 사자성어는 어떨 땐 그저 상투어에 불과하지만, 상투적이지 않은 말 가운데 저런 상투어가 하나씩 딱 들어가면 와사비 역할을 하는 게 아닌가 싶습니다.

Q   "글의 메시지를 어떻게
                            극대화할 수 있을까요?"

                          만약 누구랑 논쟁할 때 상대방을 완전히 이기는 방법은 간단합니다. 우선 상대방의 주장을 최대한 선의로 해석합니다. 그다음 그 내용을 논파하면 됩니다. 이게 가장 확실한 방법입니다. 상대는 재기불능 상태가 되죠. 상대방이 한 말 중에서 조그마한 실수를 가지고 딴죽을 걸거나 말꼬리 잡는 것은 어리석어요. 또는 상대방 주장의 약한 부분들이 여럿 있을 텐데 그것을 물고 늘어져 길게 비판하는 것 역시 마찬가지입니다. 그것은 상대방에게 재반박의 기회를 주는 셈이거든요.

  제가 구체적으로 누군지 말씀은 안 드리겠습니다만, 인터넷에 보면 그런 사람이 있더라고요. 그 사람은 글에서 항상 상대방의 약짐을 건드려요. 이래서는 계속 반론에 반론이 거듭되죠. 상대방의 글을 최대한 좋은 뜻으로 해석한 다음에 그걸 공략하는 것이 효과적입니다. 그걸 논파했을 때 이제 그 주장은 재기불능이 됩니다. 그러나 그렇게 해서 상대방을 완전히 논파한다고 해도, 이겼다는 쾌감은 있을지 모르지만 상대방이 내 글에 설복하지는 않을 겁니다. 사실 대부분의 논쟁적

글은 자기편의 신념을 강화할 뿐 상대편을 우리 쪽으로 개종시키지는 못합니다. 특히 적대감이 쌓인 진영에서 주고받는 논쟁적 글들은 결코 상대방을 설복시킬 수 없습니다. 싸움에서 이길 수야 있겠지요. 그렇지만 이기는 것과 설복시키는 것은 다릅니다. 논쟁에서 이겨봐야 자신의 호승심_{好勝心}만 채워주는 거지요. 상대방을 설복시키지 못한다면 그 논쟁은 목적을 못 이뤘다고도 할 수 있어요.

메시지를 줘야 한다는 생각에 성급하게 어떤 결론을 내리지는 마세요. 질문만으로도 충분히 글이 됩니다. 그냥 수수께끼로 남겨둔다고 하더라도 의미 있는 글이 돼요. 소설에서도 그렇고 일반 산문에서도 그렇습니다. 꼭 정답이나 결론이 필요한 건 아닙니다.

Q　　　　　　　　　"선생님 글 중에서 스스로
　　　　　　　　　　보시기에 가장 좋았던 부분이
　　　　　　　　　　있는지요?"

　　　　　　　　　　저는 다른 사람이 안 한 말, 안 한 생각을 썼을 때가 제일 기분이 좋았습니다. 그때가 제일 기뻤어요. 혹은 다른 사람이 하지 않는 방식으로 표현했을 때도 마찬가지였습니다.

제 단편소설 중에 〈플루트의 골짜기〉라는 작품이 있습니다. 이 소설을 쓰고 나서 굉장히 기분이 좋았어요. 한 100매 남짓 되는 단편인데, 주인공인 화자가 여자입니다. 그런데 우리 종이 아니라 네안데르탈인이에요. 네안데르탈인을 화자로 삼아서 지금 현생인류인 호모사피엔스사피엔스를 비판하는 작품입니다. '내 주위에 있는 이 종은 얼마나 하찮은 종인가, 정말 말도 섞기 싫다' 라는 식으로 소설이 전개됩니다.

사실 과학상식으로는 네안데르탈인은 완전히 멸종했습니다. 원래 호모사피엔스사피엔스보다 네안데르탈인의 문화가 더 우월했다고 합니다. 불을 발견한 것도 네안데르탈인이었습니다. 왜 네안데르탈인이라는 이름이 붙었냐면, 독일어로 탈Tal은 골짜기라는 뜻입니다. 즉 네안데르라는 골짜기에서 그들의 뼈가 발굴되어 그렇게 부른 겁니다. 그런데 그곳에서 동물 뼈로 만든 플루트도 발견됐습니다. 고고인류학자들은 그 플루트를 네안데르탈인이 사용하던 것으로 추정합니다. 그러니까 현생인류보다 불도 먼저 발견했고 음악활동도 먼저 했던 진화된 종이었다는 얘기입니다. 같은 시대에 살았는데, 그러니까 우리의 직접 조상과 공존하던 시절이 분명히 있었는데, 어떤 이유에서인지 그 사람들은 멸종해버리고 우리 종만 살아남았습니다. 여기까지가 과학의 얘기이고, 저는 소설에서 하나의 가정을 했습니다. 네안데르탈인이 전부 멸종하지는 않았고 조금조금 남아 있다고 말입니다.

소설에서는 네안데르탈인과 현생인류는 교배, 교배란 말이 좀 어색하네요, 아무튼 아이를 낳을 수는 없고, 네안데르탈인들끼리만 애를 낳을 수 있다고 설정했습니다. 그래서 많은 불임여성들은 사실 알고 보면 네안데르탈인이고, 그 여성 네안데르탈인이 우연히 배우자로 남성 네안데르탈인을 만나면 아이를 낳게 된다는 가설을 세웠습니다. 그러고는 네안데르탈인에게 어떤 품격을 부여했어요. 현생인류의 그 비루한 모습과는 달리 굉장히 이타적인 성향으로.

아마 동물을 화자로 삼은 소설가는 있어도, 네안데르탈인을 화자로 삼은 소설가는 없을 겁니다. 모르겠어요, 혹시 있을지. 어쩌면 제 발견이 그저 재발견에 불과했을 수도 있죠. 이미 예전에 어떤 사람이 썼는데 제가 그걸 모르고 좋아했을 수도 있습니다. 그런데 당시 이 소설을 쓸 때는 '이건 몰랐을 거야' 하면서 굉장히 즐거웠습니다. 제 나름대로 구체성을 부여하기 위해서 그 여성의 생리주기를 굉장히 길게 늘리고 생리통도 현생인류보다 심하게 겪는다는 식으로 설정을 했습니다. 쓰고 나니까 기분이 좋더라고요.

또 하나는 제가 한 15, 16년 전에 〈감염된 언어, 감염된 문학〉(《감염된 언어》에 수록)이라는 글을 쓴 적이 있습니다. 각주를 세세히 달진 않았으니 논문이라고 하긴 좀 그렇고, 준* 에세이입니다. 제가 몇 번 강의에서 언급하기는 했는데, 이 글은 '한국어라는 건 없다, 존재하는 건 한국어들이다'라고 주장합니다. 예컨대 15세기 한국어와 지금의 한국어는 완전히 다른 언어라는 겁니다.

〈롤랑의 노래〉를 흔히 프랑스어로 쓰인 최초의 서사시라 그러는데, 그 작품을 기록한 언어와 지금의 프랑스에서 쓰이는 언어는 전혀 다른 언어입니다. 그런데 사람들은 부지불식간에 이걸 혼동하기 쉽습니다. 마찬가지로 15세기 한국어와 지금의 한국어, 이를테면 세종이나 신숙주, 성삼문 이런 사람들이 썼던 한국어는 지금 여러분과 제가 쓰는 한국어와 다른 언어입니다. 15세기 한반도에 살고 있는 사람과 지금의 우리는 자신들의 언어로 의사소통을 할 수 없기 때문입니다.

물론 대부분의 언어학자들이 그 사실을 모르는 건 아닙니다. 그런데 그 사실을 뚜렷하게 부각시켜 보여주진 않았습니다. 그냥 '15세기 한국어가 진화해가지고 지금의 현대 한국어가 됐다' 보통 그렇게 얘기하면서 같은 언어라는 걸 전제합니다. 그러나 실제로 존재하는 건 한국어가 아니라 한국어들입니다. 시간적으로 무수히 많은 언어들을 아무설명 없이 한꺼번에 한국어라고 부르는 것은 뭔가 부당해 보입니다. 저는 〈감염된 언어, 감염된 문학〉이라는 글에서 그 지점을 특별히 강조했습니다. '존재하는 건 한국어가 아니고 한국어들이다, 존재하는 건 영어가 아니고 영어들이다.' 저의 아주 독창적인 관점은 아니지만그전까지는 아무도 그 점을 그렇게 강조한 적이 없었거든요. 독자들한테 반응이 있든 없든 그런 글을 쓰면 스스로 기쁨을 느끼게 됩니다.

사상가를 영어로 싱커^{thinker}라고 합니다. 말 그대로의 뜻은 생각하는 사람이죠. 그런데 사실 생각도 안 하는 사람이 어디 있어요? 우리가 다 싱크하고 살죠. 그런데 싱커라는 건 생각이 특별한 사람입니다. 만약 글을 쓴다면 굳이 남들이 했음직한 말은 쓰지 않는다는 생각으로한번 써보세요. 되도록 '다른 사람은 이런 생각을 안 할 것이다' '다른 사람은 이런 식으로 표현하지 않을 것이다', 이렇게 스스로 의식하며 글을 쓸 때 정말 글쟁이가 된 느낌이 듭니다. 생각하는 사람이 된 듯한 느낌이지요.

좋은 삶, 그리고 글쓰기

글을 쓴다는 건 즐거운 일입니다.

아리스토텔레스는 앎에 대한 욕구가 인간의 본능이라고까지 얘기했잖아요? 지식을 얻는 것, 전달하는 것, 공감하는 것, 그런 건 굉장히 즐거운 일이죠. 자기가 알고 있는 것을 사람들과 공유하고 싶다는 게 바로 글쓰기 욕망의 시작입니다.

글을 쓰면서 자기 생각이 정리되는 경험 역시 기분 좋습니다. 저는 그런 경험을 많이 했어요. 오히려 처음부터 명확한 생각을 하고 나서 글을 쓰기 시작한 경우가 드물었습니다. 말은 대충대충 할 수 있어도 글은 엉망인 상태로 내놓을 수 없잖아요? 어떤 식으로든 논리적으로 문장을 이어나가고, 구성을 고려하고, 쓴 다음에 퇴고도 하고, 그러면서 부지불식간에 생각이 정리되는 것 같습니다. 아주 명료하게.

항상 글을 쓰는 걸 즐기세요. 그건 사실 강요한다고 해서 되는 것은 아닙니다. 저는 평생 거의 직업적 글쓰기만 한 탓에 순수하게 글을 쓰는 기쁨을 별로 누리지 못했습니다. '나는 아마추어다'라는 생각으로 글쓰기를 즐겼으면 좋겠습니다. 아마추어라는 건 프로보다 못하다는 의미가 아니라 애호가라는 뜻입니다. 원래 돈벌이로 무슨 일을 하는 사람들을 프로라 그러고, 좋아서 무슨 일을 하는 사람들을 아마추어라고 합니다. '나는 글쓰기 아마추어다, 글쓰기를 진짜 좋아한다'는 생각으로 접근하면 참 좋을 것 같습니다.

흔히 예술적 글쓰기, 창작을 할 때 상상력이 굉장히 중시되는데 제 생각은 그렇습니다. 저는 모든 글쓰기가 기억에서 시작된다고 생각합니다. 자기 기억을 이리저리 변형시키는 것, 말하자면 일종의 왜곡된 기억이 상상이 아닐까요? 기억 또는 경험이 전혀 없다면 상상 자체를 할 수 없을 것 같습니다. 마르셀 프루스트란 사람의 〈잃어버린 시간을 찾아서〉라는 아주 유명한 소설이 있죠. 그런데 작가의 전기와 이 소설을 대조해보면 겹치는 부분이 많이 있습니다. 저는 소설이라는 것이 말하자면 작가가 왜곡시킨 기억을 풀어놓는 게 아닌가 하는 생각이 듭니다. 그리고 그게 바로 상상이지 싶어요. 기억과 아무런 관련이 없는 상상이라는 건 있을 수 없습니다. '난 상상력이 없어서 아마 글을 못 쓸 거야' 이런 생각을 하지 말고 경험의 폭, 기억의 폭을 넓히길 바랍니다. 꼭 자기 삶만이 아니라 다른 사람의 삶에도 귀를 많이 기울여보는 게 좋습니다. 어떤 일에 관심을 갖게 되면 거기에 대해 반성이나 성찰을 하게 되고, 그렇게 요리조리 생각을 하다보면 글로 이어지는 거죠.

요네하라 마리라는 일본 작가가 있는데, 소설을 쓰긴 했지만 주로 에세이를 많이 썼고 일본에서 러시아어 통역을 하던 분입니다. 굉장한 독서가에다 다작가여서 책을 많이 냈는데 한국에도 5, 6년 전부터 번역되기 시작했습니다. 제가 읽은 것만 거의 스무 권 가까이 되는 것 같아요. 이분이 어떤 책에서 "사기꾼들은 거의 다 유머작가 소질이 있다"는 말을 했습니다. 사기 사건이라는 게 피해자 입장에서 보면 웃을 일이 아니지만 사실 참 웃긴 일이거든요. 봉이 김선달 이야기의 충격적 반전만 해도, 김선달에게서 대동강 물을 산 사람들 입장에서는 김선달이 정말 죽일 놈이겠지만 읽는 사람으로서는 재미있을 따름입니다. 유머작가가 되기 위해 사기꾼이 될 필요는 없겠지만, 어떤 기질도 글쓰기에 쓸모없는 기질은 없다는 말씀을 드리고 싶습니다. 이런 관점, 저런 관점을 다 가져보라는 얘기이기도 합니다.

글을 안 쓰는 사람보다는 글을 쓰는 사람이 더 좋은 삶을 사는 것 같습니다. 물론 글을 안 쓰더라도 뭐, 몹쓸 삶은 아니죠. 그래도 글을 쓴다는 것은 어느 정도 책을 읽는다는 것, 생각한다는 것을 전제합니다. 그런 글쓰기, 책읽기, 생각하기가 분명히 영혼을 고양시키는 것 같습니다. 너무 상투적인 말인가요?(웃음) 설령 공적인 글이 아닐지라도 일기를 쓰는 사람과 일기조차 쓰지 않는 사람은 삶이 질적으로 다르다고 생각합니다. 그런데 글로 다른 사람들에게 상처 주지는 마세요. 글을 영혼을 고양시키는 무기로 써야지 사람 잡는 흉기로 쓰지는 말길 바랍니다.

지난 강의 동안 여러분들이 조금이라도 저한테서 얻은 게 있었으면 좋겠습니다. 저는 여러분들한테서 많은 걸 얻었습니다. 그래서 고맙습니다. 여러분과의 인연이 이어지길 바랍니다. 다시 한 번 고맙습니다.

글쓰기 이론

행갈이에 대하여

문단은

생각의 덩어리다　　　　　　글을 쓸 때 행갈이를 전혀 안 하거나, 아니면 한 문장마다 행갈이를 하는 경우를 간혹 봅니다. 그런데 행갈이도 글쓰기에 중요한 테크닉입니다. 어떤 생각의 덩어리가 하나씩 끝날 때마다 행갈이를 하면 글의 명료함에 기여합니다.

행갈이가 뒤죽박죽이면 똑같은 글이라도 굉장히 산만해 보입니다. 특히 한 문장마다 행갈이를 한 글을 보면, 이 글을 쓴 사람은 생각이 잘 정돈돼 있지 않구나, 하는 편견을 유발합니다.

행갈이를 너무 띄엄띄엄하면 독자가 부담스러울 수도 있지만, 진지한 글쓰기에선 띄엄띄엄 행갈이가 된 글일수록 좋을 글일 가능성이 높습니다. 생각의 뭉치가 그만큼 길다는 뜻이니까요. 논리를 촘촘히 쌓아가는 글이라는 뜻이기도 하고요.

분량이 제한된 글쓰기

제한된 분량 안에 자기 생각을 담는 것은 굉장히 중요한 글쓰기 능력입니다. 물론 자기 블로그에 쓴다면 하염없이 쓰고 싶은 만큼 써도 됩니다. 하지만 청탁을 받아 글을 쓸 때는 분량이 제한돼 있습니다. 그럴 땐, 어느 것이 중요하고 어느 것이 덜 중요한지를 판단해서 중요하지 않은 문장을 버려야 합니다. 아까워해선 안 됩니다. 그리고 한 문장에서도 꼭 들어가야 할 성분이나 단어가 아니라면 과감히 잘라내는 용기가 필요합니다.

글쓰기 실전

"…마지막 노벨문학상이 귄터 그라스에게 돌아갔다. 독일 사람이다. 물론 독일어로 계속 글을 써온 사람이다."

《자유의 무늬》, 303쪽

노벨문학상은 한 개인에게 주는 거지 어떤 작품에 주는 상이 아닙니다. '노벨문학상 수상작품' 이런 건 세상에 없어요. 물론 그 작가가 작품 딱 한 편만 써서 단 한 권의 책만을 냈다면, 그걸 노벨문학상 수상작이라고 할 수도 있겠죠. 그런데 그런 경우는 없죠. 또 예컨대 1953년 노벨문학상을 받아 적합성 논란을 크게 불러 일으켰던 윈스턴 처칠의 경우, 스웨덴 한림원이 〈2차 세계대전〉 한 작품만을 거론했고, 그의 다른 책들은 거의 알려지지도 않았으니 그걸 노벨문학상 수상작이라고 할 수도 있겠죠. 그렇지만 이건 매우 예외적인 경우입니다. 스웨덴 한림원은 어떤 작가를 노벨문학상 수상자로 선정한 이유를 얘기할 때 보통 많은 작품들을 거론합니다. 그것은 노벨문학상이 어떤 작품에 주는 상이 아니라 작가에게 주는 상이기 때문에 그런 겁니다. 그때 거론된 작품들을 노벨문학상 수상작이라고 하는 건 원칙적으로 틀린 말입니다. 예컨대 라빈드라나드 타고르 같은 경우에도 〈기탄잘리〉 한 작품으로 노벨문학상을 수상한 것이 아닙니다. 타고르는 벵골어로 쓴 〈기탄잘리〉와 다른 시집들에서 시들을 추려내 직접 영어로 번역했고, 예이츠의 주선으로 영국에서 그 시 모음을 출판했습니다. 영어판 제목도 〈기탄잘리〉였죠. 이 시집 덕분에 타고르라는 사람이 널리 알려진 것은 사실입니다. 그렇지만 스웨덴 한림원은 타고르라는 시인의 문학 전체에 대해서 상을 준 거지 어떤 한 작품에 대해서 준 것은 아니었어요. 그게 노벨문학상의 특이한 점입니다. 대개의 문학상은 작품상이잖아요.

1999년 노벨문학상 수상자 귄터 그라스는 오래도록 사회민주당 당원이었고, 독일 통일 자체에도 반대하고 그랬던 사람입니다. 통일이 동독 출신 사람들에게 재앙이 될 것이라는 판단 때문이었죠. 그의 판단이 옳았든 글렀든, 그는 서독이 동독을 흡수통일하는 데 반대했습니다. 그라스는 노벨문학상을 받은 다음에 자신이 어려서 나치 소년단원이었다는 사실을 털어놔 굉장히 큰 스캔들을 일으켰죠. 욕을 엄청 많이 먹었습니다. 제 생각엔 만년에 들어서라도 힘든 고백을 했으니 외려 칭찬할 만한 일이 아닌가 싶습니다만, 하여간 그때는 독일만이 아니라 전 세계 언론으로부터 욕을 굉장히 먹었어요. 자기 어린 시절에 대한 죄책감 때문인지는 몰라도 이분의 정치적 입장은 굉장히 반나치적이고 좌파적이었습니다.

그리고 독일 사람이라고 해서 꼭 독일어로만 글을 쓰라는 법은 없습니다. 예컨대 〈고도를 기다리며〉라는 희곡으로 잘 알려진 사뮈엘 베케트는 아일랜드 출신인데 초기에는 영어로 작품을 쓰다가 나중에는 주로 불어로 작품을 써서 노벨상까지 받았습니다.

"노벨문학상이 '불공정'하다고 할 때, 그 불공정의 핵심은 쉴리 프뤼 돔이 그 상을 받았는데 톨스토이는 그 상을 받지 못했다는 데 있는 것 이 아니다. 그 핵심은 왜 수상자들의 대부분이 유럽어권 사람들이냐는 데에 있다."

《자유의 무늬》, 304쪽

쉴리 프뤼돔이란 사람은 1901년에 제1회 노벨문학상을 받은 사람입 니다. 저도 그분이 시인이었다는 것과 그분이 아카데미 프랑세즈 회원 이었다는 사실만 알고 있지, 무슨 작품을 썼는지도 모릅니다. 사실 이 1회 수상자 선정을 놓고 논란이 많았습니다. 동시대인이었던 소설가 톨스토이나 에밀 졸라에 견주어 쉴리 프뤼돔은 별로 안 알려진 문인이 었거든요.

　한국에서는 그해 노벨문학상 수상자가 발표되면 출판사들이 분주해집니다. 수상자는 확실히 주목을 받고, 그것이 즉시 책 판매로까지 이어지기 때문입니다. 요즘에도 그런지는 모르겠는데, 과거에는 확실히 그랬습니다. 그런데 노벨문학상 수상자들을 보면 대개 유럽어를 쓰는 작가들이에요. 아프리카 출신 수상자들이라고 해도 토박이 언어가 아니라 거의 불어나 영어로 글을 씁니다. 아프리카 대부분은 영어나 불어를 공용어로 쓰거든요. 남아메리카의 사정도 마찬가지입니다. 브라질에서 포르투갈어를 쓰고 나머지는 다 스페인어를 씁니다. 프랑스어를 쓰는 조그만 나라도 있고요. 북아메리카 역시 미국에선 영어를 쓰고 카리브 해 연안의 중미 국가들에선 스페인어를 씁니다. 캐나다에선 영어와 불어를 씁니다. 그러니까 유럽만이 아니라 아프리카나 아메리카의 작가들은 사실 다 유럽어로 작품활동을 하는 셈입니다. 호주 역시 영어권 국가고요. 10여 년 전 중국 출신의 가오싱젠이라는 작가가 노벨문학상을 받았는데, 이 사람도 중국어가 아니라 불어로 텍스트를 썼습니다. 프랑스에 망명을 해서 불어로 소설을 써서 상을 받은 거죠.

물론 그간 유럽이 활기찬 문학의 공간이었던 것은 분명합니다. 스페인의 세르반테스나 프랑스의 라블레에서부터 근대소설이 시작되었고, 그전까지는 없었던 이 장르가 러시아, 독일, 프랑스, 영국 네 나라에서 19세기 이후에 크게 융성했기 때문입니다. 하지만 그건 어디까지나 '그들이 보기에' 입니다. 예컨대 최초의 근대소설이 무엇이냐는 문제만 해도 그렇습니다. 동아시아 사람들은 11세기 초 무라사키 시키부라는 일본 여성이 쓴 〈겐지모노가타리〉를 근대소설의 효시라고 꼽을 수도 있겠죠. 중국 사람들이 쓴 〈수호지〉나 〈삼국지〉도 소설이 아니면 뭐겠습니까? 소설의 의미를 좀 넓게 잡을 때 그렇다는 겁니다.

그런데 노벨문학상 수상자 대부분이 유럽어권이라는 것은 뭔가 석연치 않습니다. 거기에는 강한 유럽중심주의가 깃들어 있는 것 같아요. 프랑스나 스페인 출신의 한림원 회원들도 자기들이 책을 읽을 수 있어야 어떤 문인을 수상자로 추천하든지 말든지 할 것 아니에요? 그 사람들이 읽을 수 없는 언어로 출판된 책의 저자는 처음부터 아예 후보 대상에서 배제되는 겁니다.

"영어의 세계 지배는, 이제 문학을 포함한 인문학의 분야에서까지, 돌이킬 수 없는 추세가 되어버렸으니 말이다. 아무튼, 번역작업은 중요하다."

《자유의 무늬》, 306쪽

이공계의 경우, 영어로 쓰지 않은 논문은 발표되지 않은 논문과 다름이 없다고 합니다. 그건 한국어만이 아니라 독일어나 스페인어나 러시아어나 불어도 마찬가지예요. 그들 언어로 논문을 써봐야 다른 나라 학자들이 읽질 않으니까 발표되지 않은 것과 다름없는 상황입니다. 인문학의 경우 좀 예외이기는 합니다. 프랑스어나 독일어가 아직도 좀 위세가 있거든요. 그런데 아마 점차 인문학 분야까지 영어가 다 지배할 것 같습니다.

　지금 여기 있는 분들의 자식의 자식의 자식들은 아마 태어나면서부터 두 언어를 같이 배우지 않을까요? 한국어와 영어 말입니다. 그리고 이건 복거일 선생이 예견했고 저도 부분적으로 동의하는 생각이기도 한데, 아주 장기적으로는 한국어가 소멸할 수도 있다고 봅니다. 한국에서 한국어와 영어가 처음에는 같이 쓰이겠죠. 하지만 더 쓸모 있는 언어가 분명 영어일 테니까 아무래도 더 자주 사용하게 될 것이고, 그렇게 차츰 한국어가 주변화되다가 마침내 소멸할지도 모릅니다. 상상을 좀더 펼쳐보자면, 그때에도 한국어를 연구하는 사람들은 있을 겁니다. 지금 중세한국어를 연구하는 사람도 있고 향가를 연구하는 사람도 있듯이 말입니다. 한국어를 포함해서 현재 사용되는 언어들이 앞으로 몇 세기나 버틸지 잘 모르겠어요.

"미래의 어느 땐가 아주 뛰어난 번역자의 손을 거친 뛰어난 우리 작품들이 스웨덴 한림원 회원들의 눈에 들어 우리 작가 누군가가 노벨문학상을 탔다고 해보자. … 〔이〕 노벨문학상은 한국문학의 영예일까?"

《자유의 무늬》, 306쪽

번역되어 수상한 작품이 만약 소설을 포함한 산문이라면 그나마 한국문학의 영예에 속할 수 있을 겁니다. 그것도 완전한 한국문학의 영예인지는 잘 모르겠지만요. 하지만 시는 다른 언어로 번역되면 정말 그 맛이 확 달라질 거예요. 과연 그 둘을 같은 작품이라고 할 수 있을지 모르겠습니다. 가령 스웨덴 한림원 회원들은 한국어를 전혀 모를 테니까 고은 선생의 시를 번역된 유럽어 텍스트로 읽고 좋다고 판단하든지 시원찮다고 판단하든지 할 텐데, 그 번역된 시가 고은 선생의 시인지 저는 잘 모르겠다는 얘기입니다. 부분적으로만 고은 선생의 시이지 나머지는 번역가의 작품 아닐까요? 예컨대 중국의 시인인 두보의 시는 중국문학에 속하지만, 그것을 중세한국어로 번역한 〈두시언해〉는 한국문학의 중요한 텍스트인 것과 마찬가지입니다. 한림원 사람들이 읽은 고은의 시가 영어 텍스트이거나 불어 텍스트이거나 스웨덴어 텍스트라면, 그것은 해당 언어권에 속하는 또다른 작품이 아닌가 합니다.

실전 05

"지금 우리에게 필요한 것은 … 외국인들에게 한국어를 열심히 보급하는 것일지도 모른다."

《자유의 무늬》, 307쪽

한림원 회원들이 한국어를 알아서 한국의 문학작품을 한국어로 읽은 다음에 수상을 결정해야지 그게 한국문학의 온전한 영예가 된다고 생각합니다. 물론 노벨문학상을 받는다는 게 영예라는 가정 아래서 말입니다. 그러기 위해서는 한국어를 보급하려는 노력을 해야죠. 한국어를 보급하는 세종학당이라는 게 세계 여러 곳에 세워져 있다고는 하는데, 큰 역할을 하고 있는지는 모르겠습니다. 지금 영어 같은 경우야 이미 매개어로서의 지위가 확고하기 때문에 따로 특별한 기관을 세워서 보급할 필요가 없습니다. 그렇지만 독일어나 불어만 해도 이제 영어만한 힘이 없으니까, 그 나라들은 괴테 인스티투트니 알리앙스 프랑세즈

6—글쓰기를 묻다

니 하는 기관을 자기 나라만이 아니라 세계 곳곳에 세워 독일어와 프랑스어를 보급하려고 하죠.

그런데 제가 1999년에 이 글 〈노벨문학상〉(《자유의 무늬》, 303~307쪽)을 썼는데, 지금은 생각이 좀 달라졌습니다. 한국어를 세계에 널리 보급하는 게 거의 불가능할 거 같아요. 방금 말씀드렸듯 오히려 한국어가 장기적으로 소멸할 수 있다는 생각까지 합니다. 만약 다음 세기에 어떤 한국 사람이 노벨문학상을 탄다면, 저는 그 사람이 한국어로 글을 쓸 거 같진 않습니다. 아마 영어로 쓸 거 같아요.

참, 글을 쓰는 사람으로서 뼈아픈 일입니다. 사실 작가와 모국어의 관계는 너무나 깊이 얽혀 있습니다. 20년쯤 전 한국에서 처음 영어공용화론이 나왔을 때 가장 격렬히 반대했던 사람들이 문인들이었어요. 그건 뭐, 당연하죠. 문인들이야말로 모국어의 수호자들이니까요. 그런데 사실 영어공용화론은 일본에서도 이미 19세기부터 있었고, 20세기 들어서 또 어떤 작가는 불어공용화론을 펴기도 했습니다. 영어공용화론 자체가 아주 별난 일은 아니에요.

한국의 국제대학원 같은 데선 아예 영어로만 강의를 하고, 일반 대학에서도 어떤 과목들은 영어로만 강의를 한다고 들었습니다. 과연 영어로만 해서 제대로 소통이 될 수 있겠냐고들 하며 반대하시는 분이 많은데, 저는 궁극적으로 그쪽으로 갈 수밖에 없다고 생각합니다. 영어를 쓰는 사람과 영어를 못 쓰는 사람이 받는 혜택과 불이익의 차이가 점점 커지면 사람들은 결국 영어를 쓰게 될 겁니다. 그 차이가 점점 커지는 건 거의 확실하지 않나요?

프랑스는 사실 영어에 대한 거부감이 굉장히 심한 나라입니다. 그런데 그곳에서도 대학에서 영어로 강의를 해야 하지 않겠냐는 얘기가 나옵니다. 그게 국회에서까지 논의되고 있어요. 앞으로 점점 영어의 지배력이 강화되면 강화됐지 약화될 것 같진 않아요. 설령 중국의 경제적 힘이 미국보다 더 커진다고 해도 마찬가지일 겁니다. 지금도 모국어로 중국어를 사용하는 사람들은 영어를 모국어로 사용하는 사람보다 훨씬 많습니다. 하지만 제1의 매개어는 확실히 영어잖아요. 앞으로 중국의 힘이 미국보다 더 세져서 중국어를 제2언어로 배우는 사람들이 늘어난다고 할지라도, 영어를 따라잡기에는 이미 너무 힘이 기운 것 같습니다.

제가 이런 말씀을 드리니, 지금 이 한국어 글쓰기 수업이 좀 허무하게 느껴지나요? 하지만 제가 상상하는 일은, 설령 그런 불행한 일이 일어난다고 하더라도, 저나 여러분의 생애 안에는 절대 일어나지 않을 테니까 너무 걱정하지 마세요. 그리고 뭐, 우리 먼 후손들이야 한국어로 글을 써서 안 읽힌다 싶으면 영어로 글을 쓰면 되죠.(웃음)

영어로 글을 쓰면 작가에게 굉장히 유리합니다. 한국어로 글을 쓰면 최대한의 잠재 독자가 몇천만 명에 불과합니다. 남북한 인구를 합해봐야 7000만 정도이고, 해외교포나 한국학 연구자들을 거기 합친다고 해도 그 언저리일 거예요. 그런데 영어로 글을 쓰면 거의 전 세계 사람들이 잠재 독자가 됩니다. 영어권 사람들이든, 영어권 사람들이 아니든 다 영어를 배우고 영어책을 읽으니까요. 솔직히 좀 슬픈데 한국어의 미래가 그리 밝지는 않습니다. 그래서 노벨문학상이라는 게 정말 그렇

게 중요한 거라면, 반세기 안에라도 한국인이 탔으면 좋겠어요. 모르

죠, 뭐. 어떻게 될지.

직문직답
直問直答

당대 최고의 문장가 고종석에게 묻다

일시	2014년 7월 11일(금) 19:30~21:30
장소	홍대입구역 가톨릭청년회관 다리 대강당(니콜라오 홀)
▶	질문 기회는 1인당 1회로 한정했다.

고종석   안녕하세요? 반갑습니다. 여러분들과 만나기 위해 이곳에 왔습니다. 아시다시피 오늘 행사의 콘셉트는 '직문직답'입니다. 별도의 강연은 없고 질문해주시면 바로 거기에 대해 답해드리는 식으로 진행을 하려 합니다. 아무 분이나 자유롭게 질문해주시기 바랍니다.《고종석의 문장》과 관련한 질문도 좋고, 글쓰기 일반에 관한 질문도 좋습니다. 그럼 시작해보죠.

질문   비판적으로 글을 쓰더라도, 어느 한쪽 편만 드는 것이 아니라 중립적으로 써야 한다고 알고 있습니다. 작가님이 생각하시는 비판적 글이란 어떤 것인지 궁금합니다.

고종석   비판과 중립은 서로 모순된 말입니다. '비판'이라는 말 자체에 '중립'이라는 의미가 들어갈 틈이 없습니다. 다만 비판을 할 때 사실을 왜곡한다거나, 없는 사실을 날조해낸다거나, 있는 사실을 없는 듯이 취급한다거나 하면 충분히 문제가 되겠죠. 그렇지만 사실에 근거해서 비판을 한다면 아무런 문제가 없습니다. 비판은 어느 쪽의 편을 드는 것이라고 저는 생각합니다. 그걸 당파성이라고 부르든 정파성이라고 부르든 상관없습니다.

저도 글을 쓸 때 늘 편을 들어왔어요. 주로 사회에서 소수자로 불리는 사람들에게 눈길을 줘왔습니다. 소설에서도 그렇고 칼럼이나 에세이에서도 그랬습니다. 이때 소수자라는 건 꼭 양적인 개념은 아닙니다. 예컨대 여성과 남성은 수가 거의 비슷할 거예요. 하지만 우리는 확실히 여성이 남성에 비해서 소수자라는 걸 알고 있습니다. 굳이 말하자면 '질적' 소수자라고 할 수 있겠군요. 자기가 어찌할 수 없는 어떤 조건에 의해서 소수자가 된 사람들을 저는 계속 옹호해왔습니다.

한국에서는 소수자에 대한 배려가 굉장히 부족합니다. 한 3주쯤 전에 동성애자들의 잔치가 신촌에서 있었습니다. 그런데 그걸 놓고 많은 사람들이 비판을 했어요. 지금 굶어죽는 사람도 많고 다른 종류의 비참함이 세상에 얼마나 많은데, 동성애자라는 것을 호소하는 게 그렇게 중요하냐는 비판이었습니다. 그런데 여러분, 우리 모두는 개인이에요. 그러니까 궁극적 소수로서의 개인인 겁니다. 어떤 개인에게는 자기 국적이 어디인지, 자기가 부유한지 가난한지, 자기가 전라도 출신인지 경상도 출신인지, 자기 피부빛깔이 어떤지 하는 정체성보다 자기가 동성애자라는 것이 가장 크고 중요한 정체성일 수 있습니다. 그 사람에게는 가장 절박한 문제일 수 있는 겁니다. 거기에 대고 "네가 무슨 피해를 받고 있다고 그러는 거야?" 하는 건 옳지 못하죠.

저는 무신론자이고, 저의 죽음과 함께 우주도 끝난다고 생각합니다. 저 같은 개인주의자에겐 한 사람 한 사람의 삶이 곧 우주와 마찬가지인 겁니다. 그런 관점으로 세상을 보면 어떤 개인을 집단의 구성원이 아니라 개인 그 자체로 바라볼 수 있지 않을까요?

애기가 좀 곁으로 흘렀는데, 어쨌든 전 사실을 왜곡하지 않는 한 어느 편을 드는 것은 정당하다고 생각합니다. 비판이라는 것은 편을 드는 거예요. 편을 들지 않는다면 그건 그저 서술이나 묘사일 뿐이죠. 항상 저는 글에서 누군가의 편을 들어왔습니다. 일관되게 소수자 편을 들어왔어요.

질문 선생님 자신의 글 중에 '이건 정말 아름답다'라고 생각했던 글이 있으신가요?

고종석 아름다움이란 무엇일까요? 이건 정말 미학자들이 책을 몇 권으로 써야만 겨우 대답이 될 정도의 무거운 주제입니다. 하지만 단순하게 보면 수사修辭라는 것이 아름다움과 밀접하게 관련되는 것 같습니다. 그건 독자 입장에선 일종의 쾌감이죠. 미적 쾌감이라고 한정해야 하겠지만요. 결국 동어반복 아니면 잉여적 표현이 되네요. 제가 《문장》1권에서도 여러 차례 강조했듯, 대개 글쓰기는 두 가지 기술로 이루어집니다. 첫째는 논리고 둘째가 수사죠. 논리가 글의 명료함에 기여한다면, 수사는 글의 아름다움에 기여합니다.

그렇다고 수사가 너무 많아도 문제입니다. 어느 정도 절제가 있어야 아름답죠. 화장도 적당히 할 때는 보기에 좋지만, 덕지덕지 바르면 '그 게 뭐냐?' 하는 생각이 들잖아요. 글쓰기에서 수사도 적절한 수준에서 구사될 때 비로소 아름답다는 감정을 불러일으킵니다.

이런 생각으로 제 글을 돌아보면, 글쎄요. 사실 다 아름다워요.(웃음) 어느 하나 뽑기가 좀 어려운데… 알마출판사에서 올해 초에 새로 재판 을 낸《사랑의 말, 말들의 사랑》이라는 책이 있습니다. 제가 30대에 여드 레 걸려 탈고했던 책이에요. 사랑에 관련된 말들에 대한 단상을 모아놓 은 건데 저는 그 책이 아름답다고 생각합니다. 수사, 말하자면 비유가 지나치지도 않고 모자라지도 않은 글들이기 때문입니다. 비유가 지나 치면 기품이 좀 떨어지는데, 바로 그 직전까지 간 문장들인 것 같아요.

저는 다른 책들을 쓸 때도 항상 아름다움에 신경을 썼습니다. 제 얼 굴을 보면 아시다시피 제가 별로 미적 자본이 없잖아요?(웃음) 일종의 보상심리에서 글이라도 좀 아름답게 써야겠다는 생각이 있었을지도 모르겠습니다. 늘 논리 못지않게 아름다움을 추구했어요. 신문에서 논 설을 쓸 때도 그랬고, 심지어 진지한 학술논문을 쓸 때도 그랬습니다.

그런데 수사를 하느냐 마느냐는 각자의 취향 문제입니다. '꼭 글이 아름답게 보일 필요 있어?'라고 생각하는 사람들은 자신의 생각대로 글을 쓰면 됩니다. 굳이 수사 같은 데 신경 쓸 필요가 없죠. 오직 명료 함을 추구하는 글이라고 해서 나쁜 글은 절대 아닙니다.

질문   글을 쓸 때 제가 제일 많이 생각하

는 게 자신의 진심이 담긴 글이에요. 그러기 위해서는 나에 대해 잘 아
는 게 제일 중요하다고 생각하고요. 그래서 전 일기 같은 걸 쓰는 편입
니다. 작가님은 자신에 대해 알기 위해 혹시 어떤 노력을 하셨는지 궁
금합니다.

고종석   일단 저는 초등학교 저학년 때의
그림일기 말고는 일기를 써보지 않았습니다. 그렇지만 질문하신 분처
럼 일기를 쓰는 건 자기자신을 아는 데 굉장히 도움이 될 거라고 생각
합니다. 스스로를 계속 돌아보게 되잖아요? 자기자신을 알기 위해서
일기를 쓰는 것은 아주 좋은 방법인 것 같습니다.

그런데 그 '진심'이란 말은 좀 생각해볼 필요가 있습니다. 예컨대,
음, 제가 무슨 말씀을 드리고 싶냐 하면, 여러분들은 아마 좋은 글, 좋
은 책을 많이 읽었을 겁니다. 그리고 그 책을 쓴 저자를 가끔 만나보기
도 했을 거예요. 그럴 때 대개 실망하지 않으셨나요? 대개는 실망합니
다. 실망하지 않는 경우는 거의 없어요. 자기 글만큼 진실되거나 아름
다운 사람을 보기는 정말 어렵습니다.

사실 글이라는 게 거의 예외 없이 자기 미화를 하게 됩니다. 고백록
이든, 자서전이든, 회고록이든 아무리 솔직하게 쓴다고 해도 마찬가지
예요. 누구에게나 자기애가 있거든요. 나를 완전히 다 털어서 내놓을
수가 없는 겁니다. 그러기가 굉장히 어려워요. 자기자신을 보호하고
싶은 본능이 글 쓰는 과정에 개입해서 자신의 가장 추악한 부분, 가장
비루한 부분을 차마 드러내지 못하는 겁니다.

〈사람이 꽃보다 아름다워〉라는 시도 있지만, 저는 사람보다 꽃이 훨씬 아름다운 거 같아요. 사실 사람은 그리 아름다운 동물이 아닙니다. 우선 저만 봐도 공작새에 도저히 비할 바가 아닙니다. 여러분은 장미만큼 예쁜가요? 마음 씀씀이를 본다고 하더라도, 만약 사람의 마음이 정말 아름답다면 이 세상이 지금 이렇게 지옥 같지는 않을 겁니다. 이라크에서, 남수단에서, 시리아에서 지금도 하루에 몇백 명씩 막 죽어갑니다. 인간이 원래 그런 건지, 아니면 점점 윤리적으로 진화를 해가고 있는데 아직은 많이 못 다다라서 그런 건지는 잘 모르겠어요. 예전에 맹자 같은 분은 인간의 마음이 본래 선하다고 생각했지만 현실이 그런가요? 대개 만인 대 만인의 싸움이고, 자기 옆 사람을 시기하거나 질투하거나 모함하는 게 일반적입니다.

자기 마음의 그런 부분들을 글에 노골적으로 쓰는 사람은 없습니다. 특히 어떤 정당의 대변인이 무슨 성명을 발표한다거나 하면 그런 정치적 글에는 진심이 거의 담기지 않았다고 보면 됩니다. 일단 거짓말이라고 생각하세요. 개인이 쓰는 에세이나 소설도 넓게 보면 마찬가지입니다. 진심, 솔직함 같은 것은 알 수가 없습니다. 오히려 그 반대로 위악을 떠는 사람도 있겠지만, 위악이라는 것도 위선의 한 형태죠. 정직한 글이라는 건 저는 사실 없다고 생각합니다. 이렇게 단언하는 건 심한 것 같군요. 정직한 글이라는 건 '거의' 없다고 좀 약화시키겠습니다. (웃음)

질문   문화비평 쪽으로 글쓰기를 하고 있는 사람입니다. 저는 '～인 것 같다'식의 표현이나 질문식의 문장을 많이 쓰는 편입니다. 그런 모호한 문장이 오히려 독자들에게 생각할 수 있는 여지를 준다고 생각하기 때문입니다. 그런데 출판사에서는 단정적인 문장 표현 쪽으로 고칠 것을 많이 요구합니다. 이 둘의 차이에 대해 어떻게 생각하시는지요?

고종석 　　　　　　　　　 좋은 질문입니다. 우리가 세상에 대해서 알고 있는 게 얼마나 될까요? 세상이 보이는 대로일까요? 아마 대개 아닐 거예요. 사실 우리와 전혀 상관없는 사건에 대해서만이 아니라 자기 가족, 그러니까 자식이나 부모나 배우자에 대해서도 우리는 완전히 알 수 없습니다. 그래서 사실 글을 쓰는 사람들은 일단 기본적으로 회의주의자가 돼야 한다고 생각합니다. 모든 것을 의심해야 합니다. 가장 명료해 보이는, 너무나 뻔해 보이는 것부터 일단 의심하는 데서 출발해야 해요.

　제가 쓴 비평적 글들에도 지금 질문하신 분처럼 '~하는 듯하다' '~한 것 같다'식의 표현이 많습니다. 그런데 출판사 입장에서 보면 얘기가 조금 다릅니다. 왜냐하면 비판적 독자들 말고 일반적 독자들은 저자가 조금이라도 회의를 드러내는 걸 싫어하거든요. 출판사의 요구는 아마 글을 더 완벽하게 다듬겠다는 욕심에서라기보다는, 독자들에게 어떻게 하면 더 소구할 것인가 하는 차원에서 제기되었을 겁니다.

　글에 따라 '~이 확실하다'나 '~인 듯하다' 두 가지 다 쓸 수 있다고 생각합니다. 저는 후자 쪽을 선호하긴 하는데 그건 필자들의 개성인 거 같아요. 특히 정치에 관련된 글의 경우 '~인 듯하다' 하면 속된 말로 전혀 안 먹히죠? 그런 글들은 일단 선전, 선동이어야 하기 때문에 독자들에게 강한 확신을 심어줘야 합니다. 지지자들을 끌어내기 위해서는 물어봐서는 안 됩니다. 확실하다고 얘기해줘야죠. 정치 팸플릿의 문장이라면 반드시 확신으로 끝나야 합니다. 그러나 저는, 좋은 비평이라면 그렇게 확신을 가지고 말해서는 안 된다고 생각합니다. 만약 출판사 편집부가 그런 방향으로 수정을 요구한다면 저는 출판사 편집부와 싸우겠어요. '나는 확신하지 못한다. 그래서 그렇게까지는 못 쓰겠다'라고.

질문 이전 강의에서 '-적' '의' 같은 표현을 되도록 문장에서 빼라고 하셨잖아요? 그런데 그런 원칙이나 가이드라인이 문장의 아름다움과 충돌하는 경우는 없으셨나요?

고종석 지난해 강연에서, '의'나 '-적'을 빼도 말이 되면 빼는 게 좋다고 강조했었습니다. 그 생각은 지금도 변함없습니다. 그것이 좀더 한국어다운 표현이라고 생각해요. 하지만 문장이 붕어빵 찍어내듯 똑같아져선 물론 안 됩니다. 문체, 흔히 스타일이라고 하는 것을 위해서라면 '의'나 '-적'에 관한 가이드라인은 부차적으로 미뤄둬도 좋습니다.

제가 말씀드린 것은 어디까지나 표준 국어, 말하자면 교과서적 국어의 원칙입니다. 제가 또 '적'을 썼네요.(웃음) '의'나 '-적'을 썼다고 해서 한국어가 아닌 건 아닙니다. 정말 글쓰기 훈련이 어느 정도 돼가지고 자신이 붙었을 때라면 그런 자잘한 원칙 같은 건 지키지 않아도 됩니다.

'표준'이라는 게 그 나름의 장점은 있지만 반드시 좋은 것만은 아닙니다. 표준적인 건 대개 밋밋하고, 문법적으로 어긋나지는 않으나 사람들을 감동시키긴 어렵죠. 사람들에게 깊은 인상을 주는 글은 스타일이 있는 글, 문체가 있는 글입니다. 만약 직업적으로 글을 쓰려고 한다면 자신의 문체를 만들겠다는 야심을 가지십시오. 글 위에 자기 이름을 써놓지 않아도 독자들이 '이건 누가 쓴 글이다'라는 걸 알아볼 수 있을 만큼의 스타일을 지니는 게 좋습니다.

질문　　　　　　　　글을 잘 쓰기 위해서는 좋아하는 작가의 글을 필사하는 게 좋다는 말을 들었습니다. 제가 몇 번 시도하다가 완전히 끝낸 적은 없는데, 필사를 하는 것이 과연 글쓰기에 도움이 되나요? 엄청 의구심이 듭니다.

고종석　　　　　　　　저는 필사가 글쓰기에 도움이 될 수도 있다고 생각합니다. 그렇지만 그 시간에 좋은 글을 많이 되풀이해서 읽는 것이 더 도움이 될 것 같습니다. 물론 지금 기성작가들을 보면 습작시절에 다른 작가들의 글을 많이 필사했다는 사람들도 있기는 합니다. 그래서 필사를 통해 문장이 좋아질 가능성을 완전히 배제할 수는 없습니다. 하지만 저는 한 번도 필사를 해본 적이 없고, 필사할 만큼 좋은 글이라면 되풀이해 읽으면서 질문을 던져보는 것이 더 좋지 않나 싶습니다. '이 표현을 다르게 바꿀 수는 없을까?' '이 문단을 저 문단 앞으로 옮기는 게 논리적으로 더 낫지 않을까?' 하며 비판적으로 읽는 거죠. 그것과 더불어 자기 글쓰기 연습을 한다면 문장이 훨씬 향상될 것 같습니다. 단지 제 개인적인 경험이에요. 저라면 필사를 하지 않겠습니다. 너무 고생스럽잖아요?(웃음)

질문   저는 학생인데요, 작년에 어디서 면접을 봤는데 그때 들은 질문이 문학의 무용성無用性에 대해서 어떻게 생각하느냐는 질문이었습니다. 저는 그때 당시에는 '아니다, 유용하다'라고 생각했는데 시험 보고 나니까 사실은 무용한 게 아닌가 하는 생각도 들더라고요. 작년에 선생님이 절필선언을 한 것도 그와 관련되지 않나 싶어서 그 문제에 대해 질문을 드립니다.

고종석   한 40, 50년 전에 프랑스에서 유명한 논쟁이 있었습니다. 장폴 사르트르라는 철학자 아시죠? 이분은 철학자이기도 하지만 소설가이면서 희곡작가이기도 합니다. 〈구토〉라는 소설이 유명해요. 뭐, 안 읽어보셨어도 상관없습니다. 당시에 프랑스에서 누보로망nouveau roman, 우리말로 하면 '새로운 소설'이라고 번역할 수 있는 장르가 점점 치고 올라오고 있었어요. 이 누보로망이라는 게 리얼리즘과는 거의 관계없고, 세부묘사에 집착하고, 굉장히 반反정치적이고 그렇거든요. 사르트르는 소설을 비롯한 산문을 통해 세상을 변화시킬 수 있다고 생각한 사람이었기 때문에 누보로망이란 게 나오니까 굉장히 화가 났습니다. 그런데 누보로망 작가를 직접 비판하기는 뭣하니까 자기 작품을 예로 들면서 말했어요. "내 소설 〈구토〉는 굶어 죽어가는 아이 하나도 구해낼 수 없다." 사실 그것은 사르트르가 누보로망 작가들한테 돌려서 얘기한 겁니다. '너희들 소설은 세상을 바꾸지 못하는 무력한 것이다'라고.

누보로망을 지지하는 평론가들 가운데 장 리카르두Jean Ricardou라는 사람이 거기에 반박을 했습니다. "그렇다. 사르트르의 〈구토〉 자체는 굶어 죽는 아이 하나도 구해내지 못한다. 그러나 〈구토〉는 어떤 한 아이가 이 세상, 이 지구의 어느 한 곳에서 굶어 죽어가고 있다는 사실을 추문으로 만든다." 문학 자체는 그 아이에게 어떤 식량도 줄 수 없지만, 문학이 있음으로 해서 사람들이 '이런 일이 있어선 안 되겠구나'라는 것을 깨닫게 된다는 겁니다.

사르트르의 말도 옳고 리카르두의 말도 옳습니다. 분명히 사르트르의 말대로 문학의 직접적 유용성이라는 건 없을 것입니다. 그러나 리카르두의 말대로 만약 문학적 감수성이 없다면 정말 우리는 짐승이 될지도 모르죠. 어느 지방에서 독거노인이 죽는다거나 기러기아빠가 자살한다거나 이런 사건이 그냥 신문의 사회면 기사로 나오면 훅훅 지나가기 쉽습니다. 그런데 문학은 그것을 추문, 스캔들로 만들고 사람들이 거기에 관심을 갖게 합니다. 문학은 직접적 유용성은 없지만 그렇다고 무용한 것은 아닙니다.

질문   글을 쓸 때 군더더기가 없이 쓰는 게 바람직하다고들 합니다. 그런데 저 같은 경우 어느 걸 빼야 할지 잘 모르겠어요. 여러 가지 내용을 많이 넣다보니까 글이 여기로 갔다 저 기로 갔다 중언부언이 되기도 합니다. 이걸 어떻게 개선해야 할까요?

고종석   질문하면서 벌써 대답을 하셨습니다. 한 문장에 너무 많은 걸 담으려고 하니까 그렇게 늘어지는 거예요. 사실 치렁치렁 늘어진 글이라고 해서 반드시 나쁜 글은 아니라고 생각합니다. 글의 장르에 따라 차이가 있어요. 특히 예술작품의 경우에는 치렁치렁 늘어져도 됩니다. 수사를 통해서 아름다움을 담다보면 그럴 수 있거든요. 그러나 예컨대 신문기사나 논문처럼 정보를 전달하는 데 치중하는 글들은 간결할수록 좋습니다. 그만큼 이해하기가 쉬워지니까요.

어떤 문장을 써놓고 '혹시 내가 중언부언하는 게 아닌가?' 하는 생각이 들면 어떤 한 문장을 한번 빼보세요. 그래도 앞뒤가 통한다면 빼는 게 맞는 겁니다. 간단해요. 몇몇 단어나 구절을 쳐냈는데 그 문장이 갖고 있는 정보량이 원래 쓴 문장과 거의 똑같다? 그러면 쳐낸 문장이 훨씬 더 간결하고 좋은 문장입니다.

질문   소재를 발굴하기 위해서 어떤 작업을 하시는지 궁금합니다. 단순히 다른 참고서적을 읽는다거나 영화를 본다거나 하는 것 말고 좀더 특별한 행동을 하신 적이 있는지요?

2년 전에 절필선언을 하고 글을 쓰지 않았기 때문에 '지금 내가 이렇다'라고 말씀드릴 만한 게 없습니다. 그전에는 소재를 발굴하기 위해서 머리를 싸맸죠. 가장 쉬운 것은 시사적인 글의 경우 인터넷을 보는 것이었어요. 요새 무슨 애기를 하고들 있나? 한국어 사이트만이 아니라 외국어 사이트에도 들어가서 무슨 일이 일어나고 있는지 찾아봤습니다. 그러다보면 중요한 일인데도 아직 다른 사람들이 안 쓴 소재를 찾아내게 되고, 그렇게 소재가 발굴됐습니다.

정말 이건 쓰고 싶어서 미치겠다, 해서 쓴 글은 사실 거의 없어요. 다 어디서 쓰라고 해서 쓴 겁니다. 제 기억을 되돌아보기도 하고, 신문 기자로서 돌아다녔던 곳을 다시 한 번 곰곰이 생각해보기도 하고, 아니면 친구를 만나서 같이 수다를 떨기도 합니다. 술을 마시다보면 소재가 떠오르는 경우도 있습니다. 그런데 저는 어차피 알코올중독자니까 할 수 없지만, 여러분들은 술을 너무 마시지 마세요. 아예 안 마시면 제일 좋고요. 술은 마약 중에서도 가장 위험한 마약입니다. 헤로인이나 코카인보다도 더 위험해요. 지금 술을 금지하지 않는 것은 자본주의 체제의 흡혈귀들이 돈을 뜯어먹으려고 하기 때문이지, 사실 술은 사회 건강에도 매우 위험하고 개인 건강에도 아주 나쁩니다. 어쨌든 제 경우를 보면 홀짝홀짝 술을 마시다보면 무슨 생각이 나기도 하고 그렇더라고요.

군이 소재를 찾아 헤맬 필요 없이, 자기가 정말 써보고 싶은 소재가 꼭 있는 사람은 진짜 예술가가 되는 거겠죠. '난 이걸 안 쓰면 정말 죽는 게 낫다' 이 정도면 그 사람은 아주 복 받은 글쟁이입니다.

질문　　　　　　　　　　　문장 중에서 수식어를 빼도 말이 되면 빼는 게 좋다고 말씀하셨잖아요? 그런데 고심해서 쓴 글의 경우 어떤 수식어나 문장을 뺄 때 상당히 미련이 남습니다. 설사 그게 사족이라고 하더라도 그래요. 자제력을 기르기 위해서는 어떻게 해야 할까요?

고종석　　　　　　　　　　말씀하신 바를 절감합니다. 사실 저도 간결한 문장이 좋다는 걸 알면서도, 고심해서 써놓은 단어나 문장을 빼기가 굉장히 아까워요. 그런데, 그래도 빼야 합니다. 빼서 훨씬 더 좋은 문장이 되는 경우가 생각보다 많습니다.

분량에 제한이 있는 글을 쓰는 연습을 해보면 어떨까요? 예컨대 200자 원고지 여덟 매, 1,600자 안에 다 담아보는 겁니다. 쓰다보면 1,600자가 넘겠죠. 넘다보면 이제 자기가 쓴 글을 되돌아보겠죠. '이건 빼도 될까? 저걸 빼면 어떻지?' 이렇게 하다보면 정말 빼도 되는 부분들이 점점 눈에 띌 겁니다. 물론 빼서 아쉬울 때도 있어요. '분량이 조금만 더 있었으면 이 말까지 넣을 수 있었을 텐데….' 그렇지만 보통은 빼는 게 남는 겁니다. 처음에는 아깝게 생각될지 모르지만 빼 버릇하면 익숙해집니다. 모든 게 다 그렇잖아요? 많이 겪으면 익숙해집니다.

질문　　　　　　　　　　　평범한 직장인입니다. 단편소설이나 장편소설을 써보고 싶은데, 아무래도 직장 일을 하다보니 만연체로 글이 안 써지고 항상 간결하게 압축해서 쓰게 됩니다. 또 말이 많거나 생각이 회의적인 편도 아니라서 소재를 생각해놓고 나서도 그 이후에 발전이 잘 안돼요. 어떤 노력들을 하면 글로 풍성하게 풀어낼 수 있고 좀더 많이 쓸 수 있을지 궁금합니다.

고종석   그런 질문에 대한 고전적 답이 있습니다. 그냥 컴퓨터 앞에서 엉덩이를 의자에 대고 앉아 있는 거예요.(웃음) 모니터를 보면서 글이 나올 때까지 계속 기다리는 수밖에 없습니다.

그리고 글이 간결하다는 건 강점이거나 하나의 특징이지 무슨 약점이 아닙니다. 어떤 작가들은 만연체를 쓰고 어떤 작가들은 간결체를 쓰는데, 간결해서 아름다운 문장이 있고 또 치렁치렁 늘어져서 아름다운 문장이 있어요. 그건 걱정하지 마세요.

또 자기가 어떤 확신이 있어서 확신 투의 문장을 쓴다 해도, 그것 자체가 약점은 아닙니다. 하나의 문체일 따름이죠. 어떤 문체가 다른 문체보다 더 뛰어나다, 이렇게 말할 수는 없습니다. 문체는 순전히 쓰는 사람, 읽는 사람의 취향 문제입니다. 어떤 작가는 복문을 좋아하고 어떤 작가는 다 끊어서 단문을 딱, 딱, 딱, 딱 스타카토식으로 쓰는 걸 좋아합니다. 소설가 조세희 선생의 《난장이가 쏘아올린 작은 공》이라는 연작소설집을 보면, 글이 짧은 단문들로 연결되어 있습니다. 그래서 그분 문체에 '스타카토 문체'라는 별칭이 붙었거든요. 저도 아주 존경하는 작가이고 좋아하는 문체입니다. 문장이 짧게 끝난다는 건 전혀 단점이 아닙니다.

질문 좀 외람된 질문입니다만, 트위터에 시간을 많이 쓰는 것이 너무 아깝다고 생각하지는 않으십니까?(웃음) 제가 100미터 거리에서 봤을 때 선생님은 굉장히 정의롭고 충분히 매력 있는 분인데 왜 그렇게 트위터에 시간을 소모하시나요? 또 왜 요즘에 팔로잉 수를 0으로 해놓았는지도 궁금합니다.

고종석 제가 트위터를 한 지 2년 반 정도 된 것 같네요. 처음 시작할 때는 한 친구가 해보면 재밌다고 해서 시작했습니다. 정말 재밌더라고요. 그런데 그 친구는 요새 안 하고 저는 거의 중독 수준일 정도로 많이 합니다. 제가 트위터를 하기에는 나이가 많이 먹은 편인데, 그런데도 젊은 사람들이랑 드잡이도 하고 그럽니다. 사실 동료나 후배들에게 이런 얘길 들었어요. "점잖은 글 뒤에 숨어 있으면 사람들은 그냥 널 존경하기만 할 텐데 왜 그러냐? 제발 트위터 좀 하지 마라." 트위터를 하면서 너무 쉬운 사람이 돼버렸다고 걱정하더라고요.(웃음)

제가 트위터를 계속하는 것은 사실 별로 달리 할 일이 없기 때문입니다. 정말 싱거운 대답일 텐데 사실이에요. 절필을 하고 나니까 글도 안 쓰고, 그런데 신문이나 방송은 보고 사니까 세상 돌아가는 걸 보면 참견을 하고 싶단 말이에요. 트위터는 글이라기보다 말이니까, 그것으로 의사를 표현하는 겁니다. 뭐, 젊은 사람들이랑 드잡이하는 게 스타일 구기는 일이라거나 그렇게 생각하지는 않습니다. 그런 식의 권위주의는 저한테 없는 것 같아요. 쌍욕만 하지 않는다면 나이가 아무리 어리더라도 대등하게 말을 주고받을 수 있습니다.

최근 팔로잉 수를 0으로 한 것은 트위터를 좀 줄이기 위해서였습니다. 원래 그 수가 열네 명 정도였는데, 아침에 일어나면 밤새 쌓인 글들을 읽느라 두 시간 정도는 걸립니다. 저는 타임라인에 올라온 글을 꼼꼼히 다 읽거든요? 그래서 전 100명 이상씩 팔로잉 하는 사람들의 타임라인을 상상할 수가 없어요. 다른 사람들은 아마 타임라인을 거의 안 읽거나 아니면 리스트를 만들어서 따로 관리를 하는 것 같은데 그러긴 싫더라고요. 아무튼 타임라인에 뭐가 뜨면 거기에 대해 대개 무슨 말을 하고 싶어집니다. 그래서 안 되겠다 싶어서 팔로잉 수를 0으로 한 거예요. 다른 사람의 트윗에 의해 촉발되는 말이 아니라, 정말 내가 하고 싶은 말만 하게 되지 않을까 하는 기대가 있습니다.

질문   지금 의무교육 내에서 글쓰기 교육을 굉장히 강조하고 있습니다. 그런데 글쓰기 자체에 거부감을 가지고 있는 아이들도 정말 많은 것 같아요. 보편적인 일반을 대상으로 글쓰기 교육이 과연 가능할까요?

고종석   확신을 가지고 말씀드리겠습니다. 글쓰기 교육은 가능할 뿐만 아니라 필요합니다. 우선 글 쓰는 재주라는 건 타고나기보다는 훈련되는 것이기 때문에 교육이 가능합니다. 이건 여러 차례 제가 강조했습니다. 그런데 왜 새삼 글쓰기 교육이 필요해진 걸까요?

옛날에는 특별한 사람들만 글을 쓸 수 있었습니다. 3,000년 전 처음 문학작품이 쓰이기 시작했을 때도 그랬고, 구텐베르크 이후 활판인쇄술이 대중화한 이후에도 수백 년 동안 그랬습니다. 작가, 기자, 학자 같은 일부 사람들만 읽고 쓸 수 있었어요. 그런 상황이 바뀐 게 불과 몇십 년 전이에요. 예전엔 글을 쓴다는 게 의무이기도 했지만 일종의 특권이기도 했습니다. 아무나 글을 쓸 수 없었어요. 책을 낸다는 건 본인에게 굉장히 영예로운 일이었죠. 예전엔 저자가 되기 위해 많은 자격이 필요했습니다.

그런데 미국에서 인터넷이라는 게 만들어지면서 상황이 완전히 변했습니다. 실명이든 익명이든 써가지고 포스팅만 하면 사람들한테 다 알려지는 겁니다. '글쓰기의 민주화'라고도 말할 수 있겠지요. 인터넷의 등장 이후 이제 작가의 자격, 저자의 자격이라는 건 사라지고 모든 사람들이 저자가 되는 세상이 열린 겁니다. 이제는 모든 사람이 글을 쓰고 글을 읽습니다. 그렇기 때문에 글쓰기 교육을 받아야 하고 읽기 교육도 받아야 합니다. 사실 글로 얽힌 논쟁의 많은 부분이 글을 잘 못 썼다거나 오독을 해서 벌어지거든요. 만약 글쓰기나 읽기 훈련이 안 되어 있다면 불필요하고 소모적이고 때로는 파괴적일 수 있는 입씨름들이 인터넷 시대엔 더 많아질 거예요. 대중적 글쓰기는 가능할 뿐만 아니라 필수적이라고 생각합니다.

선생님은 칼럼도 쓰고 에세이도 쓰고 소설도 쓰셨습니다. 착상을 한 다음에 그것을 어느 장르로 쓸 것인지 결정하나요, 아니면 착상과 장르가 불가분의 관계인가요? 또 각각의 장르마다 글쓰기의 태도나 준비과정이 다른지도 궁금합니다.

고종석 픽션이 됐든 논픽션이 됐든 착상이나 소재와는 아무 상관이 없었습니다. 저는 완전히 주문생산제예요.(웃음) 신문사에서 칼럼을 써달라면 거기에 맞춰서 쓰고, 문학잡지사에서 단편소설을 써달라고 하면 또 거기에 맞춰서 씁니다. 그러니까 소재에 따라 '이건 칼럼에 맞겠다, 이건 소설에 맞겠다, 아니면 이건 약간 느슨한 에세이나 쓰겠다' 이렇게 해서 장르를 고른 적이 없습니다. 다른 사람들은 다를 수 있는데, 저는 그저 주문자의 뜻에 따라 납품을 해왔어요.

그리고 저는 소설이든 에세이든 글쓰기를 할 때 아무런 태도의 차이가 없습니다. 사실 그건 제 소설의 특성 때문인 것 같기도 합니다. 어떤 평론가가 제 소설을 보고 '에세이 소설'이라는 말도 한 적이 있어요. 물론 저는 그 말을 욕으로 받아들이지 않습니다. 제가 굉장히 존경하는 소설가가 최인훈 선생인데 그분 소설도 에세이 소설이라고 불리거든요. 그래서인지 저는 소설을 쓸 때나 아홉 매짜리 칼럼을 쓸 때나 태도에 별다른 차이가 없습니다.

질문 《모국어의 속살》이라는 시집 평론집을 내시기도 했는데, 시를 좋아서 읽는 건가요, 아니면 글쓰기에 도움이 되어서 읽는 건가요?

저는 시를 굉장히 좋아합니다. 말
이 나온 김에 여러분, 그냥 글을 쓰고 싶은 게 아니라 정말 한국어다운
글을 쓰고 싶다면, 정말 모국어의 밑둥을 만져보고 싶다면 시를 읽으
세요. 물론 좋은 시를 읽어야죠.

저는 소설 안 읽은 지는 꽤 오래됐습니다. 소설책 보내주는 동료나
후배들한테 참 미안하지만, 제 소설도 안 읽는데 남의 소설 읽는 게 왠
지 어색하기도 하고 별로 재미도 없고 그렇습니다. 주로 사회과학 서
적이나 인문학 서적을 읽고, 특히 시집은 오면 꼭 챙겨 읽습니다. 우선
얇으니까 손이 쉽게 가요. 그리고 언어를 사용하는 사람 중에서 단어
를 고르는 데 가장 예민한 사람이 시인일 겁니다. 시인들은 이를테면
어떤 조사가 들어가는 게 좋을지, 어미는 어떤 식으로 처리하는 게 좋
을지도 깊이 고민합니다. 가장 세심하게 신경을 쓰면서 한국어를 사용
하는 사람들입니다. 그래서 저는 시를 많이 읽고 자주 읽고 되풀이해
서 읽고 좋은 구절에 줄도 치고 그럽니다.

시를 이해하고 즐길 수 있다면 그 사람은 진짜 모국어 화자라고 말
할 수 있습니다. 저는 불란서말을 조금 할 줄 아는데, 불란서말로 된
시를 읽고 그다지 감흥을 못 느끼겠어요. 그러니까 저는 불란서말을
할 줄 모르는 거나 마찬가지죠. 잘 쓰인 한국어 시를 읽고 거기서 아름
다움을 느낄 수 있다면, 제대로 된 한국어 글도 쓸 수 있을 겁니다. 시
를 읽으세요. 모국어의 엑기스입니다. 모국어를 주무르고 싶다, 부려
보고 싶다 하는 분들은 시를 많이 읽기 바랍니다.

그런데 제 생각에 시는 결국에 가서는 노래 가사의 형태로 살아남을

것 같아요. 우리나라가 지금 예외적으로 시인들이 많이 있는데 서양에는 시인들이 거의 없거든요. 대신 미국이나 유럽은 노래 가사가 거의 시 수준이죠. 아마 우리도 결국 그렇게 되지 않을까 싶습니다. 원래 예전에는 시가 다 노래였죠. 향가도 그렇고, 〈청산별곡〉 같은 고려가요도 그렇고, 시조도 노래 가사였습니다. 시조 같은 경우 문장 자체에서는 사실 감흥을 느끼기가 어려워요. 아주 뛰어난 시조들 말고는요. 제 생각엔 시조가 일본의 하이쿠라는 시 장르보다 문학적 완결성이 떨어지는 것 같습니다. 하지만 시조는 문장만으로 완결되는 것이 아니라 대개 창에 얹혀서 감상되었습니다. 그러니까 멜로디가 있었단 말이에요. 시조는 오페라의 리브레토 같은 거예요. 그런 식으로 지금의 시도 점점 노래 가사화하지 않을까 싶습니다.

좋은 시인들은 많습니다. 사실 예술작품을 놓고 등수를 매기는 건 굉장히 비예술적입니다만, 저는 한국에서 근대시 또는 현대시가 나타난 이래 가장 아름다운 시집은 돌아가신 미당 서정주 선생의 《화사집》이라고 생각합니다. 그분의 첫 번째 시집인데, 스무 편 남짓이나 실렸을까? 아주 얄팍합니다. 여러분이 아직 나이가 많지 않다면 《화사집》을 통째로 외워도 좋을 거예요. 거기에 수록된 시들에 아무런 감흥을 느낄 수 없다면, 그 사람은 온전한 한국어를 구사한다고 말할 수 없습니다. 한국어로 의사소통은 할 수 있을지 몰라도 한국어를 느끼지는 못 하는 사람인 겁니다. 일제 때나 독재정권 때 정치적 처신에 문제가 많이 있어서 미당 선생을 이상하게 보는 분들도 있을 텐데, 저는 이 자리에서 그분의 정치적 행동에 대해서는 판단하지 않겠습니다. 사실 저는 술이나 담배 빼놓고 다른 마약은 안 해봤습니다만, 《화사집》을 읽으면서는 좀 하이 상태가 됐었어요.

질문 작가 지망생입니다. 문예창작과에 가면 작가가 되는 데 크게 도움이 되는지 궁금합니다.

고종석 제가 만약 좀더 일찍 창작에 뜻이 있었더라면 문예창작과엘 갔을 거 같아요. 거기서는 소설이면 소설, 시면 시에 대해 교과서적 테크닉을 가르쳐주거든요. 테크닉이라고 하면 비하하는 말 같지만 기술, 기교가 없이는 그다음으로 나아갈 수가 없습니다. 작가가 되고 싶고 자기가 재능이 좀 있다고 생각하면 문예창작과엘 가는 게 좋을 듯합니다. 꼭 문학만이 아니라 영화 쪽의 경우에도 거기에 뜻이 있으면 영화학교엘 다니는 게 옳다고 생각합니다. 다른 예술도 마찬가지예요. 저는 이제 문예창작과에서 학생으로 받아주지도 않을 나이지만, 질문하신 분은 아직 젊으시니까 가능할 겁니다. 건필하시기 바랍니다.

글쓰기 콘테스트
우수작 첨삭

알마출판사는 2014년 6월 1일부터 8월 8일에 걸쳐
'세월호 참사 어떻게 볼 것인가?'를 주제로 글쓰기 콘테스트를 개최했다(총 상금 150만 원).
고종석 저자가 직접 우수작 세 편을 선정하고, 이를 포함한 당선작 스무 편의 글에
첨삭을 진행했다. 우수작에 대한 저자의 첨삭 내용을 정리해 수록한다.

날것으로서의 재앙,
해명되지 않는 악몽

홍민기

불안이 있다. 그곳에는 어떤 불안이 있었다. 단지 불운하다고밖에 표현할 수 없는 사고들과 달리, 세월호 참사는 우리의 상태에 대해 어떤

▶ 우리 존재

근원적인 불안감을 안겨주었다. 그 불안은 '시스템의 밖'과 맞닿아 있

▶ 근원적 불안감

는 불안이다. 우리가 지금 서 있는 곳은 사실, 시스템의 밖이 아닐까?

근대 국가라는 시스템에는 여러 가지 역할이 있다. 그리고 그 역할들은 '보호막'이라는 단어로 느슨하게 표현할 수 있다. 즉, 근대 국가의 시스템은 보호막 역할을 한다. 위험을 통제하고, 개인을 보호함으로써. 때문에 근대 국가의 개인들은 자연 상태의 개인들처럼 맨몸으로 위험에 노출되지 않는다. 개인과 위험, 그 사이에 시스템이 개입해 직접적인 접촉을 막는다. 시스템 안에서 맞이하는 위험이 시스템 밖에서

▶ 직접적 접촉

맞이하는 위험처럼 대책 없는 무력감과 불가해한 공포를 불러오지 않는 이유가 여기에 있다. 시스템 내부의 위험은 통제되고 설명되어야

▶ 문장 삭제. 필요 없는 문장입니다.

하는 대상이기 때문이다.

물론 현실에서 우린 셀 수 없이 많은 위험에 직접 노출된다. 완벽한 시스템에 대한 욕망은 빅 브라더에 대한 욕망으로 확장될 수 있기에 모든 경우가 통제되길 바라는 건 바람직하지 않다. 그러나 이런 양면성의 고려는 세월호 참사 앞에서 일종의 사치처럼 느껴진다. 그 비극 앞에서 대책 없는 무력감과 불가해한 공포를 느끼지 않은 사람이 있었을까.

세월호에서 우리가 본 것은 재앙의 맨얼굴이었다. 시스템이 닿지 않는 그곳에 날것으로서의 재앙, 날것으로서의 폭력, 날것으로서의 위험이 도사리고 있었다. 어떤 도움도 받을 수 없고, 어떤 희망도 가질 수 없는, 순수한 지옥. 우리 목격한 재앙은 통제가능하지 않은 날것으로

▶ 우리가 목격한 재앙

서의 재앙이었기 때문에 더욱 끔찍했다. 세월호의 승객들은 맨몸으로

▶ 세월호 승객

재앙 속에 떨어졌고, 그 광경은 시민들에게 적나라하게 노출되었다. 시

▶ 고스란히: '맨몸'과 '적나라하게'가 반복의 느낌을 줍니다.

스템이 개입되지 않은 재앙, 보호막이 없는 재앙, 그렇기 때문에 모두를 무력하게 만들었던 재앙. 시스템의 관리자들이 던진 메시지는 "너

▶ 시스템 관리자들이

희는 아무것도 할 수 없다. 우리 역시 아무것도 할 수 없다"였을까. 아니면 "너희는 아무것도 할 수 없다. 우리는 아무것도 하지 않을 것이다"였을까.

무능한 것이든, 무책임한 것이든, 세월호는 여전히 구조되지 못하고

▶ 무능 때문이든, 무책임 때문이든

있다. 사실관계가 밝혀지고, 책임을 따져 묻고, 방지책을 내놓아야 비로소 사건은 시스템에 반영된다. 하지만 진실을 알 수 없는 난맥상 속에서 세월호는 여전히 무책임한 말의 홍수에 갇혀 있다. 참사의 방지

▶ 참사 방지를

를 위해 특별법을 요구했던 유족들은 변방으로 내몰렸다. 승객들이 구조에서 배제되었다면, 유족들은 참여에서 배제된다. 두 가지 배제가

의도하는 바는 같다. 참사를 우리의 손이 닿지 않는 영역으로 만들어

▶ 우리 손이

버리는 것. 이른바 '밖'의 확장이다. 밖의 공격적인 확장을 통해 책임영

▶ 공격적 확장을

역은 줄어들고, 내부인은 외부인이 된다. 안이어야 마땅한 장소들이

어느 순간 밖이 된다. 우리가 느낀 불안은 바로 여기에서 비롯된다. 내

부와 외부의 경계를 지우고, 투명함이 아닌 불투명함을 지향하는 해결

방식이 근원적인 불안을 안겨주는 것이다. 내가 서 있는 이곳은 언제

▶ 근원적 불안을

라도 밖으로 변할 수 있다. 그로 인해 나의 상황은 어떤 말로도 설명할

수 없는 흐릿한 형상이 될 수 있다. 그 의도적인 모호함 속에는 정리된

▶ 의도적 모호함

사실로서의 진실과 의미를 통한 구제가 없다. 다만 실체를 알 수 없는

악몽이 있을 뿐이다.

　　결국 세월호 참사는 두 번이나 시스템으로부터 버림받은 셈이다.

구조를 받지 못하면서, 그리고 명확한 실체를 드러내지 못하면서. 잊

지 않겠다는 우리의 외침이 공허하게도, 세월호는 여전히 시스템 밖에

▶ 우리의 외침을 공허하게 만들면서

서 표류하고 있다. 우리가 볼 수 있는 건 투명하게 드러난 세월호 참사

의 진상이 아니라 유령처럼 떠도는 세월호 참사의 잔상뿐이다. 날것으

▶ '진상'과 '잔상', 재미있는 말놀이네요.

로서의 재앙은 이제 해명되지 않는 악몽이 되었다.

고종석 코멘트 아주 좋습니다. 완벽합니다. 수고하셨습니다. 건필하세요!

세월호 참사
어떻게 볼 것인가?

박창영

다음은 한 금융관련 기업의 면접 기출 문제이다. "당신은 신촌 거리 정
　　　　▶ 금융 기업의　　　　▶ 면접 문제
비 사업의 총책임자다. 이 정비 사업의 시행 여부를 두고, 주변 상인,
　　　　　　　　　　▶ 이 정비 사업에
입주민들의 반발이 이어지고 있다. 이때 당신이 사업을 시행할 지 여
　　　　　　　　　　　　　　　　　　　▶ 시행할지
부를 두고 가장 먼저 고려해야 할 것은 무엇인가?" 다양한 답변이 가

능한 문제라고 생각할 수도 있겠다. 하지만 이 문제는 모범 답이 정해
　　　　　　　　　　　　　　　▶ 이 문제에는
져 있는 문제다. 이 기업에서 원했던 답은 "순현재가치가 0이 넘는지
　　▶ 정해져 있다
를 살펴본다"였다. 미래의 총 현금흐름을 현재가치화해서 그것이 0이

넘으면 시행한다. 주민들의 반대, 환경 파괴 등의 요소는 부차적이다.
　　　　　　　　　　　　　▶ 환경 파괴 같은 요소는
이번 세월호 사태에서 청해진해운의 핵심 관계자들은 앞의 문제에 '모

범' 답을 낼 수 있는 사람들이었던 것으로 보인다. 안전 교육 예산 최

소화, 선장과 선원에 대한 비정규직 고용 등은 순현재가치를 극대화하

기 위한 훌륭한 방법이다.

　경제논리가 지배하는 의사 결정이 이번 사태의 주요 문제로 보인다.
　　　　　　　　　　　　　　　　　　　　　▶ 주요 원인으로

순현재가치를 기준으로 기업의 운용 방식을 결정했을 때, 안전사고에 대한 대책 수립은 소홀히 하게 될 가능성이 크다. 실제로 세월호가 과적 운항됐던 것이 이번이 처음이 아니다. 사고 당일까지 200회가 넘는

▶ 처음은 아니다

운항 중 약 140회에 해당하는 과적 운항이 있었다. 침몰된 것은 이번 한 번뿐이었다. 확률로 봤을 때 1%도 안 되는 것이다. 경제논리에 입각해서 의사 결정을 하는 운영진의 입장에선 그런 희박한 가능성은 배제하게 된다.

순현재가치는 이렇게 기업을 운용하는 원리로서 강력하게 자리를

잡고 있다. 그렇기 때문에 정부의 규제가 필요하다. 자본은 정해진 틀

▶ 자리 잡고 있다

안에서 가장 이윤을 크게 만들려는 방향으로 움직인다. 선한 기업과 악

▶ 이윤을 가장 크게

한 기업이 따로 있는 것이 아니다. 프랑스에서 노동 조건을 준수하는 것

▶ 노동법을 엄격히 준수하는

으로 소문이 자자했던 까르푸가 한국에서는 강압적 태도로 노동자들을

▶ 알려진

착취했다. 프랑스에 있었던 기업의 노동자 착취에 대한 규제가 한국에

▶ 프랑스에 있었던,

서는 없었기 때문이다. '먹튀자본'으로 비판 받는 발레오 역시 프랑스에

▶ 한국에는

서는 노조법 때문에 드러내지 못한 욕망을 한국에서 극대화한 사례다.

문제는 자본의 욕망을 통제해야 할 정부조차 순현재가치를 기준으로 움직이고 있는 것처럼 보인다는 것이다. CEO 출신이었던 이명박 전 대통령이 여객선 선령 완화 등 안전과 직접 관련 있는 규정들을 대폭 완화했다. 노후선박에 의한 해양사고가 우려된다는 지적에도 연간 250억 원에 이르는 경제적 이익을 준다는 분석을 앞세워 규정 완화를 강행했다. 박근혜 정부는 선장이 선박에 이상이 있으면 서면으로 보고해야 하는 의무를 없애고, 선박 최초 인증심사 때 선사가 해야 하는 내

▶ 선박을 처음 인증 심사할 때

글쓰기 콘테스트 우수작 첨삭

부심사도 없앴다. 이로 인해 증가한 선사의 이익은 GDP 증가로 이어
　　　　▶ 그 덕분에
지고, 결국 국가 전체 입장에서 본 순현재가치 역시 0이 넘을 것이라
는 기대가 있었던 것이다.

　정부의 도덕적 각성을 기대하기는 어려워 보인다. 박근혜 대통령은
해경 해체를 비롯한 이번 사건에 대한 대책을 발표했다. 표면적으로
　　　　　 ▶ 비롯해
드러나는 문제점을 제거함으로 비용을 최소화하려는 의도가 엿보인
　　　　　　 　 ▶ 제거해
다. 이런 식의 국가 운영에 대해 반대하는 국민들이 면접관이 돼 정부
정책 담당자들을 평가하는 수밖에 없다. 안전 등 인간의 기본적 권리
와 관련된 국민의 요구에 대해서 순현재가치와 같은 경제성을 가장 중
요한 기준으로 판단하는 '모범' 경영자들이 국가를 경영할 수 없도록 막
아야 한다. 결국 이번 사건은 인간이 배제된 경제학 교과서를 열심히
공부한 '모범'적 경영인들에게 정부 운영을 맡김으로 발생한 것이기
　　　　　　　　　　　　　　　　　 　 ▶ 맡긴 탓에
때문이다.

고종석 코멘트 좋습니다. 잘 읽었습니다. 메시지가 명확합니다. 글에 윤기
　　　　　　 를 좀 부여했으면 더 좋았을 것 같아요. 한자어를 고유어로
　　　　　　 바꿀 수 있으면 몇 개만 바꿔보세요. 명사들이 나열되는 경
　　　　　　 우가 많은데, 그러면 글이 딱딱해집니다! 예컨대 '선박 최초
　　　　　　 인증심사 때' 같은 것이 그렇습니다.

세월호는
세로로 곤두박질쳤다

김영규

세월호는 세로로 곤두박질쳤다.

사람들의 마음도, 기대도, 신뢰도 모두 세로로 곤두박질쳤다.

세월호 뉴스가 처음 TV를 통해 전해진 화면은 가로였다. 배를 드러내 놓고 누운 고기마냥 세월호도 그렇게 비스듬히 가로로 누워 있었다. 그 때까지였다. 가로였던 세월호의 균형을 유지한 채 버티게만 할 수 있었 다면 지금과 같은 결과는 아니었을 것이다. 맞다. 그때까지였다. 가로
▶ 안 나왔을 것이다
에서 세로로 배모양이 바뀌는 순간, TV를 통해 그 장면을 지켜보는 사 람들의 심장도 쿵! 하고 떨어졌다.

아직 유가족이 원하는 특별법 합의조차 제대로 되지 않고 있다. 항 간에는 유가족을 음해하고 일반 시민들에게 위화감을 조성하려고 하 는 의도가 뻔히 보이는 유언비어도 나돌고 있다. 오늘도 이 뙤약볕 아 래서 단식을 하고, 아스팔트 위를 걷는 유가족들이 있다. 이미 100일 이라는 긴 시간이 지났지만 아무것도 된 것이 없다. 아니, 시도조차 된

것이 없다. 이게 나라인가? 이게 사회인가? 이게 정상인가? 라는 생각
에 이르면 비참하다.

▶ 참담하다

세월호를 둘러싼 의혹이 쏟아졌고 더 쏟아질 것이다. 어떤 것은 음
모론의 수준일 것이고, 어떤 것은 탐사를 통한 보도일 것이다. 이런 의
혹들에는 한 가지 공통점이 있다.

모두 세로다. 처음 사고가 나고 청와대와 정부의 각 부처, 해경이 보
여준 적나라한 관료주의는 세로로 된 사회의 전형이다. 위에서 시키는
것이 아니면 움직이지 않고, 당장 터진 사고보다 윗사람에 대한 보고

▶ 시키지 않으면

와 의전에 혈안이 된 멍청하고 무능한 세로들을 보았다. 지위의 높고

▶ 표현이 너무 직설적이에요. '우둔하고' 정도로 고치면 어떨까요?

낮음에 상관없이 가로로 된 테이블에 앉아 머리를 맞대고 가로로 토론
을 하고 대책을 세워도 촌각을 다투는 판에, 위만 쳐다보느라 세월호

▶ 시간이 모자란

가 가로에서 세로로 곤두박질치는 것을 그냥 보고 말았다.

사고 이후에도 마찬가지다. 대통령은 그저 아래로만 생각과 눈이 고
정되어 있다. '내 일' '내 가족'이라는 감정이입조차 되지 않는다. 원래
부터 세로로만 존재하던 공무원들만 나무란다. 그리고 자기 책임은 없
단다. 세월호 유가족들이 청와대를 방문하고 단식을 해도 파란기와집
에서 나와 유가족들과 눈을 맞추지 않는다. 가로로 마주앉아야 하는
것 자체가 불가능한가?

언론은 끊임없이 유가족을 구별해낸다. 병으로 된 음료를 담는 사각
플라스틱 용기에는 한 칸에 한 병씩 들어간다. 섞이지 않게 하는 것이
다. 유가족들이 호소하고 서명을 받고 묵혀두던 진실을 밝히고 피 끓

는 부탁을 하더라도 이것이 더 많은 사람들에게 전이되지 않게 하려고 한다. 유가족들을 호전적으로 만들고 자식의 목숨을 이용해 한 건 하려는 파렴치한으로 만든다. 그렇게 그들을 사람들에게서 분리해낸다. 모양대로 섞이고 가로로 쌓이거나 겹쳐지는 병음료는 소리가 크게 나니까 처음부터 세로로 칸을 만든다.

세월호는 세로로 물속 깊이 사라졌지만 또다른 형태의 세월호를 겪지 않기 위해서는 가로가 되어야 한다. 온통 세로 천지인 사회에서는 형태만 다를 뿐이지 제2, 제3의 세월호는 언제든지 일어날 수 있다. 윗사람이 모든 가치와 처세의 기준이 되고 나라의 지도층들이 하나같이
▶ 지도층이
내리까는 세로로 된 눈과 마음만 가지고 있으며 언론에서조차 조장하
▶ 세로 눈과 세로 마음만   ▶ 언론에서조차 사람들을 분리해내는
고 분리해내는 세로질에 혈안이 되어 있다면 더 큰 세월호를 맞게 될지도 모른다.

더 늦기 전에 가로가 되어야 한다.

고종석 코멘트 가로/세로의 대비와 '분리'를 위한 사각 플라스틱 용기의 비유, 아주 좋습니다! 잘 읽었습니다. 건필하세요!

고종석의 문장 2

1판 1쇄 펴냄 2014년 9월 29일
1판 9쇄 펴냄 2023년 11월 10일

지은이 고종석
펴낸이 안지미

펴낸곳 (주)알마
출판등록 2006년 6월 22일 제2013-000266호
주소 04056 서울시 마포구 신촌로4길 5-13, 3층
전화 02.324.3800 판매 02.324.7863 편집
전송 02.324.1144

전자우편 alma@almabook.by-works.com
페이스북 /almabooks
트위터 @alma_books
인스타그램 @alma_books

ISBN 979-11-85430-32-4 04800
        979-11-85430-22-5 (세트)

이 책의 내용을 이용하려면 반드시 저작권자와 알마출판사의 동의를 받아야 합니다.

알마출판사는 다양한 장르간 협업을 통해 실험적이고 아름다운 책을 펴냅니다.
삶과 세계의 통로, 책book으로 구석구석nook을 잇겠습니다.